Brigitte Guggisberg
Willkommen in der Provence

Zum Roman
Als Gattin eines Bankdirektors führt Vivianne ein angenehmes Leben in Aix-en-Provence. Damit ist es vorbei, als Victor eines Abends nicht mehr nach Hause kommt. Er ist nicht nur ohne ein Wort verschwunden, er hat Vivianne auch noch auf einem Berg Schulden sitzen lassen. Jetzt muss sie handeln. Und zwar schnell. In Windeseile erfindet sie sich neu und inseriert Zimmer in ihrem Haus im Internet. Schließlich wohnt sie mitten in der wunderschönen und von Touristen heiß begehrten Provence. Bald wird *La vie en rose chez Madame Vivianne* aus der Taufe gehoben – und ein turbulenter Sommer beginnt. Nicht alle Gäste sind pflegeleicht, und während Vivianne verzweifelt versucht, Victors Verschwinden in der Stadt zu verbergen, stellt sich zu ihrer Verblüffung heraus, dass auch ihre Freundinnen Geheimnisse hüten. Gerade als sie sich in ihrem neuen Leben eingerichtet hat und dem attraktiven Kardiologen Félix begegnet, steht Victor vor der Tür ...

Zur Autorin
Brigitte Guggisberg ist in der Schweiz und in den USA aufgewachsen und hat Volkswirtschaft und Medienwissenschaften in Basel mit einem längeren Aufenthalt in Aix-en-Provence studiert. Sie war als Beraterin für das Schweizer Parlament, Journalistin, Tanzkritikerin und im Topmanagement der Finanzindustrie tätig. Inzwischen ist sie an die Universität Basel zurückgekehrt und hat mit *Willkommen in der Provence* ihren ersten Roman geschrieben.

Brigitte Guggisberg

Willkommen in der Provence

Roman

DIANA

Der Verlag weist ausdrücklich darauf hin, dass im Text
enthaltene externe Links vom Verlag nur bis zum Zeitpunkt
der Buchveröffentlichung eingesehen werden konnten.
Auf spätere Veränderungen hat der Verlag keinerlei Einfluss.
Eine Haftung des Verlags ist daher ausgeschlossen.

Verlagsgruppe Random House FSC® N001967

2. Auflage
Originalausgabe 07/2017
Copyright © 2017 by Diana Verlag, München,
in der Verlagsgruppe Random House GmbH,
Neumarkter Straße 28, 81673 München
Redaktion: Uta Rupprecht
Umschlaggestaltung: t.mutzenbach design, München
Umschlagmotive: © Getty Images; Kotkoa, Barat Roland,
Neirfy/Shutterstock
Satz: Leingärtner, Nabburg
Druck und Bindung: GGP Media GmbH, Pößneck
Printed in Germany
Alle Rechte vorbehalten
ISBN 978-3-453-35951-2

www.diana-verlag.de
Besuchen Sie uns auch auf www.herzenszeilen.de
Dieses Buch ist auch als E-Book lieferbar

TEIL 1

1

Montagmorgen um acht, und Victor trödelt herum. Das ist nicht seine Art. Victor ist Leiter der lokalen Filiale der Crédit Mutuel de Paris und damit der oberste Banker hier im Ort. Das klingt großartiger, als es ist, denn wir befinden uns – wie ich ausdrücklich anmerken möchte – NICHT in Paris. Wir befinden uns in Aix-en-Provence.

Zwischen Marseille im Süden und Avignon im Westen sieht sich Aix als Nabel der Provence. Ganz falsch ist das nicht. In unserem Rücken liegen die Alpes-Maritimes, vor uns ist schon das Meer zu erahnen. Wir sind eingebettet in sanfte, mit Steineichen, Pinien und Zypressen bewachsene Hügel, und rings herum wogen Lavendelfelder, aus denen ab und zu eine Mohnblüte spitzt. In Reiseführern wird unsere Stadt gerne »Paris des Südens« genannt. Was auch stimmt. Zumindest im Sommer, wenn sich halb Paris unter den Platanen des Cours Mirabeau tummelt. Allerdings kehren die Touristen – im Gegensatz zu mir – nach der Saison dorthin zurück, wo ihr eigentliches Leben stattfindet. Ins echte Paris zum Beispiel ...

Ich selbst komme nicht von hier. Victor schon. Victor ist mein Mann. An unserem letzten Jahrestag hat er mir vorgerechnet, dass ich nun mehr als die Hälfte meines Lebens mit ihm verheiratet bin. Fünfundzwanzig Jahre, sagte er und lächelte dabei. So hatte ich das noch nie gesehen. Ich bin nicht so der mathematische Typ, aber während Victor den Champagner einschenkte – Vouvray Brut wie jedes Jahr –, rechnete ich aus, dass ich, selbst wenn ich mich am nächsten Tag scheiden ließe, vierundsiebzig werden müsste, um die Zeit mit Victor wieder wettzumachen.

Daraufhin trank ich die Flasche Vouvray mehr oder weniger allein aus, was dem obligaten Jahrestagssex nicht guttat. Vermutlich wie die lange Ehe eine Nebenwirkung des Älterwerdens. Sehr unangenehm. Früher war beschwipster Sex die Garantie für eine Menge Spaß. Heute bin ich nach ein paar Gläsern nur noch müde, und die weißen Laken meines Bettes wirken viel attraktiver als der inzwischen etwas weich gewordene weiße Bauch meines Mannes.

Ich bin neunundvierzig. Im besten Alter für eine Midlife-Crisis. Aber so etwas kenne ich nicht. Gegen so etwas kämpfe ich aktiv an. Das ist auch der Grund, weshalb mir Victors ungewohnte Trödelei an diesem Montagmorgen äußerst ungelegen kommt.

Inzwischen ist es acht Uhr vorbei. Die Sonne malt hübsche Kringel auf den Terrakottaboden, und hinter den Zweigen des Oleanders vor dem Fenster strahlt wolkenlos blau der Himmel. Im blütenweißen Hemd und noch ohne Krawatte steht Victor an unsere grün gekachelte Theke gelehnt, als ob er alle Zeit der Welt hätte. Er fragt mich, ob ich noch einen Kaffee möchte. Ich gebe ein undeutliches Morgenmurmeln von mir, das er richtigerweise als Ablehnung interpretiert. Er muss heimlich gelernt haben, wie die Kaffeemaschine funktioniert. Er schafft es, sich ganz allein einen Espresso zu machen, und kehrt damit an den Tisch zurück, wo ich in meinem übelsten Morgenrock sitze. Ein ausgebleichtes, zeltartiges Ding, das meine Rundungen keineswegs kaschiert. Ja, ich habe Rundungen. Und nach geschätzten zweihundertachtundneunzig Diätversuchen habe ich inzwischen gelernt, diese Rundungen zu akzeptieren. Zumindest teilweise. Gelegentlich sehe ich mir mit Photoshop an, wie sie aussehen würden, wenn sie sich auf zehn Zentimeter mehr Länge verteilen könnten. Umwerfend, sage ich Ihnen.

Ohne Photoshop bin ich genau ein Meter sechzig groß. Früher pflegte ich die fehlenden zehn Zentimeter durch Absätze zu kompensieren. Inzwischen macht meine Hüfte da nicht mehr mit. Inzwischen stehe ich daher auch zu meiner Größe. Ich habe je nach Haartönung haselnuss- bis kastanienbraune Locken und eine sehr helle Haut. Damit scheine ich genau dem Bild zu entsprechen, das sich die Leute hier im Süden von Heidi machen. Ja, richtig. Der Heidi von der Alp. Dass ich aus der Schweiz stamme, hat natürlich geholfen, dieses Klischee zu zementieren. Auch wenn ich fern der Berge am Bieler See aufgewachsen bin. Direkt an der Sprachgrenze, am Röschtigraben, wie die Schweizer sagen. Dieser ging mitten durch unsere Familie hindurch. Papa sprach Deutsch, Maman Französisch, und mir waren beide Sprachen gleichermaßen vertraut. Das dachte ich zumindest, bis mich meine Schwiegermutter belehrte, dass der *Patois* aus der Schweiz nicht wirklich eine Sprache ist und schon gar kein Französisch.

Die meisten Menschen mögen die Schweiz ja irgendwie, doch leider gehört meine Schwiegermutter zu der verschwindend kleinen Minderheit, auf die das nicht zutrifft.

Sie hat in ihrer Jugend ein Jahr in Genf verbracht, und ich vermute hinter ihrer Abneigung eine unglückliche Liebesgeschichte. Für Victor ist diese Theorie natürlich nur ein Hinweis auf meine etwas zu lebhafte Fantasie.

Jedenfalls pflegt meine Schwiegermutter auf die Erwähnung meiner Herkunft mit einem leichten Hochziehen der Oberlippe zu reagieren, das ich mittlerweile kopiere, wenn ich zum Beispiel einen unaufmerksamen Kellner zur Schnecke machen will. Äußerst wirkungsvoll.

Victor schlürft aufreizend langsam seinen Espresso und sieht mir dabei tief in die Augen, als wolle er ein Gespräch beginnen. Das hätte mir gerade noch gefehlt. An einem Montagmorgen führen wir keine Gespräche. Schließlich fragt er mich, was ich so geplant habe für den Tag, worauf mich eisiger Schreck durchfährt. »Dies und das«, sage ich und nehme ihm die Tasse aus der Hand, die er endlich geleert hat. Anstatt sie in die Spülmaschine zu stellen, wasche ich sie von Hand ab. Die schützende Kulisse des plätschernden Wassers kommt mir gerade recht.

»Am Nachmittag wird vielleicht Dodo vorbeischauen«, werfe ich ihm über die Schulter hinweg zu. Das ist zumindest nicht gelogen. Meine Freundin von Gegenüber schaut beinahe jeden Tag vorbei. Und heute kommt sie ganz sicher. Victor brummt etwas, das ich nicht verstehen kann. Dann steht er hinter mir und drückt mir einen Kuss auf den Hals. Was ist denn jetzt wieder los?, denke ich und drehe mich um. Ich halte meine nassen Hände in die Höhe. Das Wasser läuft mir die Unterarme hinab. »Du gehst?«, frage ich etwas gehetzt und halte Victor meine Wange entgegen. Doch an diesem Morgen fällt der typisch französische Luftkuss aus, mit dem wir uns gemeinhin verabschieden. Stattdessen packt mich Victor um die Hüfte und zieht mich an sich. Dann küsst er mich. Richtig. Mitten auf den Mund. Natürlich hätte mich das misstrauisch machen müssen.

Zu meiner Entschuldigung kann ich nur sagen, dass die Zeit inzwischen wirklich drängt. Als die Tür hinter Victor ins Schloss fällt, bleibt mir noch eine knappe Viertelstunde. Bei Weitem nicht genug, wie mir ein flüchtiger Blick in den Schlafzimmerspiegel bestätigt. Es reicht für eine Dusche und dreimal umziehen. Es reicht nicht, um mir die Beine zu rasieren. Und anstatt mir die Zähne zu putzen, spüle ich den Mund mit Mundwasser, während ich mit fliegenden Fingern Lidschatten und Mascara auftrage. Es klingelt, ich eile die Treppe hinab und kneife mir in die Wangen, um noch ein wenig Farbe ins Gesicht zu kriegen. Dann öffne ich die Tür.

Draußen steht ein junger Adonis. Eins neunzig groß. Ein voller Haarschopf nachtschwarzer Locken. Augen grün wie das Meer. Muskulöse, braun gebrannte Oberarme, die aus einem knappen, ärmellosen Shirt schauen. Schöne Hände, die Härchen auf dem Handrücken von der Sonne gebleicht. »Bonjour, Madame.« Auf seinem Gesicht liegt ein vielsagendes Lächeln. »Vous êtes prêt?«

Ich bin bereit. Und ob ich bereit bin. Mehr als bereit. Ich fühle das Lächeln auf meinem Gesicht. Dann öffne ich weit die Tür und lasse ihn herein.

2

Die neue Veranda im Art-déco-Stil ist jetzt schon ein Prunkstück. Sie hat ein schmuckes Dach aus ziseliertem Eisen und Glas und schmiegt sich an die Fensterfront des Wohnzimmers. Direkt neben den Rosen, die in allen Schattierungen von Rosarot, Gelb und Orange leuchten und in der Sonne des Nachmittags herrlich duften. Es ist halb vier, und der Bau ist inzwischen so weit gediehen, dass wir unsere Stühle darin platzieren, um den weiteren Gang der Arbeiten vor Ort mitverfolgen zu können. Wir, das sind ich, meine Freundinnen Marcelle und Dodo und ein kleiner Topf mit einer schwindsüchtigen Kamelie, den mir Dodo mitgebracht hat. »Die erste Bewohnerin für deine Orangerie«, hatte sie gesagt und mir das Pflänzchen strahlend in die Hand gedrückt.

Das ist typisch Dodo. Ein riesengroßes Herz, aber bei der praktischen Ausführung gibt es noch Spielraum für Verbesserung. Ich schaue auf das magere Blattwerk und denke, dass ich es als karitatives Projekt betrachten könnte, dieses kümmerliche Ding aufzupäppeln, bis ich an den dürftigen Stängeln plötzlich ein ekliges Gewimmel erkenne. Blattläuse. Und wenn ich sie ohne Lesebrille sehe, dann müssen es wirklich viele sein. Marcelle, die meinem Blick gefolgt ist und noch sehr scharfe Augen hat, nimmt mir die Pflanze aus der Hand und stellt sie mitten im Raum auf den Betonboden. Sie rechnet damit, dass ich das Gießen ohnehin vergessen werde, und als Architektin hat sie selbstverständlich sofort den Platz entdeckt, an dem das Überleben von organischem Material absolut unwahrscheinlich ist. Marcelle ist ein Meter achtzig groß, mager und eckig, und wer sie sieht, denkt sofort: Architektin. Sie könnte mit ihrem Aussehen gar keinen anderen Beruf ausüben. Ihr dunkles Haar ist früh grau geworden, und Marcelle hat nie versucht, daran etwas zu ändern. Inzwischen ist es beinahe silbern, und sie trägt es in einem streng geometrischen Schnitt genau kinnlang. Von Weitem sieht sie ein wenig aus wie ein von einem Dreieck gekrönter Strich. Marcelle ist hier, um den Bau zu beaufsichtigen, Dodo und ich, um Maxim bei der Arbeit zuzuschauen. Wer so herrliche Muskeln hat, denke ich und schenke meinen beiden Freundinnen Champagner nach, sollte ständig Steine schleppen.

»Was glaubst du, wie alt er ist?«, frage ich Dodo, deren Augen ein wenig glasig geworden sind, seit Maxim in der Hitze des Nachmittags sein Shirt ausgezogen hat. Ich muss die Frage zweimal wiederholen, bis Dodo mit einem tiefen Seufzer nach ihrem Glas greift und sagt: »Keine Ahnung. Dreißig vielleicht?« Ich schätze ihn ja eher auf fünfundzwanzig, aber aus der Distanz meiner beinahe fünfzig Jahre ist das kein so großer Unterschied.

Maxim hat seine Last abgeladen und streckt den Rücken durch. Eine Bewegung, die unsere Blicke unwillkürlich auf das Spiel seiner Bauchmuskeln lenkt. Dodo stößt einen weiteren Seufzer aus, und selbst Marcelle wirkt nicht mehr ganz so entspannt, als sie ihre schwarze Architektenbrille auf der Nase nach oben schiebt. Dann zerstört sie den Zauber des Augenblicks, indem sie nach Victor fragt. »Hast du es ihm gesagt?«

»Na ja, irgendwie schon.«

Meine beiden Freundinnen tauschen einen vielsagenden Blick. Es gibt natürlich durchaus Aspekte meiner Ehe, über die sie nicht Bescheid wissen, aber Victors Abneigung gegen bauliche Verbesserungen unseres Hauses – seines Elternhauses – kennen sie sehr wohl. Als ich vor fünfzehn Jahren eingezogen bin, habe ich als Erstes die alte Küche herausreißen lassen und durch eine wunderschöne Landhausküche ersetzt. Dann habe ich zwei neue Badezimmer einbauen lassen und sieben der acht Zimmer dreimal neu gestrichen. Im Erdgeschoss wurden vier Wände entfernt, sodass wir jetzt ein weites, luftiges Wohnzimmer haben, zu dem die neue Orangerie nebenbei gesagt einfach großartig passt.

Aber jede Veränderung war ein Kampf. Man hätte erwarten dürfen, dass Victor den Nutzen permanenter Weiterentwicklung irgendwann erkennen und sich der Prozess von seiner Seite her etwas leichter gestalten würde. Oder man hätte argumentieren können, dass vom Originalzustand des Hauses bis auf Victors Fernsehsessel ohnehin nichts erhalten geblieben sei und weitere bauliche Maßnahmen daher keine große Rolle mehr spielten. Aber so tickt Victor nicht. Die traurige Wahrheit ist, dass mein Ehemann Veränderungen hasst. Er liebt es, seine Socken in der immer gleichen Schublade zu finden. Dabei stört ihn nicht mal, dass diese Schublade seit Ewigkeiten klemmt. Er mag es, dass seine Zahnbürste rechts vom Waschbecken steht und meine links. In der Woche, in der ich sie ohne sein Wissen vertauscht hatte, hat Victor sich mit meiner Bürste die Zähne geputzt. Mein Mann schätzt Alltagstrott. Das war nicht immer so.

Ich habe Victor kennengelernt, als ich in Paris Kunst studierte. Er war an der ENA eingeschrieben, der prestigeträchtigen Kaderschmiede, aus der fast die gesamte französische Elite stammt. Blaue Augen und schwarzes Haar. Er war der am besten aussehende Kerl, mit dem ich je ausgegangen war. Ich konnte nicht fassen, dass er meine Verrücktheiten zu lieben schien. Damals war Victor ein Siegertyp. Ungestüm und voller Selbstvertrauen wollte er nicht nur mich, sondern gleich die ganze Welt erobern. Zweifel und Zögern kannte er nicht. Wir haben bis zur Hochzeit nicht mal zehn Monate gewartet. Weil wir damals beide große Pläne hatten. In Victors Heimatstadt zurückzukehren und den Rest unseres Lebens hier zu verbringen gehörte nicht dazu.

Ich gebe zu, am Anfang war ich damit einverstanden. Nach dem Studium waren wir für zwei Jahre in die Normandie gezogen. Victor schuftete wie ein Irrer, um die Firma, die er gegründet hatte, zum Fliegen zu bringen, und ich malte Bilder, die im Laufe der Monate immer blasser und grauer wurden, bis sie aussahen wie der Nebel, der uns dort oben im Norden beinahe ständig zu umgeben schien. Als wir dann nach Aix umzogen, war das Eintauchen ins helle Licht der Provence wie ein Aufatmen. Der Grund für den Umzug war Victors Job. Seine Firma war gescheitert. Er hatte vor, es bald ein zweites Mal zu versuchen, doch als Zwischenlösung nahm er den Job bei der Bank an.

Für mich war die Provence die pure Inspiration. Ich liebte die Gerüche. Den Duft der blühenden Mimosen im Frühjahr, die Rosen, die hier schon im April zu blühen beginnen. Im Sommer konnte ich nicht genug kriegen von den Früchten. Melonen und Pfirsiche und Pflaumen, die voll und prall und saftig waren wie nirgendwo sonst auf der Welt. Ich liebte es, beim Aufwachen vom Bett aus eine Palme vor meinem Fenster zu sehen. Aix-en-Provence ist die Stadt von Cézanne. Van Gogh hat in der Provence gemalt, Matisse, Renoir und Monet waren da. Wer es hier nicht schafft, dachte ich damals, schafft es nirgendwo. Heute muss ich leider sagen, dass Lavendel, Sonnenblumen und Mohn allein noch keine Kunst ausmachen. Im Gegenteil. Nur dass das hier keinen zu kümmern scheint. Hier ist jeder ein Künstler, und die meisten sind entsetzliche Dilettanten. Ich habe irgendwann entschieden, dass ich dazu nicht gehören will. Das soll nicht resigniert klingen. Ich habe auf Grafik umgesattelt und im Lauf der Jahre eine kleine Agentur aufgebaut. Victor ist bei der Bank geblieben.

In den ersten Jahren redeten wir noch davon, einen Neuanfang zu wagen. Irgendwann war das dann einfach kein Thema mehr. Bis mein Mann vor zehn Monaten völlig überraschend verkündete, wir würden nach Paris ziehen. Er sollte befördert werden. Ich konnte es kaum fassen und war wie elektrisiert. Wir redeten die ganze Nacht, und es fühlte sich beinahe so an, als wären wir wieder jung. Wenige Wochen später gab ich die Agentur auf. In Paris, dachte ich, könnte ich wieder mit dem Malen anfangen. Oder vielleicht eine Galerie eröffnen. In Paris gab es tausend Optionen. Als sich der Umzug dann verzögerte, nahm ich übergangsweise einen Teilzeitjob an. An drei Tagen in der Woche leite ich Führungen im Atelier Cézanne. Das ist nun wirklich nicht mein Traum gewesen.

Aber dann hat sich der Umzug zerschlagen. Die Bank hat einen Rückzieher gemacht. Einfach so. Wegen einer dummen Reorganisation. Daraus kann ich Victor natürlich keinen Vorwurf machen. Ich weiß, er leidet auch. Das ändert allerdings nichts an meiner Lage. Ich fühle mich also durchaus berechtigt, meine künstlerische Ader auszuleben, indem ich das Haus noch etwas verschönere. Und Victor ist eigentlich nicht in der Position, mich dafür zu kritisieren. Dennoch fand ich es schlauer, ihn, was die Orangerie betrifft, einfach vor vollendete Tatsachen zu stellen. Fait accomplit, wie man hier sagt. Deshalb die Heimlichtuerei.

Die Veranda soll eine Überraschung werden. Am Abend will ich sie mit Kerzen und Blumen hübsch dekorieren und Victor dann dort ein fantastisches Nachtessen servieren. Dazu werde ich mein schwarzes Kleid und Netzstrümpfe tragen. Marcelle scheint mein Plan zu überzeugen, aber Dodo verzieht zweifelnd das Gesicht. Sie hat ja auch allen Grund, in Eheangelegenheiten eher pessimistisch zu sein. Sie ist mit Maurice verheiratet, dem größten Autohändler im Ort und einem Mann – man muss es leider so deutlich sagen – mit ziemlich neureichen Manieren. Wobei das »neureich« in Ordnung geht. Dank seines Geldes lebt Dodo in einem fantastischen Art-déco-Haus auf der anderen Seite der Placette Colonel André Grousseau, mir direkt gegenüber. Außerdem hat Maurice ihr drei Kinder geschenkt. Drei entzückende Töchter im Alter von 21, 16 und 9 Jahren, die ganz nach der Mama kommen. Mit den Kindern und dem Haus sind Maurices Vorzüge aber dann auch schon vollständig aufgezählt. Dodo kann einem leidtun, denke ich, während sie sich etwas mühsam aus dem Sessel stemmt. Sie war schon immer eher füllig und hat in den letzten Jahren noch mehr zugelegt. Dodo ist der Typ, der zu Schokolade greift, wenn sie unglücklich ist. Vorzugsweise meiner Schokolade, die mir in großen Mengen von wohlmeinenden Verwandten aus der Schweiz geschickt wird. Manchmal versuche ich, eine neue Lieferung vor Dodo zu verstecken, aber ihre traurigen Augen lassen mich jedes Mal wieder weich werden. Dodo hat ein seelenvolles Gesicht, dem jede innere Regung anzusehen ist, und den Kopf voll kleiner goldblonder Löckchen, die, wenn sie fröhlich ist, auf und ab wippen. Was in den letzten Jahren viel zu selten der Fall war. Auch jetzt sehe ich, dass sie sich Sorgen macht, und als sie sich verabschiedet, weiß ich genau, dass sie heute Abend zu mir herüberschauen wird und mir dabei ganz fest die Daumen drückt.

Ihre stille Unterstützung tut mir gut. Es ist lächerlich, aber selbst nach fünfundzwanzig Ehejahren bin ich etwas nervös, wenn ich an Victor und den heutigen Abend denke.

Um halb sieben sieht die Orangerie prachtvoll aus. Ich habe den Gartentisch hineingestellt und mit blütenweißem Tischtuch und dem festlichen Porzellan groß aufgedeckt. Im Garten habe ich Rosen geschnitten. Der Abendhimmel wölbt sich samtig blau, und ein leichter Windhauch trägt den Duft des Gartens in den Raum. Ich zünde die Kerzen an. Ach ja, und ich trage natürlich die Netzstrümpfe.

Um acht ist das Chateaubriand perfekt. Eigentlich ist Victor bei uns der Koch. Doch mit Niedergarmethode schaffe ich es auch. Man kann das Fleisch im Ofen noch ein wenig warm halten, aber allmählich wird es Zeit, dass Victor auftaucht. Er hat mir nichts von einer Verspätung gesagt. Ich erwäge, ihn anzurufen. Aus taktischen Gründen verwerfe ich die Idee. Es wäre möglich, dass ich etwas sauer klinge, und einen Streit vom Zaun zu brechen, bevor er die Orangerie zu Gesicht bekommt, halte ich nicht für die beste Idee.

Um neun ist meine Geduld erschöpft. Mit gerechter Empörung in der Stimme erkläre ich Victors Mailbox, dass er alles ruiniert hat und das Fleisch nun endgültig hinüber ist.

Um zehn telefoniere ich in einem Anfall von Panik alle Krankenhäuser der Umgebung ab. Ein Mann, auf den meine Beschreibung passt, ist nirgendwo eingeliefert worden.

Um elf wähle ich den Notruf der Polizei, wo man mir in einem Tonfall, der nahelegt, dass ich hysterisch reagiere, erklärt, Männer könnten schon mal später nach Hause kommen. »Nicht Victor«, widerspreche ich, wobei in meiner Stimme tatsächlich ein leicht hysterisches Flattern auszumachen ist. »Mein Mann ist ein Gewohnheitstier. Für spontane abendliche Unternehmungen ist er nicht der Typ. Und wenn er etwas geplant hätte, hätte er es mir gesagt.« Der Beamte am anderen Ende schnalzt bedauernd mit der Zunge. Ob sein Bedauern sich auf Victors Abwesenheit bezieht oder auf meine Naivität, bleibt offen. Er empfiehlt mir, Victors Freunde anzurufen. Ich wähle die Nummer von Matthieu, der auch nicht abnimmt.

Bis ein Uhr nachts bleibe ich am Telefon und wähle abwechselnd Matthieus und Victors Nummer.

Um drei sind meine Glieder steif und mein Kopf leer. Ich sitze in der halbfertigen Orangerie, und trotz der milden Nacht zittere ich in meinen Netzstrümpfen von innen heraus. Die Kerzen sind inzwischen längst hinuntergebrannt. Mein Mann ist immer noch nicht nach Hause gekommen.

3

Ich erwache, weil das Telefon klingelt und Victor nicht abnimmt. Halbblind winde ich mich aus dem Laken, das sich um meine Beine gewickelt hat und mich festhält wie ein Krake. Ich wälze mich auf die andere Seite des Bettes und nehme ab. Die Stimme von Victors Sekretärin zwitschert mir ins Ohr. Sie fragt, wie es Victor geht.

»Warum?«, frage ich und schnappe gleich darauf nach Luft, weil mich die Erinnerung trifft wie ein Schwall kalten Wassers. Victor ist nicht heimgekommen!

Von draußen höre ich Vogelgezwitscher, und wie jeden Morgen spitzt durch eine Ritze in den Läden ein einzelner Sonnenstrahl herein. Er würde Victor an der Nase kitzeln, würde er neben mir liegen. Und würde er noch schlafen, würde mein Mann die Nase krausziehen, dann würde er niesen und erwachen. Er würde die Augen öffnen und mit einer so verdutzten Unschuld in die Welt blicken, wie sie sonst nur kleine Babys haben. Ich spüre einen Stich im Herzen, und während meine Augen dem tanzenden Sonnenstrahl auf seinem Weg folgen, steigt Trauer in mir hoch. Das weiße Laken auf Victors Bettseite ist straff gespannt und unberührt. Meine Kehle schmerzt, ich schlucke hart. Die Stimme der Sekretärin ist durch das plötzliche Klingeln in meinen Ohren ein paar Sekunden lang kaum noch zu hören. Dann reiße ich mich zusammen. Wenigstens hat mich dieser Kerl nicht mit ihr betrogen.

Ihrem Gezirpe kann ich entnehmen, dass sie auch nicht weiß, wo er ist. Sie hätte nicht den Nerv, mich derart frech anzulügen. Auch wenn sie mich verabscheut. Victor hingegen vergöttert sie. Das hält sie vermutlich auch noch für einen Teil ihrer Stellenbeschreibung. Victors Sekretärin ist ein Anachronismus auf zwei Beinen. Im Geist ein Kind der Fünfziger, obwohl sie die Fünfziger natürlich nicht selbst erlebt hat. Doch sie trägt eine mit Strasssteinen besetzte Schmetterlingsbrille und dürfte mit dem Helm, den sie für eine Frisur hält, bei der Zerstörung der Ozonschicht ganz vorne mitmischen. Ich halte es nicht für eine besondere Leistung, dass Victor ihrem Charme widersteht. Sie hat ein dickes Muttermal an der Lippe und ist Jahre älter als ich. Zwei mindestens.

Im Moment scheint sie davon auszugehen, dass Victor krank zu Hause im Bett liegt, und ich – das pflichtvergessene Eheweib – versäumt habe, die Bank – also sie – davon in Kenntnis zu setzen. Ob ich mich denn gut um ihn kümmere, fragt sie und meint das ernst. Unmittelbar danach äußert sie den Vorschlag, vielleicht mal kurz vorbeizuschauen.

»Nein«, sage ich schroff, denn Feinheiten sind an diese Person verschwendet, und dass sie hier vor der Tür steht, in ihrem Kostüm und mit einem Früchtekorb am Arm, fehlte mir gerade noch. Ich erzähle ihr von Fieber und nässendem Ausschlag und deute an, dass jede weitere Störung von ihrer Seite Victors Krankheit, und damit seine Abwesenheit, nur unnötig verlängern würde. Der Mythos von Victors Krankheit ist geboren.

Sie stutzt einen Moment, trägt mir dann besonders liebe Grüße an meinen Ehegatten auf und geht endlich aus der Leitung. Ich lege mich wieder aufs Bett und starre an die Decke. Dort prangt ein Riss, den ich noch nie bemerkt habe. Er sieht gefährlich aus und hat seinen Ursprung am Ansatz des neuen Kronleuchters. Victor hatte dagegen protestiert, das Ding aufzuhängen, aber – was soll ich sagen – Victor protestiert jedes Mal, wenn ich etwas verändern will. Ich wollte nur ein wenig Glamour in unser Schlafzimmer bringen. Aber jetzt setzt der Leuchter bereits Staub an. Ich kann den Staub sehen und den Riss. Der Leuchter wird vermutlich die Decke zum Einsturz bringen und uns im Schlaf erschlagen. Korrektur: Er wird mich erschlagen, denn Victor ist ja nicht mehr da. Mich durchfährt die irrwitzige Idee, dass Victor aus unserem Haus geflohen ist, um genau diesem Schicksal zu entgehen. So richtig herzlich darüber lachen kann ich nicht.

Es gibt tausend Dinge, die ich vermutlich tun sollte, angefangen damit, die Polizei zu rufen und es noch einmal bei den Krankenhäusern zu versuchen. Doch allein der Gedanke erschöpft mich. Er weckt in mir den Drang, einfach nur die Augen zu schließen und wie ein Kind darauf zu hoffen, dass, wenn ich aufwache, alles wieder gut ist. Warum nicht, denke ich. Einen Versuch ist es wert. Ich habe kaum die müden Lider gesenkt, da reißt mich die Türklingel wieder hoch. Ich schieße auf und haste die Treppe hinab, erfüllt von dem Gedanken, dass es vielleicht, vielleicht, tatsächlich gewirkt hat und Victor alles ganz einfach erklären kann. Er hat möglicherweise nur seinen Schlüssel vergessen. Es war zu spät, weil er gestern Abend – seine Mutter besucht hat. In der

»Résidence retraite Michelangelo«, oben in den Hügeln. Vielleicht hat er mir sogar davon erzählt. Kann ich garantieren, jedes seiner Worte mitbekommen zu haben? Dann hat er aus Rücksicht auf mich dort oben übernachtet.

Erleichterung durchfährt mich. Ich bin ein wenig sauer, weil er nicht angerufen hat, aber vor allem froh, dass sich alles aufgeklärt hat. Ich reiße die Tür auf und muss zweimal hinsehen, so stark ist meine Fantasie. Es ist nicht Victor. Draußen steht Eloise.

Sie kommt vorbei, um sich die neue Orangerie anzusehen. So hatten wir das ausgemacht, nachdem sie gestern arbeiten musste. Ich hatte sie vollkommen vergessen. Als sie meine Miene sieht, verzieht Eloise fragend das Gesicht. Gleichzeitig weicht sie eine Winzigkeit zurück. Wahrscheinlich, um unüberlegte Reaktionen meinerseits rechtzeitig zu unterbinden.

Meines Wissens ist Eloise die einzige Frau, die eine Leinenhose tragen kann, ohne dabei auszusehen, als hätte sie auf der Parkbank geschlafen. Die einzige, deren glattes goldblondes Haar nie in Unordnung gerät. Die einzige, auf deren knapp geschnittenen weißen Blusen sich nicht mal im Hochsommer auch nur der kleinste Schweißfleck zeigt. Man sieht, worauf das hinausläuft: Eloise einfach um den Hals zu fallen und ihr meinen Kummer auf die weiße Bluse zu heulen, wie ich das vielleicht bei Dodo getan hätte, kommt auf keinen Fall infrage.

Dabei ist sie nicht unsensibel. »Du hattest wohl eine heiße Nacht?«, sagt sie und zieht das Satzende fragend in die Höhe.

Unter ihrem Blick wird mir bewusst, dass ich noch Höschen und BH von gestern Abend trage. Im Hinblick auf einen romantischen Abend besonders sorgfältig ausgewählt. Schwarz mit rosa Spitze. Heute Morgen wirkt das völlig daneben. Bisher hat mir die Kraft gefehlt, mich anzuziehen oder mich überhaupt erst einmal abzuschminken. Was das Kopfkissen mit meinen Smokey Eyes angestellt hat, zeigt mir ein flüchtiger Blick in den Garderobenspiegel. Ich nicke – ja, eine heiße Nacht –, während mir zum Heulen zumute ist. Kein Wunder, das Victor abgehauen ist, ich sehe aus wie ein Clown.

Eloise spürt die drohende Krise – wie gesagt, unsensibel ist sie nicht –, und wäre die entsprechende Muskulatur nicht durch Botox stillgelegt, würde sie die Stirn runzeln. Ich weiß es, weil sie in solchen Situationen immer die Stirn runzelt, was ja das Botox erst nötig machte. Mit Überraschungen im Allgemeinen – und Krisen im Speziellen – kann sie nicht so gut umgehen. Wenn ich ihr jetzt von Victor erzähle, wird sie das hoffnungslos überfordern. Mich überfordert es schließlich auch. Eloise wird bestimmt etwas Ungeschicktes tun oder sagen, und dann werde ich in Tränen ausbrechen. Und ich bin nicht scharf darauf, mich hier über BH und Höschen hinaus noch weiter zu entblößen. Also beiße ich die Zähne zusammen und führe sie auf die neue Terrasse hinaus, die sie gebührend bewundert. Dabei ist mir bewusst, dass sie weniger auf die Terrasse als vielmehr auf mich konzentriert ist. Mein Aufzug hat sie aus der Fassung gebracht. Sie wirkt erleichtert, als ich mich für einen Moment entschuldige und nach oben verschwinde. »Nimm dir nur Zeit«, ruft sie mir nach, und ich höre, wie sie in die Küche geht und die Kaffeemaschine anwirft.

Im Schlafzimmer sinke ich mit weichen Knien auf das zerwühlte Bett und verdrücke ein paar Tränen. Das macht nichts, aber auch gar nichts besser. Also gehe ich unter die Dusche.

Als ich wieder hinunterkomme, hat Eloise in der Orangerie die unberührten Gedecke abgeräumt und den Tisch für unseren Kaffee nett hergerichtet. Sie hat von der Boulangerie vorne an der Ecke Brioches mitgebracht und das rosa Kaffeegeschirr mit dem goldenen Rand genommen. Von draußen scheint die Sonne herein. Es riecht nach frisch gebrühtem Kaffee und nach Lavendel und Rosmarin, die vor den geöffneten Fenstern wachsen. Genauso habe ich mir das auch vorgestellt. Nur wollte ich hier mit Victor sitzen …

Während Eloise munter plaudernd das Gespräch in Gang hält, fällt mir siedend heiß ein, dass sie in der Küche vermutlich das Chateaubriand gesehen hat. Und dazu die Sauce béarnaise, die in der Pfanne auf dem Herd gestockt ist, das Gemüse und das aufgeschnittene und trocken gewordene Baguette. Ich frage mich, was sie wirklich denkt. Eloise hat mit Beziehungen nicht so viel Erfahrung, und sie neigt dazu, meine Ehe zu idealisieren. Vermutlich kann sie sich gar nicht vorstellen, dass ein Mann wie Victor die Nacht nicht zu Hause verbringt.

Wobei das natürlich nicht stimmt, denn Eloise hat mit verheirateten Männern durchaus ihre Erfahrungen. Mehr Erfahrung als wir anderen, wenn man es genau nimmt. Oder zumindest die vielfältigere Erfahrung. Unter uns Freundinnen herrscht die Meinung vor, dass

Eloise sich verheiratete Männer für ihre Affären aussucht, um von Anfang an auszuschließen, dass daraus eine feste Beziehung wird. Warum sie das tut, wissen wir nicht – zumal wir übereinstimmend der Meinung sind, dass Eloise und ihr Chef, Monsieur Lambert, perfekt zueinanderpassen würden. Aber Lambert ist Single. Vielleicht ist das der Grund, weshalb Eloise auf unsere zarten Andeutungen in diese Richtung nicht reagiert. Monsieur Lambert ist außerdem sehr distinguiert, vermögend, gut aussehend, und er sitzt im Rollstuhl. Das macht die ganze Sache ein wenig kompliziert. Wir wissen eigentlich nicht, was Eloise darüber denkt.

Weil wir Freundinnen sind, erleben Dodo, Marcelle und ich Eloises Affären gewissermaßen aus erster Hand mit, und wenn ich ehrlich bin, genießen wir das sogar. Wir kommen uns dabei immer ein wenig wie in Sex and the City vor. Über die Frauen am anderen Ende des Dreiecksgespanns haben wir bisher nicht groß nachgedacht. Wir sind wohl einfach davon ausgegangen, dass sie den Betrug in irgendeiner Weise verdient haben. Dass sie dick geworden sind. Dass sie in unförmigen Mami-Jeans herumlaufen. Dass sie die Pediküre vernachlässigt und aufgehört haben, sich die Haare an den Beinen zu entfernen.

Wie unglaublich oberflächlich das ist, wird mir im selben Moment klar, in dem mich die eisige Gewissheit durchfährt, dass ich nun ebenfalls zu diesen Frauen gehöre. Genau an diesem Punkt meiner Überlegungen hat Eloise ihren Kaffee ausgetrunken und greift nach meiner Hand. Sie schaut mir tief in die Augen. »Was meinst du«, sagt sie dann, »wollen wir uns heute Nachmittag nicht ein wenig verschönern lassen?«

Ich habe ihr schon lange versprochen, ihren freien Tag mit ihr gemeinsam zu verbringen. Leider habe ich auch versprochen, dass sie bestimmen darf, was wir unternehmen. Die traurige Wahrheit ist jedoch, dass ich der Pflege meines Körpers nur wenig Positives abgewinnen kann. Die gängigen Beautyrituale, wie Wimpernzupfen und Hornhaut abschleifen, sind in meinen Augen nur schmerzhafte Zeitfresser. Es ist zum Sterben langweilig, wenn ich es selbst machen muss, und tut es jemand anders, ist mir die erzwungene Nähe zuwider. Ich mag es nicht, wenn an meinem Körper herumgewerkelt wird. Lauwarmes Wasser kann ich nicht ausstehen. Die vielfältigen Düfte von Püderchen, Salben, Cremes und Pasten verursachen mir Übelkeit, und die esoterische Klimpermusik, die meine Kosmetikerin auflegt, macht mir Kopfschmerzen. Ich mag es auch nicht, mich auf Kommando entspannen zu müssen.

Während einer Ayurveda-Massage bin ich, vom Öl so glitschig wie die sprichwörtliche Sardine, dem Masseur mal unter den Händen weggeflutscht und über den Rand der Pritsche gefallen. Das hat wehgetan, da war Schluss mit Entspannung. Vielleicht bin ich traumatisiert. Oder es liegt daran, dass ich, allen Integrationsbemühungen zum Trotz, am Ende eben doch eine Schweizerin bin. Wellness bedeutet für mich immer noch, mit einem guten Buch im Schatten unter einem Baum zu liegen. Meine Freundinnen hingegen scheinen die Pflegeprozeduren zu genießen. Und angesichts der vergangenen Nacht habe ich vielleicht einen Fehler gemacht, wenn ich mich bisher aus solchen Verabredungen herausgeschwatzt habe. Auch wenn Victor das nicht verdient, denke ich, eine kleine Verschönerung kann nicht schaden. Ich lasse also Eloise das Ruder übernehmen. Sie meldet uns bei den Thermes Sextius an und bucht das volle Programm. Alles in mir will protestieren, aber mit der leeren Bettseite vor Augen beiße ich die Zähne zusammen.

Nach dem Leiden, das muss ich zugeben, sehe ich ziemlich gut aus. Mein von Haaren gänzlich befreiter Körper ist zwar nicht straffer, aber immerhin glatt geworden. Eine Ultra-rich Firming Cream lässt meine Hände aussehen, als hätte ich nie einen Abwasch gemacht, und der kleine Mitesser, der heute Morgen an meinem Kinn prangte, hat die Anwendung der kombinierten Druck-Saugpumpe nicht überlebt. Mein gutes Aussehen beflügelt mich und lässt mich beim anschließenden Shopping vielleicht ein klein wenig übertreiben. Ich kaufe ein Tuch von Hermès, und dann kann ich einer wirklich ganz entzückenden kleinen Tasche einfach nicht wiederstehen. Ich zahle mit der Karte, die auf unser gemeinsames Konto läuft. Mein schlechtes Gewissen hält sich in Grenzen. Inzwischen habe ich mir nämlich eingeredet, dass Victor zurück sein wird, wenn ich nach Hause komme. Er wird mir einiges erklären müssen. Wobei ich streng genommen gar nicht scharf darauf bin, wirklich zu wissen, was er in der vergangenen Nacht getrieben hat. Als Eloise vorschlägt, sich noch mit Dodo und Marcelle im *Deux Garçons* zu treffen, bin ich sofort einverstanden. Ich muss mich nicht beeilen, denke ich. Schließlich will ich Victor keineswegs den falschen Eindruck vermitteln, ich würde zu Hause sitzen und auf ihn warten.

Untergehakt schlendere ich mit Eloise durch die Altstadt. Es ist ein schöner Abend, ein milder Wind lässt die Blätter der Platanen rauschen. Er führt einen Hauch Meeresduft mit sich. Die Abendsonne taucht den Stein der pittoresken Stadtpaläste am Cours Mirabeau in ein goldenes Licht. Jetzt im Hochsommer sind sie von violetten und roten Bougainvillas überwachsen, und in den Gärten stehen Rosen, deren Duft schwer und üppig durch den Abend weht. Ich fühle mich versöhnt mit der Welt, als wir das *Deux Garçons* erreichen. Es liegt mitten im eleganten Herz der Stadt und gilt als traditionsreich und versnobt. Ersteres trifft zweifellos zu, denn an diesen Tischen haben schon Zola, Maurois und Piaf gespeist. Das Zweite ist meiner Meinung nach übertrieben. Mich hat man dort jedenfalls noch nie schlecht behandelt. Bei meiner Ankunft werden sofort zwei Tische zusammengestellt, und der Maître macht uns seine Aufwartung, noch bevor wir sitzen. Ich komme mir hübsch und begehrenswert vor, während ich mit meinen Freundinnen dort sitze und ausgiebig der Empfehlung des Chefsommeliers zuspreche. Es ist ein lustiger Abend, und es wird etwas später. Das ist mir sehr wohl bewusst. Ich lache und scherze, flirte ein wenig mit dem Kellner und denke, dass Victor sich vermutlich schon Sorgen um mich macht. Aber ich finde, er hat es verdient, auch ein wenig zu leiden.

Am Ende laufen Dodo und ich Arm in Arm nach Hause. Wir kichern noch immer und schwanken ein bisschen, als wir in die Avenue d'Indochine einbiegen. Dann kommt mein Haus in Sicht. Die Fenster im ersten Stock sind dunkel. Ich beschleunige meinen Schritt bis an die Placette, wo ich über den Zaun hinweg die Fenster des Erdgeschosses sehen kann. Dunkel.

»Victor ist wohl schon schlafen gegangen«, sagt Dodo. Bei ihr drüben ist Licht. »Du Glückliche. Maurice ist noch auf, aber ich würde jetzt viiiiel lieber schlafen gehen.« Noch immer kichernd drückt sie mir einen Kuss auf die Wange. Dann geht sie über die Placette und verschwindet, während ich vor meinem Haus stehen bleibe und fühle, wie die Dunkelheit hinter den Fenstern langsam in mein Herz sickert.

4

Die Segnungen der Beautyindustrie sind schon am nächsten Morgen allesamt verflogen. Meine cremeglatten Hände sind wieder zerknittert. Ebenso mein Gesicht, auf dem ich neben dem Abdruck des Kissens auch eine Reihe seltsamer roter Flecken ausmache. Vermutlich die Spätfolgen der Druck-Saugpumpe. Doch vielleicht haben die Flecken auch damit zu tun, dass ich mich gestern in meinem leeren Bett in den Schlaf geheult habe. Mein Haar sieht aus wie ein totes Tier, und als ich versuche, es durchzukämmen, bleibt im Kamm eine dicke Strähne hängen. Hormonbedingter Haarausfall, hat meine Coiffeuse mich aufgeklärt, als ich nach dem ersten Auftreten dieses unheimlichen Phänomens völlig aufgelöst in ihren Salon stürmte. Sie stellte die verheerende Diagnose, musterte mich anschließend mit Kennerblick und meinte, angesichts meines Alters könne ich mich über die noch verbliebene Haarpracht nicht beklagen, und ob wir vielleicht mal eine schicke Kurzhaarfrisur ausprobieren wollten? WIR wollten nicht!

Seltsam genug, aber nach der Verzweiflung von gestern Nacht ruft ausgerechnet der Haarausfall an diesem Morgen meinen Widerstand auf den Plan. Na gut, denke ich trotzig, dann werde ich eben kahl. Und runzlig. Und dick. Dann habe ich eben Hornhaut an den Füßen und Altersflecken an den Händen und raue Knie und schlaffe Oberarme, aber deswegen habe ich es noch lange nicht verdient, einfach fallen gelassen zu werden wie eine alte Socke. Das alles würde ich natürlich am liebsten Victor an den Kopf werfen. Aber der ist ja nicht da. Ich beschließe, mich stattdessen an Matthieu zu halten, Victors besten Freund, der meine Anrufe auf seinem Handy gestern feige ignoriert. Er wird mir nicht so leicht entkommen, denke ich, wenn ich persönlich bei ihm aufkreuze.

Matthieu ist dem richtigen Leben erfolgreich aus dem Weg gegangen, indem er sich in einem Buchantiquariat vergraben hat, das einst seinem Vater gehörte. Es liegt in der Altstadt an einer kopfsteingepflasterten Gasse, in die es mit dem dunklen Schaufenster voll vergilbten Papiers ausgezeichnet passt. »Le Bouquinist obscure«, steht in Goldlettern an der Tür. Und weil mir nicht nur sein Laden, sondern auch Matthieus Verhalten inzwischen reichlich obskur vorkommt, stoße ich die Tür vielleicht ein wenig heftiger auf als nötig. Mit bimmelndem Glöckchen knallt sie gegen die Wand. Vermutlich ist dies das lauteste Geräusch hier drinnen seit zwanzig Jahren. Die einzige Kundin, ein altes Fräulein, das mit einem Buch in der Hand vor der Kasse wartet, fährt erschrocken herum. Als sie mich sieht, legt sie das Buch zur Seite und dreht mit funkelnden Augen ihr Hörgerät lauter, während ich mich vor Matthieu aufbaue. Wie das Fräulein glaubt auch er keine Sekunde, ich wäre nur zum Plaudern gekommen.

Während das Fräulein den mageren Hals reckt, um ja kein Wort zu verpassen, zieht Matthieu ängstlich den Kopf zwischen die Schultern. Wäre ich sein Imageberater, würde ich ihm so etwas untersagen. Matthieu hat nun wirklich keine überflüssigen Zentimeter zu verschenken. Er ist ein kleiner, zierlicher Mann mit einem eigentümlichen Gang. Wenn er auf seinen kleinen Füsschen eilig vorwärts trippelt, scheint sich sein Oberkörper kaum zu bewegen. Er sieht aus, als würde er fliegen. Und weil er immer und überall eine alte Ledertasche quer über den Körper gehängt trägt, nennt man ihn in der Stadt »le petit postillon volant«, der kleine fliegende Postillon. Ich glaube nicht, dass er den Spitznamen besonders mag. Genauso wenig mag er es, wenn Victor zum tausendsten Mal erzählt, dass Matthieu damals in der dritten Klasse noch der Größte war. Seit der dritten Klasse sind einige Jahre vergangen. Jahre, in denen Victor gewachsen ist und Matthieu nicht. Dennoch sind die beiden beste Freunde geblieben. Plötzlich bin ich absolut überzeugt, dass Matthieu weiß, wo Victor steckt.

»Bin ich hässlich?«, schreie ich ihn an und breite die Arme aus, damit er mein Aussehen uneingeschränkt beurteilen kann. Das weißhaarige Fräulein blinzelt gespannt. Matthieu schlägt die Augen nieder, weil er den Kopf nicht weiter einziehen kann.

»Bin ich dumm? Oder sozial unverträglich? Eine ekelhafte Klatschbase? Eine Giftschleuder?«

Die natürliche Antwort auf all diese Fragen wäre NEIN. Aber dieses erlösende Wort bringt Matthieu nicht über die Lippen. Er schluckt und blinzelt und windet sich, hebt dann endlich zu reden an und sagt: »Es tut mir leid, Vivianne.«

Matthieu ist ein großer Verfechter gepflegter Manieren und besteht darauf, mir einen Tee zu servieren. Verveine für ihn. Ich habe um etwas Stärkeres gebeten und daraufhin einen Grüntee bekommen. Einen Grüntee! Mir fehlt die Kraft, mich darüber auch noch aufzuregen. Matthieu hat die alte Dame hinauskomplimentiert und den Laden abgesperrt. Während draußen die Sonne scheint und vor den Schaufenstern geschäftige Menschen hin und her eilen, sitze ich, umgeben von alten Büchern, die einen staubigen Geruch verströmen, im Halbdunkel, rühre in meinem Tee und denke, dass dieses Stillleben in Sepiatönen meinem aktuellen Zustand ganz gut entspricht. Meine Verzweiflung fokussiert auf den einzigen Menschen, der greifbar ist und eine Mitschuld an meinem Elend trägt. »Du wusstest es!«, sage ich zu Matthieu.

Er schüttelt abwehrend den Kopf.

»Du wusstest, dass Victor mich verlassen will, und du hast es mir nicht gesagt.«

»Er will dich nicht verlassen.«

»Was will er dann? Wo steckt er, zum Teufel noch mal?«

»Ich weiß es nicht, Vivianne.«

Gepflegte Manieren hin oder her, ich bin nahe daran, auch noch den letzten Nerv zu verlieren. Matthieu scheint sich dessen bewusst zu sein. Wahrscheinlich ist er froh um den Tisch, der zwischen uns steht.

»Victor war nicht glücklich in letzter Zeit«, quetscht er schließlich heraus.

»Er war unglücklich mit mir?«

»Nicht unglücklich, nein. Aber auch nicht glücklich. Und mit dir hatte das nicht viel zu tun.«

»Wie kann es mit mir nicht viel zu tun haben? Ich bin seine Frau!«

Matthieu windet sich. »Es war eher eine Art generelle Unzufriedenheit. Er hat sich gefragt, ob das schon alles ist. Seine Karriere. Die Bank. Dieses Leben hier in Aix.«

»Er hat eine Midlife-Crisis?« Ich lehne mich fassungslos zurück. Victor und ich sind uns in diesem Punkt immer einig gewesen. So etwas wie eine Midlife-Crisis haben wir nicht.

»Er wusste, dass du auch nicht zufrieden bist«, sagt Matthieu verteidigend.

»Aber das stimmt doch nicht!«

Er zieht eine Augenbraue hoch. »Du wolltest doch nach Paris. Deswegen hast du auch die Agentur aufgegeben.«

Das stimmte. Und auch wieder nicht. Victors Versetzung nach Paris war der Auslöser gewesen. Aber wenn ich ehrlich bin, war es nicht der einzige Grund. Tatsache ist, ich war mehr als reif für eine Veränderung. Nach zwanzig Jahren als Grafikerin war mir die Lust an der Werbung doch etwas abhandengekommen. Und dann war auch noch mein wichtigster Kunde abgesprungen. Das Office de tourisme. Einfach so. Nachdem ich jahrelang für sie gearbeitet hatte und anerkanntermaßen die beste Expertin war, wenn es darum ging, Aix-en-Provence ins beste Licht zu rücken. Aber meine Meriten waren der neuen Chefin, die das Office damals übernahm, ziemlich egal. Die junge Frau warf einen Blick auf meine Falten und beschied mir, meine Entwürfe seien altbacken.

Die Wahrheit ist, Victors Versetzung kam mir gerade recht. Ich hatte keine Lust mehr, dem Grüngemüse auf der Kundenseite ständig beweisen zu müssen, dass ich es noch draufhabe. Ich dachte, Victor wüsste das …

Doch Matthieu behauptet, er habe wegen mir ein schlechtes Gewissen gehabt. »Außerdem hat es Victor fürchterlich getroffen, dass man ihn in der Bank einfach übergangen hat. Die Versetzung nach Paris war ihm ja fest versprochen. Als das alles dann plötzlich platzte, fühlte er sich missachtet und zum alten Eisen gelegt. Er dachte, die Entwicklung geht an ihm vorbei. Er dachte, er kann nicht mehr mithalten.«

Warum hatte er das alles nie mit mir besprochen? Wir waren immer Partner gewesen. Nicht nur Mann und Frau, auch Freunde. Das hatte ich zumindest gedacht. Wobei ich streng genommen auch nicht ganz offen war. Die Schmach, als altbacken zu gelten, habe ich damals ebenfalls für mich behalten. Ich würge an dem Kloß in meinem Hals.

»Victor hat sich vor dir geschämt«, sagt Matthieu. »Er hatte dir mehr bieten wollen.«

Ich protestiere lauthals. Sage Matthieu, dass wir, bitte sehr, in unserer Beziehung doch etwas weitergekommen sind als damals unsere Eltern. Dass ich eine selbstständige Frau bin und dieses Rollenmodell doch Schnee von gestern ist. Aber tief in meinem Innern weiß ich, dass an Victors Befürchtung etwas Wahres ist. Ich hatte tatsächlich mehr von ihm erwartet. Ich wollte diesen Umzug nach Paris unbedingt. Von Anfang an hatte ich Schmetterlinge im Bauch, wenn ich nur daran dachte. Mir war schon klar, dass ich vieles in Aix zurücklassen musste, aber mein Gott, wir redeten hier von PARIS ... Und schließlich gibt es eine direkte Zugverbindung.

Paris war eine Herausforderung, war neu und frisch und unbelastet. In Paris, so schien mir, konnte ich noch einmal von vorne anfangen. Es war genau, was ich brauchte. Ich wusste sofort, in welchem Quartier ich leben wollte, und ging mit meiner Freundin Aline, die dort wohnt, umgehend auf Besichtigungstour. Ich fand die perfekte Wohnung, eine Lieblingsbäckerei, ein Fitnesscenter – lästig, aber nötig – und das Bistro für ein abendliches Glas Wein.

Natürlich war ich enttäuscht, als sich das alles plötzlich zerschlug. Natürlich dachte ich über den Rest meines Lebens nach. Den ich, wie es aussah, nun in Aix verbringen musste. Möglicherweise hat man mir diese Enttäuschung angemerkt. Möglich, dass ich Victor gegenüber auch das eine oder andere Wort verloren habe. Hat er mich deswegen verlassen? Weil ich meinen Gefühlen Ausdruck verliehen habe? Im Gegensatz zu ihm, der ja offenbar alles in sich hineingefressen hat.

»Es war nicht nur Paris«, sagt Matthieu jetzt.
»Was denn noch?«
»Er hat davon geredet, was er alles verpasst hat.«
Eine Freundin, denke ich. Einen Porsche, nein, einen Ferrari.
»Du weißt schon«, sagt Matthieu, »all diese Dinge, die wir immer verschieben, und plötzlich ist es zu spät. Victor wollte schon immer Chinesisch lernen.«
»Chinesisch?«, würge ich hervor. Ich weiß gerade nicht, was schlimmer ist: wegen einer Frau verlassen zu werden oder wegen einer Sprache. Matthieu versucht, mir die Leidenschaft meines Mannes zu erläutern, die offenbar völlig an mir vorbeigegangen ist. China, sagt er, sei ja auch ein interessantes Land. Schon in der dritten Klasse habe sich Victor dafür begeistert. Davon ist mir absolut nichts bekannt. Wie kann man fünfundzwanzig Jahre neben einem Menschen leben und nicht wissen, dass er Chinesisch lernen will?

»Und jetzt ist er nach China gegangen?«, frage ich trostlos.

»Ich weiß wirklich nicht, wo er ist. Wir hatten aufgehört, darüber zu reden.«

»Warum?«

»Weil ich ihm gesagt habe, dass man nicht alles haben kann. Ich habe ihm gesagt, dass er seine Entscheidungen getroffen hat, und dass es gute Entscheidungen gewesen sind.«

»Aber Victor hat nicht auf dich hören wollen?«

Matthieu hebt hilflos die Achseln. Er sieht mich an. »Noch einen Tee?«, fragt er dann.

5

Wir treffen unsere Entscheidungen und leben damit. Ganz einfach. Solange wir jung sind. Weil noch alles möglich ist, solange man jung ist und das Leben wie ein riesiger Jahrmarkt erscheint. Man entscheidet sich zum Beispiel für das Riesenrad, weiß aber, dass man später noch das Karussell ausprobieren will. Kein Problem, denkt man. Aber wenn man dann nach einer Runde Riesenrad wieder auf der Erde steht, hat das Karussell den Betrieb bereits eingestellt, bei der Geisterbahn rufen sie eben die letzte Fahrt aus und am Zuckerwattestand kriegt der, der vor dir in der Schlange steht, die allerletzte Portion. Man glaubt, dass man sich FÜR etwas entscheidet, wenn man jung ist. Aber das stimmt nicht. In Wirklichkeit entscheidet man GEGEN den ganzen Rest. Und man merkt es erst, wenn es zu spät ist.

Eine Plattitüde? Selbstverständlich. Was das wirklich bedeutet, kann man allerdings erst ermessen, wenn man neunundvierzig wird und feststellen muss, dass man von seinem Mann betrogen wird!

Genau das hat Victor nämlich getan. Er hat mich aufs Übelste betrogen. Mehrfach. Punkt eins: Er war ein interessanter Kerl, ohne es mir zu sagen. Punkt zwei: Er hat mich verlassen. Und am schlimmsten, Punkt drei: Er ist fortgegangen, um seine Träume zu leben. Als ob das nur ohne mich möglich wäre. Als wäre ich der Grund für seine verpassten Chancen und nicht er selbst oder das Leben oder die Zeit. Er lässt mich wie ein Monster aussehen. Mich! Die Kreative! Die Künstlerin!

Ich behaupte ja nicht, dass es nur an Victor lag, wenn ich mich in den letzten Jahren den materiellen Werten etwas stärker zugewandt habe. Ich kann es nicht verleugnen, schöne Sachen mochte ich schon immer. Aber als Frau des Bankdirektors ist man schon zu etwas mehr verpflichtet. In Aix kennt mich jeder. Da kann ich nicht in irgendeinem Fummel rumlaufen. Ich habe mich immer bemüht, Victors Karriere nach Kräften zu unterstützen, und wenn das hieß, meine Kleider in Designerläden zu kaufen, dann war ich auch dazu bereit. Ich habe die Gastgeberin gespielt, die Begleitung, die Unterhalterin. Ich war geistreich, charmant und spritzig. Ehrlich gesagt weiß ich nicht, wie Victor seinen zahlreichen gesellschaftlichen Verpflichtungen ohne mich hätte nachkommen wollen. In seinem Beziehungsnetz habe ich ebenso viele Fäden gesponnen wie er. Wenn nicht sogar einige mehr.

So hatte ich zum Beispiel immer eine besonders gute Beziehung zu Emile. Er ist Victors Stellvertreter in der Bank. Ein Junggeselle um die vierzig. Gut aussehend auf eine leicht bürokratisch wirkende Art, mit regelmäßigen, etwas nichtssagenden Zügen, aber dafür einer prägnanten blonden Föhnfrisur. Emiles Anzüge sind immer korrekt, seine Krawatten kleingemustert und zurückhaltend, seine Schuhe machen keinen Lärm beim Gehen. Laut Victor ist er ein Genie mit Zahlen. Kann aus der chaotischsten Buchführung eine korrekte Bilanz bauen. Und ganz ehrlich, das sieht man ihm an. An ihm gibt es nichts, was aus der Reihe tanzt. Außer Fieberblasen. Die fallen dann natürlich doppelt auf. Emile ist das durchaus bewusst. Wenn ihn ein Anfall plagt, pflegt er die Hand vor den Mund zu halten wie eine schamhafte Jungfer. Das kann er einen ganzen Abend lang durchhalten.

Als mich Emile anruft, am Donnerstag, vier Tage nach Victors Verschwinden, klingt er, als ob ihn eine Fieberblase plagt. Irgendwie verschämt. Sofort habe ich den Verdacht, dass er Bescheid weiß. Reine Paranoia natürlich. Victor ist nicht der Typ, der sich bei seinen Untergebenen ausweint. Aber ich bin im Zuckerschock und denke nicht mehr so ganz klar.

Seit meinem Besuch bei Matthieu gestern habe ich nicht nur meinen Zweimonatsvorrat Schokolade vernichtet, sondern auch den Nachschub, den ich mir auf dem Rückweg in der Patisserie Béchard besorgt hatte. Zwei Schokoladen-Eclaires, zwei von den leckeren Süßteigschnecken, die sie hier Palmières nennen, vier Sablées – zwei mit Schokolade, zwei mit Marmelade. Und natürlich Calissons. Das mürbe, süße Mandelgebäck ist eine Spezialität von Aix, und bei Béchard ist es am besten. Ich habe der Verkäuferin erzählt, dass ich Besuch erwarte, und drei der großen Geschenkpackungen genommen. Ich hätte vier nehmen sollen. Spät in der Nacht musste ich auf die Marzipanstangen zurückgreifen, die zum Backen gedacht gewesen waren.

Der Fernseher lief. Ich habe viel geweint. Eigentlich die ganze Zeit. Vermutlich bin ich noch immer völlig dehydriert. Wahrscheinlich ist mein Blut so dick wie Honig, und bestimmt weist es einen ähnlich hohen Zuckergehalt auf. Ich bin keine Naturwissenschaftlerin, glaube mich aber erinnern zu können, dass man in den USA mal einen Mörder freigesprochen hat, weil er sich darauf berief, zum Tatzeitpunkt unter einem Zuckerschock gestanden zu haben. Was für ein Glück für Victor, dass er nicht da ist. Ich könnte ihn erwürgen und würde damit durchkommen.

Emile beginnt am Telefon sofort mit mir zu flirten. Das tut er immer. Ich gehe darauf ein, weil ich mich dazu verpflichtet fühle, aber meine Antworten sind weniger spritzig als sonst. Mein zuckervernebeltes Hirn ist mit anderen Dingen beschäftigt. Früher oder später, denke ich, wird Emile nach Victor fragen, und zweifellos wäre es am schlauesten, ihm sofort die Wahrheit zu sagen. Er wird sie ohnehin herauskriegen. Genau wie alle anderen. Die ganze Stadt wird über kurz oder lang erfahren, dass Victor mich verlassen hat.

Ich kann nicht sagen, ob es vielleicht am Zucker liegt, aber dieser Gedanke ist einfach unerträglich für mich. Ich werde nicht nur meinen Mann, sondern auch meine Würde verlieren. Man wird sich über mich das Maul zerreißen. Man wird verstummen, wenn ich auftauche, und vielsagend die Augen verdrehen. Vordergründig wird man sich mitleidig geben, aber hinter meinem Rücken wird sich die halbe Stadt genüsslich an meinem Elend weiden. Das halte ich nicht aus, denke ich panisch und erwäge, unverzüglich in die Schweiz abzuhauen. Als Emile dann aber tatsächlich nach Victor fragt, höre ich mich mit bedrückter Stimme sagen: »Victor geht es leider gar nicht gut.«

Emile stutzt. »Was hat er denn?«

Mein Seufzer könnte Steine erweichen. »Die Ärzte

sind sich nicht einig. Sie denken darüber nach, Spezialisten aus Paris einzufliegen.«

Das war vielleicht ein klein wenig übertrieben. Spezialisten. Paris. Einfliegen. Alles in einem Satz. Ich wollte eine gewisse Ernsthaftigkeit signalisieren. Emile vermitteln, dass Victor nicht etwa nur Schnupfen hat. Doch ich bin über das Ziel hinausgeschossen. Jetzt scheint Emile zu glauben, dass sein Chef im Sterben liegt.

Der Schock ist ihm anzuhören. Die Sorge. Das Mitleid. Und ganz tief verborgen ist, glaube ich, vielleicht auch eine Prise versteckter Hoffnung zu vernehmen. Emile ist der zweite Mann. In der Bank und auch sonst. Er steht in jeder Hinsicht in Victors Schatten. Vielleicht, denke ich, wittert er Morgenluft. Er löchert mich mit Fragen. Ob Victor im Krankenhaus liegt? Wie seine Ärzte heißen? Welche Behandlung er bekommt?

Ich habe keine Geschichte parat. Mehr schlecht als recht versuche ich, seine Neugierde abzuwehren, und rudere mühsam zurück. Es besteht keine Lebensgefahr, sage ich. Und ansteckend ist es auch nicht. Nur langwierig. »Bis er wieder arbeiten kann, wird es schon ein paar Wochen dauern.«

Darauf sagt Emile erst mal nichts. Das verblüfft mich ein wenig. Ich hätte erwartet, dass er mir versichert, Victors Abwesenheit sei kein Problem. Er ist sein Stellvertreter. Seine zweite Hand. Wenn Victor ausgefallen ist, stand bisher immer Emile bereit.

»Ist das ein Problem?«, frage ich.

»Nicht direkt ...« Emile räuspert sich. Die Stille zwischen uns dehnt sich unangenehm lang. Dann sagt er: »Weißt du was, Vivianne, lass uns doch einfach alles bei einem Essen besprechen. Hast du heute Mittag Zeit?«

6

Auf dem Cours Mirabeau zittert die Luft vor Hitze, als ich im *Deux Garçons* eintreffe. Unter der grünen Markise ist die Terrasse voll besetzt und brummt wie ein Bienenhaus. Bei diesen Temperaturen sieht man über Mittag nur wenige Einheimische auf der Straße. Ein schneller Kaffee oder un petit verre blanc, dann sind sie wieder weg.

Ganz im Gegensatz zu den Touristen. So war ich früher auch. In der Schweiz rannte ich, sobald die Sonne endlich mal schien, nach draußen und hielt mein Gesicht dem Himmel entgegen. Deshalb kann ich die Nordländer sehr gut verstehen. Wahrscheinlich eine Folge der Knappheit. Hier in Aix, wo die Sonne ständig scheint, verziehe ich mich genau wie die Südfranzosen über Mittag lieber in den Schatten. Oder ich setze mich gleich nach drinnen. Das ist im *Deux Garçons* ohnehin die beste Wahl.

Das Restaurant ist purer Art déco. Üppige Malereien von antiken Schönheiten zieren die Wände, die Säulen sind mit Stuck verziert und an der Decke dreht sich gemessen ein riesiger Ventilator. Eine Aura lässiger Nonchalance liegt über allem, und Armand, der Maître d'hôtel, wacht mit strenger Hand darüber, dass nichts und niemand sie stört. Man sagt Armand nach, er habe schon Filmstars rausgeworfen, nur weil sie Schuhe mit Gummisohlen trugen. Vermutlich ist kein Wort davon wahr. Doch ich habe vorsichtshalber schicke Pumps angezogen. Man kann ja nie wissen. Auch wenn Armand mich natürlich kennt. Er winkt mich sofort an einen Tisch am Fenster. Dort hat Emile bereits Platz genommen. Der Maître d'hôtel wartet diskret, während wir uns begrüßen, und zieht dann meinen Stuhl zurück. Ich setze mich. »Un petit martini comme toujours?«

Ich nicke erleichtert und nehme die Karte entgegen. Nicht, dass ich nicht auswendig wüsste, was darauf steht. Armand rattert die Spezialitäten des Tages herunter und eilt von dannen, um meinen Martini zu besorgen. Normalerweise nehme ich einen Aperitif, weil das so üblich ist. Heute brauche ich den Alkohol wirklich. Ich habe das große Make-up aufgelegt, um die Spuren der Nacht zu überdecken, und musste mich dann in Schale werfen, damit das Kleid zum Gesicht passt. Ich trage Smaragdgrün, eine Farbe, die mir normalerweise gut steht, aber heute hatte ich den Eindruck, wie ein toter Fisch auszusehen, als ich mich vor dem Gehen noch einmal im Garderobenspiegel betrachtete. Ich glaube, dass Emile das ähnlich sieht. Er mustert mich besorgt: »Du wirkst müde, Vivianne.«

Ich zucke die Achseln, aber peinlicherweise muss ich plötzlich die Tränen zurückhalten. Armand und der Martini retten mich. Ich trinke das Glas in zwei Schlucken aus, woraufhin sich die Sorgenfalte auf Emiles Stirn vertieft. »Ich kann nicht sagen, wie leid es mir tut, dass ihr so etwas erleben müsst.« Er greift nach meiner Hand.

Die vertrauliche Geste ist mir unangenehm. Ich muss schon sehr verletzlich wirken, denke ich, dass er sich das herausnimmt. Meine Emotionen fahren regelrecht

Achterbahn. Plötzlich ist es mir zuwider, mit ihm hier zu sitzen.

»Was wolltest du mit mir besprechen?«, frage ich und bin froh, als Armand zwei Teller mit dem Menu du jour an unseren Tisch balanciert und ich meine Hand unauffällig zurückziehen kann.

Emile sieht auf seinen Teller hinab und dreht ihn ein winziges Stück nach links, sodass Fleisch und Kartoffeln ein gleichschenkliges Dreieck bilden. »Vielleicht sollte ich zuerst mit Victor reden. Kann ich ihn telefonisch erreichen?«

Ich schüttle energisch den Kopf. Die Spezialisten, sage ich, hätten Victor verboten, sein Handy zu benutzen. »Die Strahlung, du weißt schon. In seinem Zustand könnte ihm das ernsthaft schaden. Und das willst du sicher nicht.«

Emile macht ein erschrockenes Gesicht und schnalzt besorgt mit der Zunge.

»Worum geht es denn?«, frage ich noch einmal. Daraufhin greift er nach seinem Besteck und säbelt an seinem Pavé de bœuf herum. Er steckt sich ein Stück Fleisch in den Mund und kaut ewig daran herum. Beim Schlucken sehe ich seinen Adamsapfel hüpfen. Entweder haben die in der Küche das Pavé vollkommen versaut, was ich nicht glaube, oder Emile hat mir eine Eröffnung zu machen, die ganz besonders unangenehm ist.

»Inwieweit bist du über die Finanzen informiert?«, hebt er schließlich an.

»Die Finanzen der Bank?«, frage ich verblüfft.

»Nein.« Er räuspert sich. »Eure Finanzen. Deine und Victors.«

»Darüber weiß ich Bescheid.« So einigermaßen jedenfalls. In den letzten Monaten, das muss ich zugeben, habe ich sie etwas aus den Augen verloren. Nicht zuletzt deshalb, weil mein eigenes Einkommen nicht mehr der Rede wert ist. Und für die Agentur habe ich damals auch kaum mehr als ein Butterbrot bekommen.

»Was ist mit unseren Finanzen?«, frage ich Emile und versuche, die Panik aus meiner Stimme herauszuhalten. »Stimmt was nicht?«

»So kann man es nicht sagen«, erwidert Emile. Und nach einer Pause, die sich abermals in die Länge zieht: »Du weißt natürlich von der Wohnung.«

Ich weiß von gar nichts. Wohnung? Welche Wohnung?

»Die Wohnung in Paris«, sagt Emile.

In Paris?! Ist der Mistkerl etwa ohne mich hingefahren? Hat er sich aus dem Staub gemacht und ist in die Hauptstadt gezogen? Aber das ist mein Traum! Nicht Victors. Was will er dort? Chinesisch lernen? Vermutlich kann man das. Die Sorbonne ist ja inzwischen so was wie ein großer Gemischtwarenladen. Da gibt es alles. Auch jede Menge junger Studentinnen. Ich stelle mir vor, wie Victor mit ihnen im Café sitzt und sie mit seiner weltmännischen Art, seinem Geld und seinem ... Chinesisch beeindruckt. Wobei er kein Geld mehr hat. Das ist die Quintessenz dessen, was ich zwischen Pavé de bœuf und der Mousse au chocolat, die sich Emile zum Nachtisch genehmigt, aus ihm herausquetschen kann.

Victor hat unser Konto leergeräumt. Vergangene Woche erst, sagt Emile, hat er das gesamte Bargeld abgehoben. Von mir scheint er nun eine Erklärung zu erwarten. Ich stammle etwas von unerwarteten Auslagen, von Victors Mutter und dem Altersheim ... Dabei bin ich wie vor den Kopf geschlagen.

»Natürlich«, bemerkt Emile mit leichtem Lächeln: »Man will ja nur das Beste für die Eltern.«

Zweihunderttausend hat Victor mitgenommen, als er verschwand. Mehr war nicht da. Denn sechs Monate zuvor hatte Victor bereits den größten Teil unserer Ersparnisse ausgegeben. Für eine sündhaft teure Wohnung im Quartier Saint Germain. Die Adresse bringt etwas in mir zum Klingen: Avenue Vavin 72. Die Wohnung, die ich damals für uns beide ausgesucht und im Geist bereits eingerichtet hatte. Sie war nicht unbedingt günstig gewesen. Und man hätte auch noch einiges daran machen müssen. Wie es aussieht, hat Victor auch das in die Hand genommen. Emile zieht ein Papier aus der Tasche, auf dem im Detail aufgelistet ist, welche Arbeiten Victor veranlasst hat. Eine Wand wurde entfernt, lese ich. Man hat die Fenster erneuert, die Küche, das Bad. Die Böden wurden abgeschliffen und der prachtvolle Kamin im Wohnzimmer wieder freigelegt, der von irgendeinem Irren mit selbstgebasteltem Mauerwerk verkleidet worden war. Victor hat all das, wovon ich geredet hatte, umgesetzt, während wir gemütlich zu Hause vor dem Fernseher saßen. Er hat es machen lassen, ohne mir ein Wort zu sagen, und irgendwann mittendrin hat sich der Traum von Paris einfach zerschlagen.

Ich sehe mir die Daten an. Als Victor die letzten Aufträge erteilte, musste er bereits gewusst haben, dass die Versetzung ein leeres Versprechen bleiben würde. Mein Herz zieht sich zusammen. Ich weiß nicht, ob ich gerührt oder entsetzt sein soll. Emile erleichtert mir die Entscheidung, indem er mir als Nächstes eine Aufstellung der Kosten zu lesen gibt. Die Nullen verschwimmen vor meinen Augen. Leider, sagt Emile, habe Victor einen Kredit aufnehmen müssen, um all das zu finanzieren. Ich habe nicht nur kein Geld, ich habe Schulden. »Er hat wohl damit gerechnet, dass ihr euer Haus hier in Aix zu einem guten Preis verkaufen könnt«, sagt Emile entschuldigend. »Und mit diesem Argument hat ihm die Bank als Mitarbeiter selbstverständlich Kredit gewährt. Er hat euer Haus als Sicherheit hinterlegt. Es würde also in den Besitz der Bank übergehen, falls der Kredit platzt.« Emile lächelt mich an. »Aber das ist natürlich kein Problem, solange ihr die Zinsen regelmäßig bedient.«

Ich sinke in meinen Stuhl zurück und versuche, das Chaos in meinem Kopf zu bändigen. Als ich Emile nach der Höhe der Zinsen frage, nennt er mir eine absurd hohe Zahl. Ich verrechne das mit unseren Einkommen, wobei ich Victors Gehalt nur ungefähr kenne und mein eigenes Einkommen fast vernachlässigbar ist. Was dabei herauskommt, verschlägt mir den Atem. Davon soll ich leben?! Die Thermes Sextius sind nicht mehr drin. Das *Deux Garçons* auch nicht. Genau genommen überhaupt kein Restaurant. Panisch denke ich an die Hermès-Tasche, die ich mir geleistet habe, und überlege, ob sie die in der Boutique wohl zurücknehmen. Von dem Geld, das in dieser dämlichen Tasche steckt, hätte ich besser Kartoffeln kaufen sollen.

»Auf kurze Sicht«, sagt Emile, »sehe ich kein Problem.«

Das schreit nach einem Nachsatz. Ich warte, während Emile seelenruhig Zucker in seinen Espresso rührt.

»Bei Krankheit zahlt die Firma drei Monate lang den

vollen Lohn«, sagt er dann und nimmt einen Schluck. Ich schlucke ebenfalls. Leer.

»Drei Monate? Und was ist danach?«

»Danach übernimmt die Versicherung. Die bezahlt allerdings nur noch siebzig Prozent. Leider. Ist eine dieser Neuerungen, die uns von der Zentrale aufs Auge gedrückt wurden. Kostensenkungsprogramm.« Er hebt entschuldigend die Achseln, als ob es hier um eine kleine, fast schon vernachlässigbare Unannehmlichkeit ginge.

Siebzig Prozent reichen nicht, denke ich. Siebzig Prozent reichen auf keinen Fall. »Weiß Victor das?«, frage ich krächzend.

»Theoretisch schon. Aber du kennst ja Victor … Die Umsetzung lag bei mir, und für die Details interessiert er sich nicht so.« Ein weiteres Schulterzucken. Die Nonchalance, mit der er mir den Boden unter den Füßen wegzieht, macht mich sprachlos. Ich habe keine Ahnung, ob Victor in zwei Monaten zurück sein wird. Ich habe keine Ahnung, ob er überhaupt jemals zurückkommt.

»Ich muss die Wohnung verkaufen«, presse ich hervor.

Emile wiegt den Kopf. »Das würde ich dir im Moment nicht raten. Nach den Terroranschlägen in Paris sind die Preise deutlich gesunken. Der Markt wird sich wieder erholen, aber das dauert seine Zeit.«

Nur dass ich keine Zeit habe. Ich lehne mich vor. »Ich will diese Wohnung verkaufen. Jetzt. Wir brauchen sie nicht.«

»Wenn du das wirklich willst …« Mein Gegenüber verschränkt die Hände, sodass die Spitzen der Zeigefinger ein Dreieck bilden. Er sieht jetzt ganz bankermäßig aus. »Wir können dir natürlich helfen.«

»Was muss ich also tun?«

Jetzt ist Emile in seinem Element. Er nennt die Namen von ein paar Maklern und zählt dann Verfahrensschritte auf. Eine Wohnung ist keine Zitrone. Sie zu verkaufen ist nicht so leicht. Ich versuche mir zu merken, was er sagt, doch beim vierten Amt, das ich informieren muss, steige ich aus.

»Lass uns einen Termin vereinbaren«, sagt Emile, dem nicht entgangen ist, wie überfordert ich bin. »Wir können das schon morgen machen. Ich werde alles vorbereiten. Du musst mir dann lediglich noch die Unterschrift bringen.«

»Welche Unterschrift?«, frage ich.

»Die von Victor natürlich. Ist nur eine Formalität. Aber die Wohnung ist nun mal auf seinen Namen eingetragen.« Er sieht sich nach Armand um, signalisiert, dass wir zahlen wollen, zückt sein Portemonnaie und lächelt mir ermutigend zu: »Sobald ich die Unterschrift habe, legen wir los.«

7

Ich habe kein Geld und keinen Mann. Ich bin neunundvierzig Jahre alt und habe nicht nur meine Würde, sondern inzwischen auch meine Fassung verloren. Ich habe Victor angerufen. Wieder und wieder. Obwohl ich ahnte, dass es nichts bringt. Inzwischen weiß ich es sicher. Inzwischen ist die Nummer nämlich abgestellt.

Als ich das merkte, war ich so verzweifelt, dass ich mich an die Telefongesellschaft wandte. Ich wollte, dass sie sein Telefon orten. Weil ich hartnäckig war und möglicherweise etwas direkt, nimmt man auch dort meine Anrufe nicht mehr an. Ich müsse einen richterlichen Beschluss beibringen, hat man mir gesagt. Ohne richterlichen Beschluss würde man nicht mal mehr mit mir reden. Einen richterlichen Beschluss! Wie soll ich das denn machen, ohne dass die ganze Welt von Victors Verschwinden erfährt? Und das darf nicht passieren. Jetzt erst recht nicht. Die Bank würde ihm doch auf der Stelle kündigen. Und ohne Victors Gehalt habe ich keine Chance, die Zinsen dieses Kredites zu bedienen. Ich würde mein Heim verlieren. Es würde nicht mal einen Monat dauern. Ich würde alles verlieren, was ich noch besitze. Dieser Gedanke dreht sich in einer Endlosschleife unablässig in meinem Kopf. Die Vorstellung, völlig mittellos dazustehen, lässt mich vor Schreck erstarren.

Nach dem Gespräch mit Emile stellte ich mich sofort an den nächsten Bankomaten. Meine Knie waren weich und meine Hände zitterten. Als meine Karte im Schlitz verschwand, erwartete ich nicht, sie je wiederzusehen. Ich befürchtete, eine Sirene würde losgehen und von irgendwoher würden plötzlich uniformierte Polizisten auftauchen, während der Bildschirm in flammender Schrift schreit: Du bist bankrott! Versagerin!

Nichts von alledem geschah. Durchaus höflich fragte mich der Apparat, wie viel ich abheben wolle. Schön dumm von ihm. Ich ließ mir den maximal möglichen Betrag geben. Dieses Geld lege ich seither in Junkfood an. Was logisch ist, denn wie jede Leserin von Frauenzeitschriften weiß, hat Junkfood für wenig Geld die meisten Kalorien zu bieten. Und ich habe nichts mehr zu verschenken. Das Kalorien-Kosten-Verhältnis von Salat zum Beispiel kann ich mir nicht mehr leisten.

Natürlich war ich versucht, meinen Freundinnen mein Leid zu klagen. Ich hatte schon das Telefon in der Hand, um Dodo anzurufen. Dann hat mich mein Stolz zurückgehalten. Ein kleiner Rest muss mir noch geblieben sein. Zum Teufel noch mal – ich bin keine Frau, die verlassen wird. Verlassene Frauen sind mitleiderregend. Man bedauert sie nach Kräften, aber dann dreht man sich um und fragt sich doch, was sie falsch gemacht haben. Diese Frage in den Augen meiner Freundinnen zu sehen, könnte ich im Moment nicht ertragen.

Gott sei Dank scheinen alle in dieser Woche sehr beschäftigt zu sein. Außer ein paar SMS höre ich nichts von ihnen. Also gebe ich mich per SMS unbeschwert, während ich mir in Wirklichkeit auf dem Sofa die Augen ausheule.

Ich trage die Jogginghose, die ich während des Studiums gekauft habe und die sich in vielen Jahrzehnten quasi symbiotisch der Form meines Hinterns angepasst hat. Inzwischen ist sie vom Waschen schon beinahe durchscheinend, demnächst wird sie auseinanderfallen. Das ist eine weitere Tragik in meinem Leben, die mich zu Tränen rührt, während ich mir spät am Freitagabend den Shopping Kanal und zwei Packungen Madeleines au beurre pure reinziehe. Im Fernsehen führt eine blutjunge Blondine billigen Schmuck mit Zirkonen vor, der mich ebenfalls weinen lässt, weil ich echten Schmuck wohl nie mehr zu Gesicht kriege – da steht plötzlich Aline vor mir. »Ich habe geklingelt«, sagt sie und lässt ihren Blick durch den Raum schweifen. Hustend ringe ich um Atem und Fassung, nachdem ich mich vor Schreck an meinem Madeleine verschluckt habe.

Alines Blick bleibt an mir hängen. »Was ist hier los, Vivianne?«

Verdammt!

Aline ist wie ich aus der Schweiz. Sie stammt aus demselben Dorf am Bieler See. Wir sind zusammen aufgewachsen, und zusammen haben wir vor vielen Jahren das Abenteuer gewagt, nach Paris zu gehen. Aline ist dort geblieben. Sie ist zur erfolgreichen Cheflektorin eines großen Verlags aufgestiegen und glücklicher Single. Als Pariserin, die sie inzwischen ist, liebt sie Aix-en-Provence. Sie verbringt viele Wochenenden hier und hat einen Schlüssel zu meinem Haus. In meinem Elend hatte ich völlig vergessen, dass sie sich für diesen Freitag angemeldet hat. Und jetzt, wo sie vor mir steht, stelle ich zu meinem Schreck fest, dass ich es nicht schaffen werde, sie anzulügen.

»Victor hat mich verlassen!«, heule ich los. »Er ist abgehauen. Ohne ein Wort. Ist einfach nicht mehr nach Hause gekommen. Seit ganzen fünf Tagen.« Der Verrat schmerzt wie eine offene Wunde, aber Aline wirkt nicht ganz so schockiert, wie ich das von einer Freundin erwarten würde. Ich lege nach. Schließlich ist Victors schandhafte Treulosigkeit nicht das einzige Unglück, das mich ereilt hat.

»Pleite bin ich auch«, rufe ich aus. »Victor hat unser ganzes Geld durchgebracht. Nichts als Schulden hat der Mistkerl mir hinterlassen. Jetzt werde ich das Haus verkaufen müssen. Dann werde ich obdachlos. Das nächste Mal, wenn du kommst, kannst du mich unter einer Brücke besuchen.«

Endlich zeigt Aline eine gewisse Reaktion. Ihre Mundwinkel zucken. Ich schaue noch einmal hin, kann nicht glauben, was ich sehe. Es ist nicht zu fassen, aber angesichts der Schicksalsschläge, die mich ereilt haben, muss meine älteste und beste Freundin sich das Lachen verbeißen.

»Ja, ja«, rufe ich anklagend aus. »Lach mich nur aus. Das wird ohnehin die ganze Stadt tun. Aber nur zu, hau drauf. Das spielt jetzt auch keine Rolle mehr.«

»Ich lache dich doch nicht aus, Vivianne.« Die Person, die ich für meine Freundin hielt, setzt sich neben mich auf die Couch. Sie streicht mir über das Haar. Ich hätte ihre Hand wegschlagen sollen, aber zu meiner Schande muss ich gestehen, dass ich mich in die kleine Zärtlichkeit schmiege wie ein Schosshund. »Ich lache nicht über deine Situation. Nur über deinen Hang zum Dramatisieren.«

»Die Lage ist dramatisch«, sage ich empört.

»Da hast du wohl recht.« Sie schaut mich nachdenklich an und streicht mir eine Haarsträhne, die mir ins Gesicht hängt, hinter das Ohr. Dann erhebt sie sich mit einem Ruck.

»Los, steh auf«, sagt sie streng.

»Nein«, rufe ich empört und verkrieche mich noch tiefer in meinen Kissenberg. »Warum?«

»Weil du stinkst!«

»Das ist nicht wahr.« Vorsichtshalber schnüffle ich kurz. »Ich rieche nichts.«

»Du kannst gar nichts riechen, weil diese ganze Bude hier stinkt.« Aline reißt die Fenster zum Garten hin auf. Dann dreht sie sich wieder zu mir um und befiehlt mir, mich zusammenzureißen. »Du wirst dich gefälligst nicht so hängen lassen, Vivianne.« Ihre Augen blitzen, die Arme hat sie in die Seiten gestemmt. Sie wirkt sehr glaubwürdig, als sie versichert, sie werde mir an Ort und Stelle eine kalte Dusche verpassen, wenn ich mich nicht unverzüglich ins Bad verziehe. Murrend stehe ich auf.

Während ich unter der Dusche bin, lässt Aline die Jogginghose verschwinden und weigert sich, mir zu sagen, was sie damit gemacht hat. Ich werde im Müll nachschauen, sobald sie schläft. Vermutlich sind dort auch meine Schokoladenvorräte gelandet. Da sich erst die dritte Jeans, die ich anprobierte, einigermaßen schmerzfrei schließen ließ, sagt mir eine innere Stimme, dass ich über das Verschwinden der Schokolade froh sein sollte. Gleichzeitig registriere ich natürlich eine weitere kosmische Ungerechtigkeit: Andere Frauen werden vor Kummer dünn!

In Paris ist man allgemein der Auffassung, dass, wie beschissen die Lage auch ist, ein Omelett in jedem Fall hilft. Ich kann mir nicht erklären, woher sie die Zutaten hat, aber als ich wieder hinunterkomme, serviert mir Aline ein Omelett mit Schinken, Käse und Champignons. Ich würde es nie zugeben, wenn man mich fragt, doch die Sache mit dem Omelett stimmt wirklich. Als ich Gabel und Messer beiseitelege, fühle ich mich wohlig satt und stark genug, Aline die ganze Geschichte der Reihe nach zu erzählen.

Diesmal läuft alles richtig. Sie ist entsetzt über Victors Verrat. Wir verfluchen beide meinen Mann und weinen ein bisschen. Das tröstet mich tatsächlich. Ein klein wenig jedenfalls. Übereinstimmend sind wir der Meinung, dass weder eine Midlife-Krise noch sonst irgendetwas Victors Verhalten entschuldigen kann.

»Wenn er sich alt und hässlich fühlt, hätte sich der Mistkerl doch einen Porsche zulegen können«, meint Aline.

»Eigentlich nicht.«

Sie sieht mich an.

»Wir sind pleite. Das habe ich dir doch gesagt.«

»Und das stimmt wirklich?«

»Natürlich. Glaubst du etwa, dass ich übertreibe?«

Sie wiegt den Kopf, was ich ihr diesmal nachsehen will. Ich erzähle ihr von den Zweihunderttausend, die Victor abgehoben hat, bevor er verschwunden ist, und jetzt malt sich endlich so etwas wie Empörung auf ihr Gesicht.

»Zweihunderttausend!«, sagt sie. »Das ist übel.«

»Und das ist noch längst nicht alles.«

Ich frage sie, ob sie sich an die Wohnung erinnert. »In der Avenue Vavin?«

Sie stößt einen Pfiff durch die Zähne aus. »Die Wohnung war toll.«

»Victor hat sie gekauft.«

»Nein!«

»Doch.«

»Aber das ist doch toll!«

»Nein«, sage ich traurig. »Ich kann sie mir nicht leisten. Schon gar nicht ohne Victors Gehalt. Und damit wird spätestens in zwei Monaten Schluss sein. Vielleicht früher schon. Wenn die in der Bank merken, dass er nicht krank, sondern verschwunden ist.«

»Du hast sie angelogen?«

»Natürlich.«

Sie sieht mich von der Seite her an. »Dann musst du eben wieder arbeiten gehen.«

Für Untätigkeit hatte Aline nie viel Verständnis. Sie gehört nicht zu den Menschen, die in musevollem Nichtstun eine Tugend sehen.

»Was denn?«, frage ich. »Wo denn? Die Agentur ist verkauft.«

»Es gibt viele Agenturen«, gibt sie zurück.

»Die alle nicht auf mich gewartet haben. Ich bin neunundvierzig! Mal ehrlich, was glaubst du, wer mich noch einstellt?«

»Du hast viel Erfahrung.«

Ich verziehe das Gesicht. Wir leben in einer Zeit, in der Erfahrung schneller alt wird als eine Baguette. Und die kann man schon nach einem halben Tag kaum mehr essen.

Was mit meinem Job im Atelier Cézanne sei, will Aline wissen. »Könntest du den vielleicht ausbauen?«

»Könnte ich schon. Nur zahlen würde man mir nichts dafür.«

Sie seufzt: »Dann musst du die Wohnung verkaufen.«

»Würde ich ja gerne«, sage ich düster. »Aber dafür brauche ich Victors Unterschrift. Sie ist auf seinen Namen eingetragen. Ich wusste ja nicht mal davon.«

Nach einem Moment der Überlegung schlägt sie mir vor, die Unterschrift zu fälschen.

»Das würde ich vielleicht bei einer anderen Bank versuchen. Aber ich muss diese Unterschrift Emile vorlegen.« Was einen Betrug unmöglich macht. Der Stellvertreter meines Mannes kennt Victors Unterschrift vermutlich besser als ich selbst.

Nun scheinen sogar Aline langsam die Ideen auszugehen. Sie zieht die Lippen zwischen die Zähne. Dann schießt sie plötzlich hoch. »Was ist mit diesem Haus?«

»Mein Zuhause verkaufen?« Ich schlucke trocken. Aline hat meine schlimmsten Befürchtungen angesprochen. Absurde Gedanken schießen mir durch den Kopf. Wo soll ich denn schlafen, wenn ich dieses Haus nicht mehr habe? Etwa tatsächlich unter der Brücke? Nein! Ich schüttle entschieden den Kopf. So weit bin ich noch nicht.

»Nicht verkaufen.« Alines Augen leuchten. »Vermieten! An Feriengäste, die kommen, um das schöne Aix-en-Provence zu sehen. Du lebst in einer der begehrtesten Ferienregionen, Vivianne, und du hast ein Haus in bester Lage, das viel zu groß ist für dich allein. Mach ein Geschäft daraus. Das kannst du doch. Mit der Agentur bist du schließlich auch erfolgreich gewesen.«

»Der Erfolg hielt sich in Grenzen«, sage ich zu Aline. Und eine Agentur sei doch etwas anderes, als Chambres d'hôtes anzubieten. Wie eine Bauernfrau in der Provinz. Wie eine alte bourgeoise Jungfer, der das Geld ausgegangen ist. Wobei ich von der Jungfer wohl nicht so weit entfernt bin.

Freundlicherweise weist mich Aline darauf nicht eigens hin. Aber die Idee mit den zahlenden Feriengästen hat sich in ihrem Kopf festgesetzt.

»Jetzt stell dich nicht so an«, sagt sie. »Du gehst auf Airbnb. Das ist cool. Das macht doch heute jeder.«

Ich weiß natürlich, was das ist. Ich bin ja nicht von gestern. Aber »altbacken«, wie ich nun mal bin, hat es mich bisher nicht sonderlich interessiert.

Im Prinzip, sagt Aline, ist es wie ein großer Marktplatz. Virtuell natürlich. Leute bieten ihre Wohnungen an oder auch einzelne Zimmer. Andere Leute suchen eine Unterkunft. Auf der Webseite von Airbnb treffen die beiden aufeinander. Besonders prickelnd klingt das nicht. Aber Aline ist von der Idee nicht mehr abzubringen.

»Komm schon«, sagt sie. »Das ist die perfekte Lösung für dein Problem. Alles, was du brauchst, sind ein paar gute Fotos. Ich habe meinen Laptop dabei. Wir schießen ein paar Bilder, und in einer Viertelstunde stehst du im Netz. Du wirst sehen. Mit etwas Glück kannst du am Montag schon Geld verdienen.«

Damit hat sie nicht übertrieben, stelle ich erstaunt fest. Freitagnacht haben wir die ersten Fotos online gestellt. Am Samstag kommen tatsächlich bereits Anfragen. Zuerst ist es eine. Dann eine zweite. Unmittelbar darauf die dritte, vierte ... Es hört gar nicht mehr auf. Sie treffen direkt auf meinem Handy ein, und Aline ist begeistert über das unablässige Bimmeln. Ich weniger. Weil die Leute, die sich melden, alle furchtbar unkultiviert zu sein scheinen. Nicht gerade die Gäste, die man sich gern ins eigene Haus einladen würde.

Als ich zum fünften Mal schreibe, dass der angefragte

Termin leider bereits belegt ist, wird Aline sauer. »Wozu machen wir hier den ganzen Scheiß«, ruft sie empört, »wenn du dann alle ablehnst?«

»Der ganze Scheiß« soll heißen, dass sie verschwitzt und schmutzig und müde ist. Mein schlechtes Gewissen hält sich in Grenzen, schließlich war alles ihre Idee. Airbnb zum einen, und dann hat sie auch noch darauf bestanden, unverzüglich mein Haus auf Vordermann zu bringen. Den zweiten Stock, den Victor und ich nie brauchen. Zu Zeiten von Victors Großmutter war das die Dienstmädchenetage. Als Victor ein Kind war, haben seine Eltern ihn dort oben verstaut, und wir, die wir keine Kinder haben, lagern im zweiten Stock den überflüssigen Kram aus dem Rest des Hauses.

Aline und ich sind gerade dabei, die Sedimente von zwei Generationen Familiengeschichte zu entsorgen. Schon viermal sind wir zur Mülldeponie gefahren, den Wagen vollgeladen mit alten Schubladenmöbeln, zerbrochenem Spielzeug, schmuddeligen Teppichen und müffelnden Vorhängen. Das eine oder andere Stück legt Aline zur Seite. Sie behauptet, dass Touristen auf Vintage-Schick stehen.

Ich selbst habe, unbemerkt von ihr, eine Kiste in mein Schlafzimmer gebracht. Sie trägt Victors Handschrift auf dem Deckel. Ich öffne sie heimlich, als Aline unten ist. Falls die Kiste Fotos enthält, Victors Spielzeug von früher oder sogar meine alten Liebesbriefe, will ich nicht, dass Aline sieht, wie ich erneut einen Heulkrampf bekomme. Als ich den Deckel öffne, halte ich einen Moment den Atem an und weiß dann nicht, ob ich lachen oder weinen soll. Die Kiste ist ein Mausoleum, in dem Victors Firma begraben liegt.

Sie war direkt nach dem Studium sein großes Projekt. Sein Traum. Und wenn ich an den Enthusiasmus denke, der ihn damals beseelte, werde ich fast sentimental. Wir waren so jung und unbeschwert. Die Welt lag uns zu Füßen. Bis Victor und die Firma unsanft zu Boden krachten ...

Er hat das nie verwunden, denke ich, während ich durch Konzepte blättere, durch den Businessplan, Besprechungsunterlagen und altes Briefpapier, und schließlich sogar einen Prospekt finde, den ich damals selbst gestaltet habe, weil für Werbung nun wirklich kein Geld da war.

Ich hatte keine Ahnung, dass er den ganzen Kram aufbewahrt hat. Mir hat Victor gesagt, er habe mit der Firma abgeschlossen. Wann immer ich das Thema aufbrachte, wich er aus. Natürlich ließ ich ihn in Ruhe. Ich wollte ihn nicht zwingen, über sein Scheitern zu sprechen. Jetzt, wo ich sehe, mit welcher Sorgfalt er auch noch das letzte Fitzelchen Papier aus dieser Zeit behalten hat, fühle ich mich verraten. Als ich Alines Schritte auf der Treppe höre, schließe ich die Kiste rasch. Und weil ich das alles jetzt nicht sofort wegwerfen kann, schiebe ich sie in mein Bad und schließe die Tür.

Es ist auch so genug Kram. Wir machen drei weitere Abfallfahrten, und obwohl ich der Meinung bin, dass wir danach eine Pause verdient hätten, besteht Aline darauf, auf dem Rückweg bei »Mr. Bricolage« vorbeizufahren. Einmal dort angekommen, kann ich nicht verhindern, dass sie das Auto wieder füllt. Mit großen Mengen Putzmitteln, mit Stahlbürsten und Schwämmen, mit Tüchern, Möbelpolitur und vier Eimern Farbe. Ich hoffe darauf, dass sie das Zeug nicht wirklich benutzen will. Aber auch nach beinahe vierzig Jahren Freundschaft kann Aline mich noch immer erschüttern. Nach einer kurzen Nacht weckt sie mich am Sonntagmorgen in aller Herrgottsfrühe und kommandiert mich zum Putzdienst ab. Man kennt das aus Filmen über amerikanische Bootcamps. Dort werden zukünftige Heroen von bissigen Drill Sergeants bis aufs Blut geschunden. Ich will mich ja nicht selber loben, aber inzwischen weiß ich genau, wie man sich dabei fühlt.

Und eines gewissen heroischen Stolzes kann ich mich nicht erwehren, als wir am Abend die Resultate unserer Arbeit inspizieren. Zwei Schlafzimmer, ein Bad, ein großzügig geschnittener Flur, den Aline im Airbnb-Inserat etwas vollmundig als Salon beschrieben hat. Alles ist tipptopp sauber. Es glänzt und riecht nach Zitronenpolitur. Die Fenster sind geputzt, die Fliesen im Bad poliert. Mit vereinten Kräften haben wir dort sogar eine neue Klobrille installiert. Ich spüre jeden einzelnen Muskel in meinem Körper, auch solche, die es anatomisch gesehen gar nicht gibt, und finde, wir haben einen faulen Abend mehr als verdient.

Aline sieht das ein wenig anders. »Hier muss noch Farbe rein«, sagt sie. Sie will die Schlafzimmer streichen. Eines soll honiggelb werden, das andere rosarot. Natürlich setze ich mich gegen diesen Plan energisch zur Wehr. Ich pflege einen modernen, urbanen Stil. Meine Materialien sind Stahl, Chrom und Leder. Bei Textilien, die ich nur sparsam verwende, bevorzuge ich helles Leinen und dunkelgrauen Filz. Auf keinen Fall werde ich zulassen, dass Aline den zweiten Stock meines Hauses in ein französisches Boudoir verwandelt.

Das Nächste, was ich weiß, ist, dass ich Farbeimer schleppe. Aline ist unerbittlich. Wenn in all diesen Filmen auch nur ein Körnchen Wahrheit steckt, dann hätte sie in der US Army eine Traumkarriere hingelegt.

Nach dem Anstreichen richtet sie die Zimmer ein. Sie verwendet das Zeug, das sie gestern aussortiert hat. Hier ein kleiner Polstersessel. Dort ein Schminktisch mit Schnörkeln dran, und als sie fertig ist, sehen die Räume aus, wie einer Wohnzeitschrift entsprungen. Ich bin beeindruckt und gebe das auch zu.

»Etwas fehlt noch«, sagt sie abermals. Sie bringt den letzten Eimer Farbe nach oben. Ich schließe entsetzt die Augen, als ich sehe, was er enthält: ein leuchtendes, strahlendes Himbeerrot.

Und was soll ich sagen – bevor ich Aline aufhalten kann, ist sie bereits auf einen Stuhl gestiegen. In schwungvollen Lettern schreibt sie in Himbeerrot mitten auf die Wand:

La vie en rose chez Madame Vivianne

TEIL 2

8

Die ersten Gäste kommen am Dienstag, zwei Tage nach dem Wochenende mit Aline. Nachdem wir das Haus auf Vordermann gebracht haben, habe ich mich nach Alines Abreise gestern auch mental auf die neue Situation eingestimmt. Mit dem erfreulichen Ergebnis, dass ich meiner neuen Rolle als Gastgeberin inzwischen auch positive Seiten abgewinnen kann. Dieser Status, finde ich, hat schließlich durchaus eine gewisse Grandesse. Man muss das nur entsprechend inszenieren. Man darf sich nicht als Hausmädchen fühlen, sondern eher zum Beispiel als englische Schlossherrin.

Während ich auf die Gäste warte, sehe ich mich deshalb vor meinem inneren Auge auf dem manikürten Rasen eines herrschaftlichen Anwesens stehen. Ich sehe mich huldvoll Hände schütteln. Ich sehe Gäste, denen der Mund offen steht ob der Pracht, die sie da erwartet. Natürlich ist mein Haus kein Schloss, und der Rasen im Garten wird in den Hochsommermonaten immer etwas braun. Aber ich traue mir durchaus zu, dennoch die richtige Atmosphäre zu schaffen.

Wichtig ist der erste Eindruck. Deshalb habe ich in die Gästezimmer frische Rosen gestellt und alle Möbel noch mal mit Olivenöl poliert. Als zusätzliche Maßnahme habe ich ein Blech voll Kaffeebohnen in den heißen Ofen geschoben, wo sie jetzt langsam rösten. Die meisten Menschen finden den Duft frisch gerösteten

Kaffees einfach unwiderstehlich. Diesen Trick habe ich aus dem Fernsehen, eine Reality-TV-Show über amerikanische Immobilienmakler im Spätprogramm. Ich hätte sie nie gesehen, hätte ich vergangene Woche nicht so viel Zeit heulend auf meinem Sofa verbracht. Glück muss man haben.

Die Gäste, die ich erwarte, sind zwei Ehepaare aus Paris. In diesem Punkt immerhin habe ich mich gegen Aline durchgesetzt. Sie wollte ja, dass ich jeden nehme, aber ich habe auf Franzosen bestanden. Vorzugsweise aus Paris.

»Warum willst du dir das antun?«, hat mich Aline gefragt. Sie hält die Pariser für arrogant. Erstaunlich eigentlich, dass sie diesem Vorurteil aufsitzt. Schließlich lebt sie in Paris. Ich hingegen habe im Atelier Cézanne nur positive Erfahrungen mit ihnen gemacht. Die Damen sind in der Regel äußerst kulturbeflissen. Ihre Ehemänner sieht man kaum, weil sie normalerweise draußen im Garten bleiben und mit gewichtigen Mienen telefonieren. Ich finde das nicht weiter schlimm, aber mir ist vollkommen klar: Menschen aus Paris muss man auf Augenhöhe begegnen. Was bedeutet, mit Stil und Eleganz.

Entsprechend habe ich heute Morgen lange darüber nachgedacht, was eine moderne Gastgeberin heutzutage denn so trägt. Die Antwort ist nicht einfach. Erschwerend kommt hinzu, dass die letzte Woche nicht spurlos an mir vorübergegangen ist und die Hälfte der Kleider in meinem Schrank im Moment unangenehm kneifen. Ich entscheide mich schließlich für Retro Look und wähle ein graues Kleid, das für den Anlass vielleicht eine Spur zu elegant ist, dessen üppiges Dekolleté jedoch wirkungsvoll von meinem Bauch ablenkt. Mein Haar ist frisch gewaschen, die Nägel sind manikürt und etwas Lippenstift habe ich ebenfalls aufgelegt. Ich bin aufgeregt, aber zuversichtlich, als in einer großen schwarzen Limousine meine allerersten Mieter in die Auffahrt rollen. Der große Wagen stellt sich quer vor meine Garage, sodass ich kaum mehr das Tor öffnen kann. Das finde ich ziemlich egoistisch. Aber gut, im Moment werde ich meinen Wagen ja nicht brauchen. Ich setze mein Gastgeberinnenlächeln auf, das ich extra vor dem Spiegel eingeübt habe: freundlich und warmherzig, aber dann auch wieder nicht zu vertraut. Immerhin zahlen diese Leute Geld, um bei mir übernachten zu dürfen.

Auch wenn mein Anwesen kein Schloss ist, ich finde, es kann sich sehen lassen. Die Sonne strahlt, als würde auch sie dafür bezahlt, und in den blitzblanken Scheiben meiner neuen Orangerie spiegelt sich ein strahlend blauer Himmel. Unter den Palmen im Garten habe ich zwei Liegestühle platziert, deren tiefblaue Kissen mit der Farbe des Himmels harmonieren. Und vor dem Rosenbeet steht eine Sitzgarnitur aus ziseliertem Eisen, die Aline und ich bei unserer dritten Fahrt zu »Mr. Bricolage« erworben haben. Sie passt ganz wunderbar zur neuen Veranda und sieht viel teurer aus, als sie war. Mit einem Tischtuch aus gestärktem Leinen habe ich dem Ensemble noch zusätzliche Klasse verliehen. Und auf dem Tisch steht als besonderes Extra ein Krug mit frischer Limonade für meine Gäste bereit. Da ich an diesem Morgen mit meiner Garderobe beschäftigt war, hatte ich leider keine Zeit, sie selbst zu machen. Die Limonade stammt aus dem Supermarkt. Aber meine Gäste, davon gehe ich aus, werden mir so ein klitzekleines Detail ganz bestimmt nachsehen.

Die beiden Männer sitzen vorne, die Frauen hinten, und natürlich sind sie es, die zuerst aussteigen. Sie können es nicht erwarten, denke ich, und verfolge gespannt, wie ihre Blicke über Haus und Garten schweifen, wobei sie, um die Wahrheit zu sagen, ziemlich herablassend wirken. Ihre Reaktion lässt denn auch jede Begeisterung vermissen. Die eine bläst die Wangen auf und schürzt ihre Lippen, die andere massiert sich den Nacken. Etwa um die sechzig, beide gut erhalten. Sie tragen enge Jeans einer teuren Marke, viel Goldschmuck, schwarze Tops und Blazer in Sommerfarben.

Die beiden Männer treten uniform in hellen Leinenhosen auf, mit Poloshirt und Slippers ohne Socken. Bei der Begrüßung sehe ich ihre Augen in Richtung meines Ausschnitts wandern. Ich bin schon fast dankbar für irgendeine Reaktion und strecke die Brust noch ein wenig heraus, als mir Sekunden später ein Koffer vors Schienbein knallt. Er gehört einer der Ehefrauen. Eine magere dunkelhaarige Person, deren Lippen sich zu einem Lächeln verziehen, während ihr Blick mich erdolcht. Sie stellt mir den Koffer quasi auf den Fuß und scheint zu erwarten, dass ich ihn trage!

Ich lächle ebenfalls, wobei ich den Schmerz im Schienbein eisern ignoriere. »Schön, dass Sie hier sind«, sage ich. »Dann werde ich Ihnen mal Ihre Zimmer zeigen.« Den Koffer lasse ich natürlich stehen.

Die Gruppe hat für drei Nächte gebucht, was nicht besonders lang erscheint, aber Zeit ist ja bekanntlich relativ. Kaum hat die Dunkelhaarige das Haus betreten, beklagt sie sich über den Geruch. »Es stinkt verbrannt!«, ruft sie schrill und rümpft die Nase, worauf mir mit Schreck die Kaffeebohnen einfallen. Mir war beim Warten doch völlig entfallen, dass ich ja noch die Bohnen im Ofen habe. Der Tipp aus dem Fernsehen war wohl doch nicht so gut. Oder hätte ich vielleicht die Grillfunktion nicht voll aufdrehen sollen? Egal, die Dunkelhaarige meckert ohnehin an allem herum. Der Teppich in meinem Flur rutscht, der Treppenaufgang ist zu schmal, und sie kann auch kaum fassen, dass es hier keinen Aufzug gibt.

»So was müssen Sie deklarieren!«, fährt sie mich an. »Diese Kletterei ist ja lebensgefährlich.«

Ich verspreche, den Text entsprechend zu ändern. »Für ältere Leute«, sage ich, »kann es tatsächlich schwierig werden.«

Zur guten Stimmung trägt mein Kommentar nicht viel bei, aber immerhin hält sie die Klappe, bis wir oben sind. Dann höre ich sie nach Luft schnappen, als ich die Tür zum Schlafzimmer öffne.

»Was ist denn DAS?«, ruft sie aus.

Ich bleibe bewundernswert ruhig. »Ihr Zimmer«, entgegne ich.

»Es ist rosa!«, ruft sie schrill.

Dem kann ich nicht widersprechen, aber das hat die Kuh doch schon auf den Fotos gesehen. Ich weise sie darauf hin, dass, wenn ihr Rosa nicht passt, auch Gelb verfügbar ist. Das ignoriert sie. Vermutlich bietet diese Farbe zu wenig Angriffsfläche. Stattdessen drängt sie mich zur Seite und stellt sich mitten in die rosarote Pracht. »Ich werde auf keinen Fall hier schlafen«, verkündet sie. »Hier sieht es ja aus wie in einem Bordell.«

Keine Ahnung, woher sie das weiß. Ihr Ton ist indiskutabel. Was die Sache selbst betrifft, hätte ich ihr am Vortag womöglich noch recht gegeben. Aber inzwischen scheine ich eine verspätete Liebe zu Rosarot entdeckt zu haben. So schlecht ist das nicht. Man braucht sich deswegen nicht gleich so anzustellen. Als ich ihr das sage, läuft die Dunkelhaarige rot an. Eine Farbschattierung, die im Übrigen hässlicher ist als die Wand. »Dann suchen Sie sich doch was anderes, wenn es Ihnen hier nicht gefällt«, sage ich patzig. Die Dunkelhaarige verzieht den Mund, und zum ersten Mal wirkt ihr Lächeln echt. »Das«, sagt sie, »würde Ihnen wohl so passen.«

Das Lächeln verheißt nichts Gutes. Doch seine volle Bedeutung kann ich erst ermessen, nachdem mich die Dunkelhaarige in der kommenden Viertelstunde dreimal in Folge die Treppe hochgescheucht hat. Um mir beim ersten Mal mitzuteilen, dass sie die Schränke zu klein findet, und beim zweiten Mal zusätzliche Kleiderbügel verlangt hat. Beim dritten Mal hatte sie den Nerv, sich bei mir über den Geruch des Waschpulvers zu beschweren, mit dem ich noch in der Nacht ihr ganzes Bettzeug gewaschen hatte.

Als ich gerade dabei bin, mir unten zur Beruhigung der Nerven einen kleinen Cognac einzuschenken, ruft sie mich das vierte Mal. Ich steige erneut die Treppe hinauf und finde die Dunkelhaarige im Bad, wo sie mit süffisantem Lächeln auf die Toilette weist und behauptet, sie sei kaputt.

»Unsinn«, sage ich entschieden. Das gute Stück ist schätzungsweise fünfzig Jahre alt, und von einer Fehlfunktion ist mir nichts bekannt. Allerdings muss ich zugeben, einen Klo-Test habe ich nicht gemacht. Ich ziehe vorsichtig an der Kette, die vom Wassertank baumelt, und bin erleichtert, als umgehend Rauschen einsetzt. Triumphierend drehe ich mich um. Leider zeigt sich die Dunkelhaarige wenig beeindruckt. »Die Spülung ist in Ordnung«, sagt sie. »Der Deckel ist das Problem.«

Das ist nun absolut lächerlich. »Der Deckel ist ganz neu«, entgegne ich.

»Klar. Von Mr. Bricolage.« Jetzt rümpft sie die Nase, um anzudeuten, dass Do-it-yourself natürlich unter ihrer Würde ist. Auch wenn man sich durchaus fragen kann, warum sie dann so genau weiß, woher das Produkt stammt. Ich klappe den Klodeckel auf und ab, und alles funktioniert einwandfrei. »Ja«, sagt die Dunkelhaarige. »So geht es. Aber setzen Sie sich mal hin.«

Das tue ich selbstverständlich nicht. Zumindest nicht gleich. Aber die Frau ist eine echte Nervensäge. Ich weiß, dass alles stimmt, ich habe den Deckel schließlich selbst montiert. Deshalb lasse ich mich nach einigem Hin und Her doch überreden.

Fehler, kann ich nur sagen. Großer Fehler. Sich würdevoll auf ein Klo zu setzen ist unmöglich. Klo und Würde widersprechen sich. Das ist grundsätzlich so. Und in meinem Fall kommt erschwerend hinzu, dass mich der Klodeckel tatsächlich einklemmt. Es ist wirklich kaum zu glauben, aber Mr. Bricolage schreibt falsche Montageanleitungen! Ich nehme mir vor, noch am selben Tag eine gesalzene Beschwerde an die Firma zu verfassen. Was mich vor den anstehenden Reparaturarbeiten leider auch nicht rettet. Während sich die Gäste unten im Garten die Limonade schmecken lassen, verbringe ich eine geschlagene Stunde auf den Knien vor dem Klo.

Auch in der Folge gelingt es mir nur selten, in unsere Beziehung jene Grandesse einzubringen, die ich mir vorgenommen habe. Drei Tage lang bin ich in ständigem Alarmzustand, und als Lohn für meine Mühe verfasst die Dunkelhaarige nach ihrer Abreise dann auch noch eine haarsträubende Kritik.

Ich kriege sie zugeschickt, bevor sie erscheint. Sie erwischt mich ohne Deckung. Ich habe noch keine Erfahrung mit diesem Instrument des gegenseitigen Kritisierens. Nun merke ich schnell, dass ich das ganze Prinzip völlig falsch verstanden habe. Ich bin nämlich fair geblieben. Nur durch die Blume habe ich erwähnt, dass die Gäste vielleicht etwas schwierig waren. Aber ich bin nicht näher auf die ständigen Meckereien eingegangen. Auch nicht darauf, dass diese Gäste mich in meinem eigenen Haus regelrecht belagert haben.

Ich musste alles und jedes gegen sie verteidigen. Meinen Garten, in dem sie unverfroren ihre Liegematten ausrollten. Meinen Kühlschrank, den sie mit ihrem Kram gefüllt haben. Mein Wohnzimmer, das sie für sich reklamierten, weil sie frech behaupteten, der Flur im zweiten Stock sei nun ganz sicher kein Salon. Natürlich habe ich widersprochen. Doch um weiteren Begehrlichkeiten ein für alle Mal einen Riegel vorzuschieben, habe ich diesen Teil der Annonce inzwischen vorsichtshalber umformuliert. Am liebsten hätte ich das Inserat gleich ganz gelöscht. Aber mir ist schmerzhaft klar, dass ich mir das nicht leisten kann.

Was ich Victor zu verdanken habe! Ich verbringe einen ganzen Tag damit, das Haus von oben bis unten zu putzen. Die Spuren der Gäste kann ich damit entfernen. Meine Wut auf Victor besänftigt die Putzerei nicht.

Als ich mich am Abend erschöpft ins Bad schleppe und mir an der blöden Kiste mit Victors Firmenunterlagen, die hier immer noch rumsteht, heftig den Zeh anstoße, verliere ich die Fassung. Wie eine Verrückte trete und schlage ich auf die Kiste ein, bis mir beide Füße und auch noch die Hände wehtun. Dann nehme ich sie hoch, trage sie raus und schmeiße sie die Treppe hinab. Als sie aufschlägt, reißt der Karton, und eine Papierflut quillt heraus. Na prima, denke ich voller Zorn, als ich auf die Bescherung hinunterschaue. Jetzt darf ich Victors geplatzten Traum auch noch vom Boden aufklauben.

Am Freitag muss ich wieder arbeiten gehen. Ich fahre in aller Früh hinauf ins Atelier Cézanne. Wir sind, wie man so schön sagt, ein Museum der besonderen Art. Im Klartext bedeutet das: Bei uns gibt es keine Bilder zu sehen. Touristen, die nicht zuvor ihren Reisführer konsultieren, überrascht das manchmal ein wenig. Sie stolpern dann etwas hilflos im Haus herum und werden in der Regel irgendwann von Ali in die Schranken gewiesen. Ali verkauft die Tickets und leitet den Museumsshop. Dass er sich auch um die »Sicherheit« kümmert, ist eher so was wie ein Hobby von ihm. Gäbe es in dieser Hinsicht ernsthafte Probleme, käme wohl niemand auf die Idee, mit der Lösung ausgerechnet Ali zu betrauen. Ich bin eins sechzig groß – und Ali muss zu mir aufschauen. Seine Statur könnte man als gedrungen beschreiben. Mit zunehmendem Hang zum Schwabbeligen. Weil er großen Wert auf Äußerlichkeiten legt, ist ihm das selbst sehr wohl bewusst. Er ist auch durchaus sportlich. Auf eine theoretische Art. Darin sind wir uns ähnlich. Ali ist bestens über jeden neuen Sporttrend informiert, und wir sitzen oft zusammen im Garten des Ateliers Cézanne und entwickeln Sportprogramme. Am liebsten mit Kaffee, Zigaretten und einem Brioche au Chocolat.

Natürlich handeln wir uns damit stets eine Strafpredigt von Hortense ein, die ebenfalls im Atelier Cézanne beschäftigt ist. Rauchen ist im Garten verboten. Solche Vorschriften kommen direkt aus dem Kulturministerium, wo die Mitarbeiter, wie man hört, danach bezahlt werden, wie viele neue Vorschriften sie schaffen. Da das Kulturministerium weit weg ist und es sich bei dem Garten in Wirklichkeit um nicht viel mehr als einen Kiesplatz handelt, sind Ali und ich der Meinung, dass man die Vorschrift getrost vergessen kann. Aber dazu fehlt es Hortsense an der nötigen Nonchalance.

Hortense trägt weiße Strümpfe und Gesundheitsschuhe. Zudem liebt sie großen, bunten Ethnoschmuck. Damit ist eigentlich schon alles über sie gesagt. Gelegentlich habe ich ihr kleine Stil-Tipps zukommen lassen, aber Hortense zeigt sich ungerührt. Sie wisse gar nicht, sagt sie, was ich gegen weiße Strümpfe hätte, und die Schuhe müsse sie wegen ihrer Hühneraugen tragen. Den Schmuck wiederum findet sie authentisch, und authentisch ist ihr sehr wichtig. Ganz besonders, wenn es um Cézanne geht.

Grundsätzlich ist daran natürlich nichts auszusetzen. Unser Museum besteht aus den Räumen, in denen Cézanne sein Alterswerk geschaffen hat. Es ist durchaus berechtigt, sie erhalten zu wollen. Wir haben Cézannes Kaffeebecher hier und seine Wasserkaraffe, sein Kissen und sein Jackett und auch den Stock, den er zum Gehen benutzte. Ich betrachte diese Dinge in erster Linie als nette Kulisse, Hortense jedoch behandelt sie wie Reliquien. Jedes Wochenende nimmt sie heimlich Cézannes Jackett mit nach Hause, um es von Hand zu waschen. Dass sie dazu nur Savon de Marseille verwenden kann, seit hundertfünfzig Jahren in der Zusammensetzung unverändert, versteht sich von selbst. Jeden Morgen geht Hortense vor der Arbeit auf den Markt und kauft drei Äpfel, zwei Birnen und eine Orange. Die Früchte sind nicht zum Essen gedacht. Das weiß ich, seit ich an meinem dritten Arbeitstag gegen zwei Uhr nachmittags einen leichten Hunger verspürte. Als ich einen Apfel aus der Schale nahm, war mir nicht klar, dass ich damit ein Stillleben ruinierte. Man kann es auf Cézannes Bildern sehen. Oder bei uns im Museum. Denn Hortense baut dieses Stillleben Morgen für Morgen detailgetreu nach. Den Apfel zu essen war in etwa so, als ob ich auf Cézannes Grab getanzt hätte. Sie hat damals eine ganze Woche kein Wort mit mir gesprochen.

Inzwischen hat sich unsere Beziehung normalisiert, wenn auch nicht entspannt. Das hat mit meiner Position hier zu tun. Man hat mich wegen meines Kunststudiums eingestellt. Ich bin verantwortlich für die Führungen, Hortense ist verantwortlich für den ganzen Rest. Im Endeffekt ist sie eine bessere Concierge. Ich bin sicher, dass sie diese Arbeitsaufteilung für äußerst ungerecht hält. In einem gewissen Sinn ist sie das auch. Hortense hat nämlich in fast schon religiösem Eifer regelrechte Berge von Wissen angehäuft. Sie kennt sich in Cézannes Leben aus wie niemand sonst. Sie kann sämtliche Daten hinunterrattern: Geburtstag, Taufe, Kommunion, Geburtstag des Vaters, der Mutter, der Schwester, des Cousins vierten Grades. Sie weiß vermutlich auch, wann der Hund Verdauungsprobleme hatte. Nur von der Kunst versteht sie leider wenig. Und ihre Art ist gewöhnungsbedürftig: etwas trocken und detailversessen. Außerdem ist ihr ein Zug ins Herrische nicht abzusprechen.

Hortense übernimmt die Führungen, wenn ich verhindert bin. Wie Ali mir verraten hat, muss er dann von außen die Tür schließen, um nach Möglichkeit zu verhindern, dass die Besucher fliehen.

Dessen ungeachtet liebt es Hortense, meine Rolle zu übernehmen. Sie ist gern für mich eingesprungen, während ich mich zu Hause mit den Parisern herumgeschlagen habe.

Ihre Freude, mich wiederzusehen, hält sich in Grenzen. »Warum bist du gekommen?«, sagt sie anstelle einer Begrüßung. »Dein Ausschlag sieht immer noch fürchterlich aus.«

Wenn ich angeschlagen wirke, hat das wohl eher mit meiner momentanen Lebenssituation zu tun als mit dem Ausschlag, den ich als Entschuldigung ohnehin nur erfunden habe. Eine verlassene Ehefrau zu sein geht nicht spurlos an mir vorbei. Ich nutze die Steilvorlage aber umgehend, indem ich behaupte, mich in der Tat unwohl zu fühlen, und Hortense die Verantwortung für die Führung am Morgen übertrage. Dann verziehe ich mich mit Ali in den Garten. Im Gegensatz zu Hortense freut er sich wirklich, mich wiederzusehen. Und er hat Brioches dabei.

Wir nehmen uns einen Kaffee und setzen uns draußen in den Schatten des wild wuchernden Bambus, der den Garten begrenzt. Man hat von hier aus eine wunderbare Sicht auf den Mont Sainte-Victoire. Ein Zufall ist das nicht, Cézanne war geradezu vernarrt in diesen Berg. Er hat ihn in unendlichen Varianten immer wieder in seinen Bildern dargestellt. Wenn Gewitterwolken aufziehen, kann der Berg mit seinen kargen Hängen ganz schön bedrohlich wirken. Doch heute, an diesem klaren Sommermorgen, sieht der Mont Sainte-Victoire friedlich aus. Nur ein paar Schäfchenwölkchen tummeln sich um seine Spitze, und die Felsen wirken im Sonnenschein beinahe golden. Über einer Gruppe schlanker Zypressen am Hang schwebt ein einzelner Vogel. Ich lehne mich zurück und lausche Alis Geplauder, das wie ein Bergbach sprudelt.

Wenn es um Klatsch geht, ist Ali kaum zu schlagen. Ich kenne selbst eine Menge Leute, aber Ali übertrifft mich bei Weitem. Ich habe ihm mal geraten, sich doch bei der Lokalzeitung vorzustellen. Aber Ali sagt, das will er nicht. Er will sich nicht über Dinge wie Rufmord und Verleumdung den Kopf zerbrechen müssen. Außerdem findet er es lustig, die Reaktion seines Gegenübers zu sehen: vorzugsweise Erstaunen. Wenn Münder aufgerissen werden, wenn Lippen sich verziehen, wenn Augen boshaft zu funkeln beginnen, dann ist das für ihn wie ein Lebenselixier.

Eine derartige Reaktion hat er auch von mir erwartet, als er an diesem Morgen erzählt, Madame Filibert sei – endlich! – von ihrem Mann verlassen worden.

»Aha«, sage ich.

Ali ist sichtlich enttäuscht über meine lauwarme Reaktion. »Na, hör mal«, sagt er pikiert. »Mehr hast du dazu nicht zu sagen?«

Das habe ich natürlich schon. Ich erkläre Ali in aller Deutlichkeit, was ich von Klatsch dieser Sorte halte.

»Du solltest dich was schämen. Dich am Leid dieser armen Frau auch noch zu ergötzen!«

»Arme Frau?« Ali bleibt bei meinen Worten der Mund offen stehen. »Madame Filibert?«

Er erinnert mich daran, dass wir Madame Filibert nicht leiden können. »Du selber«, sagt er, »hast sie eine Schreckschraube genannt. Und das war erst vor drei Wochen.«

Möglich, dass ich das getan habe. Möglich, dass ich mich noch vor drei Wochen an Madame Filiberts Unglück ungeniert geweidet hätte. Aber die Person, die ich vor drei Wochen war, ist mir inzwischen fast fremd geworden. Es ist leicht, mit Steinen zu werfen, wenn man nicht im Glashaus sitzt.

Ich frage mich, welche Geschichte Ali erst aus Victors Verschwinden zu machen wüsste. Würde er mich bedauern? Und mir dann bei nächster Gelegenheit ein verbales Messer in den Rücken rammen? Würde er Victors Verschwinden ebenfalls mir anlasten, wie er das bei Madame Filibert tut? Würde man sich hinter meinem Rücken, mit einem verschwörerischen Glitzern in den Augen, gegenseitig erklären, dass Victor – endlich! – das Richtige getan habe?

Ich gebe mich keiner Illusion hin. Indem ich Madame Filibert verteidige, verteidige ich in Wirklichkeit mich selbst. Ich versuche verzweifelt, Ali klarzumachen, dass es in einer Ehe – auch der Ehe mit einer Schreckschraube – nun mal um Verpflichtungen gehe. Um Vertrauen. Um Versprechen. »Und darum«, sage ich, »diese Versprechen nicht einfach so zu brechen.«

Ali wirkt etwas geknickt, als ich meine Standpauke beendet habe, und versucht dann, seinen Kopf aus der

Schlinge zu ziehen, indem er behauptet, die Geschichte von Dodo gehört zu haben. Er habe sie zufällig auf der Straße getroffen, und da sich die beiden über mich schon eine ganze Weile kennen, seien sie ins Plaudern gekommen. Ich verziehe zweifelnd das Gesicht, während sich in meinem Innern eiskalter Schreck ausbreitet. Genau das hatte ich befürchtet. Genau das macht mir Angst. Dass ich wie Madame Filibert auf den Straßen besprochen werde und die Leute sich schadenfreudig an meinem Leid ergötzen.

»Dodo«, sage ich, »ist nicht so.« Meine Stimme klingt etwas rau. Es ist die brüchige Stimme der Hoffnung. Was würde Dodo wirklich sagen, wenn sie von Victor wüsste? Die Wahrheit ist: Ich bin mir nicht sicher. »Dodo«, setze ich noch einmal an, »würde eine Frau bedauern, deren Mann verschwunden ist. Ganz sicher würde sie sich nicht über sie lustig machen.«

Ali zieht eine Augenbraue hoch. »Träum weiter«, sagt er dann. »Dodo konnte es kaum erwarten, mir die ganze Geschichte brühwarm weiterzuerzählen. Und ich kann dir sagen, sie hat sich dabei nicht zurückgehalten, genau wie ich. Glaub mir ruhig, da war kein Bedauern zu vernehmen. Das war einzig und allein die pure, reine Schadenfreude.«

9

Die Internetkritik der Dunkelhaarigen hat meinem noch jungen Geschäft empfindlich geschadet. Am Freitag ist sie erschienen, und noch am selben Tag ist eine schon bestätigte Buchung ohne Begründung storniert worden. Während ich am Samstag und Sonntag Dienst im Atelier Cézanne schiebe, kommt nur eine einzige neue Anfrage, die von einer Amerikanerin stammt. Sie kann vermutlich die französisch verfasste Kritik nicht lesen. Nun habe ich gegenüber Amerikanern doch einige kulturell bedingte Vorbehalte. Aber mit dem Ruin vor Augen springe ich am Montag über meinen Schatten und akzeptiere sie. Vorbehalte hin oder her, von etwas muss ich schließlich leben.

Drei Tage später trifft Mrs. Sandra West mit Familie bei mir ein. Mir ist vage bewusst, dass drei Tage reichlich kurzfristig sind, wenn man aus Übersee anreist. Aber ich denke zunächst nicht weiter darüber nach. Ich bin nun mal von Natur aus kein misstrauischer Mensch. Gut möglich, dass ich diesen Zug noch entwickle, wenn ich weiter im Vermietungsbusiness tätig bin.

Um mich angemessen vorzubereiten, habe ich mir die amerikanische Ausgabe der Vogue besorgt und ein Exemplar von House & Garden, falls Mrs. West eher der Hausfrauentyp ist. Wie sich herausstellt, ist sie überhaupt kein Typ. Jedenfalls kein Typ, den ich kenne. Sie ist mindestens ein Meter neunzig groß, und alles an ihr ist ausladend. Ihr rotes Haar. Ihr breiter Mund. Ihre großen Zähne und ihre Oberweite. Vor allem Zähne und Oberweite. Sie stößt beim Anblick meines Hauses einen schrillen Pfiff aus, den ich als Anerkennung deute. Dann breitet sie die Arme aus und hat offensichtlich die Absicht, mich an ihren üppigen Busen zu ziehen. Dem komme ich zuvor, indem ich ihr geschwind die Hand entgegenstrecke. »*Nice to meet you*«, sage ich brav. Sie schwingt meinen Arm auf und ab, als ob sie auf einer texanischen Farm den Pumpschwengel bedient. »*Oh dear*«, ruft sie aus. »*Look at your wonderful house.*« Dann dreht sie sich zu dem Minivan um, dem sie entstiegen ist, und ruft mit donnernder Stimme: »*Get your asses out here, boys.*«

Ich bin keine von denen, die niemals einen Fehler zugeben können. Im Nachhinein ist es offensichtlich, dass ich unter einem massiven Informationsdefizit litt, als ich Mrs. West als Mieterin akzeptierte. Teilweise ist das meine Schuld. Ich habe weder Referenzen verlangt noch Backgroundrecherchen betrieben. Streng genommen habe ich wohl auch nicht nach der Größe der Familie gefragt. Da ich vier Betten zu vermieten habe, bin ich einfach vom Durchschnitt ausgegangen: Vater, Mutter, Kind eins, Kind zwei. Jetzt, wo ich sie kenne, wird mir schlagartig klar, dass eine Frau wie Sandra West zu so etwas wie Durchschnitt gar nicht fähig ist. Mit einem mulmigen Gefühl beobachte ich daher, wie sich die Türen des Minivans sowie die Heckklappe öffnen. Was soll ich sagen, meine Befürchtung bestätigt sich. Kind eins, Kind zwei, Kind drei … Nach Kind vier höre ich zu zählen auf, weil ohnehin klar ist, dass die Größe dieser Familie die Anzahl der verfügbaren Betten bei Weitem übertrifft. »*You are many*«, sage ich zu Mrs. West.

»*There's eight of us.*« Sie strahlt mich an. »*Isn't this wonderful.*«

Darüber kann man vermutlich geteilter Ansicht sein. Ich sage ihr klipp und klar, dass acht Personen nicht in meine zwei Zimmer passen, aber mein Englisch ist vielleicht schlechter, als ich dachte.

Sie lächelt abermals. »*No worries, dear.*«

Ich verlege mich auf nonverbale Kommunikation und schüttle entschieden den Kopf, um auszudrücken, dass es dafür zu spät ist. Ich habe Sorgen. Ziemlich beträchtliche sogar. Und die verstärken sich noch, als ich plötzlich ein tiefes Grollen höre, das aus dem dunklen Kofferraum kommt.

Ich kneife die Augen zusammen und starre hinüber. Dann sehe ich, wie sich dort etwas regt. Natürlich denke ich sofort an Aliens. Ich stehe in meiner Auffahrt und komme mir wie Sigourney Weaver vor. Etwas weniger mutig natürlich. Und als das Lebewesen unvermittelt aus dem Auto springt, schreie ich erschrocken auf.

Es ist ein Hund. Rein von der Größe her könnte es auch ein Alien sein. Aber sein Fell hat überraschende Ähnlichkeit mit einem Flokati. In den siebziger Jahren hatte ich selbst mal so einen. Vom Taschengeld erstanden, gegen den erbitterten Widerstand meiner Mutter. Sie hasste den Teppich von der ersten Sekunde an, weil er den Schmutz förmlich anzog. Ich schätze, Ähnliches könnte man auch von diesem Hund behaupten. Seine erste

Aktion besteht darin, sich derart heftig zu schütteln, dass die Speichelfetzen nur so durch die Luft fliegen. In der Zeit, die ich brauche, um mein Gesicht abzuwischen, trabt er in meinen Garten und dort direkt zu den Blumenbeeten. Wir haben auch Agaven und zwei Palmen und eine unverwüstliche Bougainvillea, die sich am Haus hochrankt. Aber für diese eher unempfindlichen Pflanzen interessiert der Hund sich nicht. Er hat nur Augen für die Rosen. »Queen Mary Victoria« ist eine recht diffizile Sorte. Und es grenzt an ein Wunder, dass die Blumen nach Victors Verschwinden nicht eingegangen sind. Er ist bei uns der mit dem grünen Daumen.

Dessen ungeachtet liebe ich die Rosen sehr. Auch wenn das ein bisschen albern klingt; mit ihren strahlenden Farben – Orange und Gelb und Rosarot – und dem wunderbaren Duft, den sie verströmen, sind diese Blumen für mich inzwischen so etwas wie ein Symbol geworden: Ich schaffe es auch allein! Auch ohne Victor geht das Leben weiter. *I will survive!* Und meine Rosen auch.

Daher sehe ich mit gemischten Gefühlen, wie der Hund sich ihnen nähert. Die Blumen gefallen ihm. *»Isn't he cute!«*, sagt Mrs. Sandra West, als er an einer Blüte riecht. *»His name is Fred.«* So weit, ihn »süß« zu nennen, würde ich nicht gehen, aber ich muss zugeben, dass der Feinsinn des Tieres mich überrascht. Bis er dann sein Maul öffnet und – schwupps – die Schönste der Blumen köpft.

Ich setze mich sofort in Bewegung, und ohne auf meine persönliche Sicherheit zu achten, zerre ich das Vieh von den Rosen weg. Sandra West überschüttet mich mit Entschuldigungen, und der Hund senkt betreten den Kopf. Aber meine Entscheidung steht: Die Amerikaner müssen gehen!

Eine Viertelstunde später gebe ich mich geschlagen. Mr. West, der von Beruf Richter ist und so jung aussieht, dass ich ihn für einen der Söhne hielt, hat mir für zehn Tage Aufenthalt den dreifachen Preis geboten. Weil sie schon einmal umziehen mussten. Der Grund dafür war Fred, der Hund. Und der ist Franzose, wie man mir versichert. Ein Streuner aus Marseille. Ich gebe den Amis zu verstehen, dass man in Marseille keine Streuner aufliest, worauf der Richter noch mal einen Hunderter drauflegt. Er verspricht mir hoch und heilig, der Hund werde solchen Unsinn in Zukunft lassen. Fred liegt derweil zu unseren Füßen, und so wie er hechelt, sieht er aus, als ob er lacht. Egal, denke ich. Und nachdem ich auch noch eine positive Internetkritik herausgehandelt habe, akzeptiere ich huldvoll das Geld.

Wider Erwarten läuft es ganz gut. Die Amerikaner halten sich an die Hausregeln, die im Wesentlichen besagen, dass mein Schlafzimmer eine Tabuzone ist. Und der Hund – na ja – der Hund ist ebenfalls friedlich, nachdem der Richter eigenhändig ein Gitter um die Rosen gezogen hat, das ich bei Mr. Bricolage besorgt habe. So was nenne ich mal aktive Rechtspflege. Auch die Überbelegung meines Hauses ist weniger problematisch, als ich dachte. Von den beiden Zimmern im zweiten Stock ist am Ende sogar eines frei geblieben. Die Jungs haben nur einen Blick reingeworfen und sich unverzüglich nach draußen verzogen, als sie sahen, dass es rosa ist. Jetzt campen sie im Garten. Als Idee ganz lustig, und

Platz gibt es auch genug. Mein einziges Problem ist die Sichtbarkeit. Vier Pariser – so unangenehm sie im persönlichen Kontakt auch sein mögen – kann man noch einigermaßen verstecken. Sechs männliche vorpubertierende Jungs mit feuerroten Haaren, die in deinem Garten ein Tipi aufschlagen, hingegen nicht.

Aline hat mir gleich zu Beginn des ganzen Experiments ans Herz gelegt, auch meinen anderen Freundinnen die Wahrheit zu sagen. Wir hatten eine lange, unangenehme Diskussion. Aline war der Meinung, es sei besser, sofort in den sauren Apfel zu beißen, weil das auf Dauer ohnehin unvermeidlich sei. Von Natur aus neige ich eher zu der Strategie »Verdrängen«. Damit habe ich gute Erfahrungen gemacht. Und »unvermeidlich«, was heißt das schon? Außerdem weiß ich seit dem Gespräch mit Ali, dass Dodo sich nicht scheut, verlassene Ehefrauen in den Dreck zu ziehen. Meine Lust, mich ihr anzuvertrauen, ist damit auf null gesunken.

Victor ist schon mehr als zwei Wochen weg, und bisher habe ich mich erfolgreich um eine Aussprache mit ihr, Marcelle oder Eloise gedrückt. Ich gab mich beschäftigt. Meine Arbeit im Museum, ein Zahnarzttermin, ein Geschenk, das ich für eine Schweizer Freundin in Marseille besorgen musste.

Es klappte mehr schlecht als recht, wie ich zugeben muss. Man sitzt hier in Aix zu sehr aufeinander. Dodo, die direkt gegenüber auf der anderen Seite der Placette wohnt, braucht ja nur aus dem Küchenfenster zu sehen, um mitzukriegen, was bei mir läuft. Es dürfte mich also nicht erstaunen, als sie einen Tag nach Ankunft der Amerikaner bei mir aufkreuzt. Tut es aber doch. Wie gesagt, im Verdrängen bin ich groß.

Ich sitze auf dem Sofa in der Küche und lese Sandra West ein Rezept aus »Coté Sud« vor. Mrs. West, die ich inzwischen Sandy nenne, steht am Herd und rührt gleichzeitig in drei Pfannen. Ich war ja bisher der festen Überzeugung, dass alle Amerikaner von Hamburgern leben. Aber Sandy schwört auf Homemade-Cooking. Und sie ist eine hervorragende Köchin. Nicht so gut wie Victor, der Kochen tatsächlich entspannend findet, aber wesentlich besser als ich. Deshalb ist es mir auch nicht schwergefallen, ihr die Küche zu überlassen. Zusätzlich zum dreifachen Preis, den ich für die Miete kassiere, kriege ich jetzt auch noch täglich drei warme Mahlzeiten serviert. Manchmal lohnt es sich eben doch, Vorurteile abzubauen.

Fred, der Hund, knurrt laut, als Dodo so mir nichts dir nichts in meine Küche platzt. »Quiet, Fred«, sagt Sandy und lächelt breit. Ich hingegen fühle eher mit dem Hund. Wäre das gesellschaftlich vertretbar, würde ich ebenfalls knurren. Dodo kann ich hier nun wirklich nicht brauchen.

»Wer ist denn das?«, fragte sie und tut überrascht. Dabei weiß ich genau, dass sie meine Gäste längst entdeckt hat. Sie pflegt ja sonst gerne mal im Bademantel bei mir vorbeizuschauen. Aber jetzt trägt sie ihre Bauchweg-Jeans und hat Wimperntusche aufgelegt.

»Das sind Freunde von Victor«, sagte ich rasch. »Aus Amerika.«

»Ach jaaa?« Die letzte Silbe wird ungläubig gedehnt, dann mustert meine Freundin die Frau hinter dem Herd. »Apropos Victor«, sagt sie, als sie sich wieder zu mir umdreht. »Wo steckt der denn eigentlich? Man sieht ihn ja gar nicht mehr. Und dich auch nicht.«

Ich stelle mir vor, wie Dodo und Ali die Köpfe zusammenstecken und mit funkelnden Augen über Victor und mich sprechen. Vielleicht tue ich ihr Unrecht damit. Vielleicht ist sie verständnisvoll. Und voller Mitleid. Was die Sache nicht wesentlich besser machen würde, weil ich dann auf der Stelle in Tränen ausbräche.

Das kann ich nicht brauchen. Schon gar nicht vor Sandy, die, wüsste sie davon, in ihrer wohlmeinenden Naivität auch noch fähig wäre, meinen verschwundenen Mann in ihrer Kritik zu erwähnen. Ich will mir gar nicht vorstellen, wie mir zumute wäre, wenn die ganze Welt bei Airbnb von Victor lesen könnte. Ich ärgere mich sehr über Dodos ungebetenen Besuch. Was bildet sie sich eigentlich ein? Mich in eine solche Lage zu bringen!

»Victor ist in Paris«, sage ich kühl zu Dodo. Die Ausrede mit der Krankheit kann ich bei ihr nicht bringen. Sie würde darauf bestehen, ihn sofort zu sehen. Dodo ist der mütterliche Typ. In unserem Kleeblatt ist sie grundsätzlich für die Versorgung kranker Kinder zuständig. Und ein kranker Mann ist ja mehr oder minder dasselbe.

Jetzt runzelt sie die Stirn. »Er hat Freunde eingeladen und ist dann selber nach Paris gefahren?«

»Schlechtes Timing.« Ich hebe die Achseln. »Deswegen habe ich jetzt auch keine Zeit für dich. Ich muss mich um Victors Gäste kümmern.«

»DU kümmerst dich um sie?« Ich nehme mehr als nur einen Hauch von Unglauben in ihrer Stimme wahr. Das nervt mich zusätzlich. Als ob ich nicht auch zu einer altruistischen Handlung fähig wäre.

»Natürlich«, sage ich schnippisch. »Warum nicht?«

»Weil du Amerikaner nicht ausstehen kannst. Was ist

hier los, Vivianne? Wer sind diese Leute?« Misstrauisch sieht sie Sandy an.

Diese gibt den Blick strahlend zurück. Wie ich herausgefunden habe, pflegt sie eine ziemlich undifferenzierte Liebe zu Frankreich und allem Französischen. Sie würde sich bestimmt freuen, wenn ich ihr Dodo vorstelle. Aber dann wäre die Katastrophe vorprogrammiert. Ein bisschen Englisch spricht Dodo auch. Und Sandy West hat mir anvertraut, dass sie seit mehr als fünf Jahren in einen Französisch-Kurs geht. Zum Glück für mich spricht sie mit einem derart starken Akzent, dass man die Sprache erst im zweiten Moment erkennt.

Weil ich den beiden aber zutraue, die Sprachbarriere langfristig zu überwinden, muss ich Dodo so schnell wie möglich loswerden. Ich fasse sie um die Schultern und steuere sie nicht eben subtil zur Tür. Sie sträubt sich, und im Flur entwindet sie sich meinem Griff. »Was soll das?«, fragt sie scharf. »Schmeißt du mich etwa raus?«

»Ich sagte doch, ich hab keine Zeit.« Nicht undiplomatisch, aber direkt.

Dodo sieht mich forschend an: »Hast du ein Problem, Vivianne?«

Weshalb kann sie nicht einfach verschwinden, denke ich und sage trotzig: »Nein. Warum?«

»Wir haben uns kaum gesehen in den letzten Wochen. Ich hatte den Eindruck, dass du immer beschäftigt bist.« Ihr Ton klingt ein wenig weinerlich.

»Das bin ich auch«, sage ich. »Sehr beschäftigt sogar.«

»Mit dieser Person dort drinnen?« Dodo wirft die Lippen auf. Ich kenne diese Mimik. Doch normalerweise geht es, wenn sie einen Schmollmund zieht, um ihren Ehemann.

»Bist du eifersüchtig?«, frage ich.

Ihre Wangen röten sich. »Ich wundere mich nur, dass du mit dieser wildfremden Person abhängst, aber keine Zeit für deine Freundinnen hast.«

Ich hänge nicht ab, verdammt noch mal! Ich muss mir meinen Lebensunterhalt verdienen. Davon hat Dodo, wunderbar versorgt von Maurice, der zwar ein Idiot ist, aber immerhin da, natürlich keine Ahnung. Sie sitzt drüben in ihrem großen Haus, hat keine Sorgen und offenbar zu viel Zeit. Okay. Vielleicht bin auch ich ein wenig eifersüchtig. Meine Antwort gerät schärfer als nötig. »Manchmal«, sage ich spitz, »hat man eben keine Lust mehr, mit den immer gleichen Leuten die immer gleichen Themen durchzukauen.«

»Dann bin ich also langweilig?«, fragt Dodo empört.

»Das habe ich nicht gesagt.«

»Aber gemeint!«

Ein Wort gibt das andere. Ich will einfach nur, dass sie geht, aber inzwischen sind wir beide in einer unguten Dynamik gefangen. Obwohl ich merke, wie mir das Gespräch entgleitet – klein beigeben will ich nicht. Außerdem, denke ich trotzig, liegt sie ja gar nicht so falsch. Ich kenne Dodo schon so lange. Mit ihr zusammen zu sein fühlt sich an wie ein warmes Bad. Wie Eintopf essen im Winter. An Eintopf ist nichts falsch. Ich mag Eintopf. Aber ich würde nicht so weit gehen, Eintopf essen ein prickelndes Erlebnis zu nennen.

Und noch etwas anderes wird mir klar: Eigentlich mag ich Sandy West. Nicht nur deshalb, weil sie mir eine Menge Geld zahlt, um ein paar Tage in meinem Haus zu verbringen. Sie ist eine interessante Person. Sie hat Ansichten, die mich überraschen, und einen Pioniergeist, den ich motivierend finde. Für sie sind Fehler Gelegenheiten zum Lernen. Und Scheitern findet sie weniger schlimm, als nach dem Scheitern nicht wieder aufzustehen. Ich habe meine Zweifel, ob ihre Rezepte immer funktionieren. Aber die Gespräche mit ihr finde ich anregend.

Mein Gespräch mit Dodo hingegen droht nun ernsthaft aus dem Ruder zu laufen. Sie hat sich in die Vorstellung verbissen, dass ich sie langweilig finde. Wahrscheinlich fürchtet sie sich davor. Sie wirft mir an den Kopf, dass ich ebenfalls langweilig sei, und wenn ich darauf bestehe, wird sie mich in Zukunft auch nicht mehr belästigen. Weil sie mit ihrer Zeit etwas Besseres anfangen kann.

»Was denn?«, rutscht mir heraus.

Sie starrt mich sprachlos an. Dann dreht sie sich auf dem Absatz um und stapft davon. Ich sehe ihr nach, wie sie die Placette überquert und drüben in ihrem Haus verschwindet.

Das wird mir vermutlich irgendwann leidtun. Aber nicht im Moment. Im Moment, das muss ich gestehen, erfüllt mich trotziger Stolz über meinen Sieg. Ich mag versagt haben, was meinen Ehemann betrifft. Aber das heißt noch lange nicht, dass ich mir auf der Nase herumtanzen lasse.

Vielleicht habe ich nicht erkannt, dass der Mann, mit dem ich seit einem Vierteljahrhundert Bett und Tisch teile, ein hormongesteuerter Idiot ist, ein späterweckter Nostalgiker, ein China-Romantiker, ein Sprachenfetischist... Aber ich erkenne hier und jetzt, dass er ein Feigling ist! Oder welchen Grund hatte Victor denn, nicht mit mir zu reden? Bin ich etwa unflexibel? Bin ich etwa nicht aufgeschlossen gegenüber dem Neuen?

Ich habe in nur drei Wochen mein gesamtes Leben umgekrempelt. Ich habe mein Haus erneuert. Ich bin dabei, ein Geschäft aufzubauen. Und neue Freunde werde ich auch noch finden. Das soll mir Victor erst mal nachmachen! Ich mag versagt haben, was meinen Ehemann betrifft, aber das bedeutet noch lange nicht, dass ich mein Leben nicht in den Griff kriege.

10

In meiner neu entdeckten Abenteuerlust beschließe ich nach dem Wochenende, mich nun doch als Fälscherin zu versuchen. Am Freitag hat Emile noch einmal angerufen. Ich dachte, er wollte sich nach Victor erkundigen. Aber nachdem der Stellvertreter meines Mannes eine Viertelstunde mit mir geflirtet hatte, rückte er mit der Sprache raus: Er wisse selbstverständlich, dass er mir vertrauen könne, aber na ja, es gebe eben Regeln ... Langer Rede kurzer Sinn: Wenn jemand länger als drei Tage krank ist, will die Bank ein Attest sehen. Victor fehlt inzwischen schon drei Wochen. »Du wirst deshalb sicher verstehen«, sagte Emile, »dass es dringend ist.«

Ich habe in den vergangenen zwei Nächten nicht viel geschlafen. Am Montag habe ich dann im Morgengrauen beschlossen, mir Sandys Rat zu Herzen zu nehmen und ein wenig Pioniergeist zu zeigen. Die Amerikaner schlafen noch, als ich die Tür zu Victors Arbeitszimmer aufstoße. Vor ein paar Tagen habe ich die aufgeplatzte Kiste hier hineingeschoben und es ansonsten vermieden, mich in diesem Raum aufzuhalten. Er riecht nach Victor. Seinen Geruch habe ich schon immer geliebt.

Ich stehe auf der Schwelle und werde von Erinnerungen überschwemmt. Victor in seinem Sessel hinter dem Schreibtisch. Das Licht der Lampe fällt auf sein Gesicht. Es ist spät am Abend. Er sieht müde aus. Auf seinen

Wangen liegt ein dunkler Bartschatten. »Komm ins Bett«, sage ich. Unsere Blicke treffen sich. Victors tiefblaue Augen leuchten. Ich streckte die Hand nach ihm aus. Er lächelt mich an. Mit jenem Lächeln, das in meinem Bauch ein kleines Feuer entzündet. Jenes Lächeln, das ich lange nicht mehr gesehen habe, auch schon vor Victors Verschwinden ...

Mit einem Kloß im Hals beiße ich die Zähne zusammen und trete ins Zimmer. Ich halte, so gut es geht, den Atem an, bis ich ein Fenster geöffnet habe. Frische Morgenluft strömt herein. Auf dem Rasen draußen liegt Tau. Im Wipfel der Zypresse tanzt ein allererster Sonnenstrahl. Ich blinzle die Tränen weg und wende mich dem Schreibtisch zu.

Bevor er beschloss auszuflippen, war mein Mann zum Glück sehr ordentlich. Wichtige Unterlagen pflegte er in Ordner abzulegen. Und er machte mich wahnsinnig damit, dass er diese Ordner ewig aufhob.

Ich öffne den Ordner »Medizinische Unterlagen«, in dem Victor akribisch alles aufbewahrt hat, was je den Schreibtisch eines Arztes verlassen hat. Rechnungen und uralte Rezepte, ein Röntgenbild, das man aufnahm, als er mit achtundzwanzig beim Skilaufen einen Unfall hatte. Direkt hinter dem Röntgenbild eingeordnet finde ich das Attest. Es läuft über unbestimmte Zeit, weil Victor sich damals die Hand gebrochen hatte. Und das Beste: Da wir zum Skilaufen in der Schweiz waren, ist das Attest von einer Klinik in Genf ausgestellt worden. Keine Chance, dass Emile die kennt.

Das Datum muss ich natürlich korrigieren. Das Dokument ist irgendwann in den neunziger Jahren ausgestellt worden. Aber wozu ist man schließlich Grafikerin? Ich scanne das Blatt ein und schicke es an meine eigene E-Mail-Adresse. Meinen Laptop habe ich schon angeschlossen. Ich öffne ein Grafikprogramm der neueren Generation, mit dem ich das Dokument problemlos bearbeiten kann. Anschließend übe ich die Unterschrift des unbekannten Arztes aus Genf ein. Ich will mich ja nicht selbst loben, aber als ich fertig bin, kann nicht mal ich die Fälschung vom Original unterscheiden.

Ich bringe das Dokument noch am selben Morgen bei der Bank vorbei. Sie residiert in einem Renaissance-Palast am Cours Mirabeau. Drei Stufen führen zum Eingang hoch, den ein ungewöhnlicher Portikus rahmt. Zwei männliche Statuen, die sich unter der Last eines Balkons beugen. Sie wirken nicht eben erfreut darüber. Ihre Steingesichter sind verzerrt vor Anstrengung, und während ich zwischen ihnen hindurch in den Eingang trete, denke ich, dass ich genauso schwer wie sie an den Zinsen dieses verdammten Kredits trage. So betrachtet ist mein Betrug kein Betrug, sondern Notwehr. Ein kleiner Rest an schlechtem Gewissen bleibt dennoch. Ich verordne mir dagegen eine gute Portion amerikanischen Pragmatismus, und am nächsten Tag gehe ich mit Sandy West auf den Wochenmarkt.

Der Markt in Aix gilt als einer der schönsten der ganzen Provence. Das bunte Gewimmel der Stände zieht sich von der Place des Prêcheurs vor der Eglise de la Madeleine durch die kleinen Gässchen rund um die Place de Verdun bis auf den Cours Mirabeau hinab. Es ist Jahre her, seit ich das letzte Mal hier war.

Meine Freundinnen haben ein Vorurteil gegen den Markt. Ganz besonders Eloise. Sie hält es für hinterwäldlerisch, dort einzukaufen. Ihr ist der Markt nicht modern genug. Es gibt keine Parkplätze wie im Supermarkt. Keine Aircondition, keine Kühlelemente, keine Ananas. Überhaupt ist das Angebot auf lokale Waren beschränkt. Auf Bauern aus der Gegend. Auf diejenigen, sagt Eloise, die es nicht geschafft haben, eine Supermarktkette beliefern zu dürfen. Hinterwäldler eben! Oder noch schlimmer: Aussteiger! Die produzieren in irgendwelchen Kooperativen unter zweifelhaften hygienischen Bedingungen Rohmilchkäse oder Terrinen. Ausgerechnet Terrinen! Fleisch und Fett. Der perfekte Nährboden für jede Art von Bakterien. Es mag gut aussehen, es mag sogar gut riechen, aber natürlich hat man keine Chance, auch nur im Entferntesten herauszukriegen, was da alles drinsteckt. Ein aufgeklärter Mensch, findet Eloise, würde so etwas gar nicht anfassen.

Ich muss zugeben, dass ich mich von ihr habe beeinflussen lassen. Nachdem ich aber dabei bin, mein Leben radikal zu ändern, gebe ich dem Markt eine zweite Chance. Dafür ist Sandy die ideale Begleitung.

Sie liebt die Provence. Und ihr kann es gar nicht rustikal genug sein. In ihrem Gepäck befinden sich diverse Gegenstände aus rostigem Altmetall, die sie unterwegs in sogenannten Bauernhof-Ateliers erworben hat und die man ihr an der Flughafenkontrolle in Marseille mit ziemlicher Sicherheit abnehmen wird, weil die undefinierbaren Teile genauso gut auch Waffen sein könnten.

Auf dem Markt will sie Gewürze kaufen – Herbes de Provence und natürlich Lavendel. Schon am ersten Stand stürzt sie sich auf die Auslage und presst verzückt ein Lavendelsäckchen an ihre Nase. Im Zuge meiner neuen Offenheit tue ich es ihr gleich und kriege sofort einen Hustenanfall. Das Zeug riecht nach Staub, Lavendel kann man darin nur ganz entfernt erkennen. Das Mütterchen hinter der Auslage blinzelt mich unschuldig an. Jede Wette, dass die kein Lavendelfeld zu Hause hat! Wahrscheinlich kauft sie ihre Ware zu Billigpreisen im Bon Prix und lässt sie dann ein halbes Jahr auf einem staubigen Dachboden liegen, damit sie diesen Muffgeruch annimmt. Ich schaue das Mütterchen böse an und ziehe Sandy weiter. Das hat zur Folge, dass Sandy mich nun für eine Expertin hält und mir auf den nächsten zweihundert Metern jedes Lavendelsäckchen, an dem wir vorbeikommen, zur Beurteilung entgegenhält. Nach geschätzten dreißig Säckchen ist meine Nase derart betäubt, dass ich ihr beim einunddreißigsten Säckchen den Kauf empfehle. Wir sind bei dem ganzen Experiment nicht weiter als fünfzig Meter gekommen.

Und als Nächstes will Sandy Seife kaufen. Die wird hier an jedem zweiten Stand angeboten. Die schiere Fülle bringt mich zum Schaudern. Ich kann unmöglich an all diesen Seifen riechen und sehe mich deshalb gezwungen, meine Expertenrolle zu überdenken. Seife, sage ich, ist hier überall von guter Qualität. Vermutlich stimmt das sogar. Sandy jedenfalls ist begeistert. Sie kauft ein, als ob sie zu Hause selbst einen Laden eröffnen möchte. Ihre Freude ist ansteckend. Bevor ich michs versehe, habe auch ich eine Seife gekauft. Na ja, drei, um genau zu sein. Feige, Honig und Rosen. Ich bin ja jetzt im Tourismus-Geschäft, denke ich, da kann man das schon verantworten. Auch wenn ich die

Rosenseife ganz bestimmt für mich selbst verwenden werde.

Danach ist der Bann gebrochen. Als wir den Früchte- und Gemüsemarkt auf der Place de Prêcheurs erreichen, staune ich wie eine Touristin über die Berge von Birnen und Melonen, die prallen Weintrauben, die glänzenden Auberginen und über Tomaten, die aussehen, als würden sie wirklich wie Tomaten schmecken. An einem Stand wird Käse zum Probieren angeboten, an einem anderen hält man uns Schinken entgegen. Es gibt Oliven in unendlichen Variationen, getrocknete Kräuter und wunderschöne Blumen. Die Fülle ist beinahe überwältigend. Ich kann nicht widerstehen und kaufe einen Strauß Sonnenblumen, den ich mit einer Hand kaum halten kann, und stolpere ansonsten Sandy hinterher, die ja schließlich kochen kann und deshalb in diesem Teil des Marktes von jemandem wie mir ganz bestimmt keine Expertise mehr benötigt. Wir kaufen Käse, Olivenpaste, Salami und Gewürze und bleiben an drei Gemüseständen stehen, damit Sandy das Angebot unter die Lupe nehmen kann. Mit dem vierten ist sie schließlich zufrieden.

Ich kann ihre Wahl nur gutheißen. Nicht unbedingt wegen der Ware. Die kann ich nicht beurteilen. Aber hinter der Auslage steht ein unglaublich gut aussehender Mann. Er ist braun gebrannt, hat ein Grübchen am Kinn, und eine von der Sonne gebleichte Haarsträhne hängt ihm verwegen in die Stirn. Versteckt hinter meinem Sonnenblumenstrauß beobachte ich ihn, während Sandy ganz auf die Tomaten konzentriert ist. Sie will ein Kilo und wählt jede einzelne Frucht einzeln aus. Dann kauft sie noch Zwiebeln und Auberginen, und anschließend sieht sie sich die Melonen an. Das braucht eine Menge Zeit. Was mir nur recht sein kann, denn ich bin in den Anblick seiner Hände versunken, die das Gemüse verpacken. Er hat lange, schlanke Finger, die eher zu einem Pianisten als zu einem Bauern passen, und auf dem Handrücken kleine blonde Härchen. Außerdem ist er freundlich. Im Gegensatz zu den meisten Franzosen scheint er Sandys Versuche, Französisch zu sprechen, durchaus zu schätzen. Und er überrascht uns beide, indem er ins Englische wechselt, als er sie gar nicht versteht. Das ist für einen Franzosen nun mehr als ungewöhnlich. Und dieser Mann scheint die Sprache wirklich zu beherrschen. Folglich ist er gebildet. Ein Philosoph unter den Bauern, denke ich und träume vor mich hin, während er mit Sandy über Früchte diskutiert. Das Thema interessiert mich nur am Rande, aber es ist ein Vergnügen, seiner Stimme zuzuhören.

Ich schrecke zusammen, als er sich zu meiner Überraschung plötzlich an mich wendet, mit flinken Fingern eine Frucht aufschneidet und mir ein Stück entgegenhält. »Vielleicht möchte die Dame hinter den Blumen sich ebenfalls von unserer Qualität überzeugen?«

Ich bin ja eher der Schokoladentyp. Aber meinem Veränderungsprozess kann es nur helfen, auch mal was Neues auszuprobieren. Ich schiebe die Blumen in meine Armbeuge, und als ich nach der Frucht greife, berühren sich unsere Finger. Mich durchfährt es siedend heiß, und ich fühle mich wie ein Teenager, als ich unter seinem Blick die süße Frucht in den Mund stecke. Sie schmeckt wunderbar. Besser als alles, was ich je gegessen habe. »Was ist das?«, frage ich.

Sandy sieht mich erstaunt an. »Eine Nektarine«, sagt der Mann und sieht mir tief in die Augen. »Biologisch

dynamisch angebaut. Das macht den Geschmack aus.«
Dann lehnt er sich über die Auslage und streckt seine
Hand aus. »Sie haben da noch etwas Saft am Kinn.«

Sandy kichert. Völlig unangebracht. Der Mann lächelt mich an. Der Moment dehnt sich zur Ewigkeit. Bis
aus dem Nichts eine Frau auftaucht, sich neben ihn
stellt und ihm einen Kaffee entgegenhält. »Hier. Schwarz
mit Zucker. Und hör gefälligst auf zu flirten, Félix. Die
Leute warten.«

Tatsächlich stehen hinter uns schon eine ganze
Menge Leute, was mir bisher komplett entgangen ist.
Ich frage mich, was ich sonst noch verpasst habe, und
werfe einen raschen Blick auf die wunderbaren Hände.
Kein Ehering! Hurra. Auch wenn das möglicherweise
nichts zu bedeuten hat. Das Gemüse ist schließlich biodynamisch. Und die Frau, die ich etwa auf mein Alter
schätze, trägt ein geflochtenes Stirnband. In diesen
Kreisen pflegt man vermutlich nicht zu heiraten, und
ganz offensichtlich ist sie eifersüchtig. Oder welchen
Grund hat sie sonst, mich derart grimmig zu mustern?

Sie lässt mich nicht aus den Augen, während sie für
einen Kunden ein Pfund Kartoffeln abwiegt. Félix lässt
sich davon nicht irritieren. Er wirft ein weiteres Lächeln
in meine Richtung, und dieses Lächeln ist eines zu viel.

»Pack deinen Charme wieder ein«, fährt sie ihn an, »an
die ist er verschwendet. Weißt du denn nicht, wer das ist?
Das ist die Frau von diesem Bankdirektor. Diesem Lamartine!« Und dann verkündet sie laut genug, damit es
rundherum ganz sicher alle hören, dass Victor ihr den
Kredit gekündigt hat. Einfach so. Ganz ohne Grund.

»So ist es ganz sicher nicht gewesen«, sage ich und
beziehe damit ganz automatisch Stellung für Victor.

Auch wenn er es nicht verdient und mich die anderen Wartenden nun noch eine Spur unfreundlicher anschauen. Es geschieht aus Gewohnheit, und weil ich nach diesem Schuss vor den Bug wohl ohnehin kein weiteres Lächeln von Félix mehr bekomme. Und überhaupt: Wenn jemand über meinen Mann herzieht, dann bin das ich.

»Es wird schon Gründe geben«, sage ich von oben herab, »wenn Victor diesen Kredit gekündigt hat.« Und weil mich das rhetorisch noch nicht völlig überzeugt, füge ich hinzu: »Ich für meinen Teil würde jemandem wie Ihnen auch kein Geld leihen.«

Nicht zuletzt deshalb natürlich, weil ich gar kein Geld habe. Das weiß die Hippiefrau aber nicht. Sie fühlt sich von meinen Worten beleidigt und hält sich jetzt für moralisch berechtigt, mir eine Szene zu machen. Den Kopf in den Nacken geworfen, zetert sie los: Dass sie die Zinsen immer bezahlt hätten und die Kündigung reine Willkür gewesen sei.

»Eine Bank muss auch auf ihre Risiken achten«, sage ich trocken.

»Blablabla«, ruft sie erbost. »Risiken! Da kann ich ja nur lachen. Wo haben Sie denn gelebt in den letzten Jahren? Die Banken haben Milliarden von Euros einfach in den Sand gesetzt. Mit ihren Hedgefonds und ihren Credit Default Swaps. Und da wollen Sie mir erzählen, dass eine kleine Kooperative wie wir ein Risiko darstellt!«

Credit Default Swaps? Ich bin erstaunt, welche Begriffe sie kennt, und vermute, dass sie klammheimlich auch ein bisschen an der Börse herumgespielt hat. Wahrscheinlich hat sie Geld verloren. Und dafür soll ich jetzt mein Fett abbekommen. Als greifbare Vertreterin des Systems gewissermaßen. Obwohl ich ja inzwischen gar nicht mehr zur Bourgeoisie gehöre. Was ich in der Hitze des Gefechtes allerdings auch vergesse.

»Typisch!«, fauche ich sie an. »Immer nur nehmen, nehmen, nehmen. Aber wenn es schiefläuft, ist es niemals Ihre Schuld, und dann sollen gefälligst die anderen Ihre Zeche bezahlen.«

Hinter mir höre ich beifälliges Gemurmel. Zwei alte Damen mit sorgfältig onduliertem Haar nicken zustimmend: »Da haben Sie recht. So sind sie, die Linken.«

Die Hippiefrau stößt ein Schnauben aus. »Wovon zum Teufel reden Sie überhaupt! Das Einzige, was Sie hier bezahlen müssen, ist verdammt noch mal Ihre Ware.«

Ich hätte nicht übel Lust, sie einfach stehen zu lassen oder ihr eine dieser ... dieser Nektarinen mitten ins Gesicht zu werfen. Aber Sandy neben mir nestelt mit hochrotem Kopf ihr Portemonnaie aus der Tasche. Diese Amerikaner, denke ich empört. Da machen sie ständig einen auf Wildwest, aber wenn es drauf ankommt, sind sie nicht mal in der Lage, einer keifenden Marktfrau Paroli zu bieten.

Während die Hippiefrau sehr zufrieden mit sich selbst Sandys Geld nachzählt, schwelge ich in Rachefantasien. Ich stelle mir vor, dass die klobigen Handtaschen der beiden ondulierten Damen ganz gute Keulen abgeben würden. Nur aus Rücksicht auf Sandy sehe ich davon ab, sie mir zu greifen und hinter den Stand zu stürmen. Okay, vielleicht spielt dabei auch eine Rolle, dass ich sehen kann, welche Muskeln diese Hippiefrau hat. Sie trägt nur ein Top, und mit ihren Oberarmen könnte sie problemlos für eine dieser Hochglanz-

Fitnessbroschüren posieren. Kein Wunder, denke ich zornig. Wenn man den ganzen Tag nichts anderes zu tun hat, als dem Gemüse beim Wachsen zuzuschauen, kann man seinen Bizeps natürlich wunderbar trainieren. Trotz des Adrenalins, das in meinen Adern kreist, würde ich in einer handfesten Auseinandersetzung vermutlich eins auf die Nase bekommen.

Darauf habe ich nun wirklich keine Lust. Nicht vor den Augen dieses wahnsinnig gut aussehenden Mannes. Wird man als Ehefrau eines blutsaugenden Bankers geoutet, hat man ohnehin keine guten Karten. Es würde das Blatt bestimmt nicht wenden, wenn ich mich wie eine kreischende Furie auf die Hippiefrau stürze – und verliere.

Man sagt, der Klügere gibt nach. Auch wenn ich den Spruch immer dämlich fand, heute halte ich mich daran. Die beiden ondulierten Damen wirken etwas enttäuscht, als der Konflikt sich ohne Blutvergießen einfach auflöst. Die Hippiefrau steckt zufrieden ihr Geld ein und reicht Sandy eine erste Tüte.

Und dann geschieht, was niemals geschieht – ich werde vom Himmel belohnt. Es ist wie ein Geschenk für meine umsichtige Reaktion, für meinen Langmut, für die Geduld, die ich aufgebracht habe, auch wenn ich damit wahrlich nicht geboren bin. Während Sandy noch ihr Portemonnaie verstaut, verlässt Félix mit der zweiten Tüte in der Hand seinen Platz hinter dem Stand. Er kommt zu mir herüber und überreicht mir mit einer formvollendeten Geste das Gemüse. »Sie müssen Annie entschuldigen«, sagt er dann auf Englisch. »Sie meint es nicht böse. Sie hat hart kämpfen müssen für ihren Hof, und manchmal schießt sie im Eifer des Gefechts einfach am Ziel vorbei.«

Eine passende Antwort fällt mir dazu wirklich nicht ein. Daher versuche ich, wenigstens so etwas wie ein verständnisvolles Nicken hinzukriegen. Es hilft, als ich sehe, wie die Hippiefrau hinter dem Stand erbost die Augen zukneift.

»Jedenfalls«, sagt Félix, »ich habe mich sehr gefreut, Sie kennenzulernen.«

11

Sandy und ihre Familie reisen an einem Sonntag ab. Das ist insofern ungünstig, als Sonntag in der Regel mein depressiver Abend ist. Keine echte Depression. Nur ein Anfall von Melancholie und Trübsinn, wenn alle Freunde sich in ihre Familien zurückziehen, keine Zeit oder Lust auf Unternehmungen haben, das Fernsehprogramm schlecht, der Kühlschrank leer und Victor in seinem Arbeitszimmer ist. Am Sonntagabend ist meine Perspektive auf die Welt verzerrt. Der Montag mit all seinen Verpflichtungen liegt wie ein gigantischer Fels direkt vor mir und versperrt mir die Sicht auf all das Gute, das noch kommen mag. Und selbst wenn ich es schaffe, den Fels zu erklimmen – im mentalen Sinn natürlich – und von dort oben auf den Rest meines Lebens blicke, ist das nicht besonders hilfreich. Weil mir sofort auffällt, wie verdammt kurz dieser Rest geworden ist. Wie konnte das nur passieren?, frage ich mich. Da lebst du ganz harmlos vor dich hin, versuchst, Sonntag um Sonntag um Sonntag über diesen elenden Fels zu kommen – und plötzlich bist du neunundvierzig! Das Leben, denke ich dann, hat mir meine besten Jahre geklaut. Und ich habe so eine Ahnung, dass ich sie nicht zurückbekommen werde.

Nein, Sonntag ist nicht mein bester Abend und dieser Sonntag schon gar nicht. Ich muss morgen den Garten in Ordnung bringen, nachdem die Jungs dort ihr Camp aufgeschlagen haben. Ich muss das ganze Haus putzen. Ich muss Klopapier in rauen Mengen heranschaffen, die zu Bruch gegangenen Gläser ersetzen, die Zimmer oben für die nächsten Gäste nett herrichten und ins Atelier Cézanne muss ich auch noch. Und das muss ich ohne Victor tun. Der ist jetzt seit vier Wochen verschwunden, und wie ich es auch drehe und wende, ein kleiner Fehltritt ist das nicht mehr. Ich fühle mich immer allein an einem Sonntagabend. Aber was wirklich tragisch ist – inzwischen bin ich es tatsächlich.

Ich sitze mit meinem Glas Wein auf der Couch, zappe mich durch das lausige Programm und starre aus dem Fenster in meinen Garten, der ohne das Tipi und die rothaarigen Jungs furchtbar leer wirkt. Im Haus hängt dröhnende Stille. Noch vor zwei Stunden war es erfüllt vom Lärm rennender Füße, rollender Koffer und dem aufgeregten Hin und Her von Stimmen. Aus, denke ich und nehme einen großen Schluck aus meinem Weinglas, vorbei! Das Leben hat mein Haus verlassen. Ich merke, dass die unglaubliche Bedeutung dieser Worte mir wie ein Stein auf den Schultern liegt und mich hinabzuziehen droht in die Düsternis, die sich plötzlich zu meinen Füßen auftut.

Und dann denke ich, dass ich ziemlich gut im Dramatisieren bin, verdammt gut sogar, ein Naturtalent, und dass ich bestimmt eine große Karriere vor mir gehabt hätte, wenn ich zum Theater gegangen wäre. Aber Teufel noch mal, auch dafür ist es jetzt zu spät. Ich stoße einen abgrundtiefen Seufzer aus, dem ein zweiter Seufzer folgt. Aber mit dem zweiten habe ich nichts zu tun.

Die Wests sind nicht einfach abgereist. Sie haben mir etwas hinterlassen. Ich hatte ja auf das Altmetall getippt und mich bereits entschieden, die vermeintlichen Kunstwerke im hintersten Winkel des Gartens zu deponieren. Aber ihre Souvenirs haben die Wests mitgenommen. Nicht jedoch Fred. Der Flokati liegt mir zu Füßen halb unter der Couch, und im Gegensatz zu mir scheint er die Stille zu genießen. Vermutlich ist er froh, seiner Verbannung nach Amerika entgangen zu sein.

Seit Napoleon und St. Helena haben die Franzosen ja ein kollektives Trauma, was Zwangsumsiedlungen und Inseln betrifft. Fred ist davon offensichtlich nicht ausgenommen. Die Vorschriften der Fluggesellschaft, des französischen Zolls, der amerikanischen Gesundheits- und Veterinärbehörden haben die Wests kalt erwischt, als sie am Freitagabend auf die Idee kamen, die Ausreisebedingungen für Fred im Internet nachzulesen. Erstaunlicherweise ist es verboten, einen Hund von knapp einem Meter Schulterhöhe im Flugzeug unter dem Vordersitz zu verstauen. Dem ersten Schock folgten am Samstag zahlreiche Abklärungen und Telefonate, wobei Mr. West, das muss man sagen, sein ganzes Gewicht als Richter der Vereinigten Staaten in die Waagschale warf, um einem unbekannten Streuner aus Marseille die Einreise in sein Land zu ermöglichen. Keine Chance! Fred hätte eine Leidenszeit von mehreren Monaten bevorgestanden, mit zahlreichen medizinischen Untersuchungen, einer Reise im Frachtcontainer und schließlich der Quarantäne auf Ellis Island, wo er mit Artgenossen jedwelcher Herkunft in einen Käfig gesperrt worden wäre.

Ein Franzose verträgt so etwas nicht besonders gut, das hat auch Sandy eingesehen. Als ich mich bereiterklärte, Fred zu übernehmen, hat sie mir unter Tränen gedankt. In Wirklichkeit macht es mir gar nicht so viel aus, in dem leeren Haus einen großen Hund an meiner Seite zu haben. Ich habe mich mit Fred angefreundet. Wenn er still zu meinen Füßen liegt – und ohne Lesebrille betrachtet –, sieht er fast genau wie mein früherer Teppich aus. Das versetzt mich zurück in meine Teenagerjahre und macht mir gute Laune.

Leider sind Freds kontemplative Phasen von deutlich kürzerer Dauer als meine eigenen. Während ich an diesem Abend also gerade so schön melancholisch vor mich hin sinniere, beschließt Fred, dass es jetzt reicht und die Zeit für seinen Abendspaziergang gekommen ist. Man sagt ja, dass der Hund der treuste Begleiter der Menschen ist. Alles gelogen! Es ist genau umgekehrt. Der Hund beschließt auszugehen, und der Mensch begleitet ihn. Allein schon deshalb, weil er nicht mag, was sein vierbeiniger Freund sonst auf dem schönen Parkett hinterlässt, sollte er dessen Drang nach Frischluft ignorieren.

Mit Fred an der Leine trotte ich also in der Abenddämmerung einmal ums Geviert und habe die Placette schon fast wieder erreicht, als mein vierbeiniger Gefährte plötzlich die Nackenhaare sträubt. Er lässt ein grollendes Knurren hören, das mich selbst erschrecken würde, hätte ich keine Hundekuchen in der Tasche. Ich biete ihm einen an. Als Fred den Keks verschmäht, schalte ich auf Alarmstufe rot.

Man muss sagen, dass Fred, obwohl er selbst von zweifelhafter Herkunft ist, nicht gerade multikulturell offen ist. Er hasst Katzen! Auch Eichhörnchen mag er nicht und Igel kann er nicht ausstehen. Wir wurden deshalb schon öfter in Scharmützel verwickelt, wenn ich mit ihm spazieren ging. Aber noch nie, in keinem einzigen Fall, hat Fred über dem Kampf sein Fressen vergessen. Diesmal jedoch übersieht er nicht nur meine ausgestreckte Hand, er reißt mich beinahe von den Füßen, als er unvermittelt loslegt. Er strebt quer über die Placette direkt auf Dodos Vorgarten zu, wo auch ich jetzt eine Bewegung erkenne. Ich sehe, wie sich die Tür für einen Moment öffnet, und eine dunkle Gestalt ins Haus schlüpft. Als die Tür wieder zufällt, bleibt Fred steif und starr stehen. Er schnuppert in der Luft und scheint zu überlegen.

Gut so. Denn ich habe keine Ahnung, was ich tun soll. Was, wenn ein Einbrecher in Dodos Haus zugange ist? Oder noch schlimmer, ein psychopathischer Serienmörder! Die sind in unserer Gegend zwar nicht unbedingt häufig, aber das ist das Dumme mit kleinen Wahrscheinlichkeiten – sie können dennoch eintreten. Auch wenn Dodo und ich uns zerstritten haben, so etwas kann ich unmöglich zulassen. Zeitgleich mit Fred treffe ich die Entscheidung, einen genaueren Blick zu wagen. Wir schleichen uns von hinten durch den Garten. Es gibt dort bewegungsgesteuerte Scheinwerfer, aber ich weiß ja, wo die Sensoren sitzen. So gelingt es uns, unbemerkt auf die Veranda zu kommen, von wo sich ein guter Blick ins Wohnzimmer eröffnet.

Ich kann nicht glauben, was ich da sehe, und auch Fred wirkt fassungslos. Dodo, Marcelle und Eloise. Meine Freundinnen haben sich versammelt. Sie trinken Prosecco, knabbern an kleinen Blätterteigstangen und haben vor sich eine Käseplatte und etwas, das verdächtig nach einem Schokoladenkuchen aussieht. Zumindest Dodo sollte die Schokolade besser lassen. Wobei das Problem nicht darin besteht, dass sie über die Stränge schlagen. Das Problem ist – sie tun es ohne mich!

Ich weiß, bei unserer letzten Begegnung habe ich Dodo quasi vor die Tür gesetzt. Aber so ein winziger Fehler sollte doch nicht gleich die ganze Freundschaft kosten. Ich hatte irgendwie darauf vertraut, dass sich Dodo wieder bei mir meldet. Weit gefehlt. Dodo hat mich stattdessen einfach außen vor gelassen. Ich hatte keine Ahnung, wie sehr das schmerzt. Der einzige Gedanke, den ich jetzt noch fassen kann, ist, sofort zu verschwinden. Mich wie ein Gespenst aufzulösen, lautlos in die Nacht zurückzutauchen, bevor man mich hier noch erwischt. Was an Peinlichkeit nicht zu überbieten wäre, weil ich bestimmt sofort in Tränen ausbrechen würde.

Ich taste mich vorsichtig zurück und merke viel zu spät, dass Fred davon nicht viel hält. Rückzug ist nicht seine Sache. Seine Sache ist es, wahnsinnig laut zu bellen.

Danach geht alles sehr schnell. Dodo reißt die Tür auf, sie stürmen zu dritt auf die Terrasse hinaus, die Scheinwerfer blenden auf, und Fred kläfft weiter, als hinge sein Leben davon ab.

»Ihr trefft euch also hinter meinem Rücken!«, rufe ich sofort, weil Angriff ja bekanntlich die beste Verteidigung ist. Ich sehe, wie sich auf Dodos Zügen Scham abzeichnet, die aber in Aufmüpfigkeit übergeht.

»Du hast ja keine Zeit für mich!«, ruft sie aus. »Du hast ja jetzt eine neue Freundin, weil ich für dich zu langweilig bin!«

»Das ist keine Freundin«, platze ich heraus. Jedenfalls nicht im klassischen Sinn. »Das ist eine Mieterin.«

»Eine Mieterin?« Sie runzelt verständnislos die Stirn. »Warum solltest du Mieter haben?«

»Na, weil ich das Geld brauche.« Jetzt ist es heraus. Ich erwidere trotzig ihren Blick, der ein einziges Fragezeichen ist. »Warum fragst du nicht Victor, wenn du Geld brauchst?«

»Weil Victor mich verlassen hat.« Dann – ich wusste, dass es so kommen würde – fange ich zu heulen an.

Victor ist kein Ungeheuer. Um ehrlich zu sein, ich kenne keinen Mann, gegen den ich ihn eintauschen möchte. Auch in unserem Freundeskreis ist er allgemein beliebt. Den Männern ist er ein echter Kumpel, und den Frauen gegenüber ist er aufmerksam. So was findet man nicht an jeder Ecke. Ich weiß, dass meine Freundinnen mich um Victor gelegentlich beneiden. Ich weiß auch, was ich an ihm hatte. Zumindest weiß ich das, seit er verschwunden ist. Vielleicht ist dies das Problem? Vielleicht habe ich Victor viel zu lange für selbstverständlich genommen?

Als ich solche Selbstzweifel äußere, protestieren meine Freundinnen vehement. Mich, sagen sie, trifft keine Schuld. Die Schuld liegt allein auf Victors Seite. Ich hingegen bin perfekt. Natürlich nehme ich in diesem Moment nicht alles für bare Münze, aber ihre Unterstützung tut mir gut. Ich trinke Prosecco und tauche in ihr Mitgefühl wie in ein warmes Bad.

Wir ziehen gemeinsam über Victor her. Wie konnte er nur? Einfach verschwinden, ohne Vorwarnung, ohne Erklärung! An psychischer Grausamkeit ist das kaum mehr zu überbieten. In diesem Punkt sind wir uns einig.

»Und du musstest das alles alleine durchstehen!« Dodo hat den Arm um mich gelegt. »Warum hast du uns nicht längst alles erzählt?«

Weil es mir peinlich war. Weil ich den Fehler bei mir gesucht habe und ich mich vor meinen Freundinnen nicht entblößen wollte. Weil in einem Winkel meines Kopfes der Gedanke steckte, dass Victor vielleicht zurückkommt und sich diese ganze schreckliche Episode einfach in Luft auflöst. Dass meine Freundinnen nun davon wissen, scheint sein Verschwinden irgendwie realer zu machen. Bisher war das eine Sache zwischen ihm und mir. Jetzt nicht mehr. Bisher stand die Tür für seine Rückkehr einen winzigen Spalt offen, aber nun habe ich sie zugeschlagen. Dieser Gedanke treibt mir abermals die Tränen in die Augen.

Marcelle, die mich beobachtet hat, nimmt meine Hand. »Ist doch egal, warum sie es nicht erzählt hat«, sagt sie zu den anderen. »Und wenn wir ehrlich sind, wir haben doch alle unsere Geheimnisse.« Sie stockt einen Moment. »Bei Stéphane und mir läuft auch nicht alles rund.«

Das überrascht mich jetzt wirklich. Victor und ich waren immer sehr verschieden. Ein Fall von Gegensätzen, die sich anziehen. Marcelle und Stéphane hingegen sind sich ähnlich. Ihre Beziehung ist fast schon symbiotisch. Sie leben und arbeiten zusammen, sie haben dieselbe Leidenschaft für Architektur, sie sehen sogar gleich aus. Sie sind beide dünn und lang, und weil sie – wenig überraschend – auch ihre Vorliebe für schwarze Brillen und Hosenanzüge teilen, kann man sie aus der Ferne oft nur durch ihre Frisur auseinanderhalten. Mich hat es ehrlich gesagt immer ein wenig überrascht, dass sie nicht auch denselben Haarschnitt haben. Daher trifft mich Marcelles Geständnis auch völlig unvorbereitet. Den anderen beiden geht es ebenso.

»Was ist denn bei euch das Problem?«, fragt Dodo. Ich sehe ihr an, wie unwohl sie sich dabei fühlt. Auch wenn es unfair war, sie mit einem Eintopf zu vergleichen – dass Dodo eine ausgeprägte Vorliebe für Kontinuität hat, lässt sich nicht abstreiten.

»Ach, ich weiß nicht«, sagt Marcelle. »Die Arbeit, unser Leben ... es ist immer derselbe Trott. Wir bauen diese Ferienhäuser, und das will ich auch gar nicht schlechtreden. Wir verdienen gut dabei. Aber dafür haben wir doch nicht Architektur studiert!« Kämpferisch hebt sie ihr Kinn. »Nicht, um die Provence mit den pseudorömischen Villen irgendwelcher Millionäre zu verschandeln. Wir haben davon geträumt, große Gebäude zu erschaffen. Gebäude, die ihr eigenes Leben entwickeln, die ihre Umgebung prägen.«

Sie hat sich in Rage geredet. Man sieht ihr die Leidenschaft an. Ihre Wangen haben sich gerötet, ihre Augen blitzen. »Wir wollten mehr, als mit unserer Arbeit einfach nur Geld zu verdienen. Wir wollten der Moderne unseren eigenen Stempel aufdrücken.«

»Aber das könnt ihr doch immer noch«, wirft Dodo dazwischen.

»Eben nicht!«, schnaubt Marcelle empört. »Weil Stéphane aufgegeben hat. Weil er – ich weiß nicht – so verdammt träge geworden ist. Aber eines sage ich euch: Ich habe nicht vor, das einfach so hinzunehmen!«

»Was willst du dagegen tun?«, fragte Dodo mit leichtem Zittern in der Stimme. Sie sieht schon die nächste Trennung in der Luft hängen.

»Ich habe es bereits getan.« Marcelle sieht uns herausfordernd an. Dodo hält den Atem an. Ich ebenfalls. »Ich habe mich für den Bau des neuen Palais des Congrès in Cannes beworben. Ich habe eine Vorstudie eingereicht. Ohne Stéphane! Und wisst ihr, was?« Aufgeregt beugt sie sich vor. »Meine Ideen haben denen gefallen! Ich bin in die engere Auswahl gekommen. Eines von zehn Büros, die ein Projekt einreichen dürfen.«

Ich atme erleichtert aus. »Das ist wunderbar«, sage ich.

»Ja, nicht wahr?« Marcelles Augen leuchten. »Natürlich ist das jetzt eine Menge Arbeit«, sprudelt sie hervor, »die Fristen sind mörderisch. Ich werde mich in den nächsten Monaten voll darauf konzentrieren müssen, und die Bezahlung ist lächerlich, aber stellt euch nur vor, ich könnte tatsächlich gewinnen!«

Als ich das höre, wird mir klar, dass meine Erleichterung vielleicht etwas voreilig war. Ich kann jetzt schon sehen, dass Marcelle völlig in diesem Projekt aufgehen wird. Und Stéphane ist kein Teil davon. Es wäre naiv, anzunehmen, dass sich das nicht auf die Beziehung der beiden auswirkt. Auch wenn ich nicht wie Dodo bin, dieser Gedanke beunruhigt mich doch.

Froh um meine neue Kompetenz im Umgang mit Veränderung lasse ich mir aber nichts anmerken und schlage vor, eine weitere Flasche Prosecco zu öffnen. Dodo steht sofort auf, um sie zu holen.

Als sie wieder zurück, die Flasche geöffnet ist und unsere Gläser gefüllt sind, ergreift Eloise das Wort. »Wenn wir schon dabei sind, unsere Herzen zu öffnen, dann habe ich auch ein Geständnis zu machen.« Ein Lächeln umspielt ihre Lippen, während sie eine Kunstpause macht. »Ich habe mich verliebt«, sagt sie dann.

Verliebt! Eloise! Da falle ich ja wirklich aus allen Wolken. Das geschieht alle Schaltjahre einmal. Und dann ist es in der Regel jemand wie Mel Gibson. Jemand, der unerreichbar ist. Jemand, den man nicht mal kennt.

Mir schießt für einen Moment der Typ vom Markt durch den Kopf ... Félix. Um ehrlich zu sein, das ist nicht das erste Mal, dass ich an ihn denke. Ich mochte sein Lächeln und seine Hände. Ich war sogar versucht, bei Sandy einen zweiten Marktbesuch anzuregen, nur um ihn noch mal zu sehen. Ich habe mich nur zurückgehalten, weil die Jungs am Markttag an den Strand wollten. O mein Gott, denke ich, ich bin genau wie Eloise. Ich werde den Rest meines Lebens damit verbringen, unerreichbare Männer anzuhimmeln.

»Ist er verheiratet?«, fragt Dodo, deren Gedanken in eine ganz ähnliche Richtung gehen. Als ihr bewusst wird, wie das klingt, läuft sie rot an. Aber tatsächlich hat sie nur aus Erfahrung gefragt, und wir sind alle verblüfft, als Eloise lächelnd den Kopf schüttelt.

Die nächste Frage liegt auf der Hand: Ist es Monsieur Lambert? Hat Eloise endlich kapiert, dass ihr Chef der perfekte Mann für sie wäre?

»Er heißt Graham«, sagt Eloise, womit sich unsere Hoffnung zerschlägt. »Graham Smith.«

»Ein Engländer?«, fragt Marcelle.

»Amerikaner.« Eloise lässt ein schulmädchenhaftes Kichern hören, das absolut untypisch für sie ist. Ich sehe, wie Marcelle eine Braue hochzieht.

Dodo und ich wechseln einen besorgten Blick, während Eloise zu erzählen beginnt. Sie kriegt sich vor

Begeisterung fast nicht mehr ein. Graham ist so ein toller Typ. So männlich. So stark. Er sieht wie ein Filmstar aus, hat einen absolut untadeligen Charakter und selbstverständlich ist er auch klug. Ich weiß nicht, wie es den anderen geht, aber ich überlege inzwischen, ob Eloise vielleicht einem dieser Körperfresser zum Opfer gefallen ist. Man kennt das aus Filmen, die im späten Abendprogramm laufen. Parasiten aus dem Weltraum rauben deinen Körper und lassen dich wie einen Automaten durch die Gegend traben. Wenn das stimmt, dann ist die schwärmerische Blondine auf der Couch, die vorgibt, Eloise zu sein, das Automatenmodell »verliebter Teenager«.

Ich bemühe mich, die Diskussion ein wenig zu versachlichen, und frage, was dieser Graham beruflich tut.

Eloise strahlt mich an: »Er ist ein Urgroßneffe von Cézanne.«

Urgroßneffe zu sein ist ja nun eigentlich noch kein Beruf, aber während Eloise sich darüber auslässt, wie wunderbar gerade ich als Cézanne-Expertin mich bestimmt mit Graham verstehen werde, gibt Dodo mir ein Zeichen, kritische Fragen besser zu unterlassen.

»Dann werden wir deinen Graham also hoffentlich bald kennenlernen«, wirft sie dazwischen, als Eloise eine Atempause macht.

»Natürlich«, entgegnet diese, eifrig nickend. »Auf jeden Fall. So bald wie möglich. Die Sache ist nur, dass Graham furchtbar beschäftigt ist. Er möchte hier in der Provence eine neue Cézanne-Stiftung gründen. Deshalb ist er hergekommen, und so habe ich ihn auch kennengelernt. Er hat bei Monsieur Lambert vorgesprochen, weil er für dieses Projekt noch Sponsoren sucht.«

»Wie schön«, sage ich heuchlerisch, während ich insgeheim denke, dass Cézanne in die Provence zu tragen ähnlich sinnvoll ist wie Eulen nach Athen. »Was wird die Stiftung denn tun?«

»Ach, da gibt es wahnsinnig viel. Zuerst und vor allem will sie im Geiste von Cézanne ein künstlerisches Zentrum sein. Ein Ort der Inspiration und des Empowerments für junge Talente.«

Empowerment klingt gut. Auch wenn ich ein wenig bezweifle, dass sich junge Talente heutzutage noch von einem Maler inspirieren lassen, der seit über hundert Jahren tot ist. Aber was weiß ich schon? Ich bin schließlich nur eine kleine Kunstführerin, und was Eloise da vor uns ausbreitet, klingt nach einer ziemlich großen Kiste.

Es soll eine Künstlerwerkstätte geben. Kurse und Seminare. Besucher aus aller Welt. Eine angeschlossene Galerie und natürlich einen Showroom. Die Werke für die erste Ausstellung, sagt uns Eloise mit stolzem Lächeln, wird Graham aus seinem Erbe zur Verfügung stellen.

»Das klingt alles ganz wunderbar.« Dodo hat sich von der Begeisterung unserer Freundin anstecken lassen und fällt Eloise um den Hals, während ich – zweifellos etwas misanthropisch – überlege, wie dieser Graham sein Versprechen mit den Bildern einlösen will. Urgroßneffe hin oder her, soweit mir bekannt ist, hängen die meisten Werke von Cézanne bereits in Museen. Wahrscheinlich, denke ich, hat er grenzenlos übertrieben. Vermutlich besitzt er nicht mehr als ein paar Skizzen.

Dann rufe ich mich selber zur Räson. Besitz ist schließlich nicht so wichtig. Ich sollte Eloise den neuen

Superhelden deshalb nicht madigmachen. Ich sollte mich wie Dodo einfach für sie freuen.

Wir stoßen ein weiteres Mal an, und obwohl ich finde, dass wir inzwischen genug über Graham wissen, ist Eloise nicht zu stoppen. Wir erfahren, wo er zur Schule gegangen ist, welche Zahnpaste er benutzt und wie er seine Schnürsenkel bindet. Ich sehe, wie Marcelle, die mir gegenübersitzt, allmählich die Augen zufallen. Also versuche ich, dem Gespräch eine neue Richtung zu geben, indem ich Dodo frage: »Und was ist mit dir?«

»Was soll mit mir sein?«, gibt sie zurück und reißt erstaunt die Augen auf.

»Komm schon. Das ist der Abend, an dem wir unsere Geheimnisse teilen. Aber du hast noch überhaupt nichts gesagt. Willst du uns etwa erzählen, du hättest keine Geheimnisse?«

»Hab ich auch nicht.« Sie lacht verlegen »Ich doch nicht. Mein Gott, ihr kennt mich doch. Ich bin ein offenes Buch.«

Das ist sie wirklich. Und deswegen kann ich auch genau erkennen, dass sie schwindelt. Es ist die Art, wie sie ihren Kopf neigt und ihre Hände in den Ärmeln des Pullovers verschwinden. Genauso hat sie bestimmt auch mit zehn ausgesehen, wenn sie heimlich die Büchse mit den Weihnachtskeksen geleert hatte. Sie wirft uns von unten herauf einen Blick zu und läuft rot an, als sie merkt, dass niemand ihr glaubt.

»Also gut«, sagt sie dann. »Ein kleines Geheimnis habe ich vielleicht doch. Ich habe ein Buch geschrieben.«

»Wirklich?« Ich bin platt. »Was für ein Buch?«

»Einen Roman.« Ihre Gesichtsfarbe wird noch eine Nuance intensiver.

Selbstverständlich beginnen wir sofort, sie auszufragen. Was für eine Art Roman? Kommen wir auch darin vor? Wovon handelt die Geschichte?

»So eine richtige Geschichte ist das eigentlich nicht.« Dodo ist inzwischen erdbeerrosa und hat sich in ihrem Pullover beinahe verkrochen.

»Jetzt stell dich nicht so an«, sage ich. »In dem Buch muss es doch eine Handlung geben.«

»Eigentlich nicht.« Sie sieht zu Boden und zupft am Pulloversaum herum.

»Aber worum geht es dann?«

Ein Faden löst sich aus dem Pullover. Sie knüllt ihn zwischen den Fingern und wirft ihn weg. Dann endlich sieht sie uns an und sagt: »Eigentlich geht es nur um Sex.«

12

Die Sonne ging unter. Im Westen sah Coco durch das Fenster einen flammenden Gürtel in Orange und Gold, der den Horizont bekränzte und den Himmel unfassbar nachtblau färbte. Im Osten waren aus ihrer Flughöhe von zehntausend Metern schon die Sterne zu sehen. Coco versuchte, sie zu zählen, als sie spürte, wie der Mann neben ihr sich regte. Er war in Bangkok zugestiegen. Über dem Hummer, den man zum Abendessen servierte, hatten sie sich ein gelegentliches Lächeln zugeworfen, und als sich nach dem Mahl beide noch einen Drink gönnten – der Mann trank Whiskey, Coco hatte einen zwanzig Jahre alten Rum gewählt, der wie flüssiges Gold in ihrem Glas schimmerte – prosteten sie sich zu. Seine Augen waren faszinierend. Nachtschwarz und verheißungsvoll ...

Coco rief sich zur Ordnung, als sie merkte, dass sie ihn anstarrte. Aber sie konnte ein leichtes Schaudern nicht unterdrücken, als ihr der bittersüße Rum durch die Kehle rann und sie noch immer seinen Blick auf sich spürte. Inzwischen hatte man das Licht gedimmt, und ein charmanter Steward hatte Coco in eine federleichte Kaschmirdecke gehüllt. Während sie nach draußen in den Himmel sah, waren ihr allerlei Gedanken durch den Kopf gegangen, die sich auf ihren Sitznachbarn bezogen. Da spürte sie plötzlich eine Berührung. Es war die Hand des Unbekannten. Sie lag reglos auf ihrem Knie, und als Coco eher erstaunt als empört den Kopf drehte, begegnete sie abermals seinem Blick. Seine Augen leuchteten im Halbdunkel der Kabine, während er seine Finger unter die Decke gleiten ließ, die ihre Beine bedeckte.

Coco hielt den Atem an. Sie hätte protestieren können, aber sie mochte die drängende Bewegung der Hand, sie mochte die geschickten Finger, die unter ihren Rock glitten, über den Slip strichen und dann mit leichtem Druck auf der Wölbung ihrer Scham verharrten. Ihre Klitoris war heiß und groß. Er strich mit zartem Druck darüber, und Coco öffnete unwillkürlich ihre Schenkel …

Es klopft … Verdammt!

Mir bleiben nur ein paar Sekunden, um das Manuskript in der Vogue zu verstecken, da rauscht schon Marcelle herein. Frustrierenderweise braucht sie nur einen Blick auf mich zu werfen, um zu erraten, womit ich beschäftigt war.

»Na, na, na.« Sie wackelt mit dem Zeigefinger wie eine Vorschullehrerin. »Haben wir etwa in Dodos Buch gelesen?«

»Nie im Leben«, sage ich empört und versuche, mein Haar unauffällig über die Ohren zu drapieren, die sich verdächtig heiß anfühlen. Mist. Schon in der Schule haben mich diese Ohren ständig in Schwierigkeiten gebracht, weil sie einfach immer rot anlaufen. Unauffälliges Fummeln hinter der Turnhalle in den Pausen konnte ich vergessen.

Marcelle glaubt mir kein Wort. »Ich wette, du hast das Manuskript in der Vogue versteckt«, sagt sie und lässt sich mit einem maliziösen Lächeln neben mich auf die Couch sinken.

Kann ja sein, dass sie nur gut geraten hat, aber ich vermute mal, Marcelle benutzt dasselbe Versteck.

Dodos Geständnis vor vier Tagen hat uns alle aus den Socken gehauen. Selbstredend, dass wir das Manuskript auch lesen wollten. Es war ein hartes Stück Arbeit, Dodo zu überzeugen, aber schließlich hat sie sich breitschlagen lassen und jeder von uns ein Exemplar ausgedruckt. Es ist ziemlich gut, finde ich. Nicht, dass ich mich ungebührlich lang damit beschäftigt habe. Muss man auch nicht. Egal, wo man es aufschlägt, Dodo – oder vielmehr Coco – kommt immer recht zügig zur Sache. Inzwischen finde ich es gut, dass Dodo ihren Roman nicht unnötig mit einer Handlung belastet. So eine Handlung ist ja eigentlich überflüssig. Aus einem groben Rahmen – ihre Heldin reist einmal um die Welt, warum und wozu, ist nicht so wichtig – hat Dodo das Maximum herausgeholt. Sex in allen Lebenslagen. Ihr Favorit heißt Armand (unmöglicher Name, aber hervorragend ausgestattet), doch wie es das Reisen nun mal so mit sich bringt, trifft Coco darüber hinaus eine verblüffende Anzahl weiterer Männer. Sie ist überhaupt erstaunlich offen. Für fremde Männer, fremde Kulturen, fremde Praktiken ...

Erstaunlich vor allem dann, wenn man bedenkt, wer sich das alles ausgedacht hat. Meine Freundin Dodo, von der anderen Seite der Placette. Dodo, die im wirklichen Leben seit hundert Jahren mit Maurice verheiratet ist. Die drei Kinder hat und einen Gemüsegarten, die Konfitüre einkocht und sich von einem neuen Thermomix zu Begeisterungsstürmen hinreißen lässt ... Man kennt nie jemanden wirklich, sage ich nur! Nicht, dass ich Dodo kritisieren möchte für ihr Buch. Nein, nein, ganz im Gegenteil. Ich finde, gerade seine Vielfalt macht es interessant. Auch in einem kulturellen Sinn. Da ist für jeden Geschmack etwas dabei. Meiner Meinung nach ist das ein Konkurrenzvorteil gegenüber diesen fantasielosen Büchern, die ständig dasselbe durchexerzieren. Sadomaso zum Beispiel. Ist doch irgendwann auch zum Gähnen.

Dodo hat uns quasi auf Knien angefleht, nicht nach realen Vorbildern für ihre Figuren zu suchen. Was natürlich die Vermutung nahelegt, dass es solche Vorbilder gibt.

Während Marcelle neben mir ihre Schuhe abstreift und die langen Beine auf den Couchtisch legt, fällt mir die kleine Narbe an ihrem Knöchel auf. Die hatte ich ganz vergessen. Sie rührt von einem Sturz von meiner Gartenmauer vor zehn Jahren. Bei Coco, deren »zarten Knöchel« eine ähnliche Narbe ziert, ist die Verletzung natürlich exotischer. Irgendwas mit einem Krokodil.

Die Beine, denke ich, hat Dodos Heldin also von Marcelle. Das Haar hat sie von Eloise – eine goldene Mähne, das war leicht zu erkennen. Jetzt stellt sich mir natürlich schon die Frage, ob ich auch einen Anteil an Coco habe. Und wenn ja, welchen? Die Nase kommt nicht infrage. Bauch und Po wohl ebenso wenig. Vielleicht ist es ja einer ihrer inneren Werte, tröste ich mich, wobei ich einfach annehmen muss, dass Coco über welche verfügt, weil sie im Text ja nun nicht direkt im Zentrum stehen.

»Krieg dich mal wieder ein«, sagt Marcelle, die glaubt, dass sie weiß, worüber ich nachdenke. Mit der Spitze ihres Fußes schiebt sie das Manuskript tiefer in die Vogue. Dann informiert sie mich, dass in etwa einer Minute die Handwerker eintreffen werden. »Wie?«, sage ich, noch immer etwas benommen. »Warum?«

Marcelle zieht eine Augenbraue hoch: »Du solltest, bevor sie kommen, vielleicht noch etwas auf deine Ohren tun.«

Es geht natürlich um den Pavillon. Das wird mir sofort klar, sobald mein Blut aus den unteren Regionen wieder ins Hirn hochgeflossen ist. Weil Marcelle einen ungestörten Raum braucht, um an ihrem Architekturprojekt zu arbeiten, habe ich ihr angeboten, bei mir unterzuschlüpfen. Das Angebot war ein Freundschaftsdienst. Ich habe mir vorgestellt, Marcelle würde vielleicht ein- oder zweimal pro Woche bei mir aufschlagen und ihre Pläne auf meinem Küchentisch ausbreiten, während ich schon mal den Prosecco einschenke.

Marcelle fiel mir dafür spontan um den Hals. Es war ein gutes Gefühl, einer Freundin in Not beizustehen. Am nächsten Tag kam sie vorbei, um sich mein Haus anzusehen. Spätestens in diesem Moment hätte ich misstrauisch werden müssen. Sie kennt mein Haus. Sie ist schon tausendmal hier gewesen. Bei dieser Besichtigung vor drei Tagen kam dann allerdings heraus, dass sie ganz andere Ansprüche hat, als zweimal in der Woche in meiner Küche zu campen. Offenbar ist Pläne zeichnen sehr viel schwieriger, als ich gedacht hatte. Man braucht dazu jede Menge Computer, hochspezialisierte Drucker, Zeichentische, Lampen … Kurz, es war nicht daran zu denken, all diese Apparate einfach in meinen Wohnräumen abzustellen. Glücklicherweise sah das Marcelle ebenso. Ich erklärte ihr, wie schade ich das fände, wobei sich ganz im Stillen auch eine heimliche Erleichterung in mir breitmachte.

Aber dann entdeckte Marcelle ganz am Ende der Tour den Pavillon im Garten. Der Großvater meines Mannes hatte ihn bauen lassen, weil so etwas damals modern war. Im Laufe der Jahre hatte er ganz unterschiedliche Verwendungszwecke. Victors Vater zum Beispiel benutzte ihn als Rauchsalon und Dunkelkammer. Ich hatte ganz zu Beginn unserer Ehe den Versuch gemacht, den Teil, der keine Dunkelkammer war, mit Kissen und bunten Lämpchen zur Party-Lounge aufzumöbeln, hatte die Aktion jedoch eingestellt, als ich feststellte, wie mühsam es war, Essen und Getränke aus der Küche bis hinunter in den Pavillon zu schleppen. Seither fristete der kleine Bau ein weitgehend nutzloses Dasein im Schatten meiner Gartenmauer, und als Marcelle ihn für sich entdeckte, war es keineswegs so, dass ich ihn nicht hergeben wollte. Nein. Ich bin nicht das Problem. Das Problem ist Marcelles architektonisch geschulter Sinn für Ästhetik. Man könnte auch sagen, ihre überzogenen Ansprüche. Aber so würde ich es nie ausdrücken. Schließlich sind wir Freundinnen. Tatsache ist jedoch, dass es für Marcelle nicht infrage kommt, den Pavillon so, wie er ist, zu benutzen. Und es geht ihr auch nicht darum, ihn mit ein paar Kerzen oder Kissen etwas aufzumotzen. Nein, sie will das »Potenzial realisieren«, das sie in dem Pavillon sieht.

Wie ich inzwischen verstanden habe, besteht ein wesentlicher Unterschied zwischen einem Gebäude und seinem Potenzial. Wenn ein Architekt von Potenzial zu reden beginnt, sollte man am besten schreiend wegrennen. Das habe ich viel zu spät gemacht. Nämlich erst gestern. Nachdem ich den Pavillon geräumt, die Dunkelkammer herausgerissen, eine Wand entfernt und sogar noch die Kacheln in dem winzigen Bad gereinigt hatte, und das alles quasi im Alleingang. Denn ich habe auch gelernt, dass Architekten mit Planen und Koordinieren derart beschäftigt sind, dass sie leider nur selten dazu kommen, selbst Hand anzulegen. Nach drei Tagen fühlt sich mein Muskelkater wie eine chronisch gewordene Kriegsverletzung an, und als mir Marcelle am Vorabend eröffnete, sie wolle nun noch einen neuen Boden einziehen, habe ich den längst überfälligen Schreikrampf bekommen. Deshalb, sagt sie jetzt, habe sie im Internet nach Hilfe gesucht – sie zwinkert mir zu – und ist auf einen netten jungen Mann gestoßen.

Selbstverständlich findet dieser Plan meine volle Unterstützung. Erst recht, als sich zeigt, dass es sich bei dem jungen Mann, den Marcelle gefunden hat, um den gut gebauten Menschen handelt, der meine Orangerie gebaut hat. Ich erkenne ihn sofort, als er mein Wohnzimmer betritt, und nach einigem Überlegen fällt mir auch sein Name wieder ein. Maxim. Diesmal hat er noch zwei Freunde mitgebracht, die genauso aussehen wie er.

Ich hatte mich ja damals wegen der Referenzen für ihn entschieden und nicht aufgrund der Fotos auf seiner Internetseite. Bei Marcelle bin ich mir in dieser Hinsicht nicht so sicher. Sie wirkt etwas aufgedreht heute. »Mach den Mund zu«, raunt sie von der Seite. Dann springt sie wie ein junges Rehlein von meiner Couch, während ich überlege, ob das jetzt großmütterlich wirkt, wenn ich mich aus der Seitenlage einfach hinausrollen lasse. Mein Rücken würde es mir vermutlich danken, aber was zum Teufel habe ich davon? Ich meine, wann hat man schon mal drei junge Kerle im Wohnzimmer stehen, die alle vom Fleck weg in der Cola-Light-Werbung auftreten könnten? Eben!

Ältere Frauen und junge Männer, das ist schließlich ein Trend. Man sieht das ständig im Fernsehen. Die weiblichen Serienstars meiner Jugend, geliftet und in Form gezurrt, nennen sich jetzt Berglöwinnen und legen das junge Gemüse gleich reihenweise flach. Niemals, denke ich, würde so ein »Cougar« sich wie eine rückenkranke alte Oma bewegen.

In einem ersten Schritt konzentriere ich mich darauf, die Befehlsgewalt über meine Muskeln zurückzuerlangen. Dann visualisiere ich mein Ziel: geschmeidig wie eine Katze aus dem Sofa aufzuspringen. Ich fühle direkt, wie das Katzenartige in mir die Oberhand gewinnt, während ich mich sammle und meine Energien fokussiere, um dann – als Maxim lächelnd zu mir herüberschaut – in einem gewaltigen Sprung regelrecht zu explodieren. Ich stehe auf meinen zwei Beinen, und der Schmerz durchfährt mich wie ein Messer. Ich kann nicht mal mehr schreien. Nur ein hilfloses Röcheln kommt aus meinem Mund, während ich zusammenklappe und aufs Sofa zurückfalle.

Ich werde auf die Couch gebettet, man zieht mir die Schuhe aus, schiebt mir vorsichtig ein Kissen in den Nacken, kurz – ich bekomme jede Menge Aufmerksamkeit, die ich aber nicht genießen kann, weil sich Wellen von Schmerz über meinen Rücken ziehen. Ich ärgere mich ein bisschen, dass ich bisher nie auf die Idee gekommen bin, einen derartigen Anfall einfach zu simulieren. Ohne den Schmerz wäre so ein Zustand durchaus auszuhalten. Maxim, der sich besonders lieb um mich kümmert, tastet vorsichtig mein Kreuz ab. Als er die Stelle findet, die das Zentrum der Schmerzwellen bildet, stöhne ich laut auf. Unpassenderweise fällt mir dabei Coco ein ... Ich verdränge den Gedanken, als Maxim sich wieder aufrichtet und mit Expertenmiene verkündet, dass ich einen Hexenschuss habe.

»Bist du sicher?«, frage ich verzagt.

»Ziemlich sicher, ja. Ich kenne das von meiner Oma.«

Von seiner Oma?! Vielleicht ist so ein Anfall ja doch kein ideales Mittel, um einen Flirt mit jungen Männern zu starten.

Ich bin also eine Oma. Das trifft mich hart. Zum physischen gesellt sich nun noch der psychische Schmerz. Könnte ich mich bewegen, ich würde mich auf der Stelle vom Acker machen. Kann ich aber nicht. Ich muss zähneknirschend liegen bleiben, während Marcelle – geradezu unverschämt flink auf den Beinen – nach oben läuft, um meine Rückensalbe zu holen.

Immerhin hat sie den Anstand, die Jungs zu bitten, sich umzudrehen, bevor sie mich entblößt. Sie reibt mir den Rücken ein und meint dann pragmatisch, dass ich in einer halben Stunde bestimmt wieder auf den Beinen sei.

Ich bin da weniger optimistisch. Allein schon wegen der Arbeit, die im Pavillon auf mich wartet. »Wer weiß ...«, sage ich mit einem zittrigen Lächeln und lasse den Satz im Ungewissen verklingen. Das Lächeln habe ich mir bei der Kameliendame abgeschaut. Ich möchte damit ausdrücken, wie unangebracht ich Marcelles

Optimismus finde. Klappt nicht so ganz. Eigentlich sollte ich leidend wirken, aber Maxim lobt meine Tapferkeit. Und während ich mich beeile, meinem Lächeln eine tapfere Note hinzuzufügen, holt Marcelle zum nächsten Schlag aus. Sie findet, es bringt nicht viel, wenn jetzt alle neben mir sitzen. Deshalb schlägt sie vor, schon mal mit der Arbeit zu beginnen. Bevor ich zweimal zwinkern kann, ist Schluss mit Hätscheln. Marcelle verspricht, gelegentlich nach mir zu schauen, dann zieht sie mit den drei Jungs ab. Eine schöne Freundin ist das!

Die Salbe hilft kein bisschen. Ich fühle mich schrecklich, während ich auf dem Sofa liege und den Arbeitsgeräuschen aus dem Pavillon lausche. Daran, dass mir die Arbeit inzwischen verlockend erscheint, erkenne ich deutlich, dass der Schmerz noch zunimmt. Die anderen sehen das ebenfalls, als sie zwei Stunden später endlich mal nach mir schauen. Sie stehen rund um mich versammelt und sehen mich besorgt an, wobei die Jungs eine Cola light in der Hand haben.

Diese Szene, denke ich, müsste ganz anders ablaufen. Ich auf dem Sofa ginge ja noch, wenn nur dieser verdammte Rücken nicht wäre!

Inzwischen haben sich die anderen darauf verständigt, dass ich einen Arzt brauche. Während Marcelle zum Telefon greift und die Nummer meines Hausarztes wählt, setzt sich Maxim neben mich und tätschelt mir die Hand. Nicht ganz die Art von Körperkontakt, die ich mir vorgestellt hatte, aber etwas Tröstendes hat es doch ... Immerhin, denke ich, hat der Junge ein Herz für alte Frauen. Vermutlich liest er auch verletzte Vögel auf.

Ganz im Gegensatz zu Marcelle – die würde einen Spatz mit gebrochenem Flügel wahrscheinlich der Katze vorwerfen. Ich will ihr ja nicht unrecht tun, den Vogel würde sie vielleicht verschonen. Aber als sie am Telefon erfährt, Doktor Morell sei in den Ferien, nervt sie das gewaltig.

Leider ist Doktor Morell nicht der Einzige, der im September seinen Urlaub nimmt. Drei weitere Versuche, einen Arzt aufzutreiben, sind auch nicht erfolgreich, worauf Marcelle mit einem Seufzer meint, dass jetzt wohl nur noch das Krankenhaus bleibt.

Ein wenig kann ich sie verstehen. Krankenhaus bedeutet, jemand muss mich fahren. Jemand muss neben mir im Wartezimmer sitzen und sich womöglich stundenlang die Zeit mit alten Illustrierten vertreiben. Doch bei allem Verständnis – für mich bedeutet Krankenhaus vor allem: Ich muss irgendwie von diesem Sofa kommen. Schon allein bei der Vorstellung bricht mir der Schweiß aus allen Poren. Ich will nicht wehleidig erscheinen, aber ich bin nahe dran, einen Heulkrampf zu bekommen. Es würde mir helfen zu wissen, wie Maxims Oma sich damals verhalten hat. War sie tapfer oder hat sie geheult? Ich möchte nur ungern hinter einer Oma zurückstehen.

Am Ende kann ich mir das Weinen tatsächlich verkneifen. Aber nur, weil Maxim – ziemlich überraschend – eine Lösung aus dem Hut zaubert. Er habe da privat Kontakt zu einem Arzt, den er, wie er uns versichert, im Notfall jederzeit anrufen kann. Und um einen Notfall handelt es sich hier schließlich. Inzwischen bestreitet das nicht mal mehr Marcelle. Maxim geht raus zum Telefonieren, und als er zurückkommt, verkündet er triumphierend, dass der Arzt tatsächlich kommen werde. Allerdings wird es wohl ein wenig dauern. Während sich die anderen erleichtert verabschieden, bleibt Maxim neben mir sitzen. Nur eine Viertelstunde, sagt er und verzieht bedauernd das Gesicht, dann wird er abgeholt. Man nimmt, was man kriegen kann, denke ich. Und nur um mich vom Schmerz abzulenken – und nicht etwa, weil ich neugierig bin –, fange ich an, ihn auszufragen.

Was hat er noch vor heute Abend? Was tut man so in Aix am Abend, wenn man fünfundzwanzig ist?

»Dreiundzwanzig«, verbessert er automatisch. Mist. Das ist noch jünger, als ich dachte. Für den Abend hat Maxim keine besonderen Pläne. Er hat nur versprochen, noch jemandem zu helfen.

»Jemandem, der dich abholt?«, frage ich sofort. Wie gesagt, nicht dass ich besonders neugierig wäre, aber dieser »Jemand« interessiert mich natürlich. »Eine Freundin vielleicht?«

»Nein, nein«, entgegnet Maxim hastig. Er möchte dieses Thema ganz offensichtlich nicht vertiefen. Jetzt bin ich doch neugierig! Maxim knetet die Hände und meidet meinen Blick. Ist er ein wenig rot geworden?

Ich will ihm sagen, dass es ihm nicht peinlich zu sein braucht, und weil ich gleichzeitig überprüfen will, ob er wirklich rot geworden ist, richte ich mich ein wenig auf. Wenn man einen Hexenschuss hat, ist das keine gute Idee. So kleine Bewegungen sind Gift für den Rücken. Doch den Hexenschuss habe ich kurzzeitig vergessen. Ich erinnere mich wieder, als mir der Schmerz den Atem verschlägt. Röchelnd falle ich auf das Sofa zurück.

»Ist alles in Ordnung mit Ihnen?«, fragt Maxim erschrocken und beugt sich besorgt über mich.

So aus der Nähe betrachtet, scheint er plötzlich einem anderen Mann zu ähneln. Die grünen Augen, die langen Wimpern ... Zum Teufel, warum muss ich jetzt an diesen

Kerl vom Markt denken? Nicht nur mein Rücken, auch mein Kopf hat offenbar etwas abbekommen.

Auch Maxims Hände erinnern mich jetzt an diesen Mann. Lange Finger, die meine Wange streicheln. Die andere Hand hat Maxim mir stützend unter den Rücken geschoben. Trotz der Schmerzen, die Situation hat Potenzial, sich zu etwas ganz anderem zu entwickeln ... würde der Jemand, den Maxim erwartet, nicht ausgerechnet jetzt hereinplatzen.

Ich höre ein Räuspern vom Eingang her. Eine Frau, denke ich sofort. Also doch!

Maxim versperrt mir die Sicht auf die Tür, aber ich habe eine klare Vorstellung, welche Frau zu ihm passt: blond, schön, frisch und unverdorben. Doch als ich ihre Stimme höre, klingt die nun nicht gerade jung.

»Was tust du da?«, fragt die Frau und kommt näher.

Zwanzig ist die auch nicht mehr! Im Gegenteil. So auf die Schnelle würde ich sie auf gute vierzig plus schätzen. Das bringt sie in die Nähe meiner eigenen Altersgruppe und macht mich etwas ärgerlich. Zum einen, weil sie mir offenbar zuvorgekommen ist, zum anderen, weil ich es nun doch etwas geschmacklos finde – so eine alte Frau und ein junger Kerl wie Maxim. Vermutlich, denke ich, hat sie ihn mit hemmungslosem Sex gefügig gemacht. Wie so was funktioniert, weiß ich seit Dodos Buch ja auch.

Mein Wissen ist allerdings eher theoretischer Natur, während diese Frau ein wahres Sexmonster sein muss. Anders ist Maxims Wahl nämlich nicht zu erklären. Sie hat das falsche Alter und ist nicht mal blond! Außerdem wirkt sie ungepflegt und schlampig mit ihren langen angegrauten Haaren und dem lächerlichen Hippierock. Typisch alternativ, denke ich, keine Steuern bezahlen, aber sich alles unter den Nagel reißen, was nicht bei drei auf den Bäumen ist.

Ich sehe sie strafend an, und in diesem Moment erkenne ich sie endlich: die verrückte Hippiefrau vom Gemüsemarkt! Das darf nicht wahr sein! Ist das Karma? Ist diese Frau von einem bösen kleinen Teufel geschickt worden, um zu verhindern, dass ich eine Beziehung habe? Schon auf dem Markt hat sie mir die Tour vermasselt. Das hätte etwas werden können, dieser Félix und ich. Und Maxim ist zwar ein wenig jung für mich, aber dieser Frau mag ich ihn auch nicht gönnen.

Sie kann ihm doch nicht wirklich gefallen! Seit sie hier ist, wirkt er verlegen. Vermutlich kann er sich einfach nicht von ihr befreien. Jung und unerfahren, wie er ist. Jemand müsste ihm die Wahrheit sagen: Diese Frau nutzt ihn nur aus!

Mir liegt eine entsprechende Bemerkung auf der Zunge, aber dann ist Maxim schneller. »Vivianne«, sagt er und steht auf, »darf ich Ihnen meine Mutter vorstellen?«

13

In meinem Leben hat es schon einige Peinlichkeiten gegeben. An eine Situation wie diese kann ich mich jedoch nicht erinnern. Auf dem Sofa hingestreckt, bin ich den Blicken der Hippiefrau schutzlos ausgeliefert. Sie hat sich direkt vor mir aufgebaut, und jetzt, wo sie nebeneinanderstehen, kann ich auch eine gewisse Ähnlichkeit zwischen Mutter und Sohn erkennen. Entfernt. Rein äußerlich.

Charakterlich sind sie sehr verschieden. Maxim habe ich als rücksichtsvollen Menschen kennengelernt. Von seiner Mutter kann er das nicht haben. Ihr Grinsen trieft vor Schadenfreude. In meinen besten Zeiten wäre ich da nicht rangekommen.

»Ach«, sagt sie, »Madame Lamartine. Vertreiben wir uns ein wenig die Langeweile, während wir auf den reichen Gatten warten?«

Sie könnte nicht falscher liegen. In jeder Hinsicht. Aber was soll man darauf sagen? Es ist nicht so, wie es aussieht?

Maxim räuspert sich: »Sie hat einen Hexenschuss, Maman.«

»Tatsächlich? Weiß sie denn nicht, dass man in fortgeschrittenem Alter eben keine heftigen Bewegungen mit dem Unterkörper mehr machen sollte?«

»MAMAN! Bitte!«

Ich hätte mich vorhin nicht so anzustrengen brauchen. Wenn Maxim rot wird, dann richtig.

»Sie hat mich engagiert, um ihren Pavillon umzubauen.«

»Natürlich hat sie das. Und wenn der Pavillon fertig ist, fällt ihr bestimmt noch was Neues ein. Eine Veranda zum Beispiel.«

Ich erwähne mit keinem Wort, dass ich schon eine Veranda habe. Die zufälligerweise Maxim gebaut hat. Stattdessen versuche ich, meine Würde wieder herzustellen – so gut das im Liegen eben geht. Ich erkläre vehement, dass, was immer sie sich vorstellt, in keiner Weise zutrifft und ich mit ihrem Sohn ein rein geschäftliches Arrangement habe.

»Dann müssen Sie also schon dafür bezahlen?«

Ich schwöre, Bizeps hin oder her, wäre da nicht mein Rücken, ich würde dieser Person eine knallen. Maxim tut mir leid. Er starrt auf seine Füße hinab und sieht dabei wie ein Teenager aus. Ich wünschte, peinliche Situationen würden auch mich um zehn Jahre verjüngen.

»Ist es wirklich nötig«, frage ich leise, »sich hier so aufzuführen?«

Das scheint sie ein wenig zur Besinnung zu bringen. Sie kneift die Lippen zusammen und rollt ihre Schultern. Die sind ebenfalls ganz schön muskulös. Vermutlich war es doch in Ordnung, einem Faustkampf aus dem Weg zu gehen. Zumal ich jetzt Oberwasser habe. De-Eskalation, sage ich nur. Den Trick habe ich aus einem Psychoratgeber. Ich hätte nicht gedacht, dass er funktioniert. Ich versuche mich zu erinnern, ob es auch einen Trick dafür gibt, am Ende sogar eine Entschuldigung zu bekommen, da klopft es an der Tür. Das Klopfen ist eigentlich überflüssig. Die Tür steht halb offen.

Ich ziehe scharf die Luft ein, als ich sehe, wer den Raum betritt. Félix. Der schöne Gemüsemann. Einen Moment lang bin ich mir nicht sicher, ob ich inzwischen schon fantasiere. Stressbedingte Halluzination vielleicht? Ich zwinkere heftig, doch als ich die Augen wieder öffne, ist Félix noch immer da. Die Hippiefrau scheint ihn auch zu sehen. »Was zum Teufel hast du hier zu suchen?«, faucht sie ihn an.

Das würde mich auch interessieren. Félix lächelt uns beide an. Zu gleichen Teilen, würde ich sagen. Vielleicht ist das Lächeln in meine Richtung sogar ein wenig intensiver.

»Unser Sohn hat mich angerufen.«

Wie bitte? Sohn! Und unser! Die Neuigkeit lässt mich zusammenzucken. Noch so eine Bewegung, die dem Rücken gar nicht bekommt. Ich stöhne leise. Ob wegen des Rückens oder wegen des Sohns kann ich wirklich nicht entscheiden.

»Sie Arme«, sagt Félix mit mitleidiger Stimme, »da haben Sie sich aber einen gewaltigen Hexenschuss eingefangen. Ich werde Ihnen jetzt eine Spritze geben. Sie werden sehen, es wird dann rasch besser.«

»Dann stimmt das also mit dem Hexenschuss?« Die Hippiefrau starrt ihn ungläubig an.

Ich ebenfalls. Weil ich das mit der Spritze nun wirklich kaum glauben kann. Ich kann mir ja durchaus vorstellen, dass man als Bauer über eine Menge handwerklicher Praxis verfügt, und vielleicht hat er ja Kühe oder Schweine oder Schafe, die auch mal eine Spritze brauchen, aber mit Verlaub – egal, wie dumm ich mich heute angestellt haben mag, ich gehöre nicht zu dieser Kategorie Säugetiere.

Félix zieht aus einer schwarzen Tasche, die ich bisher nicht beachtet habe, eine lange Spritze heraus. Ich gebe so etwas wie ein Wimmern von mir, als ich sie sehe. Das Monster ist zwanzig Zentimeter lang. Mindestens. Einer Ohnmacht nahe, versichere ich ihm hastig, dass es mir schon sehr viel besser gehe. »Wirklich. Ich bin sicher, das heilt ganz von alleine. Ich brauche keine Spritze.«

Die Hippiefrau verzieht verächtlich ihren Mund und schaut auf mich herab, als wäre ich ein Ferkel in ihrer Herde und dazu auserkoren, am nächsten Sonntag den Braten abzugeben. Ich habe allen Grund, sie zum Teufel zu wünschen, doch als sie sich zum Gehen wendet, durchfährt mich eisiger Schreck. Ich will mit dieser Spritze nicht alleingelassen werden, ganz egal, welcher Mann sie hält.

Die Spritze sei nicht so schlimm, wie sie aussehe, behauptet Félix, nachdem Mutter und Sohn verschwunden sind. Er behauptet auch, er könne sie bedienen. Er sei nämlich Arzt. Sagt er jedenfalls. Beide Behauptungen erscheinen mir wenig glaubwürdig. Überflüssigerweise fügt Félix dann noch hinzu, die Spritze sei nur deshalb so lang, weil sie die Fettschicht durchdringen müsse. Gertenschlank bin ich wahrlich nicht. Aber zwanzig Zentimeter Fett scheint mir doch ziemlich übertrieben. Vielleicht ist er tatsächlich Arzt, bei diesen unsensiblen Sprüchen.

Félix hilft mir, mich aufzurichten. Dann muss ich mich nach vorne beugen. In eine Position, die bestens geeignet ist, sogar einen Blinden zu vertreiben. Der Druck presst die Lunge zusammen, lässt das Bauchfett zur Seite quellen und meine Brüste baumeln. Die Vorstellung, was für ein Bild ich abgebe, ist wesentlich schlimmer als die Spritze, die ich nach all dem Leid kaum mehr spüre. Danach bettet mich Félix zurück auf die Couch, setzt sich an meine Seite und verkündet, dass er noch ein wenig bleibt. Er hat mir ein sehr starkes Mittel gespritzt und will sichergehen, dass es keine Komplikationen gibt.

»Meinen Sie mit Komplikationen, Ihre Frau könnte zurückkommen?«, frage ich sofort. Ich bin von Natur aus wirklich kein Feigling, aber diesem Risiko möchte ich mich lieber nicht aussetzen.

Ein Lächeln zuckt um seinen Mund. »Sie ist nicht meine Frau. Exfrau trifft es wohl besser. Wobei wir nicht verheiratet waren, als Maxim kam. Inzwischen leben wir seit fünfundzwanzig Jahren nicht mehr zusammen.«

Sofort beginnt das Medikament zu wirken, und ein wohliges Gefühl durchströmt meine Glieder. »Weiß sie das auch?«, frage ich.

Jetzt lacht er wirklich. Er hat ein nettes Lachen. Fröhlich und spontan. Normalerweise, erklärt er mir, sei Annie eine ganz patente Person. »So kratzbürstig ist sie wohl nur wegen Ihres Mannes.«

»Wegen Victor?« Ich fühle mich ein wenig dämmrig. Eine Folge des Medikaments vermutlich.

»Sie denkt wohl, er hat sie schlecht behandelt.«

So ein gekündigter Kredit, finde ich, ist doch gar nichts. Mich hat Victor noch viel schlechter behandelt. Gewaltige Müdigkeit überrollt mich, und ich denke, wie schön es wäre, für einen Moment nicht mehr kämpfen zu müssen.

Ich sage Félix, dass ich für Victor nicht verantwortlich sei und ihn außerdem seit Wochen nicht mehr gesehen habe. Meine Aussprache ist inzwischen etwas undeutlich, aber Félix scheint mich trotzdem zu verstehen.

»Dann leben Sie beide wohl auch nicht zusammen?«, fragt er interessiert.

Ich zögere kurz. Auch wenn hier wirklich gar nichts läuft, werde ich das Gefühl nicht los, das ich Victor verrate. Ich stoße einen tiefen Seufzer aus. »Nein«, sage ich dann. »Victor und ich, wir leben nicht mehr zusammen.«

Der Arzt – Félix – hat mir eine Woche Bettruhe verschrieben, um den Hexenschuss auszukurieren. Ich verbringe sie zu Hause, wo ich auf dem Sofa liege und von meinen Freundinnen umsorgt werde. Dodo bringt selbstgemachte Leckereien vorbei und geht am Morgen mit Fred spazieren. Eloise unterhält mich mit Klatschgeschichten, Frauenmagazinen und schwärmerischen Erzählungen von Graham, dem Urgroßneffen, die ich glücklicherweise nur in Teilen mitbekomme, weil ich dabei regelmäßig wegdöse. Marcelle verbringt ihre Abende hier. Sie kommt am späten Nachmittag und lässt Fred noch mal raus. Dann arbeitet sie im Pavillon, und wenn sie Schluss gemacht hat, trinken wir ein Glas Wein.

Ich bin dankbar, dass wir vier uns versöhnt haben. Es ist ein schönes Gefühl, nicht allein zu sein. Und keine Geheimnisse mehr zu haben.

Was auch der Grund ist, weshalb ich den anderen sofort von Félix erzählen musste. Sie fanden es prima. Na ja, Eloise und Marcelle fanden es in Ordnung. Dodo hat etwas besorgt gefragt: »Und was willst du machen, wenn Victor zurückkommt?«

»Der kommt nicht zurück«, sagte Eloise.

»Selbst wenn«, sagte Marcelle. »Schließlich ist er einfach abgehauen.«

»Und außerdem«, fügte ich hinzu, »ist gar nichts passiert.«

»Klar!« Die anderen verdrehten die Augen.

Aber es stimmt. Soweit ich mich erinnern kann jedenfalls. Benebelt, wie ich war. Aber Félix hat das nicht ausgenutzt. Was ich sehr anständig finde und ein ganz klein wenig schade. Wobei es sicher besser ist, eine Beziehung nicht quasi bewusstlos zu beginnen.

Nicht, dass wir eine Beziehung hätten, Félix und ich. Aber wir werden uns wiedersehen. Weil ich zur Nachkontrolle muss. Am Sonntag in neun Tagen.

Das kam mir etwas seltsam vor. Ich fragte Félix, ob so eine Nachkontrolle normalerweise nicht unter der Woche stattfände? Und vielleicht auch ein bisschen früher? Ja, sagte er und nickte, schon. Aber wenn ich das wolle, müsste ich wohl zu einem anderen Arzt gehen.

»Nein!«, sagte ich hastig. »Aber warum?« Daraufhin habe ich erfahren, dass Félix nur seine Wochenenden hier verbringt. Er lebt und arbeitet eigentlich in Paris. Als ich das meinen Freundinnen erzählte, waren die Meinungen geteilt.

Ich selbst bin ebenfalls ambivalent. Paris liegt fast achthundert Kilometer von Aix entfernt. Das sind achthundert Kilometer, die zwischen ihm und seiner Exfrau liegen, was ich durchaus positiv finde. Negativ ist allerdings, dass es zwischen mir und Félix ebenso viele Kilometer sind. Eloise behauptet ja, solche Beziehungen auf Distanz seien oft die besten. Aber Eloise ist in Beziehungsfragen vielleicht nicht die geeignete Referenz. Marcelle findet, ich sollte nichts überstürzen und die Distanz sei gar nicht schlecht. Dodo hingegen befürchtet bereits, ich könnte meine Träume von Paris nun doch noch realisieren, indem ich bei Félix einziehe. Aber das ist lächerlich. Nüchtern betrachtet ist er im Moment einfach nur mein Arzt. Was mich allerdings nicht abhält, mich auf diese Nachkontrolle zu freuen.

Nach sechs Tagen in Schonhaltung geht es meinem Rücken besser, und ich stehe am Donnerstagmorgen bereits in aller Früh auf, um im Garten zu arbeiten. Die zweite Septemberhälfte ist angebrochen, und der Sommer neigt sich langsam dem Ende zu. Noch ist der Herbst erst eine Ahnung. Auf dem Rasen glitzert Tau. Und die Bougainvillea hat ein paar wenige Blätter verloren. Ich lese sie auf und schneide die Rosen, die in spätsommerlicher Pracht noch einmal voll erblüht sind. Dann binde ich die Reben hoch, die sich bis zum Dach des Pavillons ranken und erste grüne Früchte tragen. Es ist ein Rebstock, der sehr reich trägt. Ich weiß normalerweise gar nicht, wohin mit all den Früchten. Aber in diesem Jahr werde ich Gäste haben, die sich dann ihre eigenen Trauben einfach im Garten holen können.

Im Herbst ist die Provence wunderbar. Das wissen auch die Touristen zu schätzen. Ich werde von Anfragen geradezu überrollt. Und nach der überschwänglichen Kritik, die Sandy West ins Internet gestellt hat, kann ich mir meine Gäste inzwischen sogar aussuchen. Ich habe mich für ein Ehepaar aus Deutschland entschieden, das am nächsten Tag kommt.

Herr und Frau Schramm aus Wuppertal. Sie sind in meinem Alter, was auch der Grund war, weshalb ich sie gewählt habe. Ich will mich noch ein wenig schonen, und wie viel Arbeit können zwei Menschen gesetzten Alters schon machen? Tatsächlich wirken sie älter als ich. Frau Schramm vor allem.

Ihr Mann ist der Typ Wirtshaustyrann: poltrig und laut, leichter Bauchansatz, rote Backen. Auch wenn man sich Mühe gibt, man kann Herrn Schramm nicht übersehen. Seine Frau hingegen scheint es darauf anzulegen, regelrecht zu verschwinden. Ihr graues Haar ist ungefärbt und seltsam eckig gestutzt. Wenn dahinter ein Coiffeur steckt, dann gehört der weggesperrt. Allerdings vermute ich schwer, Frau Schramm hat sich selbst so zugerichtet. Auch ihre Brille ist entsetzlich. Ein nacktes Drahtgestell, hinter dem ihre Augen wie zwei Gefangene wirken. Eine derart üble Brille ist bestimmt nicht leicht zu finden. Damit würde selbst Angelina Jolie hässlich aussehen. Vor allem, wenn sie sich – wie Frau Schramm – weder schminkt noch Creme benutzt. Frau Schramm scheint nicht zu wissen, dass es so etwas überhaupt gibt. Sie ist vollständig naturbelassen, ihr Gesicht von Knitterfältchen übersät, die Hände trocken, die Lippen rissig. Und um dem Ganzen die Krone aufzusetzen, trägt sie ausschließlich Wanderklamotten. Herr Schramm natürlich auch. Wahrscheinlich wollen die beiden damit deutlich machen, dass sie nicht in Urlaub gefahren sind, um sich etwa zu amüsieren. Nein, wie sie mir am ersten Tag erklären, sind sie hier, um zu wandern.

Da ich aus der Schweiz stamme, ist mir dieses Konzept keineswegs fremd. In der Schweiz wandern alle, vom Großmütterchen bis zum kleinsten Kind. Es ist für uns so normal wie Käse zu essen oder die Kuh zu melken.

Allerdings haben mir erst die Schramms so richtig klargemacht, was für ein ernstes Geschäft das Wandern eigentlich ist.

Sie haben eine Landkarte in großem Maßstab dabei, auf der sie jeden Abend die von ihnen zurückgelegte Strecke markieren. Ihr Ziel ist es, jeden Wanderweg auf dem Mont Sainte-Victoire einmal abzulaufen. Warum man sich ein solches Ziel setzt, entzieht sich meiner Kenntnis. Aber ich weiß inzwischen, wie man es erreicht. Planung und Disziplin ist alles.

Am Samstag stehen die beiden um Viertel nach sieben auf. Ihr Frühstück haben sie auf halb acht bestellt, und pünktlich wie die Bahn in der Schweiz treffen sie um sieben Uhr achtundzwanzig unten im Esszimmer ein. Ich habe Kaffee für ihn und Tee für sie und war schon beim Bäcker, um ein Baguette zu holen. Sie essen das halbe Baguette und packen die zweite Hälfte in ihren Rucksack. Weil sie die, wie mir Herr Schramm erklärt, ja schon bezahlt haben. Ich persönlich finde, ein Picknick darf ruhig etwas üppiger sein. Aber Herr Schramm ist der Meinung, das halbe Baguette werde schon reichen. Pünktlich um acht schnüren die beiden dann ihre Wanderstiefel und marschieren in Richtung Bushaltestelle davon.

Ich bin versucht, mich sofort mit Pralinen und Prosecco vor den Fernseher zu setzen. Eine Art Abwehrreaktion vermutlich. Hervorgerufen durch ein Übermaß an Disziplin und Freudlosigkeit. Man könnte diesem Impuls natürlich widerstehen, weil es ja auch kindisch ist, sich wie ein Teenager zu benehmen. Aber wie man aus der Lektüre vieler Psychoratgeber weiß, kann es gefährlich sein, das innere Kind zu unterdrücken. Deswegen schließe ich einen Kompromiss: Ich räume erst den Tisch ab und stelle das Geschirr in die Spülmaschine, und danach gibt es die Pralinen.

Der nächste Tag ist Sonntag. Natürlich lassen die Schramms das nicht als Ausrede gelten. Pünktlich um acht verlassen sie in ihren Wanderstiefeln das Haus, und wenn es wie am Vortag läuft, muss ich sie nicht vor sechzehn Uhr zurückerwarten. Darüber bin ich ziemlich erleichtert. Denn heute genau um vierzehn Uhr ist die Nachkontrolle!

Natürlich mache ich nicht den Fehler, einen Arzttermin etwa mit einem Rendezvous gleichzusetzen. Dennoch gibt es einiges zu tun, und ich verwende den Morgen auf Renovierungsarbeiten an Körper und Haar. Weil ich mich dabei extrem verrenke, um mit der Pinzette auch noch die entlegensten Stellen meines Körpers zu erreichen, tut mir danach zum ersten Mal seit drei Tagen der Rücken wieder weh. Das wird Félix ganz bestimmt näher untersuchen müssen.

Und während ich beim letzten Mal auf so eine Untersuchung vollkommen unvorbereitet war, bin ich diesmal gewappnet. Das bedeutet, ich werde ganz bestimmt nicht die praktische Feinrippwäsche tragen, die ich beim letzten Mal anhatte. Ganz hinten in meiner Wäscheschublade finde ich ein Dessous aus burgunderfarbener Seide und Spitze, das mir zu diesem Anlass viel passender scheint. Der Slip ist nicht zu knapp geschnitten, und das im Ausschnitt geraffte Hemd wirkt gleichzeitig gewagt und elegant. Aus dem richtigen Winkel betrachtet und in etwas milderes Licht getaucht, sehe ich damit im Spiegel beinahe wie Mata Hari aus. Was mir fehlt, ist eine Zigarette in der berühmten Elfenbeinspitze. Aber ich rauche nur selten, und Zigaretten habe ich keine im Haus. Ich wüsste jetzt auch nicht, wo ich auf die Schnelle hier in Aix so eine antike Elfenbeinspitze herbekäme. Es muss also ohne die Requisiten gehen. Und selbstverständlich werde ich mich – so schön sie auch ist – nicht einfach in meiner Unterwäsche aufs Sofa setzen. Ich streife ein Jäckchen aus feinem Kaschmir über, aus dessen Ausschnitt ich die burgunderrote Spitze ein wenig herausblitzen lasse.

Im Wohnzimmer dämpfe ich den Lichteinfall, indem ich die Vorhänge zuziehe. Um keine Klaustrophobie aufkommen zu lassen, öffne ich dann in der Orangerie die Fenster zum Garten. Als alles bereit ist, setze ich mich aufs Sofa und warte. Es ist schön, dem Gesang der Vögel draußen zu lauschen. Ich schließe die Augen und höre im Garten die Palmenblätter leise rauschen und von ferne Kinderlachen. Ich mache ein paar tiefe Atemzüge, spüre der Zeit nach, die verrinnt ... Dann öffne ich die Augen wieder und sehe auf die Uhr. Fünf nach zwei. Dachte ich's doch! Mein Gefühl hat mich nicht getäuscht. Félix kommt zu spät.

Ich setze mich gerade auf, mein Fuß beginnt zu zucken. Während ich einen schnellen Rhythmus auf das Parkett klopfe, denke ich darüber nach, ob ich die Bekanntschaft mit einem unpünktlichen Mann tatsächlich vertiefen möchte. In dieser Hinsicht, fürchte ich, bin und bleibe ich mein ganzes Leben lang eine Schweizerin. Ich finde es ausgesprochen unanständig, die Lebenszeit anderer Leute damit zu verschwenden, sie einfach warten zu lassen. Warum bildet sich dieser Félix eigentlich ein, dass ich mir das gefallen lasse? Ich behalte die Uhr im Auge und mein Handy natürlich auch. Er könnte ja schreiben und sich erklären. Er könnte auch anrufen. Es gibt durchaus Entschuldigungen, die ich gelten lassen würde. Ein medizinischer Notfall zum Beispiel. Der Präsident liegt im Sterben, und nur Félix kann ihn retten. So was in die Richtung eben. Aber mein Handy macht keinen Mucks, während der Zeiger der Uhr unerbittlich vorwärtsschreitet.

Um halb drei bin ich richtig sauer. Um Viertel nach drei weicht die Wut dann der Trauer. Womit habe ich verdient, dass man mich so behandelt? Bin ich etwa kein netter Mensch? Oder warum liebt mich keiner? Victor hat mich sitzen lassen, und Félix macht es ebenso. Und was besonders grausam ist, er tut es, bevor wir überhaupt die Gelegenheit hatten, so etwas wie eine Beziehung zu starten.

14

Der Anruf, auf den ich so sehnlich gewartet habe, kommt ganze zehn Stunden später. Eine Minute vor Mitternacht klingelt mein Handy. Ich stelle es leise und warte, bis sich die Mailbox einschaltet. Dann lösche ich die Nachricht sofort.

Ich lege mich ins Bett und starre an die Decke. Ein Teil von mir wird schon wieder schwach und möchte wissen, was Félix mir auf die Mailbox gesprochen hat. Vermutlich ist es derselbe Teil, der mich auch dazu bringt, noch spät am Abend wahllos süße Leckereien in mich hineinzustopfen. Jener Teil, der sich verweigert, wenn ich am Morgen joggen gehen will. Der, anstatt endlich Spanisch zu lernen, lieber vor dem Fernseher abhängt. Diesem Teil habe ich viel zu oft nachgegeben. Aber damit ist jetzt Schluss.

Energisch ziehe ich die Bettdecke hoch und stopfe sie an den Rändern fest. Ich habe beschlossen, diesen Teil von mir ab sofort zu bekämpfen. Weil ich einfach nicht zulassen will, dass ich mein Glück nach Victors Verschwinden schon wieder von einem Mann abhängig mache. Victor hat immerhin fünfundzwanzig Jahre gewartet, bis er ging. Dieser Félix hingegen lässt mich bereits beim ersten Treffen hängen. So etwas kann nicht gut gehen. So etwas kann nur damit enden, dass ich mich selbst aufgebe.

Das hatte ich an diesem Nachmittag ganz wunderbar bei Frau Schramm beobachten können. Als ob mir das Schicksal ein Beispiel geben wollte, wohin es führt, wenn man einem Mann gestattet, über das eigene Leben zu bestimmen.

Ich saß auf dem Sofa und sann über mein Unglück nach, als die beiden Wandervögel um vier wieder eintrafen. Sie setzten sich draußen auf die Terrasse und zogen sofort ihre Schuhe aus. Dann wollte Herr Schramm ein Bierchen. Als ich die Flasche nach draußen brachte, hatte er auch die Socken ausgezogen und wackelte mit seinen haarigen Zehen. Zum Glück war meine Stimmung schon vorher verdorben. Eine Viertelstunde später zog sich Herr Schramm in sein Zimmer zurück, um ein Nickerchen zu halten.

Das hatte er schon am Vortag getan, während seine Frau in dieser Zeit wie ein kleiner Geist durch mein Haus streifte. Am Vortag habe ich sie in Ruhe gelassen, doch jetzt war ich etwas gereizt und wollte wissen, was sie eigentlich treibt.

Ich erwischte sie beim Blättern in einem Museumsprospekt, den sie schuldbewusst zur Seite legte, als sie mich sah. In einem Prospekt zu blättern ist ja nicht direkt ein Verbrechen. Ich sagte ihr, sie könne ihn ruhig behalten, und dass ich diese Prospekte extra für meine Gäste auslege. Nein danke, sagte sie schnell, und als sie meine Verblüffung sah, fügte sie hinzu, ihr Mann habe nun mal gar keinen Sinn für Kunst. Er halte es für eine Verschwendung von Zeit und Geld, in ein Museum zu gehen.

»Dann gehen Sie doch alleine«, sagte ich. Dieser Gedanke schien völlig neu für sie. Sie sah mich aus großen

Augen an und brachte danach eine Menge Gründe vor, warum das nicht möglich sei. Sie könne kaum Französisch. Wahrscheinlich würde sie es nicht mal schaffen, sich selber ein Ticket zu kaufen. Außerdem fühle ihr Mann sich nicht wohl, wenn er allein sei. »Einen gemeinsamen Urlaub, sagt er immer, sollte man auch zusammen verbringen.«

»Dann sollte man in dieser gemeinsamen Zeit aber auch Dinge tun, die beiden gefallen«, sagte ich bestimmt. Auch diese Überlegung schien sie zu verblüffen. Ich begann mich ernsthaft zu fragen, ob Frau Schramm in ihrem Leben auch mal was selbst entschied. Vermutlich nicht. Was würde das bedeuten, fragte ich mich weiter, wenn sie wie ich von ihrem Göttergatten Knall auf Fall verlassen würde? Könnte sie so etwas überhaupt überleben? Und wie würde sie wohl reagieren, wenn man sie dann auch noch in ihrer besten Unterwäsche auf dem Sofa sitzen lassen würde? Eben. Frau Schramm wäre ganz einfach verloren.

Ich mische mich ja nur ungern in das Leben anderer Leute ein, aber so etwas, habe ich heute Nachmittag beschlossen, kann ich nicht verantworten. Frau Schramm braucht dringend ein paar Lektionen in Eigenliebe und Selbstverantwortung.

Gleich am nächsten Tag starte ich dieses Programm. Ich warte, bis ihr Mann schläft, und dann plaudere ich ein bisschen mit Frau Schramm. Wir reden über Kunst und Literatur und all die anderen Dinge, die Herr Schramm für überflüssig hält, und so ganz nebenbei lasse ich mein profundes Wissen über Beziehungen einfließen. Es ist nicht so, dass ich Frau Schramm gegen ihren Mann aufhetze. Ich gebe ihr nur einen kleinen Schubs. Versuche, ihr Selbstbewusstsein etwas aufzumöbeln und sie zu motivieren, ein paar eigene Wünsche zu entwickeln.

Man kann aus einer Maus keinen Löwen machen. Schon gar nicht in so kurzer Zeit. Aber ich kriege heraus, dass die Schramms Ende der Woche ihren Hochzeitstag haben, und schlage Frau Schramm vor, dieses Ereignis in einem schönen Restaurant gebührend zu feiern. Ich kann sehen, dass ihr der Gedanke gefällt, auch wenn sie mir sofort mitteilt, dass ihr Mann, was das Essen betrifft, ja eher von der schlichten Sorte sei. Was der Bauer nicht kennt, das frisst er nicht.

»Es müssen ja nicht gleich Froschschenkel sein«, gebe ich zurück und lasse den Restaurantführer auf dem Tisch liegen, als ich gehe.

Am nächsten Tag erfüllt sie mich mit Stolz, als sie mir aufgeregt erzählt, dass sie am Freitag tatsächlich essen gehen. Es war wohl ein hartes Stück Arbeit. Ihr Mann ist nicht begeistert, aber wie es scheint, hat sie sich durchgesetzt. Sie bittet mich, im *Saint Esteve* einen Tisch für sie zu reservieren. Natürlich helfe ich gern. Ich kenne *Le Saint Esteve,* und als ich telefoniere, warne ich den Chef de Service, dass die Schramms, wenn sie auftauchen, vermutlich Wanderkleidung tragen.

Am Freitagmorgen ist Herr Schramm schon schlecht gelaunt, als die beiden zum Wandern aufbrechen. Bei ihrer Rückkehr muss ich dann noch erfahren, dass er unterwegs einen Unfall hatte. Äußerlich ist ihm davon nichts anzusehen, aber der Schein trügt offenbar. Er hat sich ganz übel den Knöchel verstaucht. Ich hole ihm Eis und darf mir dafür dann die Geschichte seines Unfalls anhören. So, wie er sie erzählt, bin ich erstaunt, Herrn Schramm noch lebendig vor mir zu sehen.

Es ist die Zeit, in der er sich normalerweise schlafen legt. Doch an diesem Nachmittag bleibt er auf der Terrasse sitzen, trinkt ein Bier nach dem anderen, und mit jeder Flasche, die er leert, scheint es seinem Bein noch ein wenig schlechter zu gehen. Ich bin kein Orthopäde, aber ich wage doch zu behaupten, dass er ein klein wenig übertreibt.

Seine Frau weiß das auch. Diesem Wissen zum Trotz sieht sie leider so aus, als habe sie schon aufgegeben. Ihr trauriges Gesichtchen rührt mich. Um sechs gehe ich deshalb auf die Terrasse hinaus, wo die beiden noch immer sitzen. Herr Schramm döst vor sich hin und fährt auf, als ich laut verkünde, es werde wohl langsam Zeit.

»Wofür?«, fragt er und reibt sich die Augen.

»Das Restaurant«, sage ich strahlend. »Ihren Hochzeitstag. Den können Sie doch unmöglich vergessen haben.«

Schramm macht ein leidendes Gesicht. Er rappelt sich aus seinem Sessel auf und zuckt schon zusammen, bevor sein Fuß den ersten Bodenkontakt hat. Mit schmerzverzerrtem Gesicht humpelt er ganze drei Schritte weit. Dann dreht er sich um und steuert in den Sessel zurück. Er lässt sich stöhnend hineinsinken und verkündet dann, dass er heute Abend wohl gar nichts mehr mache.

So nicht, denke ich. Ich schlage vor, ein Taxi zu rufen, aber Herr Schramm will das nicht. Er kann nicht bis zur Straße laufen. Er will weder den Stock von Victors Vater benutzen, den ich in weiser Voraussicht aus dem Keller geholt habe, noch will er sich von seiner Frau und mir stützen lassen. Und als ich zu bedenken gebe, dass es bis zur Auffahrt doch nur zwanzig Schritte sind, ist er beleidigt. Weil ich ganz offensichtlich gewaltig unterschätze, welche Schmerzen er hat. Er redet sich in Rage, während er meine Rücksichtslosigkeit anprangert. Und weil ihm offenbar wichtig ist, dass er dabei auf mich hinabschauen kann, steht er dazu auf. Er merkt nicht einmal, dass er den verletzten Fuß belastet.

Damit ist natürlich klar, dass es gar nicht um den Fuß geht. Auch nicht um den Hochzeitstag oder um das Restaurant. Hier geht es einzig und allein darum, eine kleine Revolution bereits im Keim zu ersticken. Seine Frau hat gewagt, einen Vorschlag zu machen, und diese Grille will Herr Schramm ihr nun austreiben. »Wenn dir dieses Restaurant so wichtig ist«, sagt er zu ihr, »dann kannst du ja alleine hingehen.«

Ja, genau, denke ich böse und schaue ihn giftig an, während er nach der Bierflasche greift. Als ob seine Frau dazu in der Lage wäre.

Ich wüsste nicht einmal, ob ich selbst mich ganz allein in ein Restaurant setzen würde. Ich stelle es mir nicht besonders lustig vor, den ganzen Abend allein an einem Tisch zu sitzen und stumm vor sich hinzustarren. Aber den Funken der Freiheit, den ich entfacht habe, kann man nicht so einfach löschen. Während Herr Schramm sich, zufrieden mit sich selbst, wieder in die Wolldecke kuschelt, wirkt seine Frau unentschlossen.

»Wenn du meinst«, sagt sie schließlich. »Jetzt, wo wir diese Reservierung schon mal haben ...«

Ich halte den Atem an. Herr Schramm verschluckt sich an seinem Bier. Seine Frau sieht mich an: »Madame Vivianne, würden Sie mich vielleicht begleiten?«

Wie sagt man so schön: Eine gute Tat bleibt nicht lange ungestraft. Natürlich habe ich keine Wahl. Wenn ich Frau Schramm jetzt hängen lasse, würde ich die Flamme der Freiheit ja selber ersticken. Das kommt selbstredend nicht infrage. Aber auch ich habe meine Grenzen. Das Stichwort heißt »Wanderkleidung«.

Während Herr Schramm schmollend auf der Terrasse sitzen bleibt, gehe ich mit seiner Frau nach oben, um ihre Kleider durchzusehen. Wie ich befürchtet habe, erweist sich das als hoffnungsloses Unterfangen. »Ich bin eher praktisch ausgerichtet«, sagt Frau Schramm entschuldigend, als sie ihren Koffer öffnet. Ich muss annehmen, dass das stimmt. Aus ästhetischen Überlegungen würde jedenfalls niemand diese Art von Kleidung tragen.

Frau Schramm ist kleiner und dünner als ich, aber ich bin ja der Typ, der die Hoffnung nie aufgibt. Zum Beispiel die Hoffnung abzunehmen. Auf meinem Dachboden gibt es einen ganzen Schrank, der mit Kleidern gefüllt ist, die mir im Moment zwar nicht passen, aber nach der erfolgreichen Diät, die ich irgendwann in der Zukunft machen werde, perfekt sein könnten. Wir finden ein dunkelgraues, weiß getupftes Kleid, das Frau Schramm wie angegossen passt und ihr richtig gut steht. Ihre Augen leuchten auf, als ich sie vor den Spiegel führe. Dieser Erfolg ermutigt mich. Wenn schon, denn schon, denke ich und beschließe spontan, ihr eine Rundum-Erneuerung zu verpassen.

Wir beginnen mit einer kastanienbraunen Haartönung, die ich ihr – um den zu erwartenden Widerstand zu brechen – einfach als Pflegekur verkaufe. Das ist der Vorteil, wenn jemand dermaßen unbedarft ist. Man kann ihm ganz leicht ein X für ein U vormachen. Vom Resultat gebe ich mich dann selber überrascht. Ob sie mir das abnimmt, weiß ich nicht, aber es spielt auch keine Rolle. Die Haarfarbe gefällt ihr. Inzwischen stellt sie keine Fragen mehr, sondern lässt mich einfach machen.

Geduldig lässt sie sich eine Gesichtsmaske verpassen. Die wirkt bei Frau Schramm wie Wasser in der Wüste. Ich kann direkt zusehen, wie ihre Haut sich entfaltet. Beim Haare waschen habe ich entdeckt, wie hübsch sie ohne Brille ist. Nun kann ich unmöglich zulassen, dass sie sich dieses hässliche Gestell wieder auf die Nase setzt. Ich finde ja, dass gute Sicht überbewertet wird, aber ich schaffe es nicht, Frau Schramm von dieser Ansicht zu überzeugen.

Schließlich komme ich auf den rettenden Gedanken, Eloise anzurufen. Sie trägt Kontaktlinsen und hat annähernd dieselbe Sehkorrektur wie Frau Schramm. Wir haben Glück. Der Urgroßneffe ist anderweitig beschäftigt. Eloise hat Zeit. Und als sie hört, worum es geht, ist sie begeistert. Verschönerungen sind ganz ihr Ding.

Als sie eine Viertelstunde später bei mir klingelt, hat sie nicht nur Kontaktlinsen dabei, sondern auch ihren legendären Schminkkoffer. Sie setzt Frau Schramm auf einen Stuhl und beginnt zu pinseln. Das Resultat ist verblüffend. Obwohl wir bereits eine Stunde Verspätung haben, kann ich es nicht lassen, Frau Schramm auf die Terrasse zu führen, bevor wir gehen. Dort sitzt ihr Mann noch immer im selben Sessel. Er springt auf, als er uns sieht, und gibt einen seltsamen Laut von sich, der nichts mit seinem Fuß zu tun hat. Ein Ausdruck des Staunens erscheint auf seinem Gesicht.

»Wir gehen jetzt«, sage ich.

15

Ich bilde mir nicht ein, dass eine Haartönung das Leben einer Frau tatsächlich nachhaltig verändern kann. Schließlich wäscht sich so was ja auch aus. Aber manchmal spuckt man einen Kirschkern in den Garten, und ein wunderschöner Baum wächst daraus.

Als die Schramms am Samstagmorgen abreisen, trägt Frau Schramm zwar wieder ihre Wanderklamotten, aber zwei Tage später erscheint auf Airbnb eine Kritik, die ein Lächeln auf mein Gesicht zaubert. Nicht nur, weil sie ausgesprochen gut fürs Geschäft ist. Ihr Urlaub *chez Madame Vivianne,* schreibt Frau Schramm, habe ihr Leben verändert. Das ist vielleicht ein klein wenig übertrieben, aber ich kann die Aufmunterung brauchen. Weil ich, wenn es um mich selbst geht, auch immer wieder in Versuchung gerate.

In der ersten Woche nach unserem verpatzten Treffen hat Félix fünfmal angerufen. Ich habe ihn fünfmal auf die Mailbox laufen lassen. Vier der Nachrichten habe ich sofort gelöscht. Beim fünften Mal hat der Fernseh-Schokolade-Teil in mir kurzfristig die Oberhand gewonnen, diese Nachricht habe ich abgehört.

»Ich hoffe, Sie sind nicht sauer auf mich«, redete Félix auf die Mailbox. »Ich würde Ihnen gerne alles erklären. Schade, dass ich Sie nie erreiche.« Hier machte er eine Pause, und ich konnte auf dem Band seinen

Atem hören. »Okay«, sagte er dann. »Vielleicht versuch ich es später noch mal.«

»Aber das hat er nicht getan?«, fragt Aline, als ich am Mittwoch mit ihr telefoniere.

»Nein.« Ich kann nicht verhindern, dass ein klein wenig Bedauern in meiner Stimme mitschwingt.

Aline schnalzt mitleidig mit der Zunge. Sie hat mich angerufen, um zu fragen, ob sie das Wochenende bei mir verbringen kann. Es passt ganz gut, denn meine Gäste, drei spanische Matronen, die mein Haus mit Leben und Lärm erfüllen – sehr viel Lärm, muss man sagen –, werden am Freitag abreisen.

»Er hat mir für meinen Rücken noch die Nummer eines Arztes hier in Aix hinterlassen.« Das hat mich ziemlich verwirrt. Sorgt sich Félix tatsächlich um meine Gesundheit? Oder will er mich an einen anderen Arzt abschieben, um mich loszuwerden?

Aline findet, ich mache mir zu viele Gedanken. »Du hättest einfach mit ihm reden sollen«, sagt sie bestimmt. »Dann müsstest du dir jetzt keine so dämlichen Fragen stellen.« Sie hat ihn gegoogelt, sagt sie weiter. Nur um sicherzugehen, dass ihre beste Freundin, verletzlich, wie sie ist, nicht am Ende einem Heiratsschwindler aufsitzt.

»Und«, frage ich. »Ist er einer?«

»Im Gegenteil.« Ich höre, wie sie sich am anderen Ende der Leitung eine Zigarette anzündet. »Monsieur le Professeur Félix de Thilianne ist einer der begehrtesten Junggesellen von ganz Paris. Chefarzt der Kardiologie im renommierten Hôpital Universitaires Paris-Centre. Du hast da einen ganz dicken Fisch an der Leine, Vivianne. Jetzt musst du ihn nur noch an Land ziehen.«

Als ob das so einfach wäre! Aline hat mir nichts Neues erzählt. Selbstverständlich habe ich selbst gewisse Erkundigungen eingeholt. Félix ist in Medizinerkreisen schon beinahe so was wie eine Berühmtheit. Das macht die Sache aber auch nicht leichter.

»Warum nicht?«, will Aline wissen. »Was hast du gegen Geld und Ruhm einzuwenden?«

»Gar nichts«, sage ich. »Aber ich lasse mich davon auch nicht einfach bestechen.«

»Vive la Révolution!«, sagt Aline lakonisch und fragt mich dann, ob es etwa um den Sex gehe. »Wenn du dir deswegen Sorgen machst«, fährt sie ermunternd fort, »das ist wie Fahrrad fahren. Das verlernt man nicht.«

Ich mache mir keine Sorgen um den Sex. Na ja, vielleicht ein bisschen ... Aber hauptsächlich, erkläre ich Aline, gehe es um Vertrauen. Früher verlief mein Leben in geordneten Bahnen, und ich wusste jeden Morgen, was der Tag mir bringt. Es gab keine bösen Überraschungen, und Katastrophen spielten sich bei den anderen ab. In weit entfernten Ländern. Oder in den Abendnachrichten. Mein Leben war berechenbar, auf A folgte B. Da war ich mir sicher.

Inzwischen weiß ich natürlich, dass diese Sicherheit eine Illusion gewesen ist. Seit Victor mich verlassen hat, kann auf A genauso gut Z folgen. Oder W. Oder 42. Deshalb ist es auch nicht angebracht, einfach sorglos in die nächste Beziehung zu tappen. Weil der Boden unter meinen Füßen seit Victors Verschwinden uneben und wackelig ist. Weil ich den sicheren Grund verloren habe und mich inzwischen fühle, als ob ich auf einer Falltür stehe. Die sich jederzeit öffnen kann.

»Ja, ja, schon klar«, sag Aline ungeduldig, als ich ihr

das erkläre. »Wir leben in existenzieller Unsicherheit. Aber ich rede ja auch nicht davon, dass du diesen Félix gleich heiraten sollst. Ich rede nur von ein wenig Spaß. Um auf andere Gedanken zu kommen.«

Wenn sie in Fahrt ist, hat Aline etwas von einem Schnellzug. Wer sich ihr entgegenstellt, kann nur den Kürzeren ziehen. Sie erklärt mir in bestimmtem Ton, es sei ein Fehler, an der Vergangenheit zu kleben, wie ich es offenbar tue. »Die Vergangenheit«, sagt sie ernst, »lässt sich nun mal nicht zurückbringen.« Uns beiden ist klar, dass sie Victor meint. Sie empfiehlt mir, ein paar aufmunternde Pillen zu besorgen, gegen meine Sentimentalität. Und dann so schnell wie möglich Félix anzurufen.

Sie rät mir überdies, von den Spanierinnen, die – inspiriert von Frau Schramms Kritik – alle eine Stilberatung wollen, den doppelten Zimmerpreis zu verlangen.

Das werde ich natürlich nicht tun. Auch wenn die Spanierinnen mich ganz schön mit Beschlag belegen. Und es harte Arbeit war, ihnen klarzumachen, dass ein Übermaß an Rüschen bei ihren üppigen Figuren nicht unbedingt von Vorteil ist. Ich bin ganz froh, dass die drei für heute Nachmittag einen Ausflug ins Museum geplant haben.

Sie machen sich oben für die Abfahrt bereit, als es an der Tür klingelt. Ich öffne, und draußen steht Félix. Mein Herz setzt einen Schlag aus. Sprachlos starre ich ihn an.

»Komme ich ungelegen?«, fragt er und wirkt verlegen.

Nicht unbedingt, denke ich. Nur anderthalb Wochen zu spät.

»Ich konnte Sie telefonisch nicht erreichen. Vielleicht ist mit Ihrem Handy was nicht in Ordnung?« Er sieht mich fragend an.

Ich zucke die Achseln, weil ich noch immer kein Wort hervorbringe.

»Wie auch immer«, sagt Félix. »Ich möchte mich entschuldigen, dass ich unseren Termin nicht eingehalten habe. Ich wurde zu einem Notfall gerufen.«

»Aha«, sage ich. Arzt, Notfall, schon klar. Besonders originell finde ich die Ausrede nicht. Und sie erklärt auch keineswegs, warum er nicht mal angerufen hat.

»Der Fall war sehr dringend«, sagt Félix, als hätte er meine Gedanken gelesen. »Ich konnte Ihnen nicht mal mehr eine SMS schicken. Ich bin sofort losgefahren und habe in Marseille den Hubschrauber genommen.«

Das soll mich jetzt wohl beeindrucken?

»Schon in Ordnung«, sage ich kühl. »Ich verstehe das natürlich. Was ist schon so ein Rücken, wenn es um Leben und Tod geht.«

»Ich bin Kardiologe.« Félix lächelt zerknirscht. »Leider geht es bei uns fast immer um Leben und Tod. In diesem Fall kam noch erschwerend hinzu, dass der Patient ein Prominenter ist.«

»Etwa der Präsident?«, frage ich sofort.

»Nein. Auch wenn er sich selber für mindestens ebenso wichtig hält.« Félix zwinkert. »In Wirklichkeit ist er Schauspieler. Ein absoluter Hochrisikofall. Ich halte ihn seit Jahren dazu an, seinen Lebenswandel zu ändern. Natürlich völlig vergeblich. Der Kerl haut ständig über die Stränge.«

»Gérard Depardieu«, platze ich heraus.

Félix zuckt die Achseln.

»Wirklich?«, frage ich ungläubig.

»Ich darf keine Namen nennen. Und selbst wenn es Depardieu wäre, es ist eigentlich keine Entschuldigung, Sie einfach sitzen gelassen zu haben.«

Na ja. Ein wenig vielleicht schon. Ich möchte nicht persönlich für Gérard Depardieus Dahinscheiden verantwortlich gemacht werden.

Drinnen im Haus höre ich die Spanierinnen rumoren. Sie können jeden Moment herunterkommen, und ich kann mich darauf verlassen – wenn sie Félix und mich hier zusammen finden, werden sie alles andere als diskret reagieren. Ich muss mich rasch entscheiden. Ich könnte Félix nun einfach die Tür vor der Nase zuklappen. Dann würde ich ihn vermutlich niemals wiedersehen. Oder ich könnte ihn – was höflicher wäre – auch ins Haus bitten. Dann könnte ich versuchen, ihn rasch außer Sichtweite zu bringen.

Ich entscheide mich für die zweite Option und frage ihn, ob er nicht hereinkommen will. »Gerne«, sagt er und lächelt.

Natürlich kommen die Spanierinnen genau in diesem Moment herunter. Sofort gibt es ein großes Hallo. Warum nur, frage ich mich zum wiederholten Mal, ist diese Nation so laut? Ob es daran liegt, dass sie hinter den Pyrenäen wohnen? Vielleicht haben sie das Gefühl, etwas lauter sein zu müssen, weil man sie von dort hinten sonst nicht hört.

Leider beschließen die Spanierinnen sofort, ihren geplanten Museumsbesuch noch etwas aufzuschieben. Erst mal wollen sie Kaffee trinken.

Während ich Félix auf die Veranda führe, setzen sie sich mit ihrem Kaffee in mein Wohnzimmer. Wo sie sich dann alle drei nebeneinander aufs Sofa quetschen. Wie im Kino sitzen sie aufgereiht, schauen zu uns heraus und warten vergnügt auf den Beginn der Vorstellung.

Nicht, dass wir großes Kino bieten würden, Félix und ich. Wir sind beide etwas gehemmt. Meine Orangerie beherbergt inzwischen einen üppigen Bananenbaum, zwei Bougainvilleas, die ich bereits eingeräumt habe, und Dodos Kamelie, die sich entgegen aller Vernunft wunderbar entwickelt hat. So gut wie möglich sind Félix und ich hinter dem Blattwerk in Deckung gegangen. Das bedeutet, dass wir auf der Gartenschaukel ziemlich nah beieinandersitzen.

Félix trägt eine ausgewaschene Jeans und ein weißes Hemd aus einem weichen Stoff, das am Kragen offen steht. Er hat die Ärmel aufgekrempelt, sodass ich seine schönen Hände sehe. Schöne Handgelenke hat er auch. Männlich, aber nicht zu grob. Es könnte romantisch sein. Wären da nicht die Spanierinnen. Und all die dummen Barrieren in meinem Innern.

Félix sieht auf seine Hände hinab und räuspert sich: »Wie geht es Ihrem Rücken?«

»Sehr viel besser, danke.« Ich sitze, die Füße hübsch nebeneinander auf den Boden gestellt, gerade aufgerichtet da. Félix ebenfalls. Wir sehen vermutlich wie zwei Erstklässler aus. Ich höre die Spanierinnen drinnen kichern.

»Es tut mir übrigens leid, dass ich so aufdringlich war, beim letzten Mal. Mit meinen Fragen nach Ihrem Mann.«

»Ach.« Ich zucke die Achseln. »Es ist inzwischen kein Geheimnis mehr, dass Victor mich verlassen hat.«

»Idiot«, sagt Félix. Das muss er ja fast.

Ich werfe ihm einen Blick von der Seite zu. »Und bei Ihnen beiden?«

»Ich habe Annie nicht sitzen lassen, wenn Sie das meinen.«

Ach so. Na ja. Dann ist ja gut. Er ist also keiner von denen, die einfach abhauen, was ich durchaus positiv finde. Andererseits bedeutet es auch, er hat von der Hippiefrau den Laufpass bekommen. Ich frage mich, warum? Und ob er noch an ihr hängt. Vielleicht ist sie die Liebe seines Lebens und er hat die Trennung nie verwunden?

»Unsere Beziehung«, fügt Félix hinzu, »war immer etwas speziell.«

Besonders hilfreich finde ich diesen Nachsatz nicht.

Félix scheint mein Unbehagen zu spüren und versucht, sich zu erklären. Er habe Annie auf dem Hof kennengelernt, erzählt er mir. Damals in den achtziger Jahren. »Wir waren eine Art Kommune. Ein Dutzend Studenten, die sich den Sommer über als Bauern versuchten. Bio. Nachhaltig. Sie wissen schon. Außer Annie hat wohl keiner von uns das so richtig ernst genommen. Wir wollten den Sommer im Süden verbringen. Sonne, Wein, Musik.«

Freie Liebe, denke ich.

»Freie Liebe«, sagt Félix und lächelt versonnen. Dann reißt er sich zusammen. »So ist Maxim entstanden.«

Aha!, denke ich. Der älteste Trick von allen. Sie hat ihn mit einem Kind an sich gebunden.

»Ich hab erst ein Jahr später von seiner Existenz erfahren.« Félix rollt die Schultern. »Bei meinem zweiten Sommer auf dem Hof.«

»Sie hat Ihnen nicht von ihm erzählt?«

Er schüttelt den Kopf und beißt sich auf die Lippen.

»Erst, als ich sie direkt darauf angesprochen habe. Annie hat ihre eigene Sicht auf die Welt. Sie wollte nicht heiraten, und mit mir nach Paris zu kommen kam schon gar nicht infrage. Dieser Hof ist ihr Traum.«

Das muss ich erst einmal verdauen. Man hat ja mit neunundvierzig Jahren schon so einiges an Konkurrenz erlebt. Aber bisher bin ich noch nie mit Superwoman in den Ring gestiegen. Diese Annie hat nicht nur sehr viel mehr Muskeln als ich, sie hat auch ein Kind allein großgezogen. Und einen Hof aufgebaut. Sie hat einen Lebenstraum. Dagegen nimmt sich meine eigene Biografie ziemlich mickrig aus. Keine Kinder. Kein Hof. Und als Lebenstraum eine Wohnung in Paris?

»Jetzt habe ich Sie vollkommen zugetextet«, sagt Félix mit einem schrägen Lächeln. »Dabei wollte ich eigentlich nur sagen, dass Annie und ich, dass wir irgendwie zusammengehören. Aber irgendwie auch wieder nicht. Und ...«, er sieht mich an und holt tief Atem, »... dass Sie mir sehr gefallen.«

Ich sehe in seine Augen, die grün sind wie ein stürmisches Sommermeer. Ich denke an Victor und daran, was in den letzten Wochen alles schiefgelaufen ist in meinem Leben. Dann denke ich: Hol's der Teufel. Ich lege meine Hände um sein Gesicht. »Olé!«, höre ich es aus dem Wohnzimmer schreien.

Dann küsse ich ihn.

TEIL 3

16

Ich küsse Félix, und er küsst mich. Es ist anders als mit Victor. Schön. Aber anders.

Und dann kommt der Moment danach. Als wir uns wieder voneinander lösen. Dieser Moment wird meiner Meinung nach von den meisten Menschen unterschätzt. Es ist der Moment, in dem man einander ansieht und sich in den Augen des anderen wiederfindet. Der Moment, in dem Vertrautheit entsteht oder Romantik. Leider – und das kann ich jetzt aus Erfahrung sagen – schadet es der Romantik gewaltig, wenn dieser Moment von Olé, olé!-Rufen begleitet wird. Möglich, dass die Spanier das anders sehen. Vielleicht muss man dafür eine genetische Prädisposition haben. Ich hoffe es für die Spanier. Aber ich habe kein spanisches Blut in mir. Nicht einen Tropfen, wenn man danach geht, wie verlegen mich diese Rufe machen.

Ich rutsche ein wenig von Félix weg und schaue die Spanierinnen in meinem Wohnzimmer durch die Blätter des Bananenbaumes strafend an. Sie lächeln strahlend und winken fröhlich. Félix winkt zurück, worauf sie in Applaus ausbrechen. Na ja, Hauptsache meine Gäste sind glücklich.

Ich fühle Félix' Blick auf mir ruhen und zupfe an meiner Bluse herum. Obwohl meine Kleidung nach dem einen Kuss wohl nicht sonderlich derangiert ist. Ganz anders steht es um mein Innenleben. Dort herrscht ein ziemliches Durcheinander. Warum habe ich das getan? Nur um zu beweisen, dass ich es kann?

»Alles in Ordnung mit dir?«, fragt Félix.

»Ja, klar«, sage ich und denke sofort, dass das vielleicht ein wenig zu beiläufig klingt. Als würde ich ständig in der Orangerie sitzen und fremde Männer küssen.

Gut, nicht unbedingt fremd. Aber Männer, die nicht Victor sind. Männer, mit denen ich nicht seit fünfundzwanzig Jahren verheiratet bin. Männer, die eigentlich nur gekommen sind, um meinen Rücken zu untersuchen.

»Es tut mir leid«, füge ich hinzu.

»Mir nicht«, sagt Félix, was eine gute Antwort ist.

Mir wird ein wenig leichter ums Herz. »Ich wollte dich nicht überfallen.«

Er grinst. »Ich fühle mich ganz wohl als Opfer.«

Herrje. Das ist die falsche Antwort. Mein Herz wird wieder schwer. Viel besser wäre gewesen: Du hast mich doch nicht überfallen. Du doch nicht. Er hätte mich davon freisprechen müssen, den ersten Schritt getan zu haben.

Ich versichere Félix, dass ich so etwas normalerweise nicht tue.

»Ich auch nicht«, gibt er zurück.

Aber das glaube ich nun keinen Moment. Professeur Félix de Thilianne soll noch nie eine fremde Frau geküsst haben? Ein Lächeln schwebt um seine Lippen. Es ist sanft und verführerisch. Vielversprechend. Und routiniert, denke ich.

Félix sieht mich an mit seinen meergrünen Augen. Er nimmt meine Hand und streicht mit dem Daumen ganz zart über meinen Handrücken.

»Was hältst du davon«, fragt er, »wenn wir das wiederholen?«

Ich sehe nicht hin, aber ich kann spüren, wie die Spanierinnen drinnen ihre Köpfe recken und sich auf die Fortsetzung freuen. »Sicher«, sage ich, »das können wir gerne machen. Irgendwann.«

Als ich Aline drei Tage später von diesem Gespräch erzähle, schlägt sie sich vor die Stirn. »Hättest du nicht ein wenig mehr Begeisterung mimen können? Ich dachte, der Kuss hat dir gefallen.«

»Das hat er auch.« Meine genauen Empfindungen möchte ich jetzt nicht ausbreiten. »Aber wie du selber gesagt hast, so ein Kuss bedeutet noch nicht, dass ich Félix gleich heiraten muss.«

Kopfschüttelnd zündet sich Aline eine Zigarette an.

Es ist Samstagnachmittag, und wir sitzen draußen im Garten, der inzwischen recht herbstlich ist. Unter der Palme steht jetzt ein Topf mit blühenden Astern, und das bunte Herbstlaub meiner Weinranken lässt den Pavillon wie ein Feuerwerk leuchten. Ich habe die Liegestühle eingeräumt und die restlichen Gartenmöbel nahe an die Hauswand gezogen. In der späten Nachmittagssonne ist es hier noch warm. Es wäre sogar gemütlich, würde Aline mich nicht mit Fragen löchern. Wann ich Félix wiedertreffe? Ob ich zu ihm nach Paris fahre? Was sie mir sehr ans Herz legt. Weil Félix hier in Aix ja immer bei seiner Exfrau übernachtet.

Als ob ich daran erinnert werden müsste. »Ich kann im Moment nicht weg«, sage ich. »Ich habe jede Menge Buchungen.«

Aline sieht mich verständnislos an. »Jetzt mal ehrlich,

Vivianne, das ist doch nur eine Entschuldigung. Der TGV bringt dich in vierundzwanzig Stunden hin und wieder zurück. Und eine Nacht werden deine Gäste ja wohl auch mal ohne dich auskommen.«

Das sehe ich anders. Habe ich auch zu Félix gesagt. Der hat mich nämlich gefragt, ob ich nicht nach Paris kommen möchte. Und dann in seinem Kalender nachgeschlagen, wann er denn Zeit für mich hat. Als Chefarzt der Kardiologie ist man ein gefragter Mann. Es ist lächerlich, so etwas persönlich zu nehmen. Trotzdem hat er mir damit das Gefühl gegeben, nur eine Nummer unter vielen zu sein. Darauf hatte ich einfach keine Lust.

Aline nennt mich deswegen eine Mimose. Ich finde ja, Mimosen sind sehr hübsche Bäume, mit ihren feingliedrigen Blättern und den duftigen Blüten. Damit verglichen zu werden ist keine Schande. Schließlich kann nicht jede von uns wie ein Schnellzug auf ihr Ziel zusteuern.

»Dein Problem«, sagt Aline und lässt den Rauch ihrer Zigarette durch die Nase ausströmen, »ist, dass du gar kein Ziel hast.«

Ganz unrecht hat sie nicht. Aber was, bitte sehr, soll ich mir denn zum Ziel setzen? Möglichst schnell von einem zweiten Mann das Herz gebrochen zu bekommen?

»Warum zum Teufel sollte das passieren?«, ruft Aline ungeduldig aus.

»Warum nicht?«, entgegne ich sofort. »Schließlich ist es schon einmal passiert.«

»Und deswegen willst du jetzt für immer allen Männern entsagen? Da kannst du ja gleich ins Kloster gehen.«

So schlimm stelle ich mir das gar nicht vor. Wenn man es recht bedenkt, ist so ein Klosterleben doch ziemlich gemütlich. Kein Stress mit dem Chef. Kein Stress, weil man nicht weiß, was man anziehen soll. Nur das Essen soll, wie man hört, bisweilen etwas eintönig sein.

»Du musst dich ja nicht verlieben«, ruft Aline aus. »Das verlange ich doch gar nicht.«

Na, herzlichen Dank auch.

Aber was ist der Sinn einer Affäre, wenn man sich nicht verliebt? Oder anders gefragt, würde ein Verliebter als Erstes seinen Kalender konsultieren? Eben!

Aline hält mich mit strenger Miene dazu an, das Ganze eine wenig lockerer zu sehen. Ihr Gesichtsausdruck erinnert mich an eine Fitnesstrainerin, die ich mal hatte. Auch sie pflegte mich mit ebenso grimmig verzogenen Lippen anzuweisen, während des Bauchmuskeltrainings LOCKER zu sein. Ich musste damals jedes Mal lachen. Und wurde aus dieser Stunde dann leider ausgeschlossen. Vielleicht kann ich locker einfach nicht so gut? Nicht bei den Bauchmuskeln und auch nicht bei Männern. Vielleicht bin ich ja wirklich eine Mimose. Aber möglicherweise wäre auch Aline ein klein wenig empfindlich, hätte man sie nach fünfundzwanzig Ehejahren einfach sitzen lassen.

Da ihr so etwas nie passiert ist, lässt sich Aline, wenn sie ein Ziel vor Augen hat, im Gegensatz zu mir nicht von kleinlichen Gefühlsregungen aufhalten. Locker, muss man sagen, ist sie dabei aber selten. Im Moment hat sie sich in den Kopf gesetzt, Dodos Buch zu verlegen. Ich habe versucht, ihr das auszureden. Aber wie gesagt, es ist nicht einfach, einen Schnellzug aus der Bahn zu werfen. Deshalb sehe ich dem heutigen Abend auch mit einiger

Besorgnis entgegen. Dodo hat uns nämlich zum Abendessen eingeladen. Eine Runde unter Frauen. Weil Maurice, ihr Mann, wieder mal geschäftlich unterwegs ist.

Zunächst lässt sich alles auch ganz fröhlich an. Marcelle und Eloise sind ebenfalls da. Wir trinken eine Menge und lachen viel. Als Aline das Buch bis zum Dessert mit keinem Wort erwähnt, gebe ich mich der Illusion hin, dass sie meinen Rat vielleicht doch befolgt und die Sache auf sich beruhen lässt. Natürlich habe ich mich zu früh gefreut.

Nach der Mousse au Chocolat zündet sich Aline eine Zigarette an, und weil wir alle ein wenig betrunken sind, nehmen wir anderen ebenfalls eine. Sogar Dodo, die damit nun wirklich keine Erfahrung hat. Sie hält ihre Zigarette mit Zeigefinger und Daumen, weil sie vielleicht glaubt, dass sie damit cool aussieht. Wie Humphrey Bogart. In Wirklichkeit sieht sie einfach aus wie eine Frau, die nicht raucht. Die Zigarette ist ein Fremdkörper in ihrer Hand. Sie pafft in kurzen Zügen, ohne den Rauch auch nur in die Nähe ihrer Lunge zu lassen.

Dennoch verschluckt sie sich und muss heftig husten, als Aline wie nebenbei fragt: »Was hältst du übrigens davon, wenn ich dein Buch herausbringe?«

Na wunderbar. Was für eine diskrete Überleitung. Ich werfe Aline einen bösen Blick zu, bevor ich aufspringe und Dodo zu Hilfe eile. Sie ist ganz rot im Gesicht und krümmt sich über dem Tisch, während Aline seelenruhig ihre Zigarette ausdrückt und sich von dem schweren Bordeaux nachschenkt.

Dodo wehrt meine Hilfe ab, und als sie sich wieder gefangen hat, fragt sie mich zornig: »Hast du ihr das Manuskript gegeben?«

Das kann ich nun schlecht abstreiten.

»Wie konntest du nur!« Jetzt bin ich diejenige, die böse Blicke abbekommt.

Und Aline gießt auch noch Öl ins Feuer. »Es hat mir sehr gefallen«, sagt sie, gemütlich zurückgelehnt, ihr Weinglas in der Hand. »Wirklich fantasievoll. Besonders diese Stelle auf dem Boot.« Allen Ernstes beginnt sie eine Stelle zu beschreiben, die auch mir sehr gut gefallen hat.

Marcelle, Eloise und ich starren in unsere leeren Dessertschalen, während Dodo entsetzt die Hände auf ihre Ohren presst. »Hör auf damit, ich kann das nicht hören.«

»Warum nicht?« Aline wirkt ehrlich verblüfft. »Du hast es doch geschrieben?«

»Ja. Für mich.« Noch ein böser Blick in meine Richtung. »Es war nie so gedacht, dass jemand anderer es liest.«

»Schade«, sagt Aline. »Es könnte ein Bestseller werden.«

»Das ist mir egal.« Dodo wirft trotzig die Lippen auf.

Aline stellt ihr Glas ab. »Du willst nicht reich und berühmt werden?«

»Nein! Auf keinen Fall. Nicht damit. O mein Gott ...« Ich sehe, wie sich auf ihren Armen eine Gänsehaut bildet. Das ist keine Koketterie, denke ich. Dodo will das wirklich nicht. Aline, die Königin des Pragmatismus, schlägt eine Lösung vor und regt an, Dodo könne ja ein Pseudonym benutzen.

»Nein«, ruft Dodo noch einmal und greift so hektisch nach unseren Tellern, dass ich Angst um das Porzellan bekomme.

Aline, die nicht lockerlassen kann, versteht nicht, was für ein Problem Dodo hat. »Spätestens seit *Fifty Shades of Grey* ist die Erotik doch im Mainstream angekommen.

Wir reden hier von einer richtig großen Leserschaft. Und wenn du ein Pseudonym benutzt, dann taucht dein Name nicht mal auf.«

»Wird er doch!« Inzwischen klingt Dodo leicht hysterisch. »Erzähl keinen Mist. So was kommt immer raus. Aber ich lasse nicht zu, dass ihr mein Leben zerstört. Du und Vivianne.«

Ich wusste es. Jetzt bin ich schuld an allem. Mit einem flammenden Blick auf mich dreht sich Dodo auf dem Absatz um und flieht in die Küche, wo wir sie laut mit dem Geschirr klappern hören. Ich mache mir noch immer Sorgen um das Porzellan, aber noch größere Sorgen mache ich mir um unsere Freundschaft. Ich will Dodo nicht noch einmal verlieren. Hätte ich Aline doch nur das Manuskript nicht gegeben!

Während ich meinen Selbstzweifeln nachhänge, beginnen die anderen nach einem Moment betretenen Schweigens darüber zu spekulieren, weshalb Dodo so heftig reagiert hat.

»Vielleicht ist sie ein wenig prüde«, meint Marcelle.

»Prüde?« Aline zieht eine Augenbraue hoch. »Sie hat dieses Buch geschrieben.«

»Na ja«, Marcelle zuckt die Achseln, »dann ist es wegen Maurice.«

Das ist unser Standardspruch. Wenn Dodo etwas Merkwürdiges tut, geben wir immer ihrem Mann die Schuld. Diesmal könnte es sogar stimmen.

Aline wiegt bedächtig den Kopf. »Vielleicht denkt sie, dass er Probleme macht, wenn sie tatsächlich einen Bestseller hat und plötzlich mehr verdient als er.«

»Oder«, sagt Marcelle, »sie will nicht, dass er ... na ja ... ihre sexuellen Fantasien so gut kennt.«

»Das ist es«, sagt Eloise. Auch sie ist schon längst nicht mehr nüchtern. Sie hat uns während der Vorspeise mit Schwärmereien über Graham genervt, und nachdem wir ihr zu verstehen gegeben haben, dass wir über den Urgroßneffen schon weit mehr als genug wissen, hat sie kräftig dem Wein zugesprochen. Ein wenig zu kräftig vielleicht. Sonst hätte sie möglicherweise einfach die Klappe gehalten. Stattdessen doppelt sie nach und beharrt darauf: Maurice ist der Grund für Dodos Widerstand.

»Und wisst ihr, warum?« Mit leuchtenden Augen lehnt sie sich vor. »Weil er selber nicht vorkommt in dem Buch.«

»Woher willst du das wissen?«, frage ich. Nur eine Sekunde später wünschte ich, ich könnte meine Worte in den Mund zurückstopfen.

»Woher wohl«, sagt Eloise.

Vielleicht hätten wir in diesem Moment die Katastrophe noch aufhalten können, aber wir anderen sind vor Schreck erstarrt, und Eloise selbst ist betrunken.

»Sie hat ihn nicht beschrieben. Glaubt mir. Man würde ihn erkennen. Er hat da unten so ein Muttermal.« Sie weist auf ihren Schoß und fährt dann eifrig fort: »Ich habe extra darauf geachtet. So etwas kommt im ganzen Buch nirgends vor.«

Die Falltür, auf der wir alle stehen, öffnet sich mit einem Krachen. Sogar Aline merkt das. Ich könnte schwören, dass sie blass geworden ist. Eloise hingegen deutet unser Schweigen als Zustimmung und lehnt sich zufrieden zurück. Erst dann fällt ihr Blick auf Dodo. Sie ist aus der Küche zurückgekommen und steht seit ein paar Sekunden in der Tür. Ein paar Sekunden sind leider lang genug.

Eloises Augen weiten sich. »Ups«, macht sie, und ihre Hand fährt zum Mund. Zugegeben, eine ideale Reaktion hätte es in dieser Situation wohl nicht gegeben. Aber das »Ups« macht die Sache definitiv schlimmer.

Dodo blinzelt. An ihren schaumbedeckten Händen kann man erkennen, womit sie beschäftigt war, als ein sechster Sinn, ein böser Geist oder was auch immer, sie dazu brachte, die Küche zu verlassen. Ihre seifigen Finger umklammern noch immer einen schokoladenverschmierten Teller. Dodo ist ein gutmütiger Mensch und immer bereit, von anderen nur das Beste zu denken. Aber das »Ups« lässt nicht viel Raum für eine positive Interpretation. Wie in Zeitlupe sehe ich, wie ihre Hand sich hebt, der Teller durch die Luft schwebt und dann an Eloises Kopf zerschellt.

17

Eine Woche später helfe ich Dodo, ihre Kisten zu packen. Sie wird Maurice verlassen. Sie zieht aus dem Haus an der Placette Colonel André Grousseau in eine Wohnung an der Rue Mignet. Luftlinie ist das nur etwa einen Kilometer von mir entfernt, aber es fühlt sich an, als würde sie auf einen anderen Kontinent auswandern.

Ich habe völlig unterschätzt, wie sehr mich das erschüttern würde. Zuerst geht Victor und jetzt Dodo. Ich weiß, es geht hier nicht um mich, aber jetzt werde ich an der Placette ganz allein sein. Das ist ein schlimmes Gefühl. Ein bisschen wie Tom Hanks, als er in »Cast Away« auf der einsamen Insel strandet. Obwohl ich Dodos Ausbruch an jenem Abend miterlebt habe, klammerte ich mich lang an die Hoffnung, alles würde sich irgendwie wieder einrenken lassen. Eloise müsste sich natürlich entschuldigen. Maurice müsste Dodo einen großen Diamanten schenken oder ein Pferd oder ein Auto. Irgendwann würde sie den beiden verzeihen.

Ich bin nicht naiv. Ich wusste, es würde nicht einfach werden. Aber ich habe es für möglich gehalten. Für wahrscheinlich sogar. Aber ich hatte ja auch keine Ahnung, was im Innern meines Ehemanns vorgeht. Spätestens als Victor verschwand, hätte ich mir eingestehen müssen, wie schlecht es um meine Menschenkenntnis steht.

Eloise ist an jenem Abend einfach abgehauen. Sie hat sich ihre Handtasche geschnappt und ist aus der Tür gelaufen. Keine Erklärung. Keine Entschuldigung. Ich habe sie seither nicht mehr wiedergesehen. Trotz allem, was sie getan hat, vermisse ich sie. Ihr spöttisches Lachen und ihre sarkastischen Kommentare.

Sogar jetzt beim Kistenpacken denke ich bestimmt tausendmal, dass Eloise dabei sein müsste. Sie hätte Prosecco mitgebracht und bissige Bemerkungen gemacht. Sie hätte sogar dieser Trennung eine komische Seite abgerungen.

Maurice zumindest hat sich vorhersehbar verhalten und Dodo einen Diamanten geschenkt. Allerdings tröstet mich das wenig. Dodo hat den Diamanten ins Klo geworfen. Dann hat sie Maurice in aller Deutlichkeit gesagt, er könne sich sein ganzes Geld sonstwohin stecken. Ich kenne den genauen Wortlaut ihrer Aussage, weil ihre Stimme an jenem Abend quer über die Placette schallte.

Und Dodo setzt tatsächlich um, was sie angedroht hat. Sie lässt Maurice hinter sich. Nicht nur Maurice, sondern auch das Haus, den Garten, den Pool, die Sauna, den Fitnessraum mit den unbenutzten Geräten und überhaupt die Hälfte all der Dinge, die sich in ihrem Leben angesammelt haben. Sie nennt das »Ballast abwerfen«. Auf einer abstrakten Ebene bewundere ich ihre Konsequenz. Auf der konkreten Ebene jagt mir diese neue Dodo eine Heidenangst ein. Sie ist kühl, vernünftig und gefasst. So war sie noch nie in den vergangenen Jahren. Irgendwann, befürchte ich, wird sie zusammenbrechen.

Aber so weit ist es noch nicht. Ein Umstand, den ich, zu meiner Schande, jetzt beim Kistenpacken beinahe ein wenig bedaure. Ich habe ihr nämlich, um sie abzulenken, von Félix und dem Kuss erzählt. Damit habe ich sie auf die Spur gebracht. Sie will jetzt alles ganz genau wissen.

»Der Kuss war in Ordnung?«, fragt sie und klingt verwirrend geschäftsmäßig dabei.

Ich gebe zu, dass der Kuss, nun ja, ganz in Ordnung war. Sogar ziemlich schön. Nur mit dem, was nachher kam, habe ich meine Schwierigkeiten.

»Mit den Spanierinnen?« Dodo bläst die Wangen auf, während sie im Zimmer ihrer Tochter einen Kleiderschrank öffnet und den Inhalt kritisch mustert. »Dir ist aber klar, dass der Mann dafür gar nichts kann.«

Die Spanierinnen sind nicht das Problem, sage ich, während Dodo anfängt, die Kleidung aus dem Schrank in großen Kisten zu verstauen.

»Was denn dann?«, will sie wissen.

Ich druckse ein wenig herum. Weil sich meine Bedenken ja auch um das Thema Treue drehen. Und ich es doch ein wenig pietätlos finde, das jetzt ausgerechnet mit Dodo zu debattieren. Ich sage ihr also, ich will noch warten, ich brauche ein bisschen Zeit, ich bin noch nicht reif für eine neue Beziehung. Die üblichen Ausreden eben, die Männer immer benutzen.

Die alte Dodo hätte mich danach in Ruhe gelassen. Aber die neue Dodo – die mich, nebenbei gesagt, in fast erschreckender Weise an Aline erinnert – fragt lakonisch: »Worauf willst du warten? Bis du alt und schrumpelig bist?« Dabei legt ihr Blick nahe, dass ich diesen Zustand wohl schon in Kürze erreicht haben werde.

»Das Einzige, was ich will«, sage ich mit einem Anflug von Trotz in der Stimme, »ist ein wenig mehr Sicherheit. Ich möchte wissen, was Félix für mich empfindet, bevor ich einen nächsten Schritt tue. Immerhin«, füge ich hinzu, »ist der Kuss von mir ausgegangen.«

»Und er hat ihn erwidert, oder nicht? Er scheint dich also zu mögen.«

Mögen. Was heißt das schon? Ich mag viele Dinge, sage ich zu Dodo. Blumen. Kinder. Schmetterlinge. Beinahe alle Arten von Süßigkeiten. »Was, wenn ich nicht die Einzige bin? Was, wenn er das ständig macht? Händchen halten, näher rücken, ganz tief in die Augen blicken.«

Dodo verdreht die Augen und hält mir eine Predigt, dass Monogamie heutzutage nicht mal unter Ehepartnern üblich sei und ich nach nur einem einzigen Kuss wirklich nicht erwarten könne, dass Félix mir sofort ewige Treue schwört. Zumal ich mich ja nicht mal bequeme, zu ihm nach Paris zu fahren.

Ja. Genau deswegen! Weil ich die langbeinigen Schönheiten gar nicht sehen will, von denen Félix dort oben zweifellos umgeben ist. Ein berühmter Arzt. Kardiologe. Und so wie er aussieht ... Er hat bestimmt Dutzende von Verehrerinnen. Ach was, Dutzende. Hunderte! Ich stelle mir vor, wie Félix die Champs-Elysées hinunterschlendert und eine Menschenmenge sich hinter ihm drängelt. Alles wunderschöne Frauen ...

»Und wenn schon.« Dodo besieht sich eine Jeans voller Löcher von einer ihrer Töchter. Vermutlich ein Designerstück. Sie schmeißt die Jeans in den Müll und fragt mich, warum ich denn so kleinmütig sei. »Der Mann ist schließlich in unserem Alter. Da kann man nur hoffen, dass er ein wenig Erfahrung gesammelt hat. Wenn er keine Erfahrung hätte, dann müsstest du dir Sorgen machen. Schließlich willst du dich nicht mit einer fünfzigjährigen Jungfrau herumschlagen.«

»Jungfrau ist er sicher nicht«, sage ich etwas pikiert. »Schließlich hat er einen Sohn.«

»Das ist noch keine Garantie«, gibt sie düster zurück, »vom Vater des Kindes auch guten Sex zu bekommen.«

Ich verberge meine Ohren, die rot zu werden drohen, hinter einem Karton. So genau wollte ich das gar nicht wissen. Mag sein, dass wir in der Vergangenheit mal über unsere Männer getratscht haben. Doch das Sexleben der jeweils anderen haben wir dabei umgangen.

»Sex ist nicht alles«, sage ich unverbindlich in der Hoffnung, das Thema abzuschließen. Aber ich habe die Rechnung ohne die neue Dodo gemacht. Die neue Dodo findet Sex wichtig. Die neue Dodo, fällt mir ein, hat darüber sogar ein Buch geschrieben. Ein Buch, in dem ihr Ehemann, wie ich inzwischen mit Sicherheit weiß, höchstens eine Nebenrolle einnimmt. Bisher habe ich den Hauptdarsteller für ein Produkt ihrer Fantasie gehalten. Aber wenn ich die neue Dodo so reden höre, bin ich mir da nicht mehr sicher. Völlig ernsthaft erklärt sie mir, guter Sex sei der Pfeiler jeder Beziehung.

Ich sage ihr, dass ich mir darüber im Moment noch keine großen Sorgen mache. Ich bin mir ja nicht mal sicher, ob ich Félix wiedersehe. Tatsächlich weiß ich doch gar nichts von ihm. Ich kenne seine Exfrau, das ist alles. Aber Dodo ist für meine Zweifel nicht empfänglich. Ob Félix gebunden ist oder nicht, findet sie nicht so wichtig. Und dass ich seine Exfrau kenne, hält sie für einen großen Vorteil. Sie empfiehlt mir allen Ernstes, was den Sex betrifft, doch dort mal nachzufragen.

Selbstverständlich habe ich nicht vor, Dodos Ratschlag umzusetzen. Auch wenn sich schon zwei Tage später ziemlich unerwartet die Gelegenheit dazu bietet. Es ist der Tag des Umzugs. Die Kisten sind gepackt. Die neue

Wohnung steht bereit. Doch als Marcelle und ich am frühen Morgen in unseren ältesten Klamotten bei Dodo eintreffen, finden wir sie tränenüberströmt vor. Der Zusammenbruch kommt nicht völlig unerwartet, zumindest für mich. Ich bleibe gelassen, bis ich erfahre, was der Grund dafür ist. Bei all der Packerei und den vielen Vorbereitungen hat Dodo doch völlig vergessen, einen Umzugswagen zu besorgen. Während ich tröstend auf Dodo einrede, greift Marcelle zum Telefon und klappert alle Nummern ab, die in den gelben Seiten stehen. Doch wie es der Teufel will, scheint an diesem ersten November die halbe Stadt das Domizil zu wechseln. Während Dodo an meiner Schulter schluchzt, zieht Marcelle eine Niete nach der anderen. Ich bin erleichtert, als es schließlich doch noch klappt. Bis ich höre, wen sie da als Helfer angeheuert hat.

Zwanzig Minuten später sitze ich im Wagen und bin unterwegs zu dem Gehöft, auf dem Maxim mit seiner Mutter lebt. Unkonzentriert und fahrig, schramme ich unterwegs haarscharf an einem Unfall vorbei. Ich weiß, ich bin ein Feigling, aber ich fürchte mich vor der Begegnung mit Annie. Als ich das Gut erreiche und dort niemanden vorfinde, bin ich beinahe erleichtert. Ich parke den Wagen und steige aus.

»Hallo«, rufe ich. »Ist da jemand?«

Keine Antwort. Darauf beschließe ich, mich ein wenig umzusehen.

Das Anwesen besteht aus einem mächtigen Bauernhaus mit Stall und Scheune und mehreren Nebengebäuden. Im Stall meckern Ziegen, und neben der Scheune tummelt sich in einem großen, von Maschendraht umgebenen Geviert eine Schar Hühner. Ein gewaltiger Feigenbaum streckt seine knorrigen Äste, die voller Früchte hängen, über den kopfsteingepflasterten Hof. Die Blätter des Baumes sind an den Spitzen rot verfärbt. Daneben leuchtet gelb ein Nussbaum. Und direkt dahinter liegen die Felder. Herbstlich gefärbte Weinstöcke, die sich in langen Reihen bis zum Horizont erstrecken. Auf einem zweiten Feld werden Kürbisse angebaut. Der Boden ist von den ersten Früchten schon golden und orange gesprenkelt. Vor der Haustür steht ein Korb, gefüllt mit reifen Birnen. Daneben ein Topf mit blühenden Chrysanthemen. In der Luft liegt ein würziger Duft nach feuchter Erde und reifen Früchten. Alles sieht sauber und ordentlich aus. Ich muss gestehen, eine Hippiekommune habe ich mir anders vorgestellt.

Langsam schlendere ich zum Hühnergehege hinüber. Ich könnte einfach wieder verschwinden, denke ich. Maxim ist nirgends in Sicht. Ich brauche Marcelle also nicht mal anzulügen, wenn ich ohne ihn zurückkomme. Inzwischen habe ich das Gehege erreicht, und die Hühner sind ganz begeistert. Sie kommen alle angerannt und scharen sich zu meinen Füßen. In letzter Zeit bin ich mit positivem Feedback ja nicht gerade überschwemmt worden. Diese Tiere sind seit Langem die ersten, die derart begeistert auf mich zustürmen – außer Fred vielleicht. Ihre Sympathie geht mir ans Herz. Ich rufe »Putt, Putt, Putt« und beuge mich hinunter. Da sehe ich zu meinen Füßen einen kleinen Eimer mit Körnern stehen. Es gibt keinen Grund, die Freundlichkeit nicht zu erwidern, die mir die Hühner entgegengebracht haben. Also greife ich in den Eimer und werfe ihnen eine Handvoll

Futter zu. Was für eine Aufregung! Was für ein Geflatter und Geschubse und Gegackere.

Ich schaue lächelnd zu, bis mir ein kleines Huhn auffällt, das sich etwas abseits hält. Offensichtlich gibt es da ein Problem. Das Huhn bewegt ruckartig den Kopf auf und ab und schlägt mit den Flügeln, ohne einen Laut von sich zu geben. Bei genauerem Hinschauen glaube ich zu sehen, dass ihm etwas in der Kehle steckt. O nein! Die Körner! Sie waren vielleicht gar nicht für die Hühner gedacht. Vielleicht können Hühner an Körnern sterben. Ohne zu überlegen, einzig von dem Gedanken getrieben, dass ich auf keinen Fall zur Hühnermörderin werden will, reiße ich das Gatter auf und stürme hinein. Nach drei Schritten werde ich vom Hahn angegriffen. Halb rennend, halb fliegend stürzt dieses Vieh auf mich zu. Ich erschrecke dermaßen, dass ich im Zurückweichen über einen Stein stolpere. Meine Tasche und mein Handy fliegen in hohem Bogen davon, während ich zu Boden gehe. Der Hahn stößt einen Triumphschrei aus, und im Fallen kann ich sehen, wie die Hühner derweilen flink aus dem Gehege trippeln. Da schreie ich ebenfalls. Vor Wut, vor Scham und ein bisschen auch, weil mich der Hahn schon wieder angreift.

In diesem Moment fährt ein Wagen auf den Hof. Man muss sich die Szene wie in einem modernen Western vorstellen. Das Auto ist ein Pick-up. Am Steuer sitzt ein Cowboy mit Haaren bis über die Schultern. Er hat eine Zigarette zwischen den Lippen. Neben ihm sitzt Maxim. Und auf dem Trittbrett, cool an den Wagen gelehnt, die Haare wehend im Fahrtwind, steht wie eine Ikone der Freiheit – seine Mutter.

Maxim rettet mich. Er fängt den Hahn ein, während der Cowboy sich darum kümmert, die Hühner zurück ins Gehege zu treiben. Hippie-Annie bleibt vor mir stehen und sieht auf mich herab. Dann streckt sie die Hand aus und hilft mir auf. Sie schaut mir kopfschüttelnd zu, wie ich den Dreck aus meiner Kleidung klopfe. Dann sagt sie: »Mit den Männern können Sie wohl nicht besonders.«

Glücklicherweise hat Dodo sich gefangen, als ich mit der Unterstützung an der Placette eintreffe. Und sie ist ganz begeistert, weil ich neben Maxim noch zwei Freiwillige bringe. Der Cowboy hat uns begleitet, und Annie ist ebenfalls mitgekommen, als sie von unserem Dilemma hörte. Vermutlich, denke ich, will sie nur mit ihrem Bizeps angeben. Gegen den Cowboy habe ich nichts. Aber naturgemäß bin ich weniger erfreut, den ganzen Tag mit Félix' Ex zu verbringen. Und weil das Gute nie allein kommt, darf ich auch gleich mit Annie eine Arbeitskolonne bilden.

Maxim bleibt an der Placette und schleppt Möbel und Kisten nach draußen. Marcelle, dieses Organisationstalent, wird ihn dabei anweisen. Dodo ist in der neuen Wohnung und nimmt die Sachen in Empfang. Der Cowboy macht den Fahrer, und damit ist dann genau noch ein Job offen. Der Job, an der Rue Mignet die Kisten nach oben zu schleppen. Fünf Stockwerke hoch. Achtzig steile Stufen. Gefühlt ist es locker das Doppelte.

»Tja«, sagt Annie mit einem abschätzigen Blick, als wir die ersten Kisten heben. »Dann zeigen Sie mal, was Sie können.«

Sport ist ja nun nicht so mein Ding. Ich mag Schach und Bridge und Spazierengehen. Auf ein Kräftemessen in steilen Treppenschächten bin ich nur sehr mangelhaft vorbereitet. Genau darauf läuft es aber hinaus. Und es beginnt schon, bevor wir die Treppe überhaupt erreichen. Draußen auf der Straße hat jede von uns eine Kiste geschultert, und vor der Haustür krachen wir dann zusammen. Weil keine der anderen den Vortritt lassen will, und weil gleichzeitig durch diese Tür zu gelangen in etwa so aussichtsreich ist, wie zwei Korken in eine Flasche zu stecken. Wir stehen beide draußen und ringen verbissen um die Vorherrschaft. Zwei erwachsene Frauen, mit gewaltigen Kartons beladen, die Köpfe rot vor Anstrengung.

Ich lerne dabei zwei Sachen: So ein Bizeps ist nicht nur von ästhetischem Wert. Und das mit dem Klügeren, der nachgibt, ist Blödsinn. Während ich wütend und etwas beschämt hinter Annie die Treppe hochstapfe, tröste ich mich mit dem Gedanken, dass ich wohl nicht viele Muskeln habe, aber dafür durchaus Masse und außerdem eine steile Lernkurve. Ich erziele einen leichten Vorsprung, als ich die Kiste auf dem Treppenabsatz oben direkt auf Annies Füße fallen lasse, und dann sofort wieder abdrehe und nach unten sprinte. Ich bin ihr ein Stück voraus, als ich die Straße erreiche und dort, voller Hoffnung, diesmal das Rennen zu machen, den erstbesten Karton packe. Leider erwische ich die Kiste, die mit Blei beladen ist. Sie wiegt eine Tonne. Mindestens. Ich schnappe kurz und scharf nach Luft, und dann ist mein Vorsprung schon wieder futsch. »Memme«, zischt Annie, die eine leichte Kiste erwischt haben muss und mich locker überrundet.

Als ich nach einer gefühlten Ewigkeit mit der Bleikiste Dodos Wohnung erreiche, ist Annie schon wieder ausgeruht. Sie steht auf dem Treppenabsatz und beobachtet mitleidlos, wie ich die Kiste abstelle und mich mit einem Stöhnen aufrichte. Als ich mir den Schweiß von der Stirn wische, rät sie mir mit Spott in der Stimme, mich doch zukünftig besser mit etwas Kleinem zu bescheiden. »Die großen Brocken«, sagt sie, »die können Sie ohnehin nicht stemmen.«

Sie spricht von Félix, völlig klar. Und das verlangt nach einer Antwort. »Es geht hier nicht nur um Kraft«, gebe ich hoheitsvoll zurück. »Mit Kraftmeierei allein kann man niemanden gewinnen.«

Sie stößt ein verächtliches Schnauben aus. »Ich habe längst gewonnen. Nur Sie wollen das nicht begreifen.«

»Und weil Sie längst gewonnen haben, müssen Sie mich jetzt warnen? Weil Sie sich so sicher sind?«

Sie drängt an mir vorbei und bleibt vor der Treppe stehen. »Das war keine Warnung.« Sie sieht mich an. »Die Warnung kommt jetzt: Wenn Sie Félix verletzen, wenn Sie ihn irgendwie gemein behandeln, wenn Sie ihn für Ihre Spielchen benutzen und dann fallen lassen, ich schwöre, dann dreh ich Ihnen den Hals um. Genau wie meinen Hühnern. Die haben Sie ja gesehen. Sie wissen, dass ich es kann.«

Die folgenden zwei Stunden arbeiten wir uns stur und verbissen wie zwei Maultiere an der verdammten Treppe ab. Hoch und runter, hoch und runter, außer Atem, schwitzend, stöhnend, ohne Pause und natürlich ohne ein Wort miteinander zu wechseln. Ich bin längst am Ende meiner Kräfte. Meine Beine zittern, meine Muskeln schreien vor Schmerz. Einmal, als ich die Kiste abstelle, habe ich eine kleine Nahtoderfahrung. Was mich aufrecht und am Gehen hält, ist einzig meine Sturheit. Und der Blick auf Annies pralle Waden, wenn sie vor mir die Treppe hochsteigt.

Sie überholen zu wollen habe ich aufgegeben. Aber mithalten will ich um jeden Preis. Das hat sie nicht erwartet. Sie ist verblüfft und vielleicht sogar ein wenig beeindruckt. Denn auch an ihr geht die Anstrengung nicht spurlos vorbei. Sie nimmt immer die großen Kartons. Aber weil ich sie ja ständig vor der Nase habe, sehe ich, wie ihre Muskeln zittern.

Auch der größte Berg ist irgendwann abgetragen. Wir taumeln ein letztes Mal die Treppe hinab, drängen ein letztes Mal durch die Tür, schnappen uns draußen auf der Straße die allerletzten beiden Kisten. Die von Annie ist groß und schwer; meine ist leicht, beinahe mickrig. Ich empfinde das nicht mehr als Beleidigung. Ehrlich gesagt bin ich ziemlich erleichtert. Im Hochsteigen beginne ich, die Stufen zu zählen. Ich zähle von achtzig runter und bin erst bei siebzig angelangt, als unten die Tür aufgeht und ein Ruf erklingt. Ich erkenne Maxims Stimme, doch was er ruft, verstehe ich nicht. Dazu bin ich viel zu müde. In meinen Ohren rauscht das Blut. Ich hebe den Kopf und sehe, wie Annie, schon am Ende der ersten Treppe, ebenfalls nichts versteht und sich umdreht. Nach der ganzen Anstrengung ist diese eine Drehung eine Drehung zu viel. Annie verliert das Gleichgewicht. Sie taumelt gegen die Wand. Sie lässt ihre Kiste fallen. Ich sehe sie auf mich zukommen. Dreißig Kilo vielleicht.

Ich war in Physik keine Leuchte, aber das weiß ich immerhin: Kraft ist Beschleunigung mal Masse. Wenn ich von der Kiste getroffen werde, wird das furchtbar wehtun. Aber wenn die Kiste Maxim trifft, wird sie durch die Beschleunigung die Kraft einer Kanonenkugel haben. Was habe ich für eine Wahl? Ich stoße innerlich einen Seufzer aus und werfe mich dazwischen.

18

Es dauert drei Wochen, bis die blauen Flecke allmählich verblassen und ich nicht mehr wie das Opfer eines Verkehrsunfalls aussehe. Ich finde, mein Einsatz hat sich gelohnt. Ich habe mir keinen Knochen gebrochen, und dafür bin ich eine Heldin geworden. Die Schmerzen sind auszuhalten. Wenn es sein muss, merke ich, kann ich ganz schön tapfer sein. Im Alltag packen meine Freundinnen mit an. Ganz besonders Annie, die ich seit Neuestem ebenfalls zu meinen Freundinnen zähle. Irgendwie.

Das hätte ich mir drei Wochen zuvor auch nicht träumen lassen. Aber Annie weiß genau, was geschehen wäre, hätte ich diese Kiste nicht abgefangen. Sie hat ihr Verhalten mir gegenüber radikal verändert. Am Tag nach dem Umzug brachte sie, um sich zu bedanken, einen riesigen Weidenkorb vorbei, der prall gefüllt war mit Gemüse und Früchten. Weintrauben, Feigen, Birnen und Nüsse, ein gewaltiger Kürbis. Alles biodynamisch und vom eigenen Hof. Meine Gäste wissen es sehr zu schätzen, denn inzwischen bringt sie mir jede Woche einen solchen Korb. Inzwischen weiß sie auch, dass ich Victor verloren habe.

Diesen Begriff verwende ich jetzt. Ich rede nicht mehr davon, dass er mich verlassen hat. Verloren, finde ich, trifft die Sache besser. Auch wenn er nicht gestorben ist – jedenfalls nicht, soweit ich weiß –, ist mir Victor doch abhandengekommen. Wie diese Dinge, die man ständig in der Handtasche mit sich herumträgt. Und wenn man sie dann braucht, sind sie nicht da. Ein Schirm zum Beispiel. Den kann man monatelang bei sich haben, aber wenn es dann zu regnen beginnt, ist er verschwunden. Ganz genauso ist es ja mit Victor auch.

Über Félix haben Annie und ich nur ein einziges Mal gesprochen. Dabei hat mir Annie quasi Carte blanche gegeben. Weil Félix und sie nur noch Freundschaft verbindet und sie mich inzwischen gar nicht mehr so übel findet.

Das ist alles gut und schön, ändert aber nichts daran, dass Félix und ich zurzeit nur spärlich kommunizieren. Über SMS hauptsächlich. Wie man so hört, ist das ja ohnehin die neue Form, in der Beziehungen stattfinden. Oder beendet werden. Félix ist sehr beschäftigt. Jede Menge Operationen. Wenn er nicht operiert, hat er Arbeitsgruppen. Oder Sitzungen. Dabei trifft er wichtige Leute. Zum Beispiel den Gesundheitsminister.

Als er mir das per SMS schrieb, hatte ich den Verdacht, dass er übertreibt und sich vielleicht ein bisschen wichtig macht. Aber dann habe ich sein Treffen mit dem Minister auch in der Zeitung gefunden. Und im Internet. Vielleicht bin ich kleinmütig, wie Dodo sagt. Aber beschäftigt oder nicht, ich erwarte von Félix ein klares Signal. In seinen SMS kann ich das bisher nicht finden. Das frustriert mich ziemlich.

In leicht depressiver Stimmung gleite ich in den November hinein. Die leuchtenden Farben des Herbstes verblassen allmählich, und über die leergeernteten Felder legt sich eine poetische Melancholie. Das finden zumindest meine Gäste. Sie lieben es, in der Orangerie zu sitzen und zuzuschauen, wie sich am Morgen der Dunst über dem Garten langsam hebt. Sie lieben das Rascheln des welken Laubs auf dem Cours Mirabeau, wo die Platanen im Licht der tief stehenden Sonne jetzt wie Skulpturen wirken. Pünktlich zum ersten November stellen die Straßencafés Heizpilze nach draußen, und auf den Plätzen der Stadt kann man nun überall gebratene Maronen, Nüsse und süße getrocknete Feigen kaufen. Ich selber kaufe mir, um mich aufzumuntern, dann allerdings grüne Peeptoe-Sandalen. Eigentlich wollte ich mir an diesem Morgen warme Stiefel besorgen. Aber von diesem Ziel habe ich wieder Abstand genommen. Weil erstens die warmen Schuhe allesamt hässlich, die grünen Peeptoes zweitens ein Sonderangebot waren und mir drittens bei ihrem Anblick sofort klar geworden ist, dass ich genau diese Schuhe brauche, um es durch den Tag zu schaffen.

Ich kann mir nur zu dieser Entscheidung gratulieren, denn kaum bin ich nach Hause gekommen, ruft mich Emile aus der Bank an. Der Anruf kommt überraschend, und Emiles überschwänglichem Ton kann ich sofort entnehmen, dass es Ärger gibt. Worin dieser Ärger besteht, will Emile mir allerdings nicht sagen. Er schlägt vor, dass wir essen gehen. »Wir haben uns ja schon lange nicht mehr gesehen, Vivianne. Und beim letzten Mal war es doch so nett.«

Als »nett« habe ich das Gespräch, bei dem Emile mir eröffnet hat, dass ich kurz vor dem Bankrott stehe, nicht unbedingt in Erinnerung. Am liebsten würde ich die Einladung ausschlagen, aber ich – oder vielmehr Victor – habe bei dieser Bank ja auch noch einen Kredit laufen. Ich erkläre mich ohne große Begeisterung einverstanden, versuche aber, das Mittagessen auf Kaffeetrinken herunterzuhandeln, indem ich jede Menge Arbeit vorschütze.

Der Schuss geht nach hinten los. Emile schnalzt mit der Zunge. »Weißt du was, mein eigener Terminplan ist heute auch ziemlich eng. Warum treffen wir uns nicht einfach am Abend. Dann haben wir beide alle Zeit der Welt.«

»Am Abend?«, frage ich überrumpelt. »Ich weiß nicht so recht ...«

»Ach, komm schon«, sagt er. »Du musst doch auch was essen. Und Victor hätte bestimmt nichts dagegen. Schließlich bin ich sein Stellvertreter.«

An diesem Montagnachmittag empfange ich neue Gäste. Zwei sehr nette Damen aus Wales, die sich für Cézanne interessieren und mich beim Tee ganz beiläufig fragen, ob ich nicht ein paar Vorschläge für ihre Frisuren habe. Ich rate ihnen, zunächst mal die lila Tönung wegzulassen. Das finden die beiden ziemlich revolutionär. Sie tunken die Madelaines, die Dodo für uns gebacken hat, in ihren Tee und möchten nun auch ein paar Tipps für ihre Kleidung haben. Ich empfehle, auf die Kniestrümpfe zu verzichten, die an ganz jungen Dingern mit Miniröcken irgendwie sexy wirken mögen und bei australischen Zollbeamten einfach dazugehören, aber für alle anderen Menschen verboten sein sollten. Auch dieser Vorschlag ruft Überraschung hervor.

»Aber sie sind doch so praktisch«, wendet eine der beiden lila Damen ein.

»Praktisch ist nicht gut«, sage ich.

»Nein?« Die beiden machen verblüffte Gesichter.

»Praktisch sollten Sie vergessen«, sage ich mit Nachdruck. »Praktisch ist die Tarnung des Hässlichen.«

Ich kann es mir leisten, so bestimmt aufzutreten, denn seit jenem Abend mit Frau Schramm habe ich ganz schön viel Erfahrung mit Stilberatung sammeln können. Ich wusste ja nicht, wie viele Frauen es gibt, die auf diesem Gebiet quasi Analphabetinnen sind.

In den meisten Fällen liegen die Verbesserungsvorschläge auf der Hand, man kann sie auf den ersten Blick erkennen. Der Trick dabei ist, sich nicht über Mängel aufzuregen, die man nicht beheben kann. Ein etwas üppiger Hintern? Ein Doppelkinn? Schnittlauchhaare oder hängende Lider? Egal. Niemand besteht nur aus einem Hintern. Und wenn die Haare hoffnungslos sind, gibt es vielleicht Wangenknochen, die man betonen kann, einen Schwanenhals oder Brüste in Körbchengröße D. Jede Frau hat etwas Schönes an sich, und ohne angeberisch klingen zu wollen, glaube ich inzwischen, einen ganz guten Blick für diese versteckte Schönheit zu haben. Nur bei mir selber funktioniert das natürlich nicht.

Eine halbe Stunde bevor Emile mich abholen will, flitze ich noch wie von einer Wespe gestochen zwischen Bad und Schlafzimmer hin und her. Das mache ich seit einer knappen Stunde. Beide Räume sehen inzwischen aus, als hätte eine Bombe eingeschlagen. Ich sehe auch so aus. Ich bin halb geschminkt und halb frisiert. An einem Auge hängt ein falscher Wimpernkranz. Weil ich mich nicht entscheiden konnte, ob das wirklich gut aussieht, habe ich es beim zweiten Auge mit einem Lidstrich probiert. Mein Haar ist halb aufgesteckt und halb nicht. Es steht in alle Richtungen. Ich habe Lippenstift aufgetragen und ihn wieder abgewischt. Ach ja, und natürlich trage ich Unterwäsche. Nur Unterwäsche.

Das Problem, vor dem ich stehe, ist vielschichtig und komplex, aber ein Hauptelement dabei ist auf jeden Fall, dass ich zugenommen habe. Was eine absolute Frechheit ist.

Andere Menschen nehmen ab, wenn sie sich nicht auf die Waage stellen. Das liest man doch überall. *Nicht jeden Tag auf die Waage stellen. Sich nicht auf Kalorienzählen versteifen. Körperlich aktiv bleiben.* Habe ich alles gemacht! Mit dem Resultat, dass ich in keine meiner Hosen mehr passe. Es müssen die Hormone sein!

Im Moment nützt mir das allerdings wenig. Man kann ein Abendessen nicht aus hormonellen Gründen absagen. Man kann ein Abendessen auch nicht absagen, weil man absolut keine Lust dazu hat. Nicht, wenn der Mann, der dich ausführen will, dein Banker ist. Und der Stellvertreter deines Mannes. Was ich eine merkwürdige Bemerkung fand. Oder vielleicht war nur der Ton merkwürdig, in dem Emile sie vorgebracht hat. Vielleicht macht mich das nervös. Ich weiß nicht, was er von mir will.

Soweit es Emile und die Bank betrifft, ist Victor noch immer krank. Und ich kann schon voraussagen, dass er in nächster Zeit auch nicht gesund werden wird. Was gibt es da also zu bereden? Will Emile mir sein Mitgefühl ausdrücken? Mich seiner Unterstützung versichern? Dann hätte er doch Blumen schicken können.

Einfach nur, weil die Zeit abläuft, treffe ich schließlich eine Entscheidung und quäle mich in eine schwarze Hose mit hohem Elastananteil. Dazu trage ich eine rauchblaue Seidenbluse, die lang genug ist, dass sie den Hintern verdeckt und den Hosenknopf, den ich offen stehen lassen muss. Anschließend habe ich noch fünf Minuten, um die falschen Wimpern zu entfernen, ein wenig Lidschatten aufzutragen und mein Haar mit viel Styling-Gel in eine Form zu kneten, die im Moment okay aussieht, aber vermutlich bald einem Vogelnest gleichen wird. Mir egal, denke ich trotzig, während ich die Treppe hinuntersause, weil Emile schon klingelt. Man kann von der Frau eines kranken Mannes nicht erwarten, dass sie perfekt aussieht.

Ich werfe einen Blick in den Flurspiegel: rote Wangen und glänzende Augen. Ich wirke etwas aufgelöst. Kein Wunder, wenn man bedenkt, was ich hinter mir habe. Jedem, der das noch nie erlebt hat, kann ich versichern, zwanzig Mal umziehen ist wie Sport. Etwas atemlos reiße ich die Tür auf. Emile mustert mich von oben bis unten. Und während er das tut, wird mir schlagartig bewusst, dass man die roten Wangen, die glänzenden Augen und meine Atemlosigkeit auch ganz anders interpretieren kann.

Emile sieht mich nicht so an, wie man die Frau des Chefs ansieht. Er sieht mich an, als wäre ich eben aus dem Bett gesprungen. Er stellt sich womöglich vor, dass es sein Bett wäre. »Du siehst zauberhaft aus, Vivianne.«

»Äh, ja«, sage ich, obwohl es darauf eigentlich nur eine Antwort gibt: *Denk an Victor, mein Lieber. Deinen Chef und Freund. Jedenfalls hast du ihn immer als deinen Freund bezeichnet. Aber wie ein echter Freund verhältst du dich nicht. Oder soll ich diese Blicke etwa freundschaftlich verstehen? Soll ich es etwa freundschaftlich verstehen, dass du mich ausführst, während Victor auf dem Krankenbett um sein Leben ringt?*

Na ja, Letzteres ist übertrieben. Vermutlich liegt Victor an einem Strand und lässt es sich gut gehen. Vielleicht hat er ja eine Chinesin dabei. Die hat bestimmt kein Gramm Fett am Leib. Die kann bestimmt einen Bikini tragen. Rot vermutlich. Klitzeklein. Nur mit Bändchen zusammengehalten. So einen, wie ich ihn zuletzt mit sechzehn getragen habe. Vielleicht büffeln die beiden Vokabeln ...

»Was ist?«, fragt Emile und streckt mir die Hand entgegen. »Wollen wir gehen?«

Zum Teufel, denke ich, als ich seine Hand ergreife und mich aus dem Haus ziehen lasse, ich bin Victor gar nichts schuldig.

Einen winzigen Moment lang geht es mir tatsächlich gut. Aber Emile lässt meine Hand nicht mehr los. Spätestens, als wir die Placette erreichen – also nach ungefähr zwanzig Metern – ist mir das peinlich wie nur sonst was. Was stellt er sich vor? Mit mir wie ein verliebter Teenager durch die Stadt zu marschieren? In einem ersten Versuch, ihn loszuwerden, entspanne ich meine Hand vollständig, sodass sie sich in der seinen jetzt weich und schlabbrig anfühlen muss. Ich persönlich halte das bei einem Händedruck ja keine zwei Sekunden aus. Emile ist weniger zimperlich. Er bleibt stoisch dran. Ich muss deutlicher werden. Also versuche ich, ihm meine Hand sanft zu entziehen, mit dem Resultat, dass er jetzt kräftiger zugreift. Inzwischen sind wir schon beinahe auf dem Cours Mirabeau, und wenn ich daran denke, wer mich alles sehen könnte, werde ich langsam panisch. Ich bleibe stehen und täusche einen Hustenanfall vor, wobei ich beide Hände vor den Mund reiße und mich damit endlich befreie.

Emile steht daneben, während ich mich unter dem falschen Husten krümme, und bemerkt danach lediglich, er hoffe doch, dass Victor keine Tuberkulose habe. Herzloses Schwein, denke ich. Da hustet sich mein Ehemann die Lunge aus dem Leib, und sein sogenannter Stellvertreter reißt Witze darüber!

Ich hatte erwartet, dass wir ins *Deux Garçons* gehen, aber Emile führt mich daran vorbei, die Rue Clemenceau hoch und in die Altstadt hinein. Wir landen in einem Restaurant, das mir schon deshalb nicht gefällt, weil man in kleinen, versteckten Nischen sitzt, die mit halbrunden Bänken ausgestattet sind. Roter Plüsch und goldene Troddeln. Vermutlich wurde die gesamte Einrichtung, so wie sie ist, von einem Table-Dance-Lokal übernommen. »Ich dachte, wir probieren mal was Neues aus«, sagt Emile, während ich versuche, auf der Bank eine Position zu finden, bei der mein Knie nicht an das seine gepresst ist.

Vergebliche Liebesmüh. Die Bänke sind dafür angelegt, eine Tuchfühlung zu erleichtern. Sie zu vermeiden ist nahezu unmöglich, wenn man die Knie nicht bis zu den Ohren hochziehen will. Eine Position, die vermutlich auch wieder ein falsches Signal geben würde und die ich in diesen engen Hosen ohnehin nicht einnehmen kann. Ich ergebe mich in das Unausweichliche und werfe einen Blick in die Speisekarte. Chinesisch! Ausgerechnet. Na, das passt ja.

Ich bin mit Emile eigentlich nicht besonders vertraut. Im Vorfeld habe ich mir Gedanken gemacht, worüber wir einen ganzen Abend lang reden sollen. Das hätte ich mir sparen können. Nach nur einer Frage von meiner Seite sprudelt er los. Meiner Erfahrung nach kein ungewöhnliches Verhalten bei einem Mann. Die meisten Männer können erstaunlich episch werden, solange sie über sich selber reden. Interessant ist das natürlich nicht. Aber als Frau lernst du mit der Zeit, dein Hirn in dieser Situation auf Durchzug zu schalten.

Meine Gedanken schweifen zu den beiden Damen aus Wales, von denen die eine Ähnlichkeit mit Vivienne Westwood aufweist. In meinem Kopf verpasse ich ihr probehalber einen roten Haarschopf. Dann versuche ich es mit Kastanienbraun. Emiles Stimme macht sich ganz gut als Hintergrundgeräusch, und alles ist in Ordnung, bis mir, während ich auch noch an Blond herumdenke, die plötzliche Stille auffällt. Ich fahre hoch, und aus der Art, wie Emile mich ansieht, muss ich schließen, dass er wohl selbst eine Frage gestellt hat.

Schockschwerenot. So was tun Männer im Normalfall nicht.

»Wie bitte?«, frage ich.

Emile lächelt nachsichtig. »Ich fragte, wie es dir dabei geht?«

»Wobei?«, entgegne ich dümmlich.

»Na, bei der ganzen Situation. Ohne Victor. So allein. So ganz ohne Mann.«

Seine Hand kriecht über den Tisch auf meine zu. Ich greife nach dem Weinglas und klammere mich daran. »Man denkt natürlich unablässig an seinen armen kranken Mann«, sage ich.

»Kann ich mir vorstellen. Deine Haltung ist bewundernswert, Vivianne.« Emile nickt nachdenklich. »Wirklich eine Schande, dass sich gewisse Leute nicht zu schade sind, selbst so eine Tragödie noch auszuschlachten und böse Gerüchte herumerzählen.«

»Was für Gerüchte?«, frage ich alarmiert.

»Na, zum Beispiel, dass Victor gar nicht krank ist.«

Mein Mund wird trocken. »Wie bitte?« Ich zwinge mich zu einem Lachen. »Natürlich ist er krank. Was soll denn sonst mit ihm sein? Oder hat ihn etwa jemand herumlaufen sehen in den letzten Monaten?«

»Man sagt, er habe dich verlassen.« Emile lässt mich nicht aus den Augen. »Das ist natürlich Unsinn. Aber die Leute erzählen sich das.«

»Wer erzählt so was?«, frage ich, und versuche, die Empörte zu spielen.

»Eigentlich jeder.« Er macht eine Pause, um das wirken zu lassen. »Ich sage den Leuten dann, dass das unmöglich sein kann. So dumm ist kein Mann. Jemanden wie dich zu verlassen.« Er lächelt schmierig.

»Das ist wirklich verletzend«, hauche ich und senke den Blick, um dem seinen auszuweichen. »Die Leute kennen aber auch gar keine Grenzen.«

»Ganz meine Meinung. Und selbst wenn eure Beziehung nicht ganz so wunderbar wäre, du würdest nicht eine Krankheit vorschützen, die es gar nicht gibt.«

Ich schüttle heftig den Kopf. Natürlich nicht. Emile lächelt kurz.

»So etwas«, fährt er fort, »wäre ja auch Betrug. Man könnte dafür direkt im Gefängnis landen.«

»Gefängnis?« Mein Kopf schießt hoch. »Jetzt übertreibst du aber.«

»Nicht im Geringsten. Wie gesagt, es würde sich in diesem Fall um schweren Betrug handeln. Wegen der Lohnfortzahlung.«

Vor lauter Schreck lasse ich das Weinglas los, das ich die ganze Zeit zwischen meinen Fingern hatte, und sofort greift Emile nach meiner Hand. Dann setzt er zum nächsten Schlag an: »Bisher ist für den Lohn ja die Bank aufgekommen. Aber nach drei Monaten springt die Versicherung ein. Und wie die ticken, weiß man ja. Die tun alles, um nicht bezahlen zu müssen.«

»Willst du damit sagen, sie drehen mir den Geldhahn ab?« Ich habe die genauen Zahlen nicht im Kopf. Ich fürchte jedoch, selbst mit den beachtlichen Einkünften, die ich inzwischen erziele, kann ich ohne Victors Lohn die Zinsen für den Kredit nicht bezahlen. Den Kredit, den Victor aufgenommen hat und auf dem er mich hat sitzen lassen.

»Keine Panik. So schnell geht das nicht.« Emile streichelt meine Hand. Was ich erst bemerke, als ich die Rechnerei im Kopf einstelle. Und da sagt man immer, dass Frauen für Multitasking geboren sind ... Ich unterdrücke den heftigen Impuls, ihm eine Ohrfeige zu geben.

»Bevor du das Geld bekommst«, fährt er fort, »gibt es allerdings noch ein paar Formalitäten.«

»Was für Formalitäten?«

Er zuckt wegwerfend die Achseln: »Nur ein paar Formulare, die auszufüllen sind. Am besten, du kommst deshalb mal zu mir ins Büro.«

Ich nicke zähneknirschend und denke, dass er mir diese Formulare auch gleich hätte mitbringen können. Dann hätte dieses Treffen wenigstens etwas Positives.

»Und dann«, sagt Emile, »ist da natürlich noch die medizinische Begutachtung.«

19

Emile ist ein Schwein. Darin sind wir uns einig. Annie nennt ihn zudem ein »sexistisches, ausbeuterisches Arschloch«, während Dodo hilflos meine Hand tätschelt und zum dritten Mal sagt: »Ich kann es nicht fassen. Ich kann es nicht fassen.«

Annie, Dodo und ich sitzen auf Plastikstühlen vor der Kebab-Bude, die sich im Erdgeschoss von Dodos neuer Wohnung befindet. Sie wird von einem sehr freundlichen älteren Herrn geführt, der, soweit ich es beurteilen kann, rund um die Uhr hinter seiner Theke steht. Er hat uns Asyl gewährt, nachdem uns Dodos älteste Tochter aus der Wohnung geworfen hat, weil sie Besuch erwartet. Sophie war immer ein Sonnenschein von einem Kind, doch mit der Trennung ihrer Eltern tut sie sich wirklich schwer. Sie lässt Dodo dafür leiden. Ich an Dodos Stelle hätte Sophie schon längst reinen Wein eingeschenkt, was den Grund für die Trennung betrifft. Aber Dodo will das gute Verhältnis, das die Mädchen zu ihrem Vater haben, nicht zerstören. Sie ist wirklich ein Engel. Und genau deshalb war sie auch hoffnungslos überfordert, als ich, dem Weinen nahe, kurz vor neun Uhr abends an ihrer Wohnungstür klingelte. Wir haben Annie als Verstärkung gerufen. Deren Zorn ist jetzt Balsam auf meiner Seele. Ich wünschte nur, ich hätte genauso reagiert, eine Stunde früher.

Stattdessen habe ich zugelassen, dass Emile mich in die Enge treibt. Ich war wie paralysiert und fühlte mich vollkommen ausgeliefert. Das ist ein scheußliches Gefühl. Aber diese medizinische Beurteilung, die Emile plötzlich aufs Tapet brachte, hatte mich völlig aus der Bahn geworfen. Woher zum Teufel sollte ich so etwas nehmen? Ich habe Emile mit Fragen gelöchert. Wie diese Beurteilung aussieht? Und wer sie ausstellt?

»Victors behandelnder Arzt natürlich«, entgegnete er. Und fügte hinzu: »Kein Grund, sich darüber aufzuregen. Im Allgemeinen ist das kein Problem. Normalerweise ist so was für diese Ärzte Routine.«

Im Allgemeinen, sagte er. Normalerweise. Dabei wusste er vermutlich längst, dass Victor kein »Normalfall« war. Vielleicht hatte Emile von Anfang an Zweifel an meiner Geschichte. Es muss ihm merkwürdig vorgekommen sein, dass sein sonst so pflichtbewusster Chef sich nicht wenigstens mal meldet. Krankheit hin oder her. Und was diese Krankheit betrifft, bin ich vermutlich auch viel zu vage geblieben. Ich hätte mich im Internet schlaumachen und Victor die Pest andichten sollen. Ich hätte aufs Anschaulichste beschreiben müssen, wie sich auf seinem Körper blaue Beulen bilden, die eitrig aufplatzen ...

Aus dummer Sentimentalität habe ich davor zurückgeschreckt, mir meinen Mann so vorzustellen. Und jetzt ist es zu spät. »Emile weiß Bescheid«, sage ich düster zu den beiden anderen.

»Ach herrje. Meinst du wirklich?« Dodo ruckelt nervös auf ihrem Stuhl hin und her und hält noch immer meine Hand umklammert. Ich will sie nicht brüskieren, aber mit der Tätschelei muss jetzt Schluss sein. Die

Hand hat an diesem Abend wirklich genug ausgehalten. Auch nach dreimaligem Waschen spüre ich darauf immer noch Emiles Finger.

Während ich Dodo meine Hand entziehe, zündet sich Annie eine Zigarette an. »Er kann es gar nicht wissen«, erklärt sie dann. »Vielleicht vermutet er was. Aber diese Vermutung muss er erst mal beweisen.«

Ich liebe die feste Überzeugung, mit der sie ihre Argumente vorbringt. Leider liegt sie trotzdem daneben. Die Beweislast liegt nicht bei Emile, sie liegt bei mir. Die Versicherung will wissen, wie krank mein Mann wirklich ist. Meine Behauptung genügt ihr nicht. Sie will die Aussage eines Arztes sehen. »Frechheit«, sagt Annie. »Und was ist mit dem Datenschutz?«

Ich zucke die Achseln: »Sie bezahlen ja schließlich auch.«

»Dafür ist eine Versicherung ja wohl da«, entgegnet Annie patzig. »Das gibt ihnen noch lange nicht das Recht, in deinem Privatleben herumzuschnüffeln. Und außerdem hat dieser Schleimer von der Bank doch behauptet, dass man da was drehen kann ...«

Das hat er tatsächlich. Während er unablässig immer näher rutschte, und ich, um die Distanz zu wahren, ebenfalls zu rutschen begann. Eine Verfolgung in Slow Motion, die unweigerlich auf das Ende der Sitzbank zusteuerte. Dort saß ich dann in der Falle. Emile redete auf mich ein. Dass so eine Beurteilung natürlich sehr unangenehm wäre. Dass er da aber einen Arzt kenne, der mir möglicherweise helfen könne.

»Möglicherweise?«, fragte ich, worauf er mit einer affektierten Bewegung sein Haar zurückstrich.

»Du weißt schon«, sagte er dann. »So was macht er eigentlich nicht. Aber für besondere Freunde würde er wohl auch mal eine Ausnahme machen.«

Ein selbstgerechtes Lächeln spielte um seine Lippen, als er sagte: »Wir sind doch Freunde, oder, Vivianne?«

Annie schüttelt sich. Und Dodo hat Tränen in den Augen, als ich das erzähle, so sehr regt sie sich auf. Sogar der Kebab-Mann, der mangels anderer Gäste interessiert unserem Gespräch folgt, schnalzt tadelnd mit der Zunge und schüttelt den Kopf. Dann zaubert er unter der Theke plötzlich eine Flasche Wein hervor. Wir machen große Augen. Angeblich darf er nur Softdrinks verkaufen. Weil er keine Alkohollizenz hat. Aber jede Regel hat ihre Ausnahmen, und dies ist offensichtlich ein Härtefall. Wir sehen ihm zu, wie er den Wein mit geübter Hand in leere Dosen füllt, die laut Aufschrift Mineralwasser enthalten haben. Mineralwasser in Dosen, hatte ich noch gedacht. Wer braucht denn so was?

Mit einem verschmitzten Lächeln stellt er die Dosen auf unseren Tisch. »Offeriert vom Haus«, sagt er. Ich könnte ihn küssen. Plötzlich merke ich, dass ich Hunger habe. In Anwesenheit von Emile habe ich kaum einen Bissen hinunter gebracht. Wir bestellen drei große Portionen Kebab mit allen Extras und prosten uns mit den Mineralwasserdosen zu. Der Wein schmeckt scheußlich, aber das ist jetzt auch egal. Obwohl ich ja eigentlich kaum noch rauche, schnorre ich von Annie eine Zigarette. Sie schiebt das ganze Paket zu mir herüber. Gauloise Bleu. Natürlich. »Du solltest diesen Kerl verklagen«, sagt sie, während sie mir Feuer gibt. »Das war eindeutig sexuelle Nötigung.«

Ich fürchte, ich habe andere Probleme. Die Einzige, die verklagt werden wird, sage ich zu Annie, bin wohl ich. Ich muss mit einer Anzeige wegen Versicherungsbetrugs rechnen.

»Könntest du nicht einfach die Wahrheit sagen?«, fragt Dodo.

Aber so einfach ist das nicht. Victor ist schon seit drei Monaten verschwunden, und ich habe, ohne ein Wort zu sagen, seinen Lohn kassiert. Vielleicht entgehe ich einer Anzeige wegen Versicherungsbetrugs, aber wenn ich jetzt mit der Wahrheit herausrücke, dann habe ich die Bank im Genick. Und Emile wird wohl nicht geneigt sein, Nachsicht walten zu lassen. Ich habe ihm nämlich eine Strafpredigt gehalten. Ich klebte am Ende der Sitzbank, eine Pobacke hing schon in der Luft, aber ich habe ihm deutlich gesagt, wohin er sich seine besondere Freundschaft stecken kann. Und danach habe ich ihn selbstverständlich mit der Rechnung sitzen gelassen.

Annie und Dodo sind sich vollkommen einig, dass ich richtig gehandelt habe. Aber meiner Sache hilft das nicht. Nach längerem Überlegen fragt mich Dodo, warum ich das Geld nicht einfach zurückzahle. Ja. Klar. Ich verdrehe die Augen. Als ob ich das nicht längst getan hätte, wenn es möglich wäre. Dodos Trennung liegt noch nicht lange zurück, und nach ihrem früheren Leben als behütete Ehefrau hat sie wohl noch nicht ganz verstanden, dass Geld nicht auf Bäumen wächst. Sie läuft rot an, als ich ihr erkläre, dass ich Victors Gehalt brauche, um die Zinsen für den Kredit zu bezahlen. Den Kredit, den Victor aufgenommen hat. Unser Haus dient als Sicherheit. Ich werde es verlieren, wenn der Kredit platzt. Und damit verliere ich dann auch meine Existenzgrundlage, weil verdammt noch mal keiner da ist, der mir Alimente bezahlt ...

Glücklicherweise kommt dann unser Kebab.

Aus unserer alkoholbedingten Fröhlichkeit ist irgendwie die Luft raus. Wir essen schweigend, und jede von uns hängt ihren Gedanken nach. Mir schießt durch den Kopf, dass ich wie Victor einfach verschwinden könnte. Zum ersten Mal erkenne ich, welchen Charme so etwas hat. Einfach abhauen. Alle Probleme hinter sich lassen ... Ich könnte nach Indien gehen, einem Aschram beitreten, nur noch meditieren. Oder in Spanien eine Pferdefarm eröffnen. Die ganze Welt steht mir offen. Warum zum Teufel hänge ich in einem Kaff fest, das mir noch nicht mal was bedeutet?

Dann fällt mein Blick auf Dodo, die mit vollen Wangen kaut und sich den Ausschnitt mit scharfer Kebab-Sosse volltropft. Ich denke an Marcelle, wie sie seit Wochen im Atelier in meinem Garten schuftet, Eloise, die sich von uns entfernt und die wir doch vermissen, Annie, deren Augen immer noch zornig blitzen. Ich denke an meine Gäste, an das, was ich mir aufgebaut habe: *La vie en rose chez Madame Vivianne.* Und plötzlich weiß ich mit absoluter Sicherheit, dass ich mich von hier nicht einfach so vertreiben lasse!

»Ich werde kämpfen«, sage ich zu den anderen beiden. Es ist ein heroischer Moment, bis ich mich leider an einer Zwiebel verschlucke. Ich huste etwa fünf Minuten lang. Der Kebab-Mann bringt mir eine Dose, die diesmal wirklich Mineralwasser enthält. Als ich mich wieder beruhigt habe, sagt Annie: »Ich finde, du solltest Félix anrufen.«

»Das kommt nicht infrage«, sage ich sofort. »Es gibt tausend Gründe, die dagegen sprechen.«

»Welche?«, will Annie wissen.

»Unsere Beziehung ist zu unverbindlich. Ich kann Félix nicht um einen derart großen Gefallen bitten.«

»Kannst du doch«, sagt Annie und grinst. »Zufällig weiß ich nämlich, du bist Félix wichtig.«

Dann soll er mir das doch selber sagen, anstatt mit seiner Exfrau über mich zu plaudern. Von mir aus kann er es auch schreiben. Aber das hat er nicht getan.

»Ist es wegen mir?«, fragte Annie mit hochgezogener Augenbraue. »Das wäre nämlich dumm. Félix und ich, wir sind schon lange Vergangenheit.«

Sie und Félix vielleicht schon. Aber was ist mit der Blondine, die sich auf allen Bildern, die ich von dem Treffen mit dem Gesundheitsminister im Internet gefunden habe, eng an Félix' Seite drängt? Was mit der Brünetten, die er im vergangenen Jahr auf den Ball der Oper ausgeführt hat? Was ist mit all den Frauen, die ihm die Champs-Elysées hinab folgen? Zugegeben, das mit den Champs-Elysées ist eine Fantasie. Doch leider ist es bittere Realität, dass jedes Mal, wenn ich über Google Bilder von Félix suche, neue Frauen auftauchen. Und da heißt es immer, das Internet zeige einem nur, was man sehen will ... Von wegen Filterblase. Ich zumindest kann das nicht bestätigen.

Annie wird allmählich ärgerlich. »Herrgott noch mal«, sagt sie sauer. »Jetzt spring halt über deinen Schatten. Oder willst du aus purem Stolz zulassen, dass dieser Clown von der Bank dich einfach fertigmacht?«

Natürlich will ich das nicht. Aber ich will mich, um gerettet zu werden, auch nicht einem Mann an den Hals werfen müssen. Ich bin eine selbstständige Frau. Mein Ehemann hat mich sitzen lassen, aber ich habe überlebt. Ich habe mein eigenes Geschäft aufgebaut. Ich verdiene mein eigenes Geld. Ich bin sogar eine Heldin. Zugegeben, ich habe jetzt ein paar Schwierigkeiten. Aber irgendwie werde ich es schon schaffen, meinen Kopf ganz allein aus der Schlinge zu ziehen.

20

Während ich noch auf die geniale Inspiration zur Lösung meiner Probleme warte, zieht Emile in den nächsten zwei Wochen die Daumenschrauben an. Beinahe täglich belästigt er mich mit Telefonaten. Sein Ton wird jedes Mal unverschämter. Wo der Versicherungsnachweis bleibt? Warum Victor sich denn nie meldet? Mit welcher Berechtigung ich Victors Gehalt beziehe, wenn ich nicht mal nachweisen kann, dass Victor überhaupt noch lebt? Ziemlich unverblümt bezichtigt er mich des Betrugs, und er behält diesen Verdacht auch nicht für sich. Emile macht im Ort Stimmung gegen mich. Zuerst sind es nur Blicke, die mir auffallen, und vielleicht ein Hauch von Herablassung in den Stimmen mancher Damen. Ich rede mir ein, dass ich mir das nur einbilde, dass es an der Jahreszeit liegt, daran, dass die Tage kürzer werden und die Nächte länger und kälter. Es gelingt mir einigermaßen, mich zu beruhigen, bis zu dem Tag, an dem ich mit Madame Lebrun aneinandergerate.

Madame Lebrun führt die Hermès-Filiale in Aix-en-Provence, und man kann ohne Übertreibung sagen, dass ich sowohl ihre dezente Nasenkorrektur finanziert habe wie auch die deutlich weniger dezente Brustvergrößerung. Ich finde, damit habe ich mir ein wenig Freundlichkeit verdient. Wenn schon keine echte, dann zumindest vorgetäuschte. Bisher hat das auch geklappt. Wenn ich ihren Laden betrete, macht Madame jedes Mal ein großes Tamtam. Sie stößt spitze Laute der Begeisterung aus, haucht drei Küsse in die Luft neben meinen Wangen und bietet mir »un petit café« und ein Croissant an. Den Kaffee akzeptiere ich normalerweise, während ich das Croissant selbstverständlich ablehne. Weil man sich als völlige Ignorantin outet, wenn man so einer leckeren Kalorienbombe nicht mit Todesverachtung widerstehen kann. In einem Laden wie Hermès gehört die Fähigkeit zur Selbstkasteiung einfach zum guten Ton. Während ich Kaffee trinke und mit Madame parliere, führt ihre »Mademoiselle« die neuesten Trends aus Paris vor. Seidentücher in unnachahmlich leuchtenden Farben. Wundervolle Handschuhe. Gürtelschnallen. Oder eine brandaktuelle Handtasche, die ich für die Kleinigkeit von ein paar Tausend Euro als Allererste in der Stadt erwerben kann. Mehr als einmal habe ich das tatsächlich getan. Zum letzten Mal an dem Tag, an dem Victor verschwand. Seither hat sich meine Beziehung zu Geld doch etwas verändert. Ich komme immer noch gerne her. Dann rechne ich aus, wie viel ich sparen kann, wenn ich den Verlockungen widerstehe.

Es ist wie bei den Croissants. Auf eine etwas masochistische Weise hat heroischer Verzicht auch seinen Reiz. Nicht bei Hermès einzukaufen fühlt sich inzwischen ein wenig so an, als hätte ich im Lotto gewonnen.

Allerdings habe ich mir in den letzten zwei Wochen nicht mal mehr dieses Vergnügen gegönnt. Ich habe mich vor den scheelen Blicken in mein Haus zurückgezogen. Ich habe geputzt und gewaschen und im Garten die trockenen Blätter zusammengefegt. Ich war beim Bäcker. Ich habe Milch und Butter und ein paar weitere lebensnotwendige Dinge besorgt. Aber davon abgesehen habe ich wenig unternommen. Das wird mir erst so richtig bewusst, als am ersten Adventswochenende neue Gäste eintreffen. Zwei Schwestern aus Italien, die vor guter Laune nur so sprühen. Sie haben beide mindestens zwanzig Kilo Übergewicht, aber an Styling-Tipps sind sie nicht die Bohne interessiert. Sehr erfrischend, finde ich. Schon an ihrem ersten Tag erkunden die beiden die Stadt. Sie kehren beladen mit Tüten und Taschen in mein Haus zurück und erzählen begeistert vom Lichterglanz, der die Straßen jetzt erfüllt. Von den geschmückten Schaufenstern, den rustikalen Krippen, den Palmen, die voller Lichter hängen, und von den riesigen goldenen Sternen, die über dem Cours Mirabeau aufgezogen wurden. Ich werde ein wenig wehmütig. Die Weihnachtszeit habe ich immer geliebt. Und deshalb lasse ich mich am nächsten Morgen von den beiden überreden, sie auf den Weihnachtsmarkt zu begleiten. Ich kann nicht sagen, was es ist – das laute Lachen der beiden Frauen, die schön geschmückten Straßen, oder vielleicht habe ich ganz einfach schon lange genug Trübsal geblasen. Jedenfalls bessert sich meine Laune, während wir über den Markt schlendern, und als wir dann vor der Hermès-Boutique stehen, beschließe ich spontan, es sei an der Zeit, mir auch wieder mal etwas zu gönnen.

Madame Lebrun, die Besitzerin, ist damit beschäftigt, einen chinesischen Touristen zu bedienen, als wir eintreten. Auch wenn ich dadurch vielleicht etwas provinziell erscheine, für meine Augen sehen diese Chinesen alle gleich aus. Ich kann sie nicht unterscheiden. Mich würde gar nicht erstaunen, wenn es tatsächlich immer die Gleichen wären. Ich neige ja nicht zu Verschwörungstheorien, aber ich würde nicht ausschließen wollen, dass es sich bei den chinesischen Massen, die Europa überschwemmen, in Wirklichkeit nur um eine Handvoll Menschen handelt, die vom chinesischen Außenministerium dafür bezahlt werden, die Touristen zu mimen. Man weiß ja, dass es den Chinesen wichtig ist, vom Rest der Welt für reich und frei gehalten zu werden. Vielleicht ist das chinesische PR? Ab und zu einen Angestellten bei Hermès vorbeizuschicken? Der hat dann die ganze Wirtschaftskraft der Kommunistischen Partei im Rücken. Damit kann ich natürlich nicht konkurrieren. Deshalb habe ich auch Verständnis, dass sich Madame Lebrun dem Chinesen widmet und uns warten lässt.

Mein Verständnis reicht bis zu einem gewissen Grad. Es schließt nicht ein, dass man sich gar nicht um uns kümmert.

Das Unterhaltungsangebot ist hier sehr beschränkt. In einer Hermès-Boutique liegt die Ware ja nicht auf dem Grabbeltisch aus. Die Kostbarkeiten sind weggeschlossen. Während wir uns also die Beine in den Bauch stehen, können wir nur Madame zusehen, die sich vor Eifer beinahe überschlägt und vor dem Chinesen ein Seidentuch nach dem anderen ausbreitet. Oder wir können Mademoiselle beobachten, die hinter der Theke mit – was auch immer beschäftigt ist. Bei genauer Überlegung ist das eigentlich unverschämt. Ich räuspere mich laut und vernehmlich und beginne, mit der Fußspitze in schnellem Rhythmus auf den Boden zu klopfen. Das bringt Mademoiselle endlich in Bewegung.

Ich weiß ihren Namen nicht, aber natürlich kenne ich sie seit Jahren und hatte bisher eigentlich das Gefühl, dass wir uns ganz gut verstehen. Streng genommen ist sie inzwischen nicht mehr jung genug, um Mademoiselle genannt zu werden. Bei einer Frau mittleren Alters wirkt diese Bezeichnung sogar leicht despektierlich. Ich vermute, Madame besteht darauf. Und wahrscheinlich muss sich Mademoiselle noch ganz andere Sachen gefallen lassen.

Einmal habe ich sie dabei erwischt, wie sie über ihre Chefin die Augen verdrehte. Sie ist furchtbar erschrocken, als sie merkte, dass ich es mitbekommen hatte. Aber natürlich habe ich mich hochanständig benommen und kein Wort gesagt. Ich finde es daher befremdlich, dass Mademoiselle jetzt beinahe so tut, als wollte ich die Kronjuwelen rauben. Sie breitet ein einzelnes Tuch vor uns aus, und als ich noch ein zweites sehen will, schließt sie das erste wieder weg.

Die Italienerinnen kichern. Ich hingegen bin gar nicht amüsiert und will schon eine böse Bemerkung machen, als sich Madame doch noch einschaltet. Sie hatte schon immer einen Hang zu olfaktorischer Opulenz, und auch jetzt wird sie von einer Wolke Parfüm angekündigt. Mit dem genau richtigen Timing drehe ich mich schwungvoll um und halte ihr meine Wange zum Kuss hin. Doch Madame Lebrun bleibt in zwei Meter Entfernung stehen. Natürlich komme ich mir sofort unglaublich lächerlich vor. So eine Hermès-Boutique ist im republikanischen Frankreich ja gewissermaßen die letzte Bastion des ehemaligen Grand Empire. Wie am Hofe der Sonnenkönige gibt es auch hier eine strenge Etikette. Madame Lebrun hat sie gerade gebrochen. Sie hat mir den Fehdehandschuh hingeworfen. Ich könnte ihn natürlich aufnehmen, aber vermutlich müsste ich mich dann mit Madame Lebrun duellieren. Darauf bin ich nicht besonders scharf. Ich kann nicht fechten, Madame wahrscheinlich schon. Der Einfachheit halber beschließe ich, über ihren Fauxpas hinwegzusehen, und reiche ihr das Tuch, das ich ausgewählt habe.

Es ist ein besonders schönes Exemplar in leuchtendem Rot und Grün. Es trägt den klangvollen Namen: Jardin d'hiver. Trotz der schlampigen Bedienung in diesem Laden will ich das Tuch noch immer kaufen. Ich werde mit meinem selbstverdienten Geld bezahlen. Ich habe hart dafür gearbeitet, und ich freue mich darauf. Auf den Moment, in dem ich zu Hause die edle Verpackung öffne und das feine Papier zurückschlage. Auf die strahlenden Farben. Auf die Seide, die schwer durch meine Finger gleitet …

»Diese Farbe steht Ihnen nicht«, unterbricht Madame Lebrun meine Gedanken.

»Wie bitte?«, frage ich.

»Diese Farbe steht ihnen nicht«, wiederholt sie ungerührt. »Ich kann Ihnen nichts verkaufen, das so offensichtlich nicht zu Ihnen passt.« Sie beginnt, das Tuch zu falten.

»Halt«, sage ich, »stopp. Ich mag diese Farbe. Ich will das Tuch kaufen.«

»Das geht nicht.«

»Warum nicht?«, frage ich und bin mir vage bewusst, dass ich nicht wie eine erwachsene Frau, sondern wie ein aufsässiger Teenager klinge.

»Darum«, sagt Madame Lebrun.

Fassungslos sehe ich zu, wie sie das Tuch wieder einschließt und sich dann auf dem Absatz umdreht. Als sie im hinteren Teil des Geschäfts verschwunden ist, führt uns Mademoiselle zur Tür. Ihr ist die Sache mehr als peinlich. Sie entschuldigt sich.

»Was ist denn hier eigentlich los?«, frage ich sie. Mademoiselle schlägt die Augen nieder: »Es tut mir leid, aber darüber darf ich wirklich nicht reden.«

Aus einem Impuls heraus frage ich, ob in den letzten Tagen vielleicht Monsieur Emile von der Bank da war.

Mademoiselle beißt sich auf die Lippen. Sie wirft einen raschen Blick über die Schulter zurück und lehnt sich dann verschwörerisch zu mir herüber. »Es heißt, dass Sie Ärger mit der Versicherung haben«, flüstert sie, »und dass Ihre Kreditkarten womöglich platzen.« Dann fügt sie eilig hinzu: »Natürlich glaube ich kein Wort davon.«

Sie lächelt vorsichtig. Als ich nicht reagiere, sieht sie zu Boden. »Was die Farbe betrifft«, sagt sie dann, »lassen Sie sich nicht verrückt machen. Dieses Rot steht Ihnen ausgezeichnet.«

Die beiden italienischen Schwestern haben die Gespräche nicht vollständig verstanden, doch die Bedeutung des Geschehens sehr wohl begriffen. Sie legen mir die Arme um die Schultern und führen mich wie eine Kriegsversehrte vom Schauplatz meiner Demütigung weg. Zum Trost wollen sie mich zum Mittagessen einladen. Ohne zu überlegen, steuere ich das *Deux Garçons* an. Um ein Uhr mittags brummt dort der Laden. Normalerweise ist das kein Problem. Für gute Gäste hat Armand, der Maître, immer einen Tisch in Reserve.

Aber heute muss ich auf die harte Tour erfahren, dass ich nicht mehr in diese Kategorie gehöre. Möglich, dass ich etwas dünnhäutig bin, nach der Sache bei Hermès. Ich hätte toleranter reagieren können, als Armand uns warten lässt. Aber ich habe meine Dosis Ignoranz für heute schon abbekommen, und als ich unter den Gästen dann auch noch Eloise entdecke, ist meine Geduld erschöpft.

Ich kann es nicht fassen. Eloise ist verantwortlich für Dodos Trennung! Aber ihr hat man einen Tisch gegeben! Einen richtig schönen sogar. Direkt am Fenster! Und obwohl dort locker vier Personen Platz finden würden, sitzt sie ganz allein mit einem Mann. So wie sie dem Kerl an den Lippen hängt, kann das nur der Traumprinz sein. Ich steuere mitten durch das Lokal direkt auf sie zu. Aber Eloise, in ihr Gegenüber versunken, bemerkt mich erst, als ich direkt vor ihr stehe. Ihre Stimme macht einen kleinen Quiekser, als sie meinen Namen ruft: »Vivianne! Was für eine Überraschung!«

»Warum ist das eine Überraschung«, frage ich sofort.

»Na ja ... Weil ich es nicht erwartet habe.«

Nicht erwartet? Das *Deux Garçons* war immer unser Stammlokal. Wenn sie glaubt, dass ich nicht mehr herkomme, kann das nur bedeuten, dass sie von den Gerüchten weiß, die Emile über mich verbreitet. Dieser Gedanke macht mich richtig zornig. Ehebruch hin oder her, ich hätte von ihr erwartet, dass sie sich wenigstens meldet.

Ich setze mich unaufgefordert und strecke ihrem Begleiter die Hand entgegen. Etwas überrumpelt ergreift er sie. »Hallo, ich bin Vivianne. Und Sie müssen Graham sein. Der Urgroßneffe, nicht wahr?« Sein Händedruck lässt zu wünschen übrig. Und auch sonst hab ich mehr erwartet. Dieser Graham beeindruckt mich nicht.

Er mag zwar ganz anständig aussehen, hat aber offensichtlich keine Eier. Jedenfalls rückt er sofort ein Stück zur Seite, nachdem ich seine Hand losgelassen habe. Dann sieht er sich hilflos nach Unterstützung um.

Zum Glück für ihn hat mich inzwischen auch der Maître bemerkt. Er eilt herbei und fragt mit strenger Miene, ob es Probleme gibt.

»Probleme?«, rufe ich aus. »Armand, ich bitte Sie. Nein! Wer sollte denn hier ein Problem haben?«

Der Maître d'hôte sieht Eloise an. »Madame?«

Bevor Eloise antworten kann, versichere ich dem Mann, dass auch Eloise absolut keine Probleme hat. »Wenn man von dem Umstand absieht, dass sie keine Freunde mehr hat. Aber wer braucht schon eine Freundin, wenn man Sex haben kann? Zum Beispiel mit den Männern von besagten Freundinnen.«

Der Chef de Service gibt ein merkwürdiges Geräusch von sich. Wahrscheinlich, denke ich, ist Eloise auch mit ihm ins Bett gegangen. Bis er sich gefangen hat, bin ich längst aufgestanden.

»Schön, dass wir darüber reden konnten«, sage ich zu Eloise. »Und Graham, es war nett, Sie kennenzulernen.«

21

Madame Lebrun ist eine Schnepfe, und das Essen im *Deux Garçons* wird überschätzt. Das zumindest rede ich mir am nächsten Tag ein. Es klappt nicht wirklich gut. Weil ich leider befürchten muss, dass Madame Lebrun nur der Anfang war. Wenn Emile weiterhin sein Gift über mich verbreitet, wird man mich bald in der ganzen Stadt so behandeln. Ich denke jetzt sehr ernsthaft darüber nach, doch noch Félix anzurufen. Nicht nur, weil ich Hilfe brauche. Auch weil ich dringend Trost nötig habe. Aber genau das ist das falsche Motiv. Ich werde ihm ins Jackett heulen, und Félix wird sich meiner annehmen, weil er Mitleid mit mir hat. Denn freiwillig tut er es nicht. Er hat sich jetzt ganze vier Tage nicht mehr gemeldet. Vielleicht hat er ja sein Handy verloren. Oder sich alle Finger gebrochen, wodurch er jetzt nicht mehr schreiben kann. Oder vielleicht ist er ganz einfach beschäftigt. Mit dieser Blondine zum Beispiel.

Ich fliehe vor den dunklen Gedanken mit den beiden Italienerinnen an den Strand. Der hat um diese Jahreszeit seinen ganz eigenen rauen Charme, der mir normalerweise gut gefällt. Ich mag die matten, verhaltenen Farben. Das helle, verwaschene Blau am Himmel und das Spiel von Grün und Grau im Wasser. Ich mag auch die wenigen Menschen, die jetzt noch durch den Sand stapfen und sich verschwörerisch anlächeln, wenn sie sich begegnen. Der Wind peitscht die Wellen ans Ufer, und Fred, den wir mitgenommen haben, läuft bellend der Gischt entgegen. Eigentlich ist es perfekt. Aber an diesem Tag kann mich gar nichts aufheitern. Auch nicht die Aussicht auf den Abend.

Ich bin mit meinen beiden Gästen bei Annie eingeladen. Die Italienerinnen haben sich rote Zipfelmützen aufgesetzt, weil heute ja schließlich der sechste Dezember ist. Ich finde ja, Père Noël ist eher ein Fest für Kinder. Aber auch Annie scheint diesen Brauch überraschend ernst zu nehmen. Als wir eintreffen, fragt sie mich augenzwinkernd, ob ich denn auch brav gewesen sei.

Das war ich natürlich. Alle anderen hingegen haben in diesem Jahr ganz furchtbar über die Stränge geschlagen. Alle anderen sind ausgebrochen aus dem Korsett ihres bisherigen Lebens. Sie haben sich einen Deut um die Konsequenzen geschert. Oder darum, wen sie mit ihrem Verhalten verletzten. Alle anderen haben einfach getan, was sie wollten. Victor zum Beispiel. Oder Eloise. Auch Marcelle und selbst Dodo. Nur ich allein bin brav gewesen. Brav und tapfer, zum Teufel noch mal. Ich sollte einen Orden kriegen. Aber was habe ich stattdessen bekommen? Emile, der mich fertigmachen will. Und Félix, der sich nicht mehr meldet. Dieser Gedanke deprimiert mich noch mehr.

Nicht mal das Essen kann mich aufheitern. Dabei hat Dodo extra für uns alle Brioche de Noël gebacken. Dazu gibt es Käse und ganz jungen Wein aus Trauben, die erst im Oktober geerntet wurden. Er schäumt ein bisschen und schmeckt lecker. Beinahe wie Traubensaft. Ich trinke ihn auch, als ob er Traubensaft wäre. Weil in der kurzen Zeit zwischen Oktober und Dezember ja wohl noch nicht viel Gärung stattfindet, und dieser Wein, der Logik zufolge, auch kaum Alkohol enthalten kann. Ziemlich zufrieden stelle ich fest, dass ich den Alkohol gar nicht brauche.

Im Verlauf des Abends bessert sich meine Laune nämlich. Ich werde beinahe fröhlich. Den anderen geht es ebenso. Die Wellen schlagen ziemlich hoch, als sich mitten am Abend plötzlich die Tür öffnet und Père Noël hereinspaziert. Rot gekleidet und mit Zipfelmütze. Wobei es nicht besonders schwierig ist, hinter der Verkleidung Maxim zu erkennen. Er führt anstelle eines Esels eine Ziege mit sich und hat einen Helfer dabei, dessen Gesicht unter einer Kutte verborgen ist. Während die beiden Italienerinnen sofort ein Pfeifkonzert eröffnen, überlege ich – beschwingt, wie ich bin –, ob ich Père Noël, wenn ich einen Wunsch freihabe, vielleicht um einen Striptease bitten soll? Ich würde zu gerne sehen, wie der Nikolaus errötet.

Und außerdem, denke ich, muss jetzt endlich Schluss sein mit brav. Ich kann gar nicht mehr begreifen, was mich geritten hat in den letzten Wochen. Warum habe ich so gezögert? Warum habe ich mich nicht einfach auf Félix eingelassen? Zum Teufel mit der Treue, denke ich und greife nach dem jungen Wein. Zum Teufel mit Sicherheit und mit den ganzen Bedenken. Gleich morgen früh werde ich ihn anrufen. Oder warum nicht sofort?

Ich suche nach meiner Tasche, die unter den Tisch gefallen ist, und als ich den Kopf wieder hebe, merke ich erstaunt, dass sich der Raum ein wenig dreht. Durch einen weich gezeichneten Nebel sehe ich Annie aufstehen. Sie will eine Rede halten. »Rede, Rede!«, rufe ich begeistert, bis Dodo, die neben mir sitzt, mir einen Stoß in die Rippen versetzt.

»Liebe Vivianne«, hebt Annie an. Oha, denke ich. Es geht hier offensichtlich um mich. Dodo neben mir grinst verschmitzt. Annie räuspert sich. Sie kenne mich noch nicht so lang, sagt sie dann. Und noch vor drei Monaten, da dachte sie, ich sei eine der Frauen, die in ihrem ganzen Leben nie Verantwortung übernehmen. »Aber«, fährt sie fort, »ich habe mich getäuscht. Das Gegenteil ist der Fall. Du hast dir ein ganz neues Leben aufgebaut, und du bist zu Recht stolz darauf. Aber auch eine selbstständige Frau muss nicht alles allein durchstehen. Auch eine selbstständige Frau sollte Hilfe annehmen können. Darin bist du noch nicht so gut. Deshalb haben Dodo und ich beschlossen, dass wir das für dich machen. Vielleicht wirst du uns dafür hassen, aber jedenfalls ... Père Noël hat dir was mitgebracht.«

Ich muss gestehen, ich weiß nicht recht, was ich von dieser Rede halten soll. Ich blicke gespannt auf den Sack, den Maxim über der Schulter hat. Deshalb verpasse ich den Moment, in dem sein Gehilfe die Kutte zurückschlägt. Erst ein paar Sekunden später schnappe ich verblüfft nach Luft ...

Weil da plötzlich Félix steht.

Auf Dodos Gesicht liegt ein breites Grinsen, und auch Annie wirkt außerordentlich zufrieden mit sich selbst. Félix hingegen scheint seine Rolle als Weihnachtsüberraschung nicht unbedingt zu genießen. So wie ich Annie kenne, hat sie ihm keine Wahl gelassen. Und weil ich weiß, dass er nicht freiwillig hier ist, macht mich das ebenfalls verlegen.

Annie schiebt einen freien Stuhl neben den meinen und bedeutet Félix, sich zu setzen. Der ganze Tisch erwartet, dass wir uns nun begrüßen. Ich will ihn auf die Wange küssen, und natürlich stoßen wir zusammen.

Mit einem mütterlichen Lächeln blickt Annie auf uns herab. »Nicht böse sein, Vivianne«, sagt sie dann und legt mir einen Arm um die Schultern. »Ich konnte einfach nicht zusehen, wie dieser Kerl dich fertigmacht. Also habe ich bei Félix angefragt, wie man so ein Problem mit der Versicherung denn am besten lösen kann. Ganz unverbindlich natürlich. Ich habe nicht mal deinen Namen genannt. Bis ich dann merkte, dass Félix keine Ahnung hatte, wovon ich überhaupt sprach. Er arbeitet ja ständig mit den Versicherungen zusammen. Aber weißt du, was ...« Sie strahlt mich an. »Von so einem Nachweis, wie Emile ihn verlangt, hat er noch nie im Leben gehört.«

Félix übernachtet bei Annie. Darüber bin ich nicht glücklich, aber ich hatte nicht den Nerv, ihn vor versammelter Runde zu fragen, ob er mit zu mir kommen will. Und nach allem, was Annie für mich getan hat, will ich ihr gegenüber auch nicht undankbar erscheinen. Meine Probleme mit der Bank und mit der Versicherung werden sich nämlich in Bälde einfach in Luft auflösen. Ich hoffe, es gibt dabei einen ordentlichen Knall.

Félix hat mir angeboten, mit Emile ein ernstes Gespräch zu führen. Wir treffen uns am nächsten Morgen vor der Bank. Ich habe ihn bisher immer in Jeans und T-Shirt erlebt, aber jetzt trägt Félix Anzug und Krawatte und sieht ungeheuer respektabel aus. Er meldet uns mit seinem Titel an, und natürlich wird Professor de

Thilianne auch umgehend vorgelassen. Emile, der Heuchler, überschlägt sich fast vor Eifer, Monsieur le Professeur zu empfangen. Bis er mich in dessen Schlepptau entdeckt. Schlagartig verändert er sich. Sein Blick wird misstrauisch. Er gleitet von Félix zu mir und wieder zurück, und einen Moment lang scheint Emile zu erwägen, uns einfach die Tür vor der Nase zuzuschlagen. Dazu fehlt ihm dann aber der Mut. Er bittet uns herein und tauscht angestrengt ein paar Nettigkeiten mit Monsieur le Professeur aus. Mich ignoriert er nach Kräften. Aber damit kann er das Unvermeidliche auch nicht ewig hinauszögern.

Das weiß er auch. Sein Unbehagen ist mit Händen zu fassen. Er leckt sich nervös die Lippen, und auf seiner Stirn beginnen sich feine Schweißperlen zu bilden. Félix bleibt kühl und knapp. Emiles Nettigkeiten würgt er ab.

Nach einer unbehaglichen Pause, die ich persönlich sehr genieße, fasst sich Emile schließlich ein Herz: »Darf ich fragen, was Sie herführt, Monsieur le Professeur?«

»Die medizinische Beurteilung«, entgegnet Félix wie aus der Kanone geschossen, »die Sie von Madame Lamartine verlangen. Dabei muss es sich wohl um eine Neuerung handeln? Am Hôpital Universitaires haben wir davon jedenfalls noch nichts mitbekommen.« Deswegen, fährt er fort, und ein kühles Lächeln liegt auf seinen Lippen, möchte er jetzt gern die Regularien sehen. Und vielleicht könnte ihm Emile auch gleich die medizinische Notwendigkeit erläutern und ... ach ja, natürlich interessiert ihn ganz besonders auch der Schutz der sensiblen Patientendaten.

»Äh, ja.« Emile sieht aus, als hätte er eine Ohrfeige bekommen. »Es handelt sich hier wohl um ein Missverständnis. Madame Lamartine hat da etwas falsch verstanden.«

»Tatsächlich?«, entgegnet Félix schneidend. »Dann gibt es diese Beurteilung also gar nicht?«

»Nicht direkt.« Emile windet sich. Zufrieden kuschle ich mich in meinen Sessel zurück und erlebe in der nächsten Stunde, wie Emile wie ein Schuljunge Stück für Stück auseinandergenommen wird. Félix kann das wirklich gut. Die Show ist besser als Kino. Und das krönende Finale ist die Überweisung des Versicherungsgeldes auf mein Konto.

Kaum haben wir die Bank verlassen, falle ich Félix um den Hals. Ich bin derart euphorisch gestimmt, dass es mich nicht kümmert, wie das wirkt oder wer uns sieht. Er zögert kurz, und als er die Umarmung erwidert, kommt mir das halbherzig vor.

»Was ist los?«, platze ich heraus. Der Sieg über Emile macht mich mutiger, als ich eigentlich bin. Ich will jetzt wissen, wie es um uns steht.

Félix macht ein betretenes Gesicht. »Ich freue mich, dass ich dir helfen konnte«, sagt er, und sein Blick geht über meine Schulter hinweg. »Aber ich bin nicht wie dieser Banker. Meine Hilfe ist an keine Bedingung geknüpft. Du musst dich also keineswegs verpflichtet fühlen.«

»Ich fühle mich nicht verpflichtet.« Verblüfft schüttle ich den Kopf. »Wie kommst du auf diese Idee?«

»Weil du auf Distanz gegangen bist.« Félix meidet meinen Blick, seine Augen schweifen über das lebhafte Gewimmel des Weihnachtsmarktes rund um uns herum. »Es ist in Ordnung, wenn du nichts von mir willst.«

»Distanz?«, frage ich und runzle die Stirn. »Ich habe dich geküsst, erinnerst du dich?«

»Und das hat dir offensichtlich nicht gefallen.« Er räuspert sich und tritt unruhig von einem Fuß auf den anderen. »Ich meine – ich hab dich nach Paris eingeladen. Zweimal sogar.«

»Du wolltest wirklich, dass ich komme?«, frage ich erstaunt.

»Natürlich. Was glaubst du denn? Dass ich jede Frau einlade?«

Natürlich waren meine Gedanken genau in diese Richtung gegangen. Vermutlich hat Annie ihm auch das erzählt.

»Ich will ja nicht behaupten«, sagt Félix, »dass ich wie ein Mönch gelebt habe, seit Annie und ich uns getrennt haben. Ich treffe natürlich Frauen. Bei der Arbeit, im Sport.« Er zuckt die Achseln. »Ich hatte die eine oder andere Beziehung. Aber es ist dann immer etwas dazwischengekommen. Jetzt bin ich schon seit zwei Jahren Single. Und ich hatte nicht vor, an diesem Zustand etwas zu ändern. Bis ich dir über den Weg gelaufen bin.« Er blinzelt verlegen in die Wintersonne. »Deshalb habe ich dich eingeladen. Und als du nicht kommen wolltest ... Ich dachte, es liegt an deinem Mann.«

Zum ersten Mal sieht mich Félix ganz direkt an. Er hat kleine Sprenkel von Braun und Gold im Grün seiner Augen. In meinem Bauch steigt ein Kribbeln auf. Ich möchte lachen vor Erleichterung.

»Ich dachte, ich wäre zu forsch. Ich wollte nicht drängen. Ich wollte dir Zeit lassen, wenn du sie brauchst.«

Ich lege meine Arme um seinen Hals und halte mein Gesicht dem seinen entgegen. Wir stehen unter den goldenen Sternen mitten im Weihnachtstrubel, und ganz Aix kann mich sehen. Aber zum allerersten Mal seit Victors Verschwinden fühle ich mich leicht und unbeschwert. Ich schaue Félix in die Augen. Dann treffen sich unsere Lippen, und ich küsse ihn.

22

Félix musste noch am selben Abend wieder nach Paris zurückfahren. Das macht nichts. Denn in knapp drei Wochen ist der vierundzwanzigste Dezember. Und Félix wird Weihnachten mit mir verbringen. Wir feiern mit all unseren Freunden. Ich habe Dodo und ihre Kinder eingeladen und Annie und Maxim, die noch den Cowboy mitbringen. Dodo hat mich auf die Idee gebracht, auch Matthieu zu fragen. Der Vorschlag hat mich ein wenig überrascht. An Victors Freund, den Buchhändler, habe ich nicht oft gedacht seit jenen ersten schlimmen Tagen, nachdem mein Mann verschwand. Aber Dodo hat natürlich recht. Ich kann Matthieu nicht auf die Dauer für Victors Verhalten verantwortlich machen. Deshalb springe ich über meinen Schatten und mache mich auf den Weg in den »Bouquinist obscure«.

Es ist ein typischer Wintertag in der Provence. Der Himmel wölbt sich blau, und eine hellgoldene Sonne lässt die Springbrunnen auf der Rotonde wie ein Feuerwerk schimmern. Wenn nicht gerade der Mistral bläst, steigt das Thermometer über Mittag bis auf zwanzig Grad. In der Schweiz würde das noch als Sommertag durchgehen. In Aix jedoch nutzt man bei diesem Wetter die Gelegenheit, mal endlich einen Pelz zu tragen. Oder eine Kaschmirjacke. Oder, wie in meinem Fall, neue Stiefel. Ich genieße den Gang durch die Stadt. Auf dem Markt werden Nüsse, Datteln und Orangen feilgeboten.

An einem der Stände kaufe ich einen Strauß früher Mimosen. Im Schaufenster von Matthieus Laden steht eine altmodische Krippe, und ich bleibe stehen, um die fein geschnitzten Figuren einen Moment zu bewundern. Die Heiligen Drei Könige sind in prächtig bemalte Gewänder gehüllt, und auf Marias Gesicht kann man ein Lächeln erkennen. Das winzig kleine Jesuskind, höchstens so groß wie mein Fingerglied, hat dicke Beinchen und stramme Ärmchen. Sein liebes Gesichtchen scheint regelrecht zu leuchten.

Ich stoße einen Seufzer aus. Die Krippe ist ein Kunstwerk, ohne Zweifel. Aber ich kann hier nicht ewig Zeit schinden. Ich komme nicht daran vorbei: Wenn ich Matthieu zu Weihnachten einladen will, muss ich Victors bestem Freund auch von Félix erzählen.

Im Innern sieht der Laden genauso aus wie vor vier Monaten. Als ob man in eine Zeitblase geraten wäre. Die hohen Regale mit Büchern vollgepackt, am Boden ein abgetretener Perserteppich, der Tisch mit der Kasse, an dem wir Tee getrunken haben. Matthieu sitzt in der Ecke in einem Opa-Sessel und hat ein Buch in der Hand, das er zur Seite legt, als ich eintrete. Auf seinem Gesicht liegt derselbe schuldbewusste Ausdruck wie an dem Tag, als ich den Laden stürmte und nach Victor fragte.

Mit diesem Ausdruck im Gesicht muss sich Matthieu natürlich nicht wundern, für alles Mögliche verantwortlich gemacht zu werden, denke ich. Das Wort »schuldig« steht ihm geradezu auf die Stirn geschrieben. Dennoch tut es mir leid, wie ich ihn damals behandelt habe, und einem plötzlichen Impuls folgend strecke ich ihm die Mimosen entgegen. »Oh«, sagt er und zuckt mit der Nase.

Während er zögernd die Blumen annimmt, trete ich näher. So ein Zucken habe ich noch nie gesehen. Ich beobachte gespannt, wie sich seine Nase kräuselt, wie die Nasenflügel sich weiten, und gerade, als ich denke, er zuckt erneut – wird aus dem Zucken ein Nießen. Danach bin ich von oben bis unten mit Blütenstaub bedeckt.

Matthieu ist das furchtbar peinlich. Er sucht hektisch nach einem Tuch und erklärt mir, dass er eine Allergie habe. Natürlich denke ich etwas zynisch: Matthieu ist – wie immer – unschuldig.

Um sein schlechtes Gewissen zu beruhigen, serviert mir Matthieu, nachdem wir die Mimosen vor der Tür abgelegt haben, einen Tee. Ich nehme die Einladung an, weil auch ich kein ganz reines Gewissen habe. Victor ist seit vier Monaten verschwunden. So wahnsinnig lang ist das nicht, wenn man es genau bedenkt. Früher war es durchaus üblich, nach dem Tod des Ehegatten ein ganzes Jahr lang Trauer zu tragen. Andererseits, denke ich trotzig, ist Victor ja nicht von der Pest dahingerafft worden. Er ist auch nicht der Cholera erlegen oder in einem unglücklichen Unfall verschieden. Er hat sich einfach nur dazu entschlossen, mich sang- und klanglos zu verlassen. Und überhaupt, wir leben schließlich nicht mehr im neunzehnten Jahrhundert.

»Hör mal«, sag ich, um die Sache endlich hinter mich zu bringen. »Du bist zum Weihnachtsessen eingeladen. Und nur, dass du's weißt: Félix wird bei mir übernachten.«

Matthieu duckt sich ein wenig. »Danke für die Einladung«, sagt er dann. »Ich komme sehr gerne.« Und nach einer kurzen Pause fügt er mit etwas gequältem Lächeln hinzu: »Ich weiß zwar nicht, wer Félix ist, aber ich freue mich, ihn kennenzulernen.«

Diese umstandslose Zusage verblüfft mich nun doch ein wenig. Was ist nur aus der Männerfreundschaft geworden?, frage ich mich. Aus dieser unverbrüchlichen, blinden Treue, die aus jahrzehntelangem gemeinsamem Biertrinken entsteht, aus Schulterklopfen und Lagerfeuer, anzüglichen Witzen und zusammen Blondinen nachpfeifen? Ist das etwa alles nichts mehr wert? Kann man das einfach so über Bord werfen? Ich bin etwas empört.

Bis ich mir klarmache, dass weder Victor noch Matthieu große Biertrinker sind. Sie sind auch keine Schulterklopfer. Und nach Blondinen drehen sie sich schon lange nicht mehr um. Daran wird es liegen, denke ich. Victor hat den strategischen Fehler begangen, seine Freundschaft mit Matthieu viel zu intellektuell zu gestalten. So was rächt sich natürlich irgendwann.

Obwohl er Victor liebt wie einen Bruder, sagt Matthieu, würde er nie von mir erwarten, eine Ehe aufrechtzuerhalten, die es gar nicht mehr gibt.

Das finde ich jetzt auch ein bisschen hart formuliert. Außerdem berührt Matthieu hier eine existenzielle Frage. Ist das Sein von physischer Präsenz abhängig? Oder davon, dass jemand die physische Präsenz wahrnimmt, genau in dieser Sekunde? Hat sich unsere Ehe wirklich aufgelöst, weil ich Victor nicht mehr sehe? Ich frage Matthieu, ob er auf Schrödingers Katze rauswill, aber er sagt, er meine das ganz allgemein.

»Es gibt ja auch so was«, sagt er nach einer Pause, »wie eine innere Kündigung. Wenn die beiden Partner sich im Lauf der Jahre immer weiter voneinander entfernen. Oder einer der beiden das Eheversprechen ohnehin nicht mehr einhält. Dann kann man vom anderen wohl auch nicht erwarten, dem Wortbrüchigen auf ewig die Treue zu halten.«

Das war zwar ein komplizierter Satz, aber die Essenz habe ich verstanden. »Dann hatte Victor also doch eine Affäre?«, sage ich empört zu Matthieu.

»Nein. Um Himmels willen.« Er hebt entsetzt die Hände. »Das wollte ich damit nicht sagen.«

»Hast du aber.« Ich schaue ihn streng an. Auf seiner Stirn blinkt das Wort »schuldig«.

»Ich habe nicht von dir und Victor gesprochen.«

»Von wem denn dann?«

Matthieu schaut mich gequält an: »Dodo zum Beispiel.«

Das erklärt ja nun gar nichts. Woher, frage ich mich, weiß Matthieu so genau über Dodos Ehe Bescheid? Warum macht er sich überhaupt diese Gedanken? Ich wusste nicht, dass die beiden so regen Kontakt haben.

Matthieu windet sich ein bisschen, als ich ihn darauf anspreche: »Was heißt schon ›reger Kontakt‹? Und was willst du überhaupt damit sagen? Reger Kontakt – das klingt schon ein wenig seltsam.«

Finde ich eigentlich nicht. Aber Matthieu fühlt sich offenbar verpflichtet, Erklärungen abzugeben. Jetzt, wo Dodo sozusagen um die Ecke wohne, sagt er, käme sie tatsächlich ab und zu vorbei, um mit Matthieu hier im Laden einen Tee zu trinken.

»Aha«, sage ich. »Und dann diskutiert ihr beiden über Dodos Liebesleben?«

Matthieu ist bestimmt ein netter Kerl. Aber ich bin ein wenig beleidigt, dass Dodo diese Dinge mit ihm und nicht mit mir bespricht.

Das tue sie nicht, versichert er mir. »Wir diskutieren über Bücher.« Er ist die Ehrenhaftigkeit in Person. Und sie sprächen über den Laden. »Dodo hat ein paar Ideen, um hier zu modernisieren. Sie findet, ich sollte den Bestand elektronisch erfassen und die wertvollen Antiquitäten auch online anbieten.«

Das ist zweifellos ein wertvoller Ansatz, aber ich erkenne dahinter den Versuch, mich vom Thema abzubringen. Deshalb leite ich sanft auf den Kern der Diskussion zurück, indem ich Matthieu direkt frage, ob Dodo eine Affäre hat. Er sieht aus, als wollte er am liebsten im Boden versinken, und beschäftigt sich angelegentlich mit dem Henkel seiner Teetasse. Irgendwann reißt meine Geduld, und ich nehme ihm die Teetasse weg.

Matthieu zwinkert verblüfft. Dann schaut er mich an. »Alles, was ich dazu sagen kann, ist: Wenn Dodo eine Affäre hätte, wäre sie meiner Meinung nach moralisch dazu berechtigt. Und du übrigens auch.«

Ich sollte eigentlich erleichtert sein, nachdem mir Victors bester Freund auf der moralischen Ebene Carte blanche gegeben hat. Aber seltsamerweise macht es mich nervös. Das wird jetzt alles so verdammt konkret. In den kommenden zwei Tagen beschäftige ich mich mit den Vorbereitungen für das Weihnachtsfest. Ich putze das Haus. Ich kaufe ein. Ich erwerbe bei Mr. Bricolage zu einem Spottpreis einen gewaltigen Restposten Lametta und dekoriere damit das Wohnzimmer. Danach sieht es bei mir aus wie in Aladins Schatzhöhle.

Ich wiederhole ein Experiment, das ich zuletzt mit

fünfzehn gemacht habe, und versuche, mir in 48 Stunden durch eine Ananassaftdiät ein paar Kilos runterzuhungern.

Versteht sich von selber, dass das Experiment scheitert. Wie schon damals weckt der ständige Ananassaft bereits nach zirka vier Stunden eine unstillbare Lust nach Gesalzenem bei mir. Ich mache mich über die Käseplatte her, die ich für Heiligabend bereits besorgt hatte, und gehe danach nochmals einkaufen.

Am vierundzwanzigsten bin ich um sechs in der Früh schon wach. Ich erschrecke Fred, der neben meinem Bett noch tief schläft, weil ich aufspringe und am offenen Fenster ein paar Kniebeugen mache. Dann drehe ich eine Runde mit ihm im Park. Nach der Rückkehr rasiere ich mir die Beine, mache mir die Nägel, zupfe die Brauen und lege eine Cremepackung auf. Schließlich beziehe ich das Bett frisch, obwohl ich das gestern schon getan habe. Ich habe bei Mr. Bricolage auch eine Zahnbürste für Félix gekauft. Die richte ich im Zahnputzglas nun mit den Borsten exakt zur Wand hin aus. Dann entscheide ich, anstelle des blauen Badetuchs, das ich für Félix bereitgelegt habe, doch lieber das mit den Streifen zu nehmen. Zufällig werfe ich einen Blick in den Spiegel und begegne meinem eigenen Blick. Was ziehst du hier eigentlich ab?, scheint mein Spiegelbild zu fragen.

Ich sinke erschöpft auf den Rand der Badewanne und gestehe es mir endlich ein: Ich habe Angst vor diesem Abend, und an die Nacht zu denken versetzt mich regelrecht in Panik. Das liegt nicht nur daran, dass ich – um Klartext zu sprechen – in den letzten fünfundzwanzig

Jahren ausschließlich Sex mit Victor hatte. Es liegt auch daran, dass ich den allerersten außerehelichen Sex ausgerechnet an Weihnachten haben werde.

Nicht umsonst laufen in den Weihnachtstagen die Sorgentelefone heiß und die Selbstmordraten steigen. Auf Weihnachten lastet eine Erwartung, der man kaum gerecht werden kann. Dazu kommt in meinem Fall, dass ich schon immer eine besondere Liebe zu Weihnachten hatte. Denn ich habe im zarten Alter von fünf Jahren das Christkind gesehen.

Es war an einem vierundzwanzigsten Dezember am späten Nachmittag in einem verschneiten Wald. Mein Vater und ich waren spazieren geschickt worden. Ein Ritual, das sich jedes Jahr mit schöner Regelmäßigkeit wiederholte. Irgendwann war mir klar geworden, dass es nicht um die Bewegung ging, und auch nicht um die frische Luft, wie meine Eltern behaupteten, und in diesem Jahr glaubte ich sicher zu wissen, dass der Spaziergang nur dazu diente, dem Christkind zu Hause freie Bahn zu verschaffen. Danach wollte ich natürlich nur noch eines: so rasch wie möglich zurück. Vermutlich war ich nicht die beste Gesellschaft an jenem Tag. Ich jammerte und quengelte und ließ mir allerlei Ausreden einfallen. Nasse Füße, Bauchweh, eine laufende Nase. Als das alles nichts nutzte, riss ich aus. Ich verschwand hinter einer Tanne, als mein Vater einen Moment nicht aufpasste, und dann rannte ich los. Über Stock und Stein. Quer durch den Wald. Ich hatte eine vage Ahnung, wo sich unser Haus befand, aber wenn man klein ist, kann man sich zwischen hohen Tannen ziemlich leicht verirren. So geschah es mir auch. Nach wenigen

Schritten hatte ich schon keine Ahnung mehr, wo ich hergekommen war oder wo ich hinwollte. Die Bäume sahen alle gleich aus. Ich war verwirrt, und plötzlich fürchtete ich mich.

Das war der Moment, in dem das Christkind einschritt. Es rettete mich. Ich sah es plötzlich unter einem Baum stehen. Es hatte goldene Locken und trug ein weißes Kleid. Ich kann nicht mehr mit Sicherheit sagen, ob es wirklich barfuß war, aber im Großen und Ganzen sah es aus wie auf den Bildern, die ich gesehen hatte. Nur viel, viel schöner. Ich staunte das wunderbare Wesen mit offenem Mund an, bis mein Vater, zu Tode erschrocken, herangepreschst kam, und als ich wieder hinsah, war das Christkind verschwunden.

So ein Erlebnis wirkt natürlich lange nach. Victor hat das verstanden. Ohne jetzt sentimental zu werden, aber Weihnachten mit Victor war etwas Besonderes. Zum Beispiel das Weihnachten, als wir frisch verheiratet waren und in der Normandie lebten. Damals hat Victor eine Ladung Schnee aus der nahe gelegenen Fischfabrik in unseren Vorgarten bringen lassen und mich an Weihnachten damit überrascht. Er dachte, ich würde die Schweiz mit all ihrem Schnee vermissen. Ich war zu Tränen gerührt. Obwohl ich in Wirklichkeit prima auf Schnee verzichten kann, und Victor und ich, nachdem wir uns im Vorgarten eine Schneeballschlacht geliefert hatten, ganz fürchterlich nach Fisch stanken. Wir waren sehr romantisch damals. Heiligabend verbrachten wir dann unter der Dusche, wo wir damit beschäftigt waren, uns gegenseitig den Fischgeruch vom Körper zu waschen – zumindest am Anfang. Was immer Félix in dieser Nacht macht, denke ich traurig, Weihnachten mit Victor ist sehr schwer zu übertreffen.

Die Türklingel reißt mich aus meinen Gedanken. Ich schieße hoch und stürme die Treppe hinab, und in der Erwartung, Dodo zu sehen, die immer zu früh kommt, reiße ich die Tür auf. Draußen steht Félix. Er hat eine kleine Reisetasche in der Hand. Nach einem Blick in mein Gesicht stellt er sie ab.

»Das muss nicht sein, Vivianne«, sagt er. Er schaut mir in die Augen. »Wir kennen uns erst ein paar Wochen. Ich muss nicht hier übernachten.« Er atmet tief durch. Dann lächelt er: »Du bist mir wichtig. Ich will nichts überhasten. Wenn es dir zu schnell geht, werde ich einfach warten.«

In diesem Moment fühle ich, wie die ganze Nervosität von mir abfällt. Ich strecke die Hand nach ihm aus. »Komm rein«, sage ich.

Es wird ein wunderschönes Fest. Wir beginnen schon am Nachmittag, weil Dodo vorgeschlagen hatte, gemeinsam zu kochen. Ich fand die Idee ausgezeichnet. Nachdem ich beschlossen hatte, darin keine Beleidigung meiner Kochkunst zu sehen. Es stimmt ja. Bei uns war immer Victor der Koch. Daher bin ich tatsächlich eher auf die niederen Hilfsarbeiten spezialisiert. Gemüse schnippeln kann ich gut. Wir stehen uns in der Küche alle auf den Füßen herum, lachen viel und trinken eine Menge von dem leckeren Champagner, den Matthieu mitgebracht hat, und essen eingelegte Oliven von Annies Hof. Als die Dämmerung hereinbricht, zünde ich im Wohnzimmer die Kerzen an. Weil überall Lametta hängt, funkelt und glitzert der ganze Raum.

Wir tragen die Speisen auf, ohne uns an irgendeine Reihenfolge zu halten. Wild durcheinander essen wir: Canard au Miel de Lavande, Tomate farcies, Sardines aux herbes de provence, Fougasse, frisch gebackenes provenzalisches Brot mit glasierten Zwiebeln, eingemachte Feigen, Nougat von Montélimar, die Zweitauflage der Käseplatte. Wir essen und reden und lachen. Annies Cowboy, der Théo heißt, erzählt Weihnachtswitze. Als wir beim Cognac sitzen, stimmt Matthieu überraschend ein Weihnachtslied an, und beschwipst, wie wir sind, fallen wir alle mit ein. Wir singen voller Inbrunst und mit viel Gefühl, wenn auch nicht besonders melodiös, bis Fred, der Spielverderber, zu bellen beginnt.

»Fred hat ein feines Gehör«, sagt Dodo und lacht. Dann sieht sie meinen Gesichtsausdruck und dreht sich abrupt um.

Nicht unser Gesang hat Fred zum Bellen gebracht. In der Tür steht ein Mann.

Er ist unrasiert, und sein Haar ist viel zu lang. Ich habe ihn vier Monate nicht gesehen, aber natürlich erkenne ich ihn sofort: Victor ist zurückgekommen.

TEIL 4

23

Ich liege wach im Bett. Neben mir höre ich Félix atmen. Unter mir im Wohnzimmer höre ich Victors Schritte. Ich werfe mich zum dreitausendsten Mal von der rechten auf die linke Seite. Dort, ganz am Rand des großen Bettes, liegt Félix. Er gibt vor zu schlafen. Genau wie ich. Und genau wie ich ist er in Wirklichkeit hellwach.

Wir haben uns nicht geküsst. Wir haben uns nicht einmal berührt. Wir haben es peinlichst vermieden, einander auch nur anzusehen, während wir uns ausgezogen haben. Nicht mal in meinen schlimmsten Vorstellungen hätte ich mir so was ausmalen können. Wieder was gelernt fürs Leben: Die Wirklichkeit ist schlimmer als die Fantasie. Und nicht umgekehrt.

Félix ist bei mir geblieben, weil ich ihn darum gebeten habe und er sich verpflichtet fühlte, meiner Bitte nachzukommen. Victor ist geblieben, weil das natürlich auch sein Haus ist. Streng genommen und rein rechtlich gesehen. In der deprimierend engen Perspektive, wie sie Juristen gemeinhin einnehmen. Sein Haus, sein Garten, seine Polstergruppe im Wohnzimmer, sein Wagen in der Garage, seine Frau. Nur Fred, denke ich, gehört ihm nicht. Das ist eindeutig.

Während wir anderen gestern Abend wie vor den Kopf geschlagen waren, hat Fred genau richtig reagiert und Victor so behandelt, wie er es verdient: Er stellte die

Nackenhaare auf und zog die Lefzen hoch, er knurrte und zeigte die Zähne. Das hätte ich auch tun sollen.

Annie musste Fred festhalten, als ich mich Victor näherte. Ich sah in seine blauen Augen. Seltsamerweise, fiel mir auf, trug er Westernstiefel. »Wo zum Teufel bist du gewesen?«, fragte ich. Möglicherweise wurde ich etwas laut dabei. »Was hast du gemacht? Vier Monate lang? Warum hast du dich nie gemeldet?«

Halb hatte ich erwartet, Victor würde eloquent auf Chinesisch antworten. Aber er sah mich nur an und zuckte die Achseln. »Ist schwer zu erklären«, sagte er nach einer langen Pause. »Ich musste da was erledigen.«

Nach dieser Erklärung, die nichts erklärte, nicht im Geringsten, sondern nur von Gleichgültigkeit zeugte und von Arroganz und der völligen Abwesenheit von Scham oder schlechtem Gewissen oder irgendeinem Rest von Gefühl für mich – habe ich die Nerven verloren. Ich habe meinem Mann eine Ohrfeige versetzt. Und dann gleich noch eine zweite. Ich habe mit voller Kraft zugeschlagen. Einmal rechts und einmal links. Dann habe ich mir Fred geschnappt und bin nach oben gestürmt, wo ich mich im Schlafzimmer verbarrikadierte.

Ich wollte nicht mit Dodo reden, nicht mit Annie, mit Matthieu schon gar nicht. Félix habe ich schließlich reingelassen. Victor hat nicht mal versucht, in mein Schlafzimmer zu kommen. Irgendwann sind die anderen gegangen, Félix und ich haben uns hingelegt, Victor hat unten im Wohnzimmer seine Runden aufgenommen. Das war dann Weihnachten.

Am nächsten Morgen schlägt Félix vor, in die Stadt zu gehen und uns in ein nettes Café zu setzen. Die Sonne scheint. Wir könnten bei Béchard haltmachen und uns dort auf der Terrasse ein Pain au Chocolat gönnen.

Nicht, dass ich die Schokolade nicht dringend nötig hätte, aber das will ich nicht. In der langen schlaflosen Nacht habe ich eine Entscheidung gefällt. Ich werde dieses neue Leben, das ich mir aufgebaut habe, nicht einfach über den Haufen werfen, nur weil mein Ehemann wiederaufgetaucht ist. Victor kann sich zum Teufel scheren. Es ist mir egal, was er tut und wo er bleibt. Ich werde mich auf keinen Fall von ihm aus dem Haus treiben lassen. Ich werde ihn ganz einfach ignorieren.

Félix ist nicht begeistert von meinem Plan, aber er spielt mit. Das rechne ich ihm hoch an. Hand in Hand wie ein glückliches Paar schreiten wir die Treppe hinab. Anstelle meines üblichen Morgenrocks trage ich ein Nichts aus feiner Seide, das Victor mir mal geschenkt hat. Weil ich darin meistens friere, habe ich es bisher kaum getragen. Ich friere auch heute, aber wenn man in die Schlacht zieht, muss man gewisse Opfer bringen. Dazu gehört auch, an einem frühen Weihnachtsmorgen die volle Kriegsbemalung aufzutragen. Make-up, Concealer, Rouge auf den Wangen und zusätzlich noch falsche Wimpern. Zuhinterst im Schrank habe ich nach längerem Stöbern ein Paar Pantöffelchen gefunden, die direkt aus dem Boudoir von Marie Antoinette stammen könnten. Vermutlich stand ich unter dem Einfluss starker Hormonschwankungen, als ich sie erwarb. Getragen habe ich sie noch nie. Aber die Schuhe passen perfekt zu meinem verruchten Moulin-Rouge-Outfit. Auch Hormonschwankungen, denke ich, haben manchmal ihr Gutes. Ich bereue allenfalls, dass ich die Federboa, die es zu den Schuhen gab, damals nicht ebenfalls gekauft habe.

Auf dem Weg nach unten konzentriere ich mich darauf, fantastisch auszusehen und in den Pantöffelchen nicht zu stolpern. Im Wohnzimmer angekommen, werfe ich dann stolz den Kopf in den Nacken. Eine Geste, die besagt: Seht her, hier kommt die Königin. Und ihr anderen könnt mir alle den Buckel runterrutschen.

Leider ist das Wohnzimmer leer. Victor ist nicht hier.

Das kommt mir doch bekannt vor, denke ich zornig. Nachdem er mich die ganze Nacht mit dem Geräusch seiner Schritte gemartert hat, ist Victor – Überraschung! – jetzt wieder verschwunden. Ich sehe mich um und entdecke ihn schließlich draußen vor dem Fenster. Er trägt eine seltsame Schlabberhose und ein T-Shirt mit Batikmuster und macht auf dem Rasen merkwürdige Verrenkungen.

»Was zum Teufel tut er da?«, frage ich und lasse Félix' Hand los.

»Sieht wie Yoga aus.«

»Victor macht kein Yoga«, erkläre ich kategorisch. Er hat es nicht so mit der körperlichen Ertüchtigung. In der Hinsicht waren wir uns immer ähnlich. Außerdem ist mein Mann ein Banker. Er kann mit Esoterik überhaupt nichts anfangen.

»So esoterisch ist das nicht.« Félix beobachtet meinen Mann. »Yoga ist gut für Muskeln und Gelenke und wirkt sich äußerst positiv auf Kreislauf und Herz aus. Das wurde wissenschaftlich bewiesen. Und so wie es aussieht, macht er das nicht zum ersten Mal.«

Na wunderbar, denke ich. Dann habe ich wohl nicht mal mehr die Chance, ihn durch einen frühen Herzinfarkt loszuwerden.

Félix und ich setzen uns in die Küche, trinken Kaffee und versuchen nach Kräften zu ignorieren, dass draußen vor dem Fenster mein Mann herumkaspert. Das ist nicht so einfach. Weil Victor inzwischen Atemübungen macht und wie eine Dampflok schnauft. Er ist zehn Meter entfernt und durch die Hauswand von uns getrennt, aber es fühlt sich an, als wäre er hier drinnen und würde sich zwischen uns drängen. Gehemmt und genervt machen wir Konversation wie zwei Fremde. Als Dodo hereinplatzt, bin ich beinahe erleichtert. Kurze Zeit später verabschiedet sich Félix.

Er gibt vor, noch Maxim besuchen zu wollen, was sicher legitim und anständig ist, aber seinen Sohn hat er gestern schon gesehen. Ich kann schon verstehen, dass er der klaustrophobischen Atmosphäre hier entfliehen will. Aber damit bestätigt er meine Befürchtung.

Félix ist nur aus Anstand bei mir geblieben. Um Babysitter zu spielen. Jetzt, wo Dodo ihn abgelöst hat, hat er nichts Eiligeres zu tun, als sofort auf den Hof hinauszufahren. Dort wird er neben Maxim natürlich auch Annie treffen. Ich bin verletzt und traurig und beleidigt. Die Eifersucht, die ich überwunden glaubte, ist mit Macht zurückgekehrt. Vor Félix versuche ich das zu verbergen. Ich lächle, als ob nichts geschehen wäre, und lasse mich von ihm zum Abschied auf die Wange küssen. In meiner Ehe hat es fünfundzwanzig Jahre gedauert, bis wir bei den Wangenküssen landeten. Mit Félix, denke ich traurig, habe ich diesen Punkt schon nach einer einzigen Nacht erreicht. Schuld an der ganzen Misere ist Victor.

»Was machst du jetzt?«, fragt Dodo, kaum sind wir allein.

»Victor«, sage ich entschieden, »muss wieder verschwinden.«

Das meine ich ernst. Auch wenn ich Félix vermutlich bereits verloren habe, Victor muss trotzdem weg. Er hat in meinem Haus ganz einfach keinen Platz mehr. Dafür gibt es eine Menge Gründe. Ich habe jetzt ein Geschäft zu führen. Schon am zweiten Januar erwarte ich neue Gäste. Und da ist auch noch Fred. Damit er Victor nicht angreift, musste ich ihn über Nacht im rosa Gästezimmer einsperren. So etwas ist einem Kerl aus Marseille auf die Dauer nicht zuzumuten. Außerdem brauche ich das Zimmer. Victor brauche ich nicht.

Als ich Fred aus dem Gästezimmer befreie, muss er ganz dringend raus. Ich lasse Dodo kurz allein und führe den Hund in den Park. Dort setze ich mich auf eine Bank, sehe zu, wie Fred sein Revier abläuft, und versinke in Tagträumen. Ich wünsche mir, Félix wäre nicht zu Annie geflohen. Ich wünsche mir, Victor wäre wieder verschwunden, wenn ich heimkomme. Dorthin, wo er hergekommen ist. Wo auch immer das sein mag. Außerdem wünsche ich mir noch, dass sich Dodo während meiner Abwesenheit schon mal um das Geschirr gekümmert hat.

Keiner meiner Wünsche geht in Erfüllung. Als ich zurückkomme, stapeln sich die schmutzigen Teller immer noch in der Küche, und Dodo sitzt gemütlich in der

Orangerie. Sie plaudert dort mit Victor. Verräterin! Ohne ein Wort rausche ich mit Fred an der Leine an den beiden vorbei in die Küche, wo ich die Tür offenlasse, weil ich ja nicht verpassen will, was dort draußen geschieht. Ich gebe Fred sein Fressen und fange dann an, die Tellerstapel von einer Seite der Theke auf die andere zu schieben. Das klingt vielleicht wie Küchenarbeit, ist aber ein Signal für Dodo. Sie soll gefälligst ihren Hintern hierherschwingen.

Die Technik ist noch nicht ganz ausgereift. Ich muss eine geschlagene Viertelstunde in der Küche rumoren, bis Dodo endlich auftaucht. Sie hat rote Wangen und glänzende Augen, und ihr ist nicht das kleinste bisschen schlechtes Gewissen anzusehen. Ist das epidemisch, dieses Fehlen von Anstandsgefühl und Schuldbewusstsein? Kann man sich schon durch ein einfaches Gespräch bei Victor damit anstecken?

Dodo lässt sich auf einen Küchenstuhl fallen. Ich drehe ihr den Rücken zu und klappere noch ein bisschen lauter mit den Tellern.

»Jetzt hör schon auf«, sagt Dodo. »Setz dich zu mir. Den Abwasch machen wir später.« Das gibt mir die Gelegenheit, endlich mal eine typische Redewendung aus der Schweiz anzubringen, die die Franzosen so nicht kennen. »Was du heute kannst besorgen, das verschiebe nie auf morgen.«

Dodo schaut mich verständnislos an. Dann fragt sie mich, ob ich nicht wissen will, was Victor in seiner Abwesenheit getan hat. Das will ich natürlich. Aber zugeben möchte ich das nicht. Also lasse ich Wasser in eine Pfanne laufen und gebe vor, mich ausschließlich für die Entfernung von angebrannten Fettkrusten zu interessieren.

»Er hat gekocht«, sagt Dodo.

Ja, natürlich hat er das. Schließlich musste er in den vier Monaten ja auch mal was essen. Obwohl er beim Yoga heute Morgen vielleicht tatsächlich ein wenig schlanker gewirkt hat.

»Nein, du verstehst das nicht. So richtig, meine ich. Victor war Koch in einem Restaurant.« Dodo klingt regelrecht begeistert.

Das finde ich jetzt völlig unangebracht. Ich lasse die Pfanne in den Spülstein knallen und drehe mich mit tropfenden Händen nach ihr um.

»Soll ich ihm deswegen etwa verzeihen?« Ich habe nichts gegen Victors Kochleidenschaft. In den ganzen fünfundzwanzig Jahren habe ich mit keinem Wort dagegen protestiert. Im Gegenteil, ich habe ihn auch zu Hause immer kochen lassen.

Das sei nicht dasselbe, behauptet Dodo. Sie versteht nicht, warum ich sauer auf sie bin. »Ich spreche nicht von Verzeihen. Aber du könntest vielleicht ein wenig Verständnis für Victor aufbringen.«

»So wie du Verständnis für Maurice aufgebracht hast?«, frage ich pampig.

Dodos Gesicht verfinstert sich. »Moment mal. Victor hat sich eine Auszeit genommen. Er hat für läppische vier Monate den Banker mal an den Nagel gehängt und ist seiner Leidenschaft gefolgt. Maurice hingegen hat mich mit meiner Freundin betrogen. Das ist ja wohl was anderes.«

Ist es das wirklich?

Ich habe reichlich Zeit, darüber nachzudenken, denn nach einem weiteren Wortwechsel, bei dem unter anderem auch das Wort »Überläuferin« fiel, hat mich Dodo voller Ärger mit den verkrusteten Pfannen allein gelassen. Pfannenschrubben macht mich aggressiv. Man könnte, denke ich gehässig, ja durchaus argumentieren, dass auch Maurice seiner Leidenschaft folgte. Nur dass die Leidenschaft Dodos Mann eben nicht in ein Restaurant führte, sondern ins Bett von Eloise. Natürlich ist Sex nicht dasselbe wie Kochen. Aber so gewaltig, finde ich, sind die Unterschiede dann auch wieder nicht.

Außerdem: Wenn alles so harmlos ist, wie Dodo jetzt glaubt, warum hat sich Victor mir dann nie anvertraut? Das schmerzt mich am meisten. Ich fühle mich abqualifiziert, zur Spießerin gestempelt. Als ob ich nicht auch mal Lust auf eine Auszeit gehabt hätte. Als ob ich verständnislos und rigide immer den Konventionen folgte. Als ob man mit mir keine Pläne von einem ganz anderen Leben schmieden könnte. So bin ich nicht, denke ich.

Marcelle ist die Nächste, die an diesem Morgen ganz »unerwartet« vorbeikommt. Mit der ihr eigenen Präzision trifft sie ein, als ich den Abwasch eben beende. Sie hat an der Feier vom Vortag zwar nicht teilgenommen, aber ich finde, an den Aufräumarbeiten hätte sie sich dennoch beteiligen können.

Marcelle hat Weihnachten mit ihrem Mann und ihrer Schwiegermutter verbracht. Das ist weniger schlimm, als es klingt. Denn Marcelle gehört zu den wenigen Frauen, die kein Problem mit ihrer Schwiegermutter haben. Die beiden mögen sich tatsächlich. Ich glaube, wenn sich Marcelle zwischen ihrem Mann und seiner Mutter entscheiden müsste, sie würde die Schwiegermutter wählen und weiterhin fröhlich mit ihr Weihnachten feiern.

Vorgeblich ist sie gekommen, um in ihrem Atelier im Pavillon noch ein wenig zu arbeiten. In Wirklichkeit hat Marcelle natürlich längst über das Buschtelefon von Victors Rückkehr erfahren. Sie setzt sich an meinen Küchentisch und will von mir wissen, wie ich diese Situation jetzt manage.

»Ich manage gar nichts«, sage ich. »Victor muss wieder weg. Das ist alles.«

Sie wiegt ihren Kopf und gibt zu bedenken, dass das schwierig werden könnte. »Immerhin gehört das Haus ja ihm.«

Ich finde nicht. Darüber habe ich nachgedacht, und meiner Meinung nach hat Victor, moralisch gesehen, sein Recht, in diesem Haus zu leben, aufgegeben, als er mich verließ.

Marcelle überzeugt dieses Argument zwar durchaus, aber leider, sagt sie, ist die moralische Ebene vor einem Gericht nicht besonders wichtig. »Was meint denn Victor dazu?«, fragt sie mich.

Ich sage, dass ich das nicht weiß, weil ich nicht mit Victor spreche.

»Warum nicht?«, fragt sie verblüfft. »Willst du denn nicht wissen, was er getrieben hat in den vier Monaten?«

»Nein«, behaupte ich.

Marcelle stutzt: »Stört es dich, wenn ich mit ihm rede?«

Immerhin fragt sie, denke ich. Ich könnte jetzt die Märtyrerin geben – von allen verraten, ganz allein auf der Welt –, aber es interessiert mich, zu erfahren, was Victor Marcelle erzählt. Ich sage ihr, es ginge in Ordnung, wenn sie mit Victor spricht, solange sie mir hinterher Bericht erstattet. Dabei spielt auch eine Rolle, dass ich mir von Marcelle ein wenig Unterstützung erhoffe. Ich weiß, sie steht nicht so auf Kochen, und selbst wenn Victor behauptet, für die Königinmutter gekocht zu haben, würde sie das nicht groß beeindrucken.

Allerdings hat Marcelle eine Schwäche für Unternehmertum. Und bei ihrer Rückkehr an den Küchentisch erzählt sie mir begeistert, Victor habe ein Start-up gegründet. Sie findet das phänomenal. Nicht, dass sie Victor entschuldigt, aber war es nicht schon immer sein Traum, ein eigenes Unternehmen zu gründen? Und könnte ich mir nicht vorstellen, ihm deshalb zu verzeihen? Auch du, Brutus, denke ich und frage sarkastisch, ob das Start-up vielleicht eine Kochschule ist.

»Eine Kochschule? Nein. Warum?« Marcelle runzelt die Stirn. »Er arbeitet mit einem Programmierer zusammen. Einem jungen Typen, der ziemlich genial sein soll. Er will eine App entwickeln, die mittels biometrischer Daten der Benutzer – Blutdruck, Puls etc. – qualifizierte Lösungsvorschläge in kritischen Lebenssituationen anbietet.«

Ein Computer, der schlaue Ratschläge gibt? Na prima. Darauf hat die Welt ja wirklich gewartet.

»Man kann mit solchen Apps Millionen verdienen«, sagt Marcelle mit glänzenden Augen.

»Na wunderbar«, entgegne ich schnell. »Wenn er jetzt Millionen hat, dann kann Victor sich mit dem Geld ja ein neues Haus kaufen.«

Doch so weit ist es wohl noch nicht. Mit etwas Fantasie kann man die Millionen zwar schon am Horizont sehen, aber so was dauert, sagt Marcelle. Sie hält mir einen Vortrag darüber, wie freies Unternehmertum funktioniert. Man braucht Fantasie und Mut und den Willen zum Durchhalten ...

»Mit dem Willen zum Durchhalten«, kann ich mir nicht verkneifen, »hat es bei unserer Ehe ja noch gehapert.«

Marcelle findet diese Bemerkung ein wenig kleinlich von mir. Und überhaupt ist sie der Meinung, ich könnte mich durchaus ein bisschen für Victors Firma interessieren.

Das würde ich vielleicht sogar. Wenn ich auch nur eine Sekunde an diese Firma glaubte. Das tue ich aber nicht. Ich habe keine Ahnung, warum er das macht, aber ich bin mir jetzt sicher, Victor erzählt Lügengeschichten.

Diese Erkenntnis erschüttert mich stärker, als ich im ersten Moment merke. Noch lange, nachdem Marcelle gegangen ist, sitze ich am Küchentisch. Ich versuche zu begreifen, wie jemand, den man ein Leben lang zu kennen glaubte, in nur vier Monaten ein vollkommen anderer Mensch werden kann. War ich blind die ganze Zeit? Gab es Zeichen, die ich nicht erkannt habe? Es muss so sein. Niemand verändert sich derart stark einfach von heute auf morgen. Oder doch?

24

Ich sitze noch immer in der Küche, als Félix zurückkommt. Annie hat ihn hergefahren. Es versetzt mir einen Stich, die beiden so zusammen zu sehen. Ich bin neidisch auf die Vertrautheit zwischen ihnen. Ich selbst kann mich ja auf gar nichts mehr verlassen.

Annie mag zuweilen etwas hemdsärmelig sein, aber wie sich zeigt, ist sie nicht unsensibel. Als sie mich wie ein Häufchen Elend in der Küche findet, macht sie das wütend. Zuerst liest sie mir die Leviten. Ich soll mich gefälligst zusammenreißen. Dann kommt der gute Teil: Sie stürmt davon, um das Gleiche mit Victor zu machen.

Plötzlich bin ich mit Félix allein. Wir sitzen uns wortlos gegenüber. Ich nehme an, er ist überhaupt nur gekommen, um seine Reisetasche zu holen. Ich werde ihn wohl nicht mehr wiedersehen. Der Gedanke tut weh. Mein Blick fällt auf seine Hände, die mir so gut gefallen. Er hält sie ganz ruhig auf dem Tisch verschränkt. Die grünen Augen sind gesenkt. Vermutlich sucht er nach einer Floskel, mit der er sich verabschieden kann. Er tut mir leid. Sein Ringen um Worte ist mir unangenehm. Ich fasse mir ein Herz und lege meine Hand auf die seinen.

»Du musst mir nichts erklären«, sage ich. »Das ist für uns beide nicht so gelaufen, wie wir uns das vorgestellt haben. Lass uns doch einfach Freunde bleiben.«

Sehr erwachsen, finde ich.

Félix hebt den Kopf: »Willst du denn zurück zu deinem Mann?«

»Nein.«

»Und da bist du dir sicher?«

Ich bin mir absolut sicher. Victor hat mich verlassen. Der Mann, mit dem ich fünfundzwanzig Jahre lang verheiratet war, ist weggegangen. Zurückgekommen ist ein anderer. Jemand, der Yoga betreibt und Geschichten erfindet. Ich vertraue diesem Fremden nicht. Ich will mit ihm nichts zu tun haben. »Aber deswegen«, sage ich zu Félix, »musst du dich nicht für mich verantwortlich fühlen.«

»Ich fühle mich nicht verantwortlich.« Ein Lächeln spielt plötzlich um seine Mundwinkel. Jetzt greift er nach meiner Hand. »Um ehrlich zu sein, Vivianne: Ich will nur endlich Sex mit dir haben. Was hältst du davon, mich nach Paris zu begleiten?«

Ich weiß, ich wollte mich nicht aus meinem Haus vertreiben lassen. Aber nach Paris zu gehen ist etwas anderes, als bei Béchard Pain au chocolat zu essen. Félix lässt mich nicht fallen. Im Gegenteil. Sein Blick entzündet ein kleines Feuer in meinem Bauch, meine Ohren beginnen zu glühen und – dann platzt Annie herein. Sie bringt einen Schwall frische Luft von draußen mit. Sie hat sich mit Victor im Garten unterhalten. »Ziemlich interessant, dein Mann«, sagt sie und zieht sich einen Küchenstuhl heran.

Ich sehe sie erstaunt an. »Findest du?«

»Natürlich.« Sie nickt eifrig. »Ich hätte es einem Banker gar nicht zugetraut, sich derart intensiv mit spirituellen Themen zu befassen.«

»Spirituelle Themen?«, bringe ich heraus.

»Achtsamkeit«, sagt Annie ungeduldig. »Meditation. Über das Ego hinauswachsen. Solche Themen eben.«

Das ist die dritte Geschichte, die ich höre. Ich sollte mich wohl inzwischen daran gewöhnt haben, aber ich bin noch immer schockiert. »Das hat er dir erzählt? Dass er die letzten vier Monate mit Mediation verbracht hat?«

»Nicht ausschließlich natürlich.« Annie sieht mich strafend an. Vermutlich, weil ich im Gegensatz zu Victor keine Ahnung von Meditation habe. »Er war auf der Universität«, sagt sie, »und hat auf dem Campus gelebt. In Kalifornien. Ich will ja gar nicht entschuldigen, dass er dich hat sitzen lassen. Aber ehrlich, Vivianne, wenn jemand ein Bedürfnis nach spirituellem Wachstum hat, dann muss man das auch respektieren.«

Ich weiß nicht, ob ich lachen oder weinen soll. Ich muss hier raus, denke ich. Ich werde diesen neuen Victor wohl irgendwann zur Rede stellen müssen. Aber erst mal brauche ich Abstand. Ich stehe auf und frage Félix: »Könnten wir jetzt gleich losfahren?«

Neujahr in Paris, das sind Lichterketten an der Seine. Das ist ein Eiffelturm, der in sternklarer Nacht funkelt, sind geheimnisvoll leuchtende Kirchenfenster, Austern und Champagner auf den Champs-Elysées, Spaziergänge am Canal St-Martin. In Paris bin ich glücklich. Von hier aus gesehen ist Aix-en-Provence nicht viel mehr als ein Klecks auf der Karte. Ein Provinznest im Süden. Kurz bevor das Mittelmeer anfängt und die Zivilisation endet.

Ich habe Victor zu Hause eine Nachricht hinterlassen. In dreifacher Ausführung vorsichtshalber. Ich habe klipp und klar dargelegt, dass er jetzt eine Woche Zeit hat und mitnehmen kann, was er will, dass ich jedoch erwarte, ihn nicht mehr vorzufinden, wenn ich am ersten Januar wieder nach Hause komme. Um meinem Wunsch ein wenig Nachdruck zu verleihen, habe ich behauptet, ich hätte einen Anwalt eingeschaltet.

Das war natürlich übertrieben. Nur im äußersten Notfall würde ich mein sauer verdientes Geld einem Anwalt in den Rachen schmeißen. Nicht, wenn ich vorher noch andere Optionen ausschöpfen kann. Zum Beispiel in Sacré-Cœur eine Kerze zu entzünden. Diese Kerzen sind wirklich günstig, und wenn von den Dankesplaketten an den Wänden auch nur die Hälfte echt ist, können sie wahre Wunder bewirken. Ich spreche ein kurzes Bittgebet und mache dann, was ich wirklich gut kann, weil ich es mein Leben lang immer wieder geübt habe: Ich verdränge das Problem.

Félix ist fantastisch. Er besitzt mitten in Saint-Germain eine dieser Wohnungen, an die man nur herankommt, wenn man Minister ist. Oder Ölscheich. Oder Chefarzt der Kardiologie in der Pariser Uniklinik. Ich finde ja, es ist ein Fehler, sich von materiellen Dingen beeindrucken zu lassen. Aber umgekehrt mögen es Männer, wenn Frauen mit ihren Gefühlen nicht zu sehr hinter dem Berg halten. So gesehen war es vielleicht in Ordnung, dass ich mich Félix, kaum hatte ich die Schwelle dieser Wohnung überschritten, mit einem Freudenschrei um den Hals geworfen habe. Er hat das nicht erwartet. Vermutlich sind die Pariserinnen für so etwas viel zu cool. Oder sie tun es doch, aber sie sind leichter gebaut als ich. Jedenfalls ist mein Freudentaumel mehr, als Félix gewohnt sein kann, denn ich bringe ihn tatsächlich zu Fall. Er stürzt zu Boden und ich hinterher. Ich falle weich im Gegensatz zu ihm. Ein großer Trost ist das nicht. Im ersten Moment bin ich wie paralysiert, dann folgt dem Schreck haltloses Entsetzen, als Félix, auf dem ich liege, unter mir zu zucken beginnt. Ich denke an Epilepsie. An eine grauenhafte Kopfverletzung. Ich richte mich erschrocken auf, wobei ich es immerhin vermeide, ihm auch noch mein Knie in die Weichteile zu rammen. Erst als ich in sein Gesicht sehe, erkenne ich, dass Félix lacht. Er lacht so sehr, dass ihm Tränen über die Wangen rinnen.

Das finde ich jetzt auch ein wenig übertrieben. Gelegentlich kann ich durchaus einen guten Witz erzählen, aber als Scherz war meine Umarmung nun wirklich nicht gedacht. Irritiert versuche ich aufzustehen, aber Félix hält mich zurück. Er zieht mich zu sich hinab und stößt mit dem Fuß die Haustür zu. Mit einem Arm hält er mich fest umschlungen und streichelt mit der anderen Hand sanft meine Wange.

»Du bist wirklich einmalig«, sagt er mit weicher Stimme. Seine Augen lachen noch immer. Meergrün mit tanzenden Sonnenstrahlen auf dem Wasser. Ich vergesse meinen verletzten Stolz. Ich vergesse Victor. Ich vergesse sogar, dass wir am Boden liegen. Ich lasse mich einfach fallen.

Man sagt ja, dass die Liebe wieder jung macht. Ich kann das nur bestätigen. Auch wenn ich einige hässliche blaue Flecken habe, hatte ich bis dahin keine Ahnung, wie gelenkig ich eigentlich bin. Von Sacré-Cœur einmal abgesehen, habe ich nicht viele Sehenswürdigkeiten gesehen. Das ist mir so was von egal. Schließlich hat Félix eine große Wohnung. Wir haben sie eigentlich nur zu Silvester kurz verlassen. Da waren wir bei Freunden von ihm eingeladen. Ärzte allesamt, die etwas kritisch nach meinem Background fragten. Félix sagte, ich sei Künstlerin. Das schmeichelte mir zwar in gewisser Weise, aber ich sehe keinen Grund, zu verschweigen, was ich wirklich bin. Zumal ich diesen Abend zwar durchaus angenehm fand, aber keineswegs glamourös. Es gab kaltes Huhn und Gesellschaftsspiele. Brettspiele, sagte man mir, seien wieder groß im Kommen. Das mag sein. Gegen ein wenig Kaviar und ein bisschen Tanzen hätte ich mich dennoch nicht gewehrt. Wir sind früh nach Hause gegangen. Weil Félix am nächsten Tag Dienst hatte. Und ich in aller Früh den Zug nach Aix bestieg.

Ich komme noch vor Mittag zu Hause an und schaffe es bis kurz vor der Haustür, jeden Gedanken an Victor zu vermeiden. Dann drehe ich den Schlüssel und stoße die Tür auf. Drinnen werde ich von muffiger Luft und Stille empfangen. Ich laufe durch alle Räume und öffne jede Tür. Ich kann es kaum fassen, aber Victor ist tatsächlich verschwunden. Ich nehme mir fest vor, bei meinem nächsten Besuch in Sacré-Cœur auch so eine Plakette zu stiften, und gehe schließlich in die Küche, um mir einen Kaffee zu machen.

Dort liegt ein Zettel auf dem Tisch: *Liebe Vivianne, wie du wolltest, habe ich das Haus verlassen. Bin in den Pavillon gezogen. Du findest mich im Garten. Beste Grüße, dein Mann*

25

Manche Leute haben mit guten Vorsätzen ja so ihre Schwierigkeiten. So etwas kenne ich nicht. Weil ich für gute Vorsätze schon vor Jahren ein effizientes Verfahren entwickelt habe. Ich setze dabei auf Recycling! Immer am ersten Januar hole ich die Liste vom Vorjahr aus der Schublade, suche nach einem Magneten und hänge sie am Kühlschrank auf: **Spanisch lernen! Weniger trinken!! Fünf Kilo abnehmen!!!**

Zugegeben, diese Prozedur hat auch ein gewisses Frustrationspotenzial, doch im Großen und Ganzen überwiegen die Vorteile. Ich bin zum Beispiel sehr geübt in der Umsetzung. Nachdem ich die Liste an den Kühlschrank gehängt habe, nehme ich sofort das Telefon zur Hand und melde mich im Fitnesscenter an. Da ich dies schon einige Jahre so mache, hat man dort auch meine Daten, was die Prozedur enorm beschleunigt. Natürlich nehme ich ein Halbjahresabonnement. Aus früheren Jahren weiß ich genau, dass jede längere Verpflichtung nur Geldverschwendung wäre. Im Prinzip würde mir auch ein Monatsabonnement genügen, aber so was bieten Fitnesscenter ja nicht an. Die wissen schon, warum.

Die Bibliothek ist weniger problematisch. Hier lohnt sich für mich ein Jahresabonnement. Ich besuche sie regelmäßig, nur die Auswahl meiner Bücher wechselt. Das Jahr über lese ich am liebsten Romane, doch im Januar leihe ich mir den Spanisch-Kurs aus. An den

Abenden pauke ich dann Vokabeln. Dazu trainiere ich auf dem Stepper, den ich vom Dachboden heruntergeholt habe, und trinke ein Glas Wasser.

Im letzten Jahr bin ich in meinem Kurs bis Kapitel fünf gekommen. Für dieses Jahr hatte ich mir eigentlich vorgenommen, es ein Kapitel weiter zu schaffen. Aber das muss nun warten. Denn dieses Jahr muss ganz oben auf die Liste ein neues Ziel: **Victor loswerden!**

Ich nehme einen roten Stift, um das aufzuschreiben, unterstreiche es doppelt und fülle den Rest der Zeile mit Ausrufezeichen, bevor ich die Liste an den Kühlschrank hefte.

Ich muss noch meinen Koffer auspacken und in den Gästezimmern staubsaugen und Fred abholen, der bei Annie ist, aber das alles kann warten. Zu allem entschlossen, auch dazu, notfalls körperliche Gewalt anzuwenden, marschiere ich durch den Garten, und wütend, wie ich bin, würde ich am liebsten bei Victor einfach reinplatzen. Aber wer weiß, mit welch obskuren Tätigkeiten mein Mann, der Aussteiger, gerade beschäftigt ist? Ich will ihn nicht dabei erwischen, wie er zum Beispiel nackt Yoga macht. Obwohl ich – zumindest im moralischen Sinn – die Eigentümerin des Pavillons bin, klopfe ich also an.

Die Vorsicht ist unnötig. Victor ist nicht mit Yoga beschäftigt. Er ist auch nicht nackt. Er trägt eine Jeans und ein schwarzes T-Shirt, und jetzt, wo ich ihn so sehe, erkenne ich, er hat tatsächlich abgenommen. Auf seinen Wangen liegt ein dunkler Bartschatten, und er sieht müde aus. Nun ja, nicht jeder kann so energiegeladen in ein neues Jahr starten wie ich. Ich frage mich, mit wem Victor Silvester verbracht hat. So, wie er aussieht, hat er ganz schön gefeiert.

»Du hast also meine Nachricht erhalten?«, sagt er und fährt sich mit der Hand durch das ungewohnt lange Haar.

»Du kannst hier nicht bleiben«, sage ich.

Über seine Schulter hinweg werfe ich einen Blick in den Pavillon. Marcelle hat ihr Zeug weggeräumt, aber die zwei großen Tische dagelassen, auf denen sie ihre Pläne gezeichnet hat. Mit der werde ich auch mal ein Wörtchen reden müssen. Einer der Tische ist mit Papieren und mit Victors Computer belegt, auf dem zweiten steht ein Campingkocher. Ich erinnere mich vage, den schon mal gesehen zu haben. Vor vielen Jahren hatten wir mal davon gesprochen, möglicherweise einen Campingurlaub zu machen, und natürlich ist Victor sofort losgezogen und hat eine Ausrüstung erworben. Die Idee mit dem Camping konnte ich Victor damals ausreden, aber der Kocher, der seither in der Garage lagerte, scheint erstaunlicherweise noch immer zu funktionieren. Auf der Platte brutzelt etwas. Ich schnuppere unauffällig, und sofort gibt mein Magen, der Verräter, ein lautes Knurren von sich. Wie bitte soll man es schaffen, erbarmungslos und zielstrebig aufzutreten, wenn einem der eigene Körper derart in den Rücken fällt und jede kleine Schwäche sofort offenbart?

»Hast du Hunger?«, fragt Victor mit einem Lächeln. »Möchtest du vielleicht einen Teller mit mir essen? Oder machst du gerade deine Erster-Januar-Diät?«

Ich mache natürlich meine Erster-Januar-Diät, denn die mache ich immer, jedes Jahr. Das ziehe ich durch. Da bin ich absolut gnadenlos. Und heute habe ich noch gar nichts gegessen, außer dem Croissant natürlich, das man in der ersten Klasse des TGV gratis bekommt.

Was Victor da kocht, riecht lecker. Theoretisch, denke ich, könnte ich die Erster-Januar-Diät auch um einen Tag verschieben. Gerade noch rechtzeitig erkenne ich meinen Fehler. Ich bin drauf und dran, meine sehr berechtigte Wut für ein Linsengericht zu verkaufen. Ich sage mit Nachdruck zu Victor, dass ich keinesfalls gedenke, Speis und Trank mit ihm zu teilen. Ich teile nämlich gar nicht. Auch nicht mein Haus. Und schon gar nicht mit ihm. Ich bin gekommen, um ihn hinauszuwerfen.

»Alles klar«, sagt er zu meinem Erstaunen. Mit einem so leichten Sieg habe ich nicht gerechnet. »Ich versteh dich, Vivianne. Es gibt da nur ein Problem.«

»Was für ein Problem?«, will ich wissen und kneife misstrauisch die Augen zusammen.

»Die App ist noch nicht fertig«, sagt Victor.

Ich kann nicht fassen, dass er mir mit dieser Story kommt. Er will mich wohl für dumm verkaufen?

»Die App«, frage ich und werde mit jedem Wort lauter, »die du in Kalifornien gebaut hast? Wenn du grad mal Pause vom Kochen hattest und nicht Yoga machtest? Diese App meinst du?«

»Die meine ich, ja«, sagt Victor völlig selbstverständlich. Dann dreht er sich um und geht zum Computer hinüber. Dort schlägt er ein paar Tasten an, und sofort erscheint auf dem Bildschirm ein unsäglich kitschiger Sonnenaufgang. »Das ist unser Programm«, sagt er. »Wir wollen es ›Die zweite Chance‹ nennen. Was hältst du davon?«

»Wovon?«, sage ich scharf. »Von diesem Foto? Denn mehr sehe ich hier nicht. Und das Bild finde ich kitschig. Jetzt hör auf, mir diesen Mist zu verklickern, und pack endlich deine Sachen.«

Ein ärgerlicher Ausdruck huscht kurz über Victors Gesicht, aber er fasst sich sofort wieder. »Das habe ich vermutlich verdient«, sagt er. Unheimlich ist das. Vielleicht war er tatsächlich in Kalifornien? Diesen Teil beginne ich allmählich zu glauben.

Victor stellt den Kocher ab. Dann beginnt er zu erzählen. Er behauptet, Dodo die Wahrheit gesagt zu haben. Und er behauptet weiter, er habe auch Marcelle nicht angelogen. »Was ist mit Annie?«, will ich wissen.

»Die gut aussehende Brünette? Dasselbe.«

So wahnsinnig gut, finde ich, sieht Annie jetzt auch wieder nicht aus. Wobei das im Moment wohl nicht der springende Punkt ist.

»Du lügst mich an«, sage ich sauer. Glaubt Victor etwa, wir reden nicht miteinander? »Das waren drei völlig verschiedene Geschichten, die du erzählt hast.«

»Nein«, sagt Victor gelassen. »Das waren nur drei Facetten derselben Geschichte. Ich dachte, es wäre besser, sie ein wenig aufzuteilen.« Er seufzt und reibt sich das Gesicht. »Um ehrlich zu sein, ich dachte, es würde dich überfordern, alles auf einmal zu hören.«

Überfordern? Mich? Das ist ja lächerlich. Ich sage Victor, dass er ja keine Ahnung hat, was alles in mir steckt. Wobei es ihm durchaus zu denken geben sollte, dass ich meine Talente erst entfalten konnte, nachdem er abgehauen war.

»Das sollte uns beiden zu denken geben«, sagt Victor mit einem traurigen Lächeln. »Meinst du nicht auch?«

Eine Vorahnung streift mich. Ein sicheres Gefühl, dass etwas Schlimmes geschehen ist, wie man es manchmal hat, wenn man mitten in der Nacht aus einem

Albtraum aufwacht. Ich ziehe schaudernd die Schultern zusammen.

»Okay«, sagt Victor mit einem Seufzer. »Hier sind die Fakten: Ich war in Kalifornien. Auf dem Campus einer Universität. Dort habe ich Yoga gelernt, und als in der Mensa ein Koch ausfiel, habe ich vorübergehend seinen Job übernommen. Das war nicht gelogen. Die wollten mich dort sogar behalten. Aber darum ist es nicht gegangen. Es ging eigentlich um eine App.«

»Die noch nicht fertig ist?«, frage ich.

»Genau«, erwidert er gelassen und lächelt kurz.

Ich lächle nicht zurück. Warum Kalifornien?, frage ich. Warum Yoga und weshalb kochen? Und wenn es um eine App geht, wie er sagt, sollte er da anstatt Yoga nicht besser programmieren lernen?

Ich habe die Hoffnung, ihn durch das Aufzeigen seiner Widersprüche vielleicht zur Vernunft zu bringen. Offensichtlich hat er die ganze Geschichte nur erfunden.

Doch Victor lässt sich nicht festnageln. Yoga, sagt er, sei gesund. Er empfiehlt mir dringend, es auch mal zu versuchen, weil ich etwas angespannt wirke. Was das Kochen betrifft, das sei ein Zeitvertreib gewesen, und das Programmieren habe im Übrigen Patrice übernommen.

»Wer ist Patrice?«, frage ich.

»Patrice ist Programmierer. Er ist der Grund, warum ich damals so Knall auf Fall verschwunden bin.«

Zum ersten Mal seit seiner Rückkehr wirkt Victor leicht verlegen. »Dafür möchte ich mich im Übrigen noch bei dir entschuldigen.«

Was soll ich darauf nun antworten? Schwamm drüber, vergessen wir doch einfach die ganze Sache? Was sind schon lächerliche vier Monate? Ich bleibe stumm wie ein Fisch, während Victor hastig weiterredet und mir von Patrice erzählt, der ein genialer Programmierer ist, nur leider etwas instabil. Victor hat ihm bei der Crédit Mutuel de Paris einen Kredit vermittelt. Einen hohen Kredit, der weit über dem Limit der bankinternen Vorschriften liegt. Weil Patrice ein Produkt entwickelt, an das Victor glaubt. So sehr, dass er Patrice am Ende auch mit eigenem Geld unterstützte.

Jetzt weiß ich wenigstens, denke ich, wohin diese Zweihunderttausend verschwunden sind, die noch übrig waren, nachdem Victor zuvor schon die Wohnung in Paris gekauft hatte. Auch ihm scheint in diesem Moment wieder einzufallen, dass ein Teil des Geldes mir gehört hat. »Tut mir leid«, sagt er, ein bisschen zerknirscht. »Ich hätte dich vielleicht fragen sollen, bevor ich das Konto geräumt habe. Aber du warst immer so desinteressiert, wenn es um Geld ging. Und letzten Endes musste doch immer ich die Entscheidungen treffen.«

Will er mir das jetzt etwa zum Vorwurf machen?

»Nein«, sagt Victor schnell. »Aber so war es nun mal. Ich war wegen der Ausgaben für die Wohnung und denen für Patrice über beide Ohren verschuldet. Du hattest keine Ahnung. Und an diesem Tag vor vier Monaten, da wollte ich im Prinzip einfach nur unser Investment schützen.«

Er hatte einen Termin mit Patrice, und als der Programmierer kam, sah Victor sofort, dass etwas ganz und gar nicht stimmte.

»Er war völlig durch den Wind. Keine Ahnung, was für Pillen er damals eingeworfen hatte. Jedenfalls, so wie er sich benommen hat, musste ich befürchten, dass er etwas Dummes macht. Da hab ich ihn eben begleitet.«

»Nach Kalifornien?«, frage ich.

»Na ja«, entgegnet Victor verlegen. »Das konnte ich nicht vorhersehen. Aber Patrice ist von meinem Büro aus direkt an den Flughafen gefahren. Ich wollte ihn nicht alleinlassen und ... Was soll ich sagen – bevor ich mich's versah, bin ich in Los Angeles gelandet.«

»Aha«, sage ich. »Und bekanntermaßen gibt es in Los Angeles ja keine Telefone.«

Victor rollt die Schultern. Inzwischen meidet er meinen Blick. »Du hast ja recht. Ich hätte anrufen sollen.«

Das »Aber« schwebt in der Luft. Ich warte. Victor schüttelt sich. Dann richtet er seinen Blick auf mich.

»Ich kann es nicht erklären. Es gibt keine Entschuldigung. Ich stand in L.A. vor dem Flughafen, und da waren all diese Lichter, und ein warmer Wind wehte, und ich dachte plötzlich: So also fühlt sich die Freiheit an.«

Ein kaltes Gefühl macht sich in meiner Brust breit. Wie er das sagt ... Als wäre sein Leben mit mir ein Gefängnisaufenthalt gewesen. Ich schlage die Arme um meinen Körper. Ein Trost ist das nicht. Ich sehe Bedauern auf Victors Gesicht. Aber mehr sehe ich nicht.

»Es tut mir leid, Vivianne. Die Wahrheit ist, diese Freiheit hat mir gefallen. Ich wollte sie nicht aufgeben. Ich wollte nicht zurück. Ich wollte mich nicht entschuldigen und ich wollte nichts erklären müssen.« Er sieht mich an. »Ich hatte das Telefon schon in der Hand. Aber in diesem Moment ... Ich habe es in den Müll geworfen.«

26

Victors Verschwinden habe ich gemeistert, doch ich gebe ehrlich zu, mit seiner Rückkehr bin ich überfordert. Eine Woche nach seinem Geständnis bin ich nicht einen Schritt weiter. Außer, dass ich inzwischen sicher weiß, dass Victor für mich keinerlei Gefühle mehr hat.

Seit seiner Rückkehr zerlegt er mit geradezu roboterhafter Konsequenz sein gesamtes bisheriges Leben. Am ersten Arbeitstag im neuen Jahr hat er seinen Job bei der Bank gekündigt. Vermutlich kann sich Emile vor Freude nicht mehr fassen. Allfällige Fragen zu Victors Krankheit sind inzwischen vergessen. Denn Emile kriegt jetzt den Chefsessel. Und ich kriege nach den ganzen Mühen, die ich mir gemacht habe, rein gar nichts.

Victor zuckt nur die Achseln, als ich ihn einigermaßen aufgelöst fragte, wovon er denn leben möchte. Ohne seinen Lohn. Er werde es schon irgendwie schaffen, sagt er, diese Zwischenphase zu überbrücken. Er ist überzeugt, mit seiner App irgendwann Millionen zu verdienen.

»Wann?«, frage ich. Und wie soll das überhaupt möglich sein? Wo er doch den ganzen Tag mit Yoga verplempert.

Er verplempere gar nichts, sagt Victor, engelsgleich entspannt. Er arbeite am Marketingkonzept, und für die Programmierung sei, wie ich ja wisse, Patrice zuständig.

Allmählich glaube ich, dass Patrice einer dieser imaginären Spielkameraden ist, wie ihn kleine Kinder erfinden.

Niemand hat ihn je gesehen. »Natürlich nicht«, sagt Victor milde. »Er ist ja auch in Kalifornien geblieben. Der Campus gibt ihm Stabilität. Und er kann mit seinem alten Professor zusammenarbeiten. Wegen dem sind wir ja schließlich dorthin gegangen.«

Der alte Professor? Na prima. Jetzt haben wir schon zwei imaginäre Spielkameraden. Am Ende rät mir Victor dringend, mein Glück nicht von materiellen Gütern abhängig zu machen. »Solche Dinge«, sagt er ganz ernsthaft, »können ganz schnell zu Fesseln werden.«

Dodo glaubt, Victor habe einen Nervenzusammenbruch erlitten. Sie hat sich im Internet schlaugemacht und empfiehlt mir, im Umgang mit ihm äußerste Vorsicht walten zu lassen. Sie hat auch vorgeschlagen, dass ich einer Selbsthilfegruppe beitrete. *Ehemann ist plötzlich verrückt geworden. Ehemann entdeckt über Nacht die Liebe zum einfachen Leben.* Als ob es für so was eine Selbsthilfegruppe gäbe! Marcelle ist der Meinung, ich sollte einen Psychiater einschalten.

Annie versteht die ganze Aufregung nicht. Sie findet es »prima«, dass Victor versucht, seine Träume zu realisieren. Ich habe sie darauf hingewiesen, dass Victors Träume erstens völlig verrückt klingen und mich zweitens gar nicht einbeziehen. Sie zuckte nur die Achseln und riet mir, ihm ein wenig Zeit zu geben, um sich selbst zu finden.

Etwas anderes bleibt mir auch gar nicht übrig. Rauswerfen kann ich ihn nicht. Das hat der Anwalt bestätigt, den mir Félix inzwischen besorgt hat. Er ist mit der Situation auch nicht gerade glücklich. Wir telefonieren jeden Tag. Mehrmals. Und Félix hat mir angeboten, bei ihm in Paris zu wohnen. Das war natürlich verlockend. Félix zum einen und Paris zum anderen, und der Gedanke, alles einfach hinzuschmeißen. Genau wie Victor. Aber ich habe keine Reserven. Ich müsste von Félix' Geld leben. So sehr ich ihn auch vermisse, es widerstrebt mir zutiefst, mich noch einmal finanziell von einem Mann abhängig zu machen. Zugegeben, ich habe eine Zeit lang auch von Victors Geld gelebt. Aber meine diesbezüglichen Erfahrungen sind wirklich nicht dazu angetan, dieses Experiment zu wiederholen.

Ich sage Félix, dass ich *Chez Madame Vivianne* im Moment nicht aufgeben möchte und dass ich Victor als vorübergehende Erscheinung betrachte. Auch wenn er im Moment unangenehm präsent ist. Inzwischen hält er jeden Morgen im Garten eine Yogastunde ab. Meine aktuellen Gäste finden das ganz toll. Es sind zwei Schwedinnen, und ehrlich gesagt ist der Anblick ihrer durchtrainierten Körper, die sich am frühen Morgen draußen vor meinem Fenster räkeln, mehr, als ich im Moment ertragen kann. Ich habe mir deshalb angewöhnt, etwas später aufzustehen, und liege noch im Bett, als am Freitag um zehn Marcelle anruft. Sie hatte ihr Wettbewerbsprojekt beendet, bevor sie den Pavillon für Victor räumte, und ihre Pläne fristgerecht eingereicht. Jetzt ist sie eingeladen, an der großen Gala teilzunehmen, auf der eine Jury aus bekannten Architekten das Siegerprojekt bekannt geben wird.

Marcelle fragt mich, ob ich sie begleite. »Warum nimmst du nicht Stéphane mit?«, sage ich. Ich finde, es wäre ein guter Moment, um Marcelles Mann reinen Wein einzuschenken. »Wenn du gewinnst, wirst du es ihm ohnehin sagen müssen.«

»Ich gewinne nicht«, sagt sie gleichermaßen düster wie bestimmt. »Und selbst wenn, dann würde es Stéphane nicht interessieren. Er interessiert sich weder für dieses Projekt noch für mich. In den letzten Monaten war er kaum noch zu Hause.«

»Du ja auch nicht«, sage ich.

»Ich hatte einen guten Grund. Aber er?« Ein leichtes Zittern liegt in ihrer Stimme. »Um ehrlich zu sein, ich glaube, Stéphane hat eine Affäre.«

Ich finde, eine Affäre ist ziemlich harmlos im Vergleich zu dem, was ich mit Victor am Hals habe. Dennoch gebe ich mir natürlich Mühe, auf Marcelle einzugehen. Sie bilde sich was ein, sage ich, und überhaupt sei Stéphane doch gar nicht der Typ für so was.

»Wie auch immer«, entgegnet sie kühl. »Kommst du jetzt mit oder lässt du mich hängen?« Eine Heulsuse ist Marcelle jedenfalls nicht.

Ich sage ihr, dass ich sie gerne begleite, und frage, wann das Ganze denn stattfinden wird. Ich habe kein Kleid, ich muss mir die Haare machen lassen, neue Schuhe brauche ich vermutlich auch.

»Morgen«, sagt Marcelle. »Ich hole dich um sieben ab.«

Warum, warum, warum nur habe ich die Erster-Januar-Diät auch dieses Jahr nicht durchgehalten?!

Okay, das war Victors Schuld. Aber wie es ja in letzter Zeit normal geworden ist – Victor tut etwas, und das Problem habe ich. Die Gala findet in Cannes statt. Im Palais des Festivals et des Congrès. Wir werden wie die Filmstars über den roten Teppich laufen. Das ist eine große Sache. Ich habe nur ein einziges Kleid, das diesem Anlass angemessen wäre, aber in dieses Kleid passe ich nicht hinein! Als Marcelle um Viertel vor sieben klingelt, muss ich mich zusammenreißen, um nicht in Tränen auszubrechen.

»Du bist zu früh«, herrsche ich sie an.

»Nur eine Viertelstunde«, sagt sie verständnislos. »Was wolltest du denn noch machen?«

Was ich noch machen wollte? Mir einen neuen Körper zulegen! Einen, der keine Zicken macht. Einen, wie Marcelle ihn hat.

Zur schwarzen Hose, die locker sitzt wie immer, trägt sie einen schmalen Pullover, der mit silbernen Fäden durchwirkt ist. Schlicht, aber wirkungsvoll. Sie sieht erstaunlich gut aus. Im Gegensatz zu mir, die sich in einem hoffnungslosen Versuch, den Gesetzen der Gravitation zu trotzen, in die große Robe gequält hat. Ich komme mir vor wie eine schlecht gestopfte Wurst. Marcelle, die eindeutig lügt, behauptet, dass es gut aussieht.

»Findest du?«, frage ich spitz und drehe mich um. Im Rücken steht der Reißverschluss offen. Bei dem Versuch, ihn zu schließen, habe ich mir fast die Schulter ausgekugelt. Es ist zum Verzweifeln, aber auch Marcelle schafft es nicht.

»Weißt du, was«, sagt sie schließlich. »Ich habe zu Hause noch einen zweiten Pullover, genau wie diesen. Wenn mir etwas passt, kaufe ich es immer doppelt. Du kannst ihn haben.«

»Wir können doch nicht im selben Outfit dort auftauchen.«

»Warum nicht?«, sagt Marcelle und sieht auf die Uhr. »Du hast Locken, und ich hab eine Brille. Die werden uns schon nicht verwechseln. Du kannst auch gerne dein Kleid tragen. Mir ist das egal. So oder so, du musst dich entscheiden. Wir müssen jetzt nämlich los.«

Am Ende fahren wir tatsächlich als doppeltes Lottchen nach Cannes. Es wird weniger schlimm, als ich es mir vorgestellt habe. Inmitten der schwarz gekleideten Architekten fallen unsere silbernen Pullover ganz schön auf. Und überraschenderweise wird die Tatsache, dass es uns zweimal gibt, von den Architekten als Statement gewertet. Ich höre, wie jemand davon spricht, dass wir mit unseren Pullovern eine »unerhört starke Aussage« machen. Weil der ästhetische Gehalt durch die Duplizität überhöht und ad absurdum geführt wird. Genau, kann ich da nur sagen.

Ich fühle mich inzwischen ziemlich wohl mit meiner Entscheidung. In dem Pullover kann man frei atmen, was ganz angenehm ist, und ohnehin scheinen nur die ganz jungen Freundinnen älterer Männer hier eine Robe zu tragen.

Auch eine Robe ist in dieser Umgebung offenbar ein Statement. Man sagt damit: *Ich musste mit einem alten Mann schlafen, um es bis hierher zu schaffen.* Zu dieser Kategorie Frau möchte ich lieber nicht gehören.

Weil Marcelle am Wettbewerb teilgenommen hat, haben wir reservierte Plätze. Wir sitzen ganz vorne links. Ich habe mich kaum gesetzt, als Marcelle auf der anderen Seite des Gangs plötzlich ihren Mann entdeckt. Sie packt mich mit schmerzhaftem Griff am Arm und zischt: »Was zum Teufel hat der hier verloren?«

Ich beuge mich suchend vor.

»Sieh nicht hin«, zischt Marcelle, aber dafür ist es zu spät. Stéphane, der nur acht Plätze weiter sitzt, hat uns inzwischen auch gesehen. Er wirkt ebenso fassungslos wie seine Frau.

»Vielleicht hat er ebenfalls ein Projekt eingereicht?«, sage ich zu Marcelle. Stéphane sieht gut aus, finde ich. Seit ich ihn das letzte Mal gesehen habe, hat er sich einen blonden Bart wachsen lassen.

»Ein Projekt? Stéphane?« Marcelle lacht trocken auf. »Nie im Leben. Er interessiert sich nicht mehr für Architektur. Das habe ich dir doch gesagt. Das ist ja genau unser Problem. Er interessiert sich nur noch für Geld und dafür, diese dämlichen Ferienhäuser zu bauen.«

»Vielleicht täuschst du dich.«

»Ich täusche mich nicht.« Ihre Augen blitzen. »Er ist mein Mann. Glaubst du, ich weiß nicht, wie er tickt?«

»Das hab ich auch mal gedacht«, sage ich und hebe die Hand, um Stéphane zu winken.

Marcelle versucht, mich zurückzuhalten: »Was zum Teufel machst du da? Hör auf damit.«

»Wir können ihn doch nicht einfach ignorieren.«

Stéphane, der keine Sekunde seinen Blick von uns nimmt, erwidert meinen Gruß zögernd.

»Hallo, Stéphane«, rufe ich hinüber und zucke zusammen, als Marcelle mich heftig in die Seite kneift. »Aua, spinnst du!«

»Hör sofort damit auf.«

»Ich dachte, du willst wissen, was er hier tut?«

»Nein«, ruft sie aus. »Ich will es nicht wissen. Ich will ihn nicht sehen.« Sie kneift tatsächlich ihre Augen zusammen.

Ich lehne mich wieder vor. »Was machst du hier?«, rufe ich hinüber.

»Hab ein Projekt eingereicht. Und du?«

»Ich auch. Also sie.« Ich deute auf Marcelle, deren Augen noch immer geschlossen sind. Sie hat auch ihre

Arme verschränkt und sogar die Zähne fest zusammengebissen.

Ich stupse sie an. »Hast du das gehört?«, frage ich. »Stéphane hat auch ein Projekt eingereicht.«

Mit einem Ächzen beginnt sie, den Kopf zu schütteln. Sie schüttelt ihn immer noch, als der erste Redner auf die Bühne kommt, und der zweite und der dritte, und beim vierten, der die Preisverleihung dann endlich vornimmt, hört sie erst recht nicht damit auf.

Um es kurz zu machen: Marcelle hat nicht gewonnen. Ebenso wenig Stéphane. Der Sieger ist einer dieser älteren Männer mit Trophäenfreundin. Er hält eine unglaublich langweilige Dankesrede, nach der alle froh sind, endlich aufstehen zu können. Ich freue mich auf das reichhaltige Büfett, das in der Einladung angekündet worden ist, aber Marcelle zieht mich genau in die entgegengesetzte Richtung. Sie will sich unbedingt die Modelle ansehen. Die stehen in einer kleinen stickigen Kammer, weit ab vom Schuss. Wir sind die Einzigen, die sich dafür interessieren. Wir und Stéphane.

Es ist ein unangenehmer Moment, als wir am Eingang beinahe zusammenprallen. Jetzt, wo sie nicht mehr anders können, begrüßen sich die beiden wie zwei Fremde und bestehen darauf, sich gegenseitig den Vortritt zu lassen. Schließlich beende ich das Theater, indem ich als Erste hineingehe.

Einmal drinnen, gibt es wenig zu tun für mich. Ich finde diese Modelle ganz süß. Aber mal ehrlich, wer kann sich ohne ein Glas Prosecco in der Hand länger als fünf Minuten damit beschäftigen? Ich langweile mich ziemlich rasch und bleibe im Prinzip nur, um ein Auge auf meine beiden Freunde zu haben. Die sehen sich natürlich das Modell des jeweils anderen an. Die Luft im Raum ist stickig. Das Schweigen lastet schwer. Jeder Kommentar, den ich hätte abgeben können, ist absolut überflüssig. Ich kann nicht sagen, was Marcelle denkt, weil ihr Gesicht hinter einem Vorhang aus Haaren verborgen ist, während sie sich tief über Stéphanes Modell beugt.

Ihr Mann zieht eine nachdenkliche Miene und kratzt sich am Bart. »Ich finde«, sagt er dann plötzlich, »du hättest gewinnen müssen.«

Marcelle schießt hoch und mustert ihn. »Findest du wirklich?«

»Absolut.« Er zeigt auf eine Stelle in ihrem Modell: »Hier, deine Lösung für die Lichtführung ist einfach genial.«

Ein beinahe schüchternes Lächeln breitet sich auf Marcelles Gesicht aus. »Dein Vorschlag ist auch nicht schlecht. Ich mag diesen Tetraeder, den du dir ausgedacht hast.«

»Er gibt dem Raum eine andere Tiefenstruktur, findest du nicht auch?« Stéphane strahlt jetzt auch. Gemeinsam beugen sie sich über den Tisch, und als sie anfangen, über schwebende Treppenkonstruktionen zu philosophieren, verlasse ich leise den Raum.

Leider entwickelt sich der Abend danach recht unangenehm. Es beginnt damit, dass ich an der Bar einen Prosecco verlange. Etwas unüberlegt, wie ich im Nachhinein zugeben muss. Ich mag Prosecco lieber, aber in Frankreich trinkt man nun mal Champagner. Alles andere gilt als unpatriotisch. Beim Kellner, der extra eine Flasche für mich öffnen muss, entschuldige ich mich daher mit dem Hinweis, dass ich Schweizerin bin.

Trotzdem rümpft er leicht die Nase, als er mir mein Glas reicht und mit extra lauter Stimme verkündet: »Ihr PROSECCO, Madame.«

Ich sehe, wie sich ein paar Köpfe drehen, zucke abermals entschuldigend die Achseln und mache mich möglichst schnell vom Acker. Aber irgendwie hat sich die Nachricht bereits im Saal verbreitet. Oder warum sonst schneidet man mich?

Als ich mich zu ein paar Leuten an einen Stehtisch geselle, löst sich die Gruppe schlagartig auf, während ich kurz in mein Glas schaue. Ich sage mir, dass das Zufall ist, und ziehe einen Tisch weiter. Aber dann geschieht dort genau dasselbe.

Daraufhin brauche ich dringend ein zweites Glas. Diesmal nehme ich Champagner. Ich stelle mich neben eine Frau, von der ich glaube, dass sie wie ich auch allein ist. »Das ist Champagner«, sage ich. Aber das beeindruckt sie nicht. Sie mustert mich wortlos mit hochmütiger Miene, dann kommt ihr Mann vom Klo zurück. Er lächelt unverbindlich in meine Richtung, wie man das eben tut als zivilisierter Mensch, aber seine Frau, diese Hyäne, zieht ihn am Arm einen Tisch weiter.

Was zum Teufel ist hier los? Ich fühle, wie mir der Schweiß ausbricht, und nur um sicherzugehen, dass ich in der Hektik des Aufbruchs nicht etwa das Deo vergessen habe, schnuppere ich kurz an meiner Achselhöhle. Danach will erst recht kein Mensch mehr mit mir reden. Ich werte es als Achtungserfolg, als es mir mit dem dritten Glas immerhin gelingt, die etwas ältliche Kellnerin in ein Gespräch zu verwickeln. Ich erfahre alles über ihren Hammerzeh.

Zugegeben, unter normalen Umständen hätte mich dieses Thema vielleicht nicht ganz so brennend interessiert. Aber es ist das beste Gespräch, das ich an diesem Abend hatte, und ich schaue der Frau sehnsuchtsvoll nach, als sie mit ihrem Tablett eine weitere Runde dreht. Vielleicht sieht man mir ja an, dass ich keine gerade Linie auf einem Blatt Papier ziehen kann. Oder dass ich damals während des Studiums die Architekturgeschichte geschwänzt habe. Im zarten Alter von zwanzig schien es mir für mein weiteres Leben nicht entscheidend, ein korinthisches Säulenkapitel treffsicher von einem ionischen unterscheiden zu können. Natürlich bereue ich diese Ignoranz jetzt bitter.

Noch einmal zwanzig Minuten später beschließe ich, mein Leiden jetzt zu beenden, und kehre zurück in den Raum, in dem ich Marcelle und Stéphane alleingelassen habe. Was soll ich sagen – Überraschung! –, die beiden ignorieren mich. Nicht nur mich, zum Glück. Eigentlich jeden, der an diesem Abend den Fehler macht, sich die Modelle anschauen zu wollen. Die meisten drehen mit hochroten Ohren auf dem Absatz wieder um. Ich hingegen fühle mich verpflichtet dazwischenzugehen. Ich tue es nicht gern, aber ich kann mir nicht vorstellen, dass es ihrem Ruf als Architekten förderlich ist, wenn sich die beiden hier im Eifer des Gefechtes einfach auf die Modelle legen. Deshalb empfehle ich ihnen dringend, ein Hotelzimmer zu nehmen.

»Aber was ist mit dir?«, fragt Marcelle. »Kann ich dich denn einfach so alleine lassen?«

Wider besseren Wissens versichere ich ihr, das sei kein Problem, und dass ich mich prächtig amüsiere. Im Namen der Freundschaft darf man auch lügen, finde ich, und als die beiden dann Hand in Hand davonschweben, fühle ich mich, als sei auch ein Teil meiner eigenen Welt wieder ins Lot gerückt.

27

Manchmal wird man vom Universum belohnt. Nachdem Marcelle und Stéphane verschwunden sind, sehe ich durch das Meer der Architekten plötzlich Monsieur Lambert in seinem Rollstuhl auf mich zusteuern. Eloises Arbeitgeber balanciert zwei Gläser in seiner Hand, und im Gegensatz zu mir kennt Lambert wirklich jeden hier. Er hat sogar in der Jury gesessen. Trotz seines relativ jugendlichen Alters – ich schätze, er ist so alt wie ich – ist Lambert so was wie ein Grandseigneur. Seine Familie besitzt ein Schloss in den Alpilles, er lebt in einem Stadtpalais, er hat Geld wie Heu, und das Beste: Er ist Junggeselle. Über die Verletzung, die zu seiner Lähmung führte, werden die wildesten Geschichten erzählt. Auch über die Abenteuer seiner jungen Jahre und natürlich über seinen Charme.

Diesen letzten Punkt zumindest kann ich nur bestätigen. Mit Lambert an der Seite wird der Abend plötzlich vergnüglich. Und als wir von den Architekten genug haben, bietet er mir eine Fahrt zurück nach Hause an. Er hat einen Sportwagen, der auf Handbetrieb umgestellt ist. Alles funktioniert per Knopfdruck. Wenn Lambert am Steuer sitzt, vergisst man seine Behinderung. Er fährt schnell und spritzig. Ich würde nicht so weit gehen, ihn einen Macho zu nennen, aber ich muss feststellen, wenn er nicht an seinen Rollstuhl gebunden ist, lässt sich Monsieur Lambert gar nicht gern überholen. »Ich liebe diesen Wagen«, sagt er, als wir die Autobahn erreichen und mit hundertachtzig Sachen nach Westen dahinbrausen. »Für Leute wie mich ist die moderne Technologie wirklich ein Segen.«

Ich bin mir nicht sicher, wen er damit genau meint. Für Leute, die im Rollstuhl sitzen? Leute, die über ein oder zwei Schlösser verfügen? Ich halte mich unauffällig am Griff über der Tür fest und sage Monsieur Lambert, dass ich von Technik eigentlich keine große Ahnung habe.

»Das kann ich kaum glauben. Sie sind zu bescheiden. Immerhin haben Sie ja beträchtliche Summen in die Entwicklung neuer Technologien investiert.«

Ich sehe ihn verdutzt an.

»Das Projekt Ihres Ehemanns. Er war vergangene Woche bei mir, um es vorzustellen.«

Vermutlich sollte ich mich freuen, dass Victor außer Yoga mit den Schwedinnen sonst noch was tut. Aber es ist mir ein bisschen peinlich, wie wenig ich darüber weiß, was mein Ehemann so treibt.

Als Victor von seinem Projekt erzählte, war meine Aufmerksamkeit auf Kalifornien und Kochen gerichtet. Mich mit den technischen Details zu beschäftigen habe ich bisher versäumt. Vermutlich habe ich angenommen, dass sie langweilig sind. Eine begründete Annahme. Nach meiner Erfahrung trifft sie auf neunundneunzig Prozent aller technischen Details zu. Ein wenig Selbstschutz hat bei meiner Ignoranz wohl ebenfalls mitgespielt. Victor hat mein Geld geklaut. Auch wenn es natürlich viel besser klingt, so etwas, wie Monsieur Lambert es tut, ein »Investment« zu nennen. Ich wollte mich nicht damit beschäftigen, weil ich jedes Mal sauer werde, wenn ich darüber nachdenke.

»Ich habe übrigens selber ein wenig Geld angelegt«, sagt Monsieur Lambert in diesem Moment.

»Wirklich?«, frage ich erstaunt und erfreut. »Wie schön.«

Ich meine das ernst. Schade natürlich, dass Monsieur Lamberts Geld futsch ist, aber wenigstens bin ich damit nicht die einzige Betrogene. Ist doch irgendwie kuscheliger in der Gruppe.

Ich stelle allerdings rasch fest, dass Monsieur Lambert, im Gegensatz zu mir, durchaus optimistisch ist, was sein Investment betrifft. Er habe nicht investiert, sagt er mit einem Lachen, um meinem Mann einen Gefallen zu tun. Er glaubt an die Zukunft der Technologie, die Victor verwendet. »Mensch und Maschine«, hebt er an, »werden in den nächsten Jahren immer enger zusammenwachsen. Irgendwann werden sie völlig verschmelzen. Wir stehen erst am Anfang dieser Entwicklung. Und Biofeedback ist der Schlüssel dazu.«

Dann erzählt er mir von Rollstühlen, die sich durch Gedanken steuern lassen, und Kleidern, die sich an die Körpertemperatur anpassen. Ich muss zugeben, das klingt alles fantastisch. Doch soweit ich weiß, ist Victor weder mit Kleidern noch mit Rollstühlen beschäftigt.

»Ich dachte, er baut eine App«, sage ich. Weil ich nicht bereit bin, Victor zu decken, wenn er Monsieur Lambert unter Vorspiegelung falscher Tatsachen zu diesem Investment überredet hat. Das fehlte gerade noch. Dass er die halbe Stadt übers Ohr haut. An der Wall Street mag das gang und gäbe sein, doch hier in Aix-en-Provence würde man dafür im Gefängnis landen. Dort werde ich Victor auf keinen Fall besuchen, nehme ich mir sofort vor, und ich will auch nicht als seine Komplizin gelten.

»Natürlich macht er eine App«, sagt Monsieur Lambert glücklicherweise. »Aber das Besondere an der App ist eben die Biofeedbackschleife.«

Aha.

»Das beeindruckt Sie nicht?« Monsieur Lambert lächelt.

Das Lächeln stört mich nicht. Auch wenn es ein klein wenig herablassend ist. Was mich wirklich stört: Monsieur Lambert dreht zum Lächeln den Kopf. Er sieht mich direkt an. Auf die Gefahr hin, ängstlich zu wirken – ich finde, bei Tempo hundertachtzig sollte man seine Augen auf der Straße lassen. Ich selber schaue stur nach vorne und erkenne vor uns in der Dunkelheit prompt eine Lastwagenkolonne. Ich stoße einen Warnlaut aus, und ohne seine Augen von mir zu nehmen, schert Monsieur Lambert nach links aus. In letzter Sekunde!

»Sehen Sie«, sagt er im Plauderton, während wir an den Lastern vorbeischnellen, »jetzt ist Ihr Puls in die Höhe geschossen. Ihre Durchblutung ist ins Stocken geraten, und die Zusammensetzung Ihres Schweißes hat sich geändert, weil Ihre Nebennieren Adrenalin produzieren. Kurz gesagt, Sie sind erschrocken. So etwas könnte die App erkennen.«

Er wirkt sehr zufrieden mit seiner kleinen Demonstration. Mich beeindruckt sie etwas weniger. Vielleicht sind wir Frauen ja wirklich sensibler. Ich zumindest merke es meistens selbst, wenn ich mich zu Tode erschrecke. Dazu brauche ich keine Maschine.

»Aber was ist mit Situationen, die nicht so klar sind?«, fragt Monsieur Lambert. »Was, wenn Sie sich in der Mitte des Lebens plötzlich fragen, ob Sie den Job wechseln sollen? Ob Sie ein ganz neues Leben beginnen möchten? Oder einen neuen Mann plötzlich dem alten vorziehen?«

Ich finde, das wird jetzt ein wenig persönlich. Einen Computer, sage ich reserviert, würde ich solche Fragen ganz bestimmt nicht entscheiden lassen.

»Kein Computer«, sagt Monsieur Lambert, »Biofeedback. Ihr eigener Körper entscheidet. Der Kopf ist manchmal ein wenig durcheinander, doch der Körper kann uns sagen, wie wir empfinden. Er redet mit uns. Nur leider verstehen wir ihn nicht. Wir brauchen Maschinen, die für uns übersetzen.«

»Und Victors Maschine soll so etwas können?«

»Klar«, sagt Monsieur Lambert. »Im Prinzip ist es eine Weiterentwicklung der Technik, wie man sie von Pulsuhren und Schrittmessern kennt. Wenn auch sehr viel elaborierter.«

Elaboriert klingt gut, finde ich. Elaboriert klingt beinahe so, als ließe sich mit diesem Ding tatsächlich irgendwann Geld verdienen.

»Aber sicher«, sagt Monsieur Lambert. »Davon bin ich überzeugt. Aber die Entwicklung ist äußerst komplex. Das kann schon ein paar Jahre dauern.«

Ein paar Jahre! Meine aufkeimende Hoffnung schnurrt in sich zusammen wie ein angestochener Luftballon. Ich brauche auch keine Biofeedback-Maschine, um zu erkennen, was ich fühle. Ich bin neunundvierzig. Ich kann es mir nicht leisten, »ein paar Jahre« mit Warten zu vergeuden.

Den Rest der Fahrt verbringen wir in nachdenklichem Schweigen. Worüber Monsieur Lambert nachdenkt, weiß ich nicht. Ich versuche mir vorzustellen, was ich kaufen könnte, wenn die Millionen endlich eintreffen und ich dann um die neunzig bin. Einen vergoldeten Rollator? Ein Krankenhausbett mit allen Schikanen? Orthopädische Schuhe mit handgearbeitetem Rahmen?

Bevor ich aussteige, trägt Lambert mir auf, Eloise doch bitte herzliche Grüße zu bestellen. Ich möchte ihm jetzt nicht erklären, warum das mit den Grüßen schwierig ist. Ich sage nur leichthin, er werde Eloise vermutlich vor mir sehen.

»Das glaube ich kaum«, entgegnet Lambert. »Sie hat ihre Stelle bei mir nämlich aufgegeben.«

»Wie bitte?«

»Hat sie Ihnen das nicht erzählt?«

Ich schüttle den Kopf. Natürlich nicht. Wie denn auch? Seit dem Vorfall im *Deux Garçons* habe ich Eloise nicht mehr gesehen. Unseren Streit hat vermutlich die halbe Stadt mitbekommen, und eigentlich wundert es mich ein bisschen, dass Monsieur Lambert nicht längst Bescheid weiß. Als ich nach den Gründen für Eloises Kündigung frage, sagt er mit unverbindlicher Miene: »Sie sagt, sie hat keine Zeit dafür. Sie will sich jetzt ganz diesem Cézanne-Projekt widmen.«

Der Urgroßneffe, fällt mir ein. Ich frage Lambert, ob Eloise denn jetzt für diesen Graham arbeitet.

»Sie arbeitet auf jeden Fall für ihn«, entgegnet Lambert düster. »Allerdings bezweifle ich sehr, dass sie für diese Arbeit auch einen Lohn erhält.«

Ich hatte ja auch nicht den besten Eindruck von dem Mann, aber was Lambert da andeutet, geht noch wesentlich weiter. Ich würde das Thema gerne vertiefen, aber dazu ist Lambert nicht bereit.

»Vergessen Sie es«, sagt er mit einem verlegenen Lachen. »Ich sollte mich da wirklich nicht einmischen.« Dann dankt er mir für den schönen Abend. Der Mann hat wirklich exzellente Manieren.

Während ich die Tür aufschließe, frage ich mich, was Victors Biofeedback-Maschine zu Monsieur Lambert und Eloise sagen würde. Zudem frage ich mich natürlich, welcher Teufel Eloise wohl geritten hat, ihre Stelle bei Lambert einfach hinzuschmeißen. Tief in Gedanken versunken lege ich meine Tasche ab, schlüpfe aus den Schuhen, gehe ins Wohnzimmer und, mit dem Finger bereits auf dem Lichtschalter, merke ich plötzlich, dass etwas nicht stimmt. Ich bleibe stocksteif stehen, und als sich meine Augen langsam an die Dunkelheit gewöhnen, kann ich draußen in der Orangerie zwei geduckte Gestalten erkennen. Einbrecher, denke ich sofort.

Ich habe einen Noch-Ehemann, der im Gartenhäuschen wohnt, und einen großen Hund, dem ich seit Monaten das Fressen bezahle. Aber wo zum Teufel sind die Männer, wenn man mal einen braucht? Victors Biofeedback-Maschine würde mir zweifellos zur Flucht raten. Darauf deuten alle Signale, die mein Körper so von sich gibt. Schweißausbruch, stockender Atem, Zittern in den Beinen. Aber wo, fragt mein Kopf, soll ich hin? Um zwei in der Nacht, mitten im Januar, in Aix-en-Provence? Würde Dodo noch immer auf der anderen Seite der Placette wohnen, könnte ich bei ihr unterkriechen. Doch ob ich es rennend bis an die Rue Mignet schaffe, ist mehr als zweifelhaft. Und überhaupt beginnen mich diese Einbrecher langsam zu nerven. Die sitzen in meiner Orangerie, als ob sie ihnen gehört, und scheinen sich gemütlich zu unterhalten. Ich höre Stimmengemurmel und leises Lachen. Besonders bedrohlich wirkt das nicht. Ich bin wahrlich kein Herkules, aber mit dem Überraschungseffekt auf meiner Seite, denke ich plötzlich, kann ich sie vielleicht vertreiben. Eine Waffe habe ich keine. Aber als ich damals die Küche umbaute, habe ich bei den Küchenarmaturen auf einem dieser unglaublich praktischen, ausziehbaren Wasserhähnen bestanden. Ich schleiche also auf leisen Sohlen in die Küche hinüber, ziehe den Schlauch auf die maximale Länge aus, öffne vorsichtig das Fenster, ziele mit dem Hahn so gut es geht auf die Eindringlinge, dann drehe ich mit einem lauten Schrei das kalte Wasser auf. Es überrascht mich selbst, welche Wirkung das hat.

Der größere Einbrecher springt auf. Der Kleinere stößt mit schriller Stimme einen Schrei des Entsetzens aus. Irgendwo im Haus beginnt Fred wie ein Verrückter zu bellen. Ich höre, wie der Hund die Treppe herabläuft. »Fass, Fred!«, rufe ich und reiße die Tür zur Orangerie auf. Das ist ein Fehler.

Zwar stürmt Fred in vollem Galopp direkt auf die Veranda hinaus, doch anstatt den Einbrecher zu attackieren, bleibt er draußen plötzlich stehen. Man könnte zu seiner Entschuldigung einwenden, dass Fred den Befehl »Fass!« nicht kennt. Aber sollte ein Hund so etwas nicht aus dem Bauch heraus können? Bisher war mir nicht klar, dass Fred eine pazifistische Ader hat. Er steht draußen und wedelt mit dem Schwanz. Das ist keine große Hilfe. Zumal sich einer der Einbrecher vom Schreck inzwischen erholt hat. Er ist mit zwei Schritten bei mir, und bevor ich mich versehe, hat er mich an sich gerissen. Vermutlich will er mich so ersticken.

Mein Gesicht ist an seine nasse Brust gepresst, ich ringe mühsam nach Luft und rieche einen bekannten Duft.

»Félix?«, frage ich und hebe den Kopf.

Eine halbe Stunde später ist der Schaden behoben, soweit das überhaupt möglich ist. Ich habe natürlich sofort eine Menge Frottiertücher geholt und mich auch entschuldigt.

Félix hat mir den Angriff mit dem Wasserschlauch verziehen. Der kleine Einbrecher, der sich als Frau entpuppt hat, schmollt. Sie heißt Rieke und kommt aus Antwerpen. Ein dralles Persönchen mit karottenrot gefärbtem Raspelschnitt. Das kann man im Dunkeln schon mal mit einem Mann verwechseln. Die Frisur ist für meinen Geschmack etwas zu exaltiert, doch das Haar scheint zur Persönlichkeit zu passen.

Im Allgemeinen haben die Flamen ja einen guten Ruf. Ich zumindest habe sie bisher gewissermaßen als holländische Schweizer wahrgenommen. Freundlich, zurückhaltend, bescheiden, arbeitsam. Arbeitsam kann ich nicht beurteilen, aber die anderen Attribute würde ich auf Rieke aus Antwerpen nicht unbedingt anwenden. Sie hat ein Zimmer gebucht, wie sie behauptet, und kann es nicht fassen, dass ich sie erstens die halbe Nacht habe draußen warten lassen, und sie zweitens, als ich dann endlich komme, mit einem Wasserwerfer empfange. Wasserwerfer ist natürlich übertrieben. Ich habe im Gegenteil immer Probleme mit dem Wasserdruck. Aber solche Feinheiten interessieren Rieke nicht. Und auch nicht die Tatsache, dass ihre Buchung für Montag ist. Zuerst will sie mir nicht glauben, und als ich ihr die Buchungsseite zeige, sagt sie gänzlich unbeeindruckt, klar stehe da Montag, aber – sie sieht mich triumphierend an – sie sei zwei Tage früher gekommen, weil sie die Aktion gebucht hat.

Die Aktion hatte ich völlig vergessen. Jetzt fällt sie mir siedend heiß wieder ein. Zwei Nächte gratis, wenn man fünf Tage bleibt. Andere Anbieter machen das auch, um ihr Januarloch zu füllen. Ich selber habe das Angebot in einem Anfall von Panik an dem Tag aufgeschaltet, als Victor seine Stelle bei der Bank gekündigt hat. Am Abend desselben Tages habe ich es bedauert und das Angebot wieder entfernt. In den zehn Stunden, die dazwischen lagen, hatte Rieke schon zugeschlagen. Das sagt mir einiges über diese Person.

Ich erkläre ihr hoheitsvoll, dass sie, auch wenn zwei Tage gratis sind, dennoch eine Reservierung benötige. Daraufhin gibt sie zurück, mit administrativen Details wolle sie sich nicht herumschlagen, und wenn das hier in diesem Stil so unflexibel weitergehe, dann würde ihr nichts weiter übrig bleiben, als eine vernichtende Kritik über »Madame Vivianne« zu schreiben.

»Das kann ich verkraften«, sage ich und lächle sie an, sodass sie meine Zähne sehen kann.

»Sind Sie sicher?«, fragt Rieke zurück. »Ich rede nämlich nicht von einer Kritik auf Airbnb, falls Sie das gemeint haben. Ich werde Sie in meinem Blog besprechen.«

Ich versuche, nicht weiter über diesen dummen Blog nachzudenken, als Félix und ich endlich allein sind. Ich habe ihn vermisst in dieser Woche und hatte keine

Ahnung, dass er heute kommt. Er wollte mich überraschen, sagt er. Eine Operation ist ausgefallen. Das hat ihm ganz ungeplant ein freies Wochenende beschert.

»Ich hatte Sehnsucht nach dir.« Er zieht mich an sich und vergräbt sein Gesicht in meinem Haar. »Tut mir leid«, murmelt er, »wenn ich den falschen Zeitpunkt erwischt habe.«

»Das hast du nicht«, sage ich automatisch, während ich gleichzeitig mutlos denke, dass der Zeitpunkt immer falsch ist. Weil ich ja immer Gäste habe und außerdem noch Victor. Und weil es Jahre dauern kann, Victor wieder loszuwerden.

Ich habe keine Ahnung, wie ich das alles schaffen soll, und einen Moment lang überrollt mich die Panik. Ich fühle mich aufgerieben zwischen diesen vielen fremden Bedürfnissen. Mein eigenes Leben werde ich so lange verschieben, bis es zu spät dafür ist. Eines Tages wird Félix mich überraschen, und wir sind beide grau und alt und können uns kaum noch auf den Beinen halten und werden trotzdem keine Zeit füreinander haben. Ich küsse ihn mit einer Verzweiflung, die er für Leidenschaft hält.

Seine Hände gleiten über meinen Körper und tasten sich dann unter den Pullover, den ich von Marcelle geliehen habe. Der Bauch ist ja nun nicht gerade meine bevorzugte erogene Zone. Ich bin meistens zu sehr damit beschäftigt, ihn einzuziehen und flach zu atmen, um außer dem Brennen meiner Bauchmuskeln dort noch viel zu empfinden. Aber Félix scheint die Sache irgendwie anders anzupacken. Ein Schauder überläuft mich. Ich stöhne leise und beiße mir auf die Lippen. Während mich Félix zum Bett hinüberzieht, denke ich, dass ich schauen müsste, wie dieser Blog aussieht, und dass ich für den nächsten Morgen nicht mal Frühstück habe, und dann gleitet Félix Hand noch tiefer, und ganz plötzlich gelingt es mir doch, Victor und Rieke und all die anderen Unannehmlichkeiten für einen Moment aus meinen Gedanken zu verbannen.

28

Wir kommen an diesem Morgen erst spät aus dem Bett. Als ich gegen elf dann endlich unten bin, rechne ich halb damit, dass Rieke inzwischen verschwunden ist. Vielleicht nicht nur halb. Vielleicht sogar drei Viertel. Oder sieben Achtel. Um ehrlich zu sein, ich habe mich an den Gedanken gewöhnt. Ich mag den Gedanken sogar. Selbst wenn ich Riekes Drohung inzwischen deutlich ernster nehme. Ich habe heute Morgen ihren Blog über Google gefunden, und hätte ich nicht ohnehin noch im Bett gelegen, ihre Abonnentenzahlen hätten mich glatt umgehauen. Hundertneunundachtzigtausend Leser.

Wie kann das sein?, frage ich mich. Haben die Leute nichts Besseres zu tun, als im Internet nachzulesen, was diese unangenehme Person mit den karottenroten Haaren den ganzen Tag lang so treibt?

Ich habe mich entschlossen, darauf keine Rücksicht zu nehmen. Und die fünf Tage Miete, die ich verliere, sind mir auch egal. Immerhin kann ich die zwei Gratistage sparen. Leider ist Rieke aber nicht am Packen. Ich finde sie hingelümmelt auf meiner Couch, wo sie dann hoheitsvoll verkündet, sie gebe mir noch eine letzte Chance. In Anbetracht der hundertneunundachtzigtausend Abonnenten ihres Blogs ist das natürlich eine gute Nachricht. Irgendwie. Nur habe ich leider die Gewohnheit, letzte Chancen gründlich zu vermasseln. Das war schon immer so. Muss ein Defekt in meinen Genen sein. Auf letzte Chancen reagiere ich unweigerlich mit regressivem Verhalten und falle in eine frühkindliche Trotzphase zurück.

Diesmal ist das nicht anders. Ich baue mich vor Rieke auf, stemme meine Arme in die Hüften und muss mich unglaublich zusammenreißen, um nicht mit dem Fuß aufzustampfen.

»Ihre gnädigste Majestät verzeiht mir also?«, sage ich schneidend. Das ist natürlich kindisch, aber, wie gesagt, dagegen kann ich nichts machen, und vorsichtshalber habe ich Französisch gesprochen. Rieke kommt aus Flandern, und in der Nacht haben wir uns auf Englisch unterhalten. Ich gehe davon aus, dass die dumme Nuss von dem, was ich sage, kein Wort versteht.

Bis sie mir in fließendem Französisch entgegnet, von Verzeihen könne keine Rede sein. Sie habe lediglich von einer letzten Chance gesprochen, und jetzt sei ich gerade dabei, die auch noch zu versauen. »Wobei«, fährt sie fort, »von Zeit zu Zeit bring ich in meinem Blog auch mal eine absurde Geschichte. Und unter diesem Blickwinkel betrachtet ...« Ein rotzfreches Grinsen zieht über ihr Gesicht. »Unter diesem Blickwinkel betrachtet könnte es sich sogar lohnen, noch ein wenig zu bleiben.«

Es ist schon bitter, denke ich, was man sich heutzutage in der Hotellerie so alles gefallen lassen muss. Mein erwachsenes Ich lächelt unverbindlich. Doch mein kindliches Ich schmiedet Rachepläne. In unserer Familie hält sich hartnäckig das Gerücht, ich hätte im Alter von zwei Jahren immer mit Kuhfladen geworfen, wenn ich um eine Antwort verlegen war. Ist natürlich Unsinn, so was. Auch in der Schweiz liegen die Kuhfladen ja nicht überall einfach so rum. Allerdings muss ich zugeben, hätte ich im Moment einen Kuhfladen zur Hand, ich könnte für nichts garantieren.

Ich weiß nicht, ob es die zwei Gratistage sind, die mir wie ein Stachel im Fleisch sitzen, oder die Tatsache, dass mir diese Person bei jeder Gelegenheit ganz unverhohlen droht. Ich werde mit Rieke einfach nicht warm. Sie mit mir wohl auch nicht. Eine Kleinigkeit genügt, und wir gehen uns an die Gurgel.

Als Félix, frisch geduscht und gut gelaunt, anbietet, zum Boulanger an der Ecke zu gehen und uns Frühstück zu holen, gibt ihm Rieke eine ganze Liste. Dabei hat sie ihr Zimmer ohne Frühstück reserviert. Und als ich mir erlaube, sie höflich darauf hinzuweisen, wird sie natürlich wieder pampig. Es würde ihre Leser bestimmt interessieren, sagt sie spitz, dass bei mir jeder noch so kleine Dienst am Kunden extra in Rechnung gestellt wird.

An diesem Punkt verdreht Félix die Augen und verlässt zügig das Haus. Er kauft Brot und Croissants für eine ganze Schulklasse und hofft vermutlich, mit dieser Überfülle weiteren Streit vermeiden zu können. Er hätte besser auch noch eine zweite Zeitung bringen sollen. Denn nach dem Essen streiten Rieke und ich darüber, wer von uns beiden »Gesellschaft und Vermischtes« kriegt. Wir werfen schließlich eine Münze, und weil Rieke gewinnt, streiten wir danach über ihre unqualifizierten Kommentare. Ich lese derweil »Politik«, und folglich können wir vortrefflich auch über die politische Lage streiten. Daraus ergibt sich dann irgendwie ein Streit über belgische Schokolade.

Weil Rieke tatsächlich darauf besteht, das Zeug, das die Belgier machen, mit Schweizer Schokolade auf eine Stufe zu stellen. Lächerlich!

Als ich kurz in die Küche flitze, um Kaffee nachzuschenken, folgt mir Félix. Er zieht mich hinter die Tür, wo wir uns leidenschaftlich küssen, während Rieke aus dem Wohnzimmer ruft, ich solle den Zucker nicht vergessen. Ich komme mir vor wie damals auf Klassenfahrt, als wir uns zu dritt mitten in der Nacht heimlich in den Schlafsaal der Jungs geschlichen haben. Die waren ein wenig überfordert mit unserem plötzlichen Erscheinen und wussten nicht so recht, was sie mit uns anfangen sollten. Bis meine Freundin Marie-Luise, die Wildeste von uns allen, vorgeschlagen hat, wir könnten doch Flaschendrehen spielen.

Félix ist natürlich erfahrener, aber während er mich küsst, fällt mir plötzlich noch ein sehr gutes Argument zugunsten der Schweizer Schokolade ein, und danach bin ich irgendwie nicht mehr richtig bei der Sache. Dummerweise merkt er das.

»Was ist los?«, fragt er und lässt mich los.

»Nichts«, sage ich. Zugegeben, das ist etwas schroff, aber ich möchte dieses unschlagbare Argument jetzt nicht gleich wieder vergessen.

Félix seufzt: »Ich hab das Gefühl, dir macht das Spaß, diese Keiferei.«

Spaß? Natürlich nicht, sage ich empört. Ich bin beileibe nicht streitsüchtig. Aber soll ich mich von dieser Person etwa einfach unterbuttern lassen? Klein beigeben, nur um den Frieden zu wahren? Das kann er von mir nicht erwarten!

»Jetzt streitest du schon mit mir«, sagt er.

»Das ist doch kein Streit«, gebe ich zurück. »Das ist allerhöchstens ein Disput. Noch nicht mal das. Ein Dispütchen vielleicht.«

»Ein Dispütchen?« Félix zieht die Augenbraue hoch. Mit dem helvetischen Diminutiv ist er nicht vertraut. Ich muss ihm erklären, dass wir in der Schweiz sehr oft die Verkleinerungsform wählen, was vielleicht an der Größe des Landes liegt, uns aber durchaus auch hilft, die richtige Perspektive zu wahren. Vor dem Hintergrund der weltweiten politischen Lage, sage ich, der ständig wachsenden Terrorismusgefahr, Atomtests in Nordkorea und nicht zu vergessen der Klimaerwärmung, ist so ein Dispütchen nicht weiter schlimm.

»Wie du meinst«, sagt Félix.

Ich starre ihn ungläubig an.

Wie du meinst mag im ersten Moment vielleicht versöhnlich klingen, doch wie jede Frau weiß, ist *Wie du meinst* die schlimmste aller Killerphrasen. Passiv-aggressiv in Reinkultur. Es lässt einem keinen Weg offen. Denn was bitte soll man darauf antworten? *Ja, das meine ich tatsächlich.* Damit wirkt man wie ein selbstgerechter Trottel. *Wie du meinst* bedeutet das Gegenteil. Es ist nichts anderes als die Aufforderung, dem anderen rechtzugeben. Aber da kann Félix lange warten.

Ich recke stolz das Kinn und bin durchaus bereit, auch diesen Kampf noch auszufechten, aber dann ertappe ich Félix, wie er einen Blick auf die Uhr wirft.

»Hör mal«, sagt er dann. »Ich muss morgen operieren. Und heute Nacht haben wir ja nicht gerade viel Schlaf bekommen. Was hältst du davon, wenn ich einen Zug früher nehme?«

Eine halbe Stunde später ist Félix auf dem Weg zum Bahnhof. Ich setzte mich zu Rieke ins Wohnzimmer. »Der fackelt wohl nicht lang«, sagt sie und sieht von einer Zeitschrift auf, die sie ohne zu fragen aus meinem Regal genommen hat. Sie hat Félix vertrieben, und ich hätte allen Grund, ihr das gehörig heimzuzahlen, aber ich fühle mich plötzlich ausgelaugt. Sie blättert weiter in ihrer Zeitschrift, und ich schließe kurz die Augen. Wir haben in der Nacht tatsächlich nicht viel geschlafen. Wenigstens das ist ein erfreulicher Gedanke.

Rieke allerdings weiß nicht so recht, was sie mit meinem Schweigen anfangen soll. Vielleicht hat diese Frau ja doch so was wie ein Gewissen.

Sie lässt die Zeitschrift sinken. »War das jetzt Ihr Mann?«

»Nein«, sage ich und schüttle den Kopf. Obwohl es sie nichts angeht, und ihre moralischen Zweifel durchaus berechtigt sind, kläre ich sie auf: »Félix ist nicht mein Mann. Félix ist mein Freund. Victor, mein Mann, lebt im Gartenhaus.«

»Im Gartenhaus?« Ihre Augenbrauen fahren nach oben. »Wie ist denn das gekommen?«

Ich kann es nicht erklären, aber plötzlich habe ich das Bedürfnis, die ganze Geschichte zu erzählen. Jemandem, der mich nicht kennt. Und Victor und Félix ebenso wenig. Jemandem, der unvoreingenommen ist.

»Tja«, sage ich. »Das ist eine lange Geschichte. Aber ich muss ohnehin noch mit dem Hund raus. Wenn Sie mitkommen wollen, erzähl ich sie Ihnen.«

In den nächsten Tagen streife ich öfter mit Rieke durchs Gelände. Seltsamerweise macht das Spaß. Ich bin ja sonst nicht so der Wandertyp, aber die abgeernteten Lavendelfelder, die sich unter dem hellen Winterhimmel unendlich weit in die Ferne erstrecken, haben tatsächlich etwas für sich. Man fühlt sich frei unter diesem Himmel, und während des Gehens lässt es sich leicht reden.

Inzwischen weiß Rieke über Victor Bescheid. Und umgekehrt habe ich auch ihre Geschichte erfahren. Um es kurz zu machen: Sie war die Frau, die man hasst. Die Geliebte eines verheirateten Mannes. Nicht wie Eloise ein paar Tage lang. Nein, Riekes Affäre dauerte zwanzig Jahre, und um das Klischee perfekt zu machen, war der Mann auch noch ihr Chef. Das hat mir ein wenig die Sprache verschlagen.

Wir sitzen zu diesem Zeitpunkt bei einem einfachen Mittagessen in einer kleinen Auberge auf dem Land. Überbackener Ziegenkäse. Eine Tarte mit Zwiebeln und getrockneten Tomaten, zu der ich nach Riekes Geständnis dann auch noch einen Wein bestellt habe. Mit genügend Alkohol im Blut wage ich sie zu fragen, wie ihre Geschichte ausgegangen ist.

»Na, wie wohl?«, gibt sie zurück und greift ihrerseits nach der Weinkaraffe. Mit etwas belegter Stimme erzählt sie dann, sie sei gegen ein jüngeres Modell eingetauscht worden. Und im Zuge einer kleinen Reorganisation habe dieses jüngere Modell dann auch gleich noch ihren Job bekommen.

Es ist ein bisschen wie mit dem helvetischen Diminutiv. Gegen Riekes Situation nehmen sich meine Probleme wenn auch nicht unbedeutend, dann doch etwas bescheidener aus. Zudem scheint Rieke davon auszugehen, dass ich mich mit Victor wieder versöhnen werde. Damit liegt sie selbstverständlich völlig daneben. Auch wenn er gegen diesen Kerl von Exchef und Exgeliebtem beinahe nobel wirken mag, so hat mich Victor doch verlassen.

»Aber er ist zurückgekommen«, sagt Rieke mit wissendem Lächeln.

»Nicht wegen mir«, entgegne ich schnell.

Sie hebt die Achseln. »Wegen wem denn dann?«

»Wegen seines dummen Projekts vermutlich.«

Wir sitzen nach dem Essen auf der Terrasse der Auberge und genießen die Mittagssonne. Es dauert noch ein paar Wochen, bis der Frühling kommt. Aber an einem warmen Tag wie diesem kann man ihn schon riechen. Wir haben noch einen Wein bestellt und dazu eine Tarte aux Poire, und während wir essen, beschreibe ich Rieke, worum es bei Victors Projekt geht. Im Gegensatz zu mir und meinen Freundinnen kann sie sehr viel mit Technik anfangen. Sie hat die neuesten Apps auf ihr Smartphone geladen und führt in ihrem Blog eine eigene Rubrik für empfehlenswerte Applikationen.

Victors Idee fasziniert sie sofort. »Ich wäre auf jeden Fall besser gefahren«, sagt sie mit selbstkritischer Miene, »hätte ich in meinem Leben ab und zu einen Computer für mich entscheiden lassen.«

»Ach komm.« Ich lache. »Das hätte gar nichts geändert. Du wärst doch nie im Leben dem Ratschlag eines Computers gefolgt.«

»Vermutlich nicht«, gibt sie zu und steckt sich noch ein Stück Torte in den Mund. »Jedenfalls nicht sofort. Aber es wäre nützlich gewesen, die Entscheidung des Computers zumindest zu kennen. Und mit der Zeit ...« Sie zuckt die Achseln. »Wahrscheinlich wäre ich ein wenig früher aus dem ganzen Schlamassel hinausgekommen.

Und ein paar Jahre, das kannst du mir glauben, hätten einen Unterschied gemacht.«

»Du hättest also wirklich auf einen Computer gehört?«

»Wenn ich es richtig verstanden habe, übersetzt der Computer ja nur meine eigenen Empfindungen.«

»Eben«, sage ich. »Deine Empfindungen.«

Ich kann nicht glauben, dass sie allen Ernstes in Betracht zieht, die Deutungshoheit über ihr Innenleben einer Maschine zu übergeben.

»Warum nicht?«, sagt Rieke. »Bist du nie verwirrt von deinen eigenen Gefühlen? Bist du nie überfordert damit, sie richtig zu interpretieren?«

Natürlich bin ich das. Beinahe ständig sogar. Zumindest in den letzten Monaten. Seit Victors Verschwinden ist emotionale Überforderung zu meinem Normalzustand geworden. Und mit Félix ist dieses Durcheinander sogar noch größer geworden. Aber erstens will ich das nicht zugeben, und zweitens würde ich deswegen noch lange keine Maschine um Rat fragen.

»Dafür gibt es schließlich Freundinnen«, sage ich zu Rieke. »Die geben ohnehin zu allem ihren Senf dazu. Ich brauche mir dafür keine App zu kaufen. Gute Ratschläge, die ich ignorieren kann, habe ich auch so schon zu viele.«

»Du vielleicht«, sagt Rieke. Ihr Lächeln wirkt plötzlich traurig. »Bei mir war das ein wenig anders. Ich war die Geliebte eines verheirateten Mannes. Glaub mir, Vivianne, so was bringt dir auf die Dauer nicht viele Freundinnen ein.«

Auf dem Rückweg reden wir wenig, und sogar Fred verzichtet darauf, laut zu bellen und Vögel zu jagen, wie er das sonst von Herzen gern tut. Wir hängen beide unseren Gedanken nach.

Riekes Worte machen mich betroffen. Ich habe die Sache noch nie so betrachtet. Aber es stimmt schon. Wie viel Sympathie kann eine Frau erwarten, die den Mann einer andern liebt? Nicht besonders viel. Das sieht man ja auch am Beispiel von Eloise. Natürlich ist es unverzeihlich, wie sie Dodo hintergangen hat. Aber hat sie es wirklich verdient, deshalb von uns verbannt und verstoßen zu werden? Sie ist jetzt ganz allein.

Das beschäftigt mich schon eine Weile, seit dem Gespräch mit Monsieur Lambert. Ich kann nicht begreifen, warum Eloise ihren Job aufgegeben hat. Warum sie ihr Schicksal auf Gedeih und Verderb an diesen Urgroßneffen kettet. Am Abend rufe ich Félix an.

Seit seiner eiligen Abreise haben wir zweimal telefoniert. Wir haben uns beide entschuldigt. Félix, weil er gegangen ist, und ich, weil ich beschäftigt war. Was mich betrifft, ich fand die Entschuldigung eigentlich überflüssig. Félix vermutlich auch. Das ärgert mich ein wenig. Sollte eine neue Beziehung nicht leicht und sprudelnd sein? So fühlt sich das mit Félix und mir leider nur selten an.

Mein vernünftiges Ich rät mir, geduldig zu sein. Félix und ich sind neu füreinander. Wir sehen uns nur gelegentlich. Und zwischen Paris und Aix-en-Provence gibt es viel Raum für Missverständnisse und falsche Interpretationen. Am einfachsten wäre es, wir hätten jeder eine Bedienungsanleitung für den anderen. Da es so etwas nicht gibt, behelfen wir uns eben mit Entschuldigungen. Wobei es mich schon stört, dass wir so was nötig haben.

Félix klingt gehetzt, als ich ihn erreiche. »Tut mir leid«, sagt er. »Ich bin schon unterwegs. Ein Abendessen mit den Mitgliedern des Stiftungsrates. Ich soll wohl gute Stimmung schaffen im Hinblick auf die Abnahme der Jahresrechnung des Krankenhauses. Was immer das mit Kardiologie zu tun hat.« Er klingt müde und ein wenig desillusioniert. Im Hintergrund höre ich Stimmen und das Rauschen von Verkehr.

»Was hältst du davon«, frage ich spontan, »wenn wir mal ein paar Tage zusammen Urlaub machen?«

»Klar«, sagt Félix ein wenig atemlos und für meinen Geschmack viel zu verhalten. »Wenn du Zeit dafür hast. Und ich auch. Wir müssen das nur planen. In den nächsten vier Wochen habe ich eine Menge Operationen, und dann muss ich leider an einem Kongress teilnehmen, aber lass uns doch mal den Frühling ins Auge fassen.«

Im nächsten Jahr?, bin ich versucht zu fragen. Doch wer im Glashaus sitzt, sollte nicht mit Steinen schmeißen. Ich wollte seine Meinung zum Thema Eloise wissen, aber es ist ein schlechter Moment für längere Diskussionen. Félix hat das Restaurant schon fast erreicht. Er rät mir davon ab, mich einzumischen. Eloise, sagt er, kann für sich selber sorgen. Und ich hätte ja wahrlich genug um die Ohren.

Das ist natürlich richtig. Ich habe dennoch ein schlechtes Gefühl dabei, Eloise einfach ihrem Schicksal zu überlassen. Bevor er aufhängt, meint Félix noch versöhnlich, dass wir über den Urlaub bald mal reden sollten.

29

In der Nacht schwirrt Eloise durch meine Träume, und Bilder von Karibikstränden, die ich mit Félix besuchen könnte, und irgendwie vermischen sich die beiden Gedankenstränge. Als ich am Morgen aufwache, weiß ich, was zu tun ist. Ich melde mich bei Eloises Fußpflegerin zu einem Termin an. Es ist ja nie verkehrt, sich seinen Füßen zu widmen, wenn man plant, in Urlaub zu fahren. Selbst wenn der Zeitpunkt dieses Urlaubs noch einigermaßen im Dunkeln liegt. Auf diese Weise kann ich nämlich beim Servicepersonal ganz unauffällig ein paar Erkundigungen über Eloise einholen. Ich finde den Plan genial. Ich stelle mir vor, dass mir die Fußpflegerin die Zehen massiert und meine Nägel neu lackiert, während wir über Eloise plaudern. Ich könnte nicht gründlicher danebenliegen.

Zwei Tage später finde ich mich pünktlich zum verabredeten Termin ein. Ich bin ganz optimistisch, weil der Urlaub tatsächlich ein Stück näher gerückt ist. Wir haben darüber geredet, Félix und ich. Wir haben noch keinen Zeitpunkt ausgemacht, aber mit der Karibik ist Félix einverstanden.

Frohgemut ziehe ich Schuhe und Strümpfe aus und setze mich. Ein mulmiges Gefühl beschleicht mich erst, als ich die Instrumente der Fußpflegerin sehe. Zangen, Scheren, Feilen und ein fies aussehendes spitzes Teil, das mich in unguter Weise an meinen letzten Zahnarztbesuch erinnert. Ich reibe meine nackten Zehen gegeneinander und merke zum ersten Mal, wie schutzlos man sich fühlen kann – so ohne Schuhe und Socken. Gemessen an anderen Körperzonen, bin ich mit meinen Füßen recht zufrieden. Das mag teilweise an der Entfernung liegen. Bei einer Körpergröße von einem Meter sechzig befinden sich meine Füße in einer ungünstigen Distanz, die weder von der Lesebrille noch von den Kontaktlinsen, die ich trage, wirklich abgedeckt wird. An einem sonnigen Tag und über Mittag kann ich meine Füße recht gut sehen. In der übrigen Zeit gehe ich einfach davon aus, dass dort unten schon alles in Ordnung sein wird.

Aber dieser Glaube kommt mir schlagartig abhanden, als sich die Fußpflegerin mir zuwendet. Sie mustert meine Zehen mit umwölkter Stirn, dann zieht sie einen Mundschutz an. »Dann wollen wir mal.«

Die nächste Stunde verschwimmt im Nebel. An eine ernsthafte Recherche ist in dieser Zeit nicht zu denken. Erst ganz zum Schluss – und nachdem ich mich versichert habe, dass ich tatsächlich noch zehn Zehen besitze – kann ich mich darauf konzentrieren. Zu meiner Überraschung ist das Thema Eloise dann aber rasch erledigt. Mit einem bedauernden Schulterzucken teilt mir die Fußpflegerin mit, sie habe sie schon seit Neujahr nicht mehr gesehen.

»Das sind ja vier Wochen!«, sage ich erschrocken.

»Wem sagen Sie das«, seufzt die Fußpflegerin. Sie hat eine Kundin verloren, ich aber mache mir jetzt wirklich Sorgen. Wie es aussieht, hat Eloise ihr ganzes Leben über den Haufen geworfen.

Die Fußpflegerin versucht, mich zu beruhigen. Sie glaubt, dass ein Mann dahintersteckt. »Diesmal«, sagt sie treuherzig, »ist es wohl was Ernstes. Wie ich gehört habe, ist Madame Eloise sogar bei ihm eingezogen.«

Ich lache herzlich, als sie mir das erzählt. Aber sicherheitshalber gehe ich danach trotzdem schnell selbst nachschauen. So rasch dies mit frisch pediküren Füßen möglich ist, mache ich mich auf den Weg in Eloises Straße.

Als Erstes fällt mir auf, dass ich ihren Wagen nirgends sehe. Sie parkt ihn normalerweise direkt vor dem Haus. Aber der Platz ist leer, und das Schild mit Eloises Autonummer fehlt ebenfalls. Mit einem mulmigen Gefühl probiere ich die Haustür aus und finde sie unverschlossen. Ich habe Bedenken, von Eloise beim Schnüffeln erwischt zu werden, aber meine Bedenken sind weniger groß als meine Sorge. Ich steige in den dritten Stock hoch, wo ich vor Eloises Tür eine Frau mit Klemmbrett finde. Sie freut sich, mich zu sehen.

»Sehr schön!«, ruft sie aus. »Sie sind die Erste. Sie werden es nicht bereuen. Die Wohnung ist wirklich toll: drei Zimmer, großer Balkon. Ein saaaagenhaftes Bad. Einbauschränke. Aircondition. Die Vormieterin war beinahe zwanzig Jahre drin. Das sagt ja eigentlich alles, finden Sie nicht?«

»Sie ist ausgezogen?«, frage ich erschrocken.

»Ja, ja, sie ist schon weg«, sagt die Frau fröhlich. »Das ging ganz schnell. Und ich muss schon sagen, dafür, dass sie zwanzig Jahre drinnen war, sieht die Wohnung prima aus. Wir werden natürlich noch streichen ...«

Ich unterbreche ihren Redefluss: »Wissen Sie, wo sie hin ist?«

»Wer?«

»Die Frau aus dem Appartement.«

»Hmmm ...« Die Maklerin konsultiert ihr Klemmbrett. »Eine Nachsendeadresse hat sie nicht angegeben. Aber wenn ich mich recht entsinne, dann wollte sie ins Ausland ziehen. Oder nach Cannes.« Die Frau strahlt mich an. »Was ist jetzt? Wollen wir hineingehen?«

Eloise ist weg. Ich kann es nicht fassen. Sie hat ihre Zelte abgebrochen und sich, ohne ein Wort von sich hören zu lassen, einfach vom Acker gemacht. Ich möchte das am liebsten sofort mit jemandem besprechen. Aber es ist Riekes letzter Abend, und wir haben geplant, zum Abendessen ins *Le Saint Esteve* zu gehen.

Rieke schätzt gutes Essen sehr und bespricht in ihrem Blog regelmäßig auch Rezepte. Ich habe keine Ahnung, wie sie das macht, denn genau wie ich versucht auch Rieke, sich aus dem Kochen im strengen Sinn nach Möglichkeit rauszuhalten. Ich bin deshalb ziemlich verblüfft, als ich zu Hause die Tür aufschließe und die Diele von wunderbaren Gerüchen erfüllt finde, die aus der Küche zu kommen scheinen.

Verwundert eile ich hinüber, und tatsächlich steht Rieke am Herd. Das heißt, eigentlich steht sie knapp daneben. Locker an die Wand gelehnt, beobachtet sie gespannt Victor, meinen Mann, der bestens gelaunt ein paar Kräuter schneidet. Bei ihm sieht die Kocherei immer so aus, als ob sie Spaß machen würde. Allerdings stört es mich schon ein wenig, dass auch Rieke so wirkt, als hätte sie Spaß. Und als ob die beiden ihren Spaß teilten.

Um das Maß vollzumachen, hat sich ihnen sogar Fred angeschlossen. Wie er gemütlich zusammengerollt in der Ecke liegt, gibt er der Küchenszene einen beinahe familiären Touch. Nicht dass ich Ansprüche auf Victor hätte, aber das hier ist immer noch meine Küche. Man kann hier nicht einfach Familie spielen und mich nicht mal einbeziehen.

Ich räuspere mich laut und vernehmlich, und beide drehen sich synchron um. Ja, denke ich, genau so sieht es aus, wenn man die Kinder mit den Fingern in der Keksdose erwischt.

»Nicht böse sein«, sagt Rieke nach einem Blick in mein Gesicht. »Ich habe Victor verführt.«

Wenn das eine Entschuldigung sein soll, könnte man an der Wortwahl noch arbeiten.

Das *Saint Esteve* habe angerufen, fährt Rieke fort, und mitgeteilt, dass sie heute Abend eine große Gesellschaft hätten. Unter diesen Bedingungen sei es doch gemütlicher, fand sie, zu Hause zu bleiben. Und weil wir beide nicht kochen können, aber Victor schon, habe sie sich die Freiheit genommen und ihn gebeten, das Abendessen zu bereiten. Immerhin sei das ihr letzter Abend.

Ihr Blick heischt mein Einverständnis. Es wäre der richtige Moment für eine erzieherische Maßnahme. Der richtige Moment, um etwas Bedeutungsvolles über Grenzen und das Überschreiten derselben zu sagen. Und überhaupt, was heißt denn, ich kann nicht kochen? Ein paar Stullen hätte ich durchaus zustande gebracht. Ich hole tief Luft, dann stocke ich kurz. Es riecht lecker. Ich will mich nicht aus dem Konzept bringen lassen, aber ich kann es mir nicht verkneifen zu fragen: »Ist das eine Bouillabaisse in dem Topf?«

Victors Bouillabaisse ist besser als die im *Saint Esteve*. Ich hätte natürlich hart bleiben müssen. Aber ehrlich,

Victors Bouillabaisse zu wiederstehen erfordert nachgerade mönchische Qualitäten, über die ich nun wirklich nicht verfüge. Ich fürchte sogar, ich habe rein gar nichts Mönchisches an mir. Deshalb sitzen wir eine halbe Stunde später auch gemütlich beim Essen. Rieke erzählt von ihrem Blog. Sie hat ihn gestartet, nachdem sie ihren Job und ihren Liebhaber verloren hatte.

»Man muss sich das mal vorstellen«, sagt sie, und weil sie denkt, ich sehe es nicht, gibt sie Fred ein Stück Baguette. »Mein Leben drehte sich um diesen Mann. Beruflich und privat. Er war der Mittelpunkt von allem. Und dann, von einem Tag auf den anderen, war da einfach gar nichts mehr. Nur noch Leere. Keinerlei Zukunftsperspektive. Keine Arbeit. Kein Privatleben. Keine Familie.«

Das Gefühl kenne ich. Ich sehe Victor an. Unsere Blicke treffen sich. Ich kann sehen, dass er sich schuldig fühlt, aber er sagt kein Wort. Victor ist zurückgekommen, höre ich Riekes Stimme in meiner Erinnerung. Aber das hat nichts zu bedeuten.

Der Blog, fährt Rieke fort, habe sie davor bewahrt, ihren Verstand zu verlieren. »Am Anfang war ich ziemlich sentimental«, sagt sie mit zerknirschtem Lächeln. »Es ging immer nur um mich und meine Probleme. Aber dann sind meine Leserinnen mit ihren eigenen Problemen auf mich zugekommen. Und ich habe angefangen, auch über ihre Themen zu sprechen. So ist Stück um Stück immer mehr dazugekommen.«

Ihr Blog ist heute ein wirtschaftliches Unternehmen, von dem Rieke ganz gut leben kann. Natürlich lese ich ihn inzwischen auch. Sie bespricht Mode, Technik, Rezepte, DIY, Interior Design und Lebensprobleme. Alles für die Frau um die fünfzig, könnte man sagen. Mit meinen neunundvierzig gehöre ich natürlich noch nicht zur Zielgruppe. Ich finde den Blog trotzdem ganz gut.

Während Rieke erzählt, dass sie über Internet auch Produkte verkauft, nehme ich noch mal von der Suppe. Es ist bereits mein dritter Teller. Aber so eine Suppe mit Fisch ist ja im Prinzip recht leicht. Nur die Rouille, die Knoblauchmayonnaise, die hat Kalorien. Man könnte sich sogar einen vierten Teller leisten, würde man sich nur die Rouille verkneifen. Vier Teller wären eindeutig übertrieben. Und die Rouille ist wirklich lecker. Victor hat sie selbst gemacht.

Ich bestreiche eine Scheibe geröstetes Baguette mit der Mayonnaise und streue über das Ganze geriebenen Käse, als ich plötzlich merke, dass es ruhig geworden ist. Die beiden anderen sehen mich an. Das ist mir jetzt ein bisschen peinlich. Weil ich die Schale mit der Rouille leergegessen habe.

»Wollte noch jemand?«

Die beiden schütteln den Kopf.

»Hast du nicht mitgekriegt, was Rieke grade sagte?«, fragt Victor.

»Nicht im Detail.« Ich stecke mir mein Rouille-Käse-Baguette geschwind in den Mund. Man weiß ja nie ...

»Sie will auf ihrem Blog meine App vertreiben.«

»Toll«, sage ich und kaue weiter. So wahnsinnig aufregend finde ich das jetzt nicht. Zumal noch Jahre ins Land ziehen werden, bis es soweit ist.

»In vier Wochen«, sagt Rieke »wollen wir online gehen.«

»Und dazu«, fügt Victor hinzu, »brauchen wir deine Hilfe.«

Ich verschlucke mich an meinem Brot. »Ihr macht Scherze«, sage ich, nachdem ich aufgehört habe zu husten.

»Keineswegs.« Victor lehnt sich zu mir hin. »Rieke hat mich überzeugt, es erst mal mit einer abgespeckten Version zu versuchen. Es kann noch Jahre dauern, bis wir in der Lage sind, für ganz verschiedene Lebenslagen Biofeedback zu geben.«

»Und dann«, wirft Rieke ein, »ist es vielleicht zu spät.«

»Genau«, fährt Victor fort und erklärt mir dann, die abgespeckte Version, die sie auf den Markt bringen wollen, würde nur ein einziges Gefühl abbilden. »Das, was die meisten Menschen ohnehin am wichtigsten finden.« Victor sieht mich seltsam an.

»Und was ist das?«, frage ich.

»Liebe«, entgegnet Rieke fröhlich. »Deshalb werden wir es auch *Love actually* nennen.«

Das ist der Titel eines Films. Was die beiden nicht weiter stört, weil sie sich schon erkundigt haben, ob man einen Titel patentieren kann. Kann man nicht. Auch eine ganze Menge anderer Dinge haben die beiden schon durchdacht.

Sie erklären mir *Love actually* am Beispiel einer Fitness-App. Ich wusste ja, mein Handy kann alle möglichen Daten messen. Von der Dimension hatte ich keine Ahnung. Das Ding misst einfach alles. Blutdruck, Herzfrequenz, sogar mein Schlafrhythmus wird kartografiert. Und weil mein Körper auf andere Menschen unweigerlich reagiert, kann mir Victors App auch ganz genau sagen, wie ich zu diesem Menschen stehe. Auf einer Skala von eins bis hundert. Wirklich sehr romantisch.

Während die beiden mit leuchtenden Augen vom Wunder der Technik schwärmen, beginne ich mich zu fragen, wie lange sie diese Pläne eigentlich schon wälzen. »Ein paar Tage«, sagt Rieke, als ich sie darauf anspreche. Sie gibt sich Mühe, zerknirscht auszuschauen.

Ich bin erschüttert. Die beiden haben sich hinter meinem Rücken zu einem Team zusammengeschlossen. Und mich haben sie außen vor gelassen. »Warum«, frage ich pikiert, »erzählt ihr mir das überhaupt?«

»Weil wir dich dabeihaben möchten«, sagt Rieke mit unschuldigem Augenaufschlag. »Um dem Programm ein Gesicht zu geben. Du sollst *Love actually* gestalten. Du bist die ideale Person dafür.«

Das können sie natürlich vergessen. Ich verschränke trotzig die Arme, während Rieke zu einer Lobeshymne anhebt. Sie hat meine alten Arbeiten gesehen. Mein Design ist einfach bestechend. Ich bin ein großes Talent, findet sie. Und es wäre eine Schande, so ein Talent einfach brachliegen zu lassen.

Ich bin ja nun nicht der Typ, der auf Schmeicheleien hereinfällt. Was nicht heißt, dass ich Rieke unterbreche. So ein paar Streicheleinheiten fürs Ego kann ich schon brauchen. Ich lasse sie also ihren Werbespot beenden, bevor ich mich Victor zuwende.

»Das geht nicht«, sage ich. »Du weißt genau, das ist unmöglich. Wir beide können nicht zusammenarbeiten.«

»Warum nicht?«, fragt Victor.

Meint er das etwa ernst? Ich runzle die Stirn: »Du hast mich verlassen. Wie bitte soll das denn funktionieren? Wenn wir uns jeden Tag sehen? Willst du das etwa?«

»Ich lebe in deinem Garten«, entgegnet Victor trocken. »Wir sehen uns ohnehin.« Außerdem, fügt er hinzu, sei das alles rein beruflich.

»Komm schon, Vivianne. Lass uns doch für einen Moment vergessen, was geschehen ist.« Victor sieht mich an. »Ich brauche dich jetzt wirklich.«

»Das hat er gesagt?«, fragt Marcelle am nächsten Tag. »Dass er dich braucht?« Ich habe Rieke zum Bahnhof gebracht und dann Marcelle auf einen kleinen Aperitif getroffen. Wir stehen draußen auf der Rue Italie, wo ein Delikatessenhändler immer während der Wintermonate leckere Austern und Champagner anbietet. Da ich eine ziemlich gute Kundin bin, hält er für mich sogar eine Flasche Prosecco bereit.

»Er hat es gesagt, aber er meint es nicht so. Er will ganz einfach nur eine Grafikerin.«

»Und?«, fragt Marcelle und beträufelt eine Auster mit Zitronensaft. »Wirst du es machen?«

»Ich habe mich noch nicht entschieden.«

Nur zur Probe habe ich heute Morgen ein paar Skizzen angefertigt. Das braucht Marcelle nicht zu wissen. Aber es hat mir Spaß gemacht. Rein von der grafischen Seite betrachtet, ist es eine Herausforderung. Rieke hat schon recht, wenn sie davon spricht, man müsse dem Programm ein Gesicht verleihen. *Love actually* darf nicht zu kitschig werden, aber dann auch wieder nicht zu kühl. Die Farbwahl ist entscheidend. Und natürlich die Typografie, und über die Bildwelten bin ich mir auch noch nicht schlüssig ...

»Komm schon«, sagt Marcelle, die mir, während ich meinen Gedanken nachhing, schon drei Austern weggefuttert hat. »Du solltest mitmachen bei dem Projekt. Ich kann dir doch ansehen, dass es dich reizt. Und was Victor betrifft, manchmal finden Paare auch über die Arbeit wieder zusammen.«

Oje. Marcelle zieht aufgrund ihrer eigenen Erfahrungen die völlig falschen Schlussfolgerungen. Es könne keine Rede davon sein, erkläre ich ihr deutlich, dass Victor und ich wieder ein Paar werden. Versöhnung sei kein Thema. Und schließlich hätte ich jetzt Félix. Mit ihm würde ich in die Karibik reisen ...

»Die Karibik wird überschätzt«, sagt Marcelle und nimmt sich die letzte Auster. Dann hält sie mir einen Vortrag, dass sie mein Guesthouse wunderbar findet, es mir aber auch nicht schaden könne, bei der Arbeit mal wieder meinen Kopf zu gebrauchen.

»Heißt das jetzt«, frage ich aufgebracht, »du bist dir zu fein für eine Freundin, die putzt und wäscht und das Klo saubermacht?«

»Es heißt«, sagt Marcelle lakonisch, »dass du eine verdammt gute Grafikerin bist. Und ich verstehe nicht, warum du darauf bestehst, dieses Talent und deine Erfahrung auf keinen Fall zu nutzen.«

Ich hätte dieses Gespräch vielleicht mit Dodo führen sollen. Aber ich habe Marcelle angerufen, weil ich noch ein zweites Thema habe. »Eloise ist verschwunden«, sage ich.

Das ist nicht übertrieben. Ich habe heute Morgen ein paar zusätzliche Recherchen angestellt und bin bei Eloises Bäcker vorbeigegangen und in ihrer Reinigung. Niemand hatte eine Ahnung, wo sie steckt.

»Ich glaube, sie hat Aix verlassen«, sage ich zu Marcelle. »Vermutlich lebt sie irgendwo mit diesem Graham zusammen.«

Marcelle findet das nicht so schlimm. Eloise kann gut für sich selber sorgen. »Sie fällt doch immer auf die Füße, wie eine Katze. Sie würde gar nicht wollen, dass wir uns einmischen. Außerdem hat sie uns betrogen. Sie ist mit Maurice ins Bett gestiegen. Schon vergessen?«

Richtig, sage ich. Aber sind wir wirklich derart unversöhnlich? Auch Katzen sterben irgendwann. »Man muss auch verzeihen können.«

Bei dieser letzten Bemerkung komme ich mir sehr heroisch vor. Vor lauter Rührung habe ich sogar einen Kloß in der Kehle. Aber ich sage es nicht unüberlegt.

Ich will gar nichts beschönigen: Was Eloise getan hat, war schrecklich. Ohne jede Moral. Ohne Gewissen. Ohne guten Geschmack überdies auch noch. Aber das bedeute nicht, sage ich zu Marcelle, dass auch wir uns so verhalten müssten. Beziehungen seien schließlich keine binäre Sache. Man könne sie nicht einfach abschalten. Beziehungen seien lebendig. Man müsse an ihnen arbeiten. »Und liegt es nicht seit dem Sündenfall in der Natur des Menschen, Fehler zu machen? Wer bin ich, dass ich nicht verzeihen kann?«

»Beeindruckende Rede«, sagt Marcelle, als ich geendet habe. »Gilt das mit dem Verzeihen auch für Victor?«

Auf gar keinen Fall, denke ich.

30

Ich habe Victor nicht verziehen. Aber ich habe mich entschieden, *Love actually* eine Chance zu geben. Seitdem versinke ich in Arbeit. Zum Glück habe ich in dieser Woche pflegeleichte Gäste. Und zum Glück ist auch Félix sehr beschäftigt. Er wird auf diesem furchtbar wichtigen Kongress das Hauptreferat halten. Wenn wir telefonieren, liest er mir die jeweils aktuelle Rede vor, die er ständig überarbeitet. Ich kann nur rudimentär erkennen, wovon er redet, aber ich finde, es klingt sehr bedeutend.

Deshalb bin ich insgeheim ganz froh, selbst eine wichtige Aufgabe zu haben. Insgeheim deshalb, weil ich das Projekt Félix gegenüber bisher nicht erwähnt habe. Ich bin irgendwie nicht dazu gekommen. Wir haben so viele andere Themen. Wir planen den Urlaub. Na ja, planen ist vielleicht zu viel gesagt. Wir konnten noch keinen Termin finden, weil sich die Bereitschaftspläne bei Félix im Spital ständig ändern. Aber wir reden darüber, wie es wäre, nur wir zwei am weißen Strand unter Palmen, auf einer Karibikinsel. Es sind Gespräche, bei denen ich regelmäßig rote Ohren bekomme. Da finde ich es irgendwie unpassend, meinen Mann ins Spiel zu bringen.

Was Eloise betrifft, sind Marcelle und ich schließlich übereingekommen, ein paar Erkundigungen über den Urgroßneffen einzuholen. Nur zur Sicherheit. Wie wir zu Eloise stehen, ist damit noch nicht entschieden. Und wir haben auch nicht mit Dodo geredet. Weil es keinen Sinn macht, sie unnötig aufzuregen. Und weil Marcelle und ich wohl beide ein wenig Angst vor diesem Gespräch haben.

Während ich selbst in der kommenden Woche jede freie Sekunde an meinem Computer verbringe und die App so langsam Gestalt annimmt, kümmert sich Marcelle um die Suche nach Graham. Sie zapft ihre Kontakte zu den lokalen Maklern an. Leider bleibt sie erfolglos damit. Der Urgroßneffe hat in der Provence kein Haus gemietet und auch nichts gekauft. Nach einer Woche Recherche stehen wir immer noch am Anfang.

Als wir uns am Sonntag besprechen, will Marcelle die Suche schon aufgeben. Aber dann, am Montagmorgen, habe ich plötzlich eine Idee. Zum ersten Mal seit einer Woche schalte ich den Computer aus. Dann mache ich mich auf den Weg ins Atelier Cézanne.

Es gibt, was Cézanne betrifft, natürlich eine Menge Experten. Aber es gibt nur einen Menschen, dem ich zutraue, auch über Cézannes Familie wirklich alles zu wissen. Dieser Mensch ist natürlich ausgerechnet Hortense.

Sie reagiert auf mein Erscheinen – sagen wir mal – verhalten. Sie ist dabei, die Äpfel zu polieren und zum Stillleben zu arrangieren, und runzelt die Stirn, als ich das Atelier betrete. Davon lasse ich mich nicht irritieren.

Ich lächle strahlend und flöte: »Ist das nicht ein wunderschöner Morgen.« Der Plan ist, sie mit meinem Charme und meiner sprühenden Laune zu entwaffnen.

»Was willst du hier?«, fragt Hortense und kneift misstrauisch die Augen zusammen. »Montag ist nicht dein Tag.«

Sie ist heute besonders Hortense-mäßig angezogen. Zu ihrer weißen Strumpfhose trägt sie Gesundheitsschuhe und ein Tweedkleid, wie es die Mutter der Königin von England seinerzeit bevorzugt hat. Wobei die Königinmutter – sehr zu ihrem Vorteil, wie ich finde – die grellgrüne Federboa weggelassen hat, die Hortense sich um den Hals geschlungen hat.

Ich versuche, mich nicht ablenken zu lassen von den kleinen Federchen, die bei jedem ihrer Atemzüge vibrieren, und sage Hortense, dass ich extra gekommen sei, um an ihrer Führung teilzunehmen.

»Welche Führung?«, fragt sie steif. »Ich bin nicht befugt, hier Führungen zu machen. Weil ich keine Kunsthistorikerin bin.«

Natürlich weiß ich das genau. Ich habe es ihr ja oft genug unter die Nase gerieben.

»Ach«, sage ich jetzt mit einer wegwerfenden Geste, »Kunstgeschichte, wen interessiert das schon. Wirklich spannend ist das wahre Leben. Und da bist du die Expertin. Cézannes Familie zum Beispiel. Darüber weißt du doch alles.«

»Na ja ...« Sie zuckt die Achseln, aber ich sehe ihr an, dass sie sich geschmeichelt fühlt. Sie leckt sich über die Lippen. »Wenn es die Familie betrifft, da habe ich tatsächlich einiges gelesen.«

»Du bist viel zu bescheiden«, sage ich im Brustton der Überzeugung. »Nehmen wir zum Beispiel seine Schwestern. Ich bin sicher, du weißt zum Beispiel genau, wen die geheiratet haben?«

»Alphonse Perridoy und Marcel Varmein«, sagt sie wie aus der Pistole geschossen.

Ich lächle sie warm an und fasse sie am Arm. »Weißt

du was, wir öffnen ja erst in einer Stunde. Warum setzen wir beide uns nicht in den Garten und trinken einen Kaffee zusammen?«

Hortense zuliebe verzichte ich darauf, mir von Ali eine Zigarette zu schnorren. Ich will sie nicht verärgern. Weil sie sich tatsächlich als unerschöpfliche Quelle des Wissens erweist. Allerdings dauert es seine Zeit, dieses Wissen auch aus ihr herauszuholen.

Es ist sehr angenehm hier draußen. Die Sonne scheint und die Vögel pfeifen, als ob wir schon mitten im Frühling wären. Der lässt in Aix auch nicht mehr lange auf sich warten. Während in der Schweiz im Februar noch Schnee liegt, sehe ich hier schon die ersten Knospen an den Bäumen und die ersten Blumen, die ganz vorsichtig ihre Köpfe aus der Erde stecken. Ich halte mein Gesicht der Sonne entgegen und atme die frische klare Luft ein, und irgendwann verliere ich den Faden.

Ich schrecke auf, als mich Hortense fragt, was ich denn eigentlich wolle. Ihr Tonfall ist schärfer geworden.

»Warum?«, frage ich. »Wir plaudern doch nur.«

»Wir haben noch nie geplaudert.« Hortense verschränkt ihre Arme. Ihre Augen hinter der Brille werden schmal. »Bisher hast du dich nicht im Geringsten für mich interessiert. Oder für mein Wissen. Bisher war sich Madame Künstlerin für derartige Trivialitäten viel zu schade.« Mit der gesträubten Federboa um den Hals sieht sie ein wenig wie ein zorniger Papagei aus.

Ich sage Hortense, dass ich mich für Cézannes Urgroßneffen interessiere.

»Warum?«, fragt sie scharf. »Was willst du von ihm?«

»Dann gibt es tatsächlich einen Urgroßneffen?« Das wirft meine ganze Theorie über den Haufen.

»Natürlich«, sagt Hortense und wirft den Kopf in den Nacken.

Verdammt. Dann ist Graham also doch echt? Ich stoße einen Seufzer aus.

Hortense fasst das prompt als Kritik an sich auf. »Glaubst du mir etwa nicht?«, fragt sie scharf.

Papageien sind nicht so harmlos, wie man vielleicht glaubt. Ich habe mal von einem Mann gehört, dem wurde von einem Papagei die Nase abgebissen.

Natürlich glaube ich ihr, versichere ich deshalb hastig. Der Seufzer beziehe sich nicht auf sie. Es ist Cézannes Urgroßneffe, der mich zum Seufzen bringt.

Das scheint sie nun noch mehr aufzuregen. Sie erklärt mir mit bebender Stimme, Cézannes Urgroßneffe sei ein sehr, sehr lieber Mann, und ich solle in diesem Zusammenhang das Seufzen gefälligst lassen.

»Dann kennst du ihn persönlich?«, frage ich.

»Das nun nicht direkt«, sagt Hortense. »Aber wir schreiben uns. Wir sind Brieffreunde. Seit Jahren schon.« Hinter den grünen Federchen ist sie sanft errötet.

Sie tut mir plötzlich leid. Ich fürchte, im Zweikampf mit Eloise wird Hortense schlecht abschneiden. Gerade noch rechtzeitig unterdrücke ich einen zweiten Seufzer und frage stattdessen so harmlos wie möglich nach Grahams Aufenthaltsort. »Wenn ihr euch Briefe schreibt, kennst du bestimmt seine Adresse?«

Hortense versteht nicht, warum ich die brauche. Ich rede mich auf das Museumsprojekt raus, mit dem uns Eloise vor dem Zerwürfnis ständig in den Ohren gelegen ist. Hortense hat keine Ahnung, wovon ich rede.

»Ich bin sicher, du täuschst dich«, sagt sie reserviert. »Warum in aller Welt sollte Paul in Harpers Ferry ein Museum bauen?«

»Wer ist Paul?«, frage ich.

Hortense hat ein Foto in ihrer Brieftasche. Cézannes Urgroßneffe ist im mittleren Alter und etwas dicklich, aber er hat nette braune Augen. Er lebt seit zwanzig Jahren mitten im Nirgendwo in den Vereinigten Staaten. Einem Kaff namens Harpers Ferry. In seinem ganzen Leben hat Cézannes Urgroßneffe keinen Fuß nach Frankreich gesetzt, weil er nämlich, wie Hortense beteuert, unter schrecklicher Flugangst leidet. Cézannes Urgroßneffe heißt Paul. Und nicht Graham.

Ich berate mich noch am selben Abend mit Marcelle. Wir sind nicht glücklich darüber, dass unsere schlimmsten Befürchtungen bestätigt worden sind. Wir wissen nicht, wer Graham ist. Cézannes Urgroßneffe jedenfalls nicht. Das macht es umso dringender, Eloise endlich zu finden.

Marcelle und ich beschließen, Monsieur Lambert um Rat zu fragen. Niemand hat hier in der Provence bessere Kontakte als er. Wenn einer in der Lage ist, sie aufzuspüren, dann ist es Monsieur Lambert. Natürlich würde Eloise unser Vorgehen nicht gutheißen. Aber auf ihre Befindlichkeiten können wir keine Rücksicht nehmen. Auch nicht auf die Befindlichkeiten von Dodo. Marcelle möchte sie am liebsten jetzt schon einweihen. Ich hingegen bin dafür, dass wir zuerst Beweise besorgen.

Deshalb rufe ich am nächsten Morgen Rieke an. Es ist ein Schuss ins Blaue. Aber ich gehe davon aus, dass Graham nicht zum ersten Mal den Urgroßneffen gibt.

Er hat bestimmt schon andere Frauen um den Finger gewickelt. Und wenn es uns gelingt, eine dieser Frauen zu finden, dann dürfte das auch Eloise überzeugen.

Bevor mir Rieke ein anderes Thema gestattet, will sie erst mal ausführlich meine Entwürfe für die App besprechen. Sie findet sie ganz fantastisch – nur ein paar Kleinigkeiten hat sie doch anzumerken. Es dauert zwanzig Minuten, alle diese Kleinigkeiten aufzunehmen. Dann kann ich endlich zu Eloise kommen. Um Rieke den richtigen Eindruck zu vermitteln, hole ich ein wenig aus und erzähle ihr die ganze Geschichte. Auch die Sache mit Maurice. An dieser Stelle schnalzt Rieke bedauernd mit der Zunge. Und ein wenig später, als ich von Graham erzähle, schnalzt sie noch ein zweites Mal. »Du denkst, sie ist auf einen Betrüger reingefallen?«

Graham lebt unter falschem Namen. Er lässt sich von Eloise aushalten. Er zieht ihr mit seinen windigen Projekten ihr ganzes Geld aus der Nase. »Ja«, sage ich zu Rieke. »Wir können getrost davon ausgehen, dass es sich bei Graham um einen Betrüger handelt.«

»Und was willst du jetzt machen?«

»Ich muss Eloise die Wahrheit sagen.«

Jetzt schnalzt Rieke ein drittes Mal. »Ich fürchte, sie wird dir nicht glauben.«

Rieke kann Eloises Situation sehr gut nachempfinden. »Ich war genau wie sie«, sagt sie mit einem Seufzer. »Auch ich habe mich vollständig einem Mann verschrieben, der in Wahrheit nur ein kleiner Betrüger war. Ich habe ihm geglaubt, weil ich ihm glauben wollte. Weil man sich in so einem Zustand nur noch an Hoffnungen klammert. Man will die Wahrheit gar nicht hören. Und jeden, der versucht, dir deine Liebe auszureden, den jagst du einfach zum Teufel.«

Genau das befürchte ich auch. Das ist der Grund, weshalb ich Rieke brauche. Ich möchte, dass sie ihr Netzwerk durchkämmt. Ich möchte, dass sie in ihrem Blog von Graham erzählt. Ich möchte, dass sie ihn als Betrüger darstellt.

»Das ist aber ein wenig heikel«, entgegnet Rieke bedächtig. »Solange wir keine Beweise haben.«

Das ist die Krux an der Sache. Solange wir nicht an die Öffentlichkeit gehen, können wir keine Beweise sammeln. Solange wir keine Beweise haben, können wir nicht an die Öffentlichkeit gehen. Die Katze beißt sich in den Schwanz.

Es sei ein mutiger Schritt, sage ich zu Rieke. Aber ich würde diesen Gefallen nicht von ihr verlangen, wenn es nicht absolut nötig wäre. Daraufhin wird es still am anderen Ende der Telefonleitung.

Um ehrlich zu sein, ich habe die Parallelen, die es zwischen Riekes eigener Geschichte und der von Eloise gibt, nicht umsonst hervorgehoben. Ich wollte, dass Rieke sich angesprochen fühlt. Ich wollte, dass sie Verantwortung übernimmt. Ich kneife die Augen zu und drücke die Daumen.

»Na ja«, sagt Rieke nach längerem Überlegen, »ich schätze, ich könnte es machen.«

Ich atme auf. Meine Strategie scheint aufzugehen. Ganz erleichtert bedanke ich mich herzlich. Mir wären die Ideen ausgegangen, sage ich zu Rieke, hätte sie mir nicht geholfen.

»Kein Problem«, entgegnet sie. »Aber weißt du, was? Zufällig wollte ich dich ebenfalls um einen Gefallen bitten.«

»Klar«, sage ich. »Jeden.«

31

Vier Tage später sendet mir Rieke per E-Mail das Ergebnis ihrer Recherche. Sie hat ein Porträt von Graham, das ich aus dem Gedächtnis gezeichnet habe, ins Internet gestellt, und alle Frauen, die den Mann auf dem Bild kennen, aufgerufen, sich zu melden. Vermutlich könnte Graham sie tatsächlich wegen Verleumdung verklagen. Weil sie ihn in ihrem Text schlankweg als Betrüger bezeichnet.

Allerdings mache ich mir wegen dieser möglichen Klage inzwischen keine Sorgen mehr. Denn ich lag richtig mit meiner Vermutung: Graham hat seine Nummer schon einmal abgezogen. Eloise ist nicht sein erstes Opfer, sie ist Nummer drei. Und das sind nur die Frauen, von denen wir wissen.

Ich bin Rieke dankbar für ihre Hilfe. Aber mit dem Gefallen, den sie im Gegenzug von mir eingefordert hat, sind wir längst wieder quitt. Sie möchte die App eine Woche früher auf den Markt bringen. Weil in Paris eine Messe stattfindet. Für Lifestyle-Applikationen. Rieke möchte, dass wir dort präsent sind.

Natürlich ist das sinnvoll. Und eine Woche klingt auch nicht nach viel. Für mich bedeutet es allerdings, dass ich rund um die Uhr arbeiten muss. Denn die App ist noch lange nicht fertig.

Im Atelier Cézanne habe ich Urlaub genommen. Hortense vertritt mich dort. Hier zu Hause hat diese Rolle erstaunlicherweise Victor übernommen. Ich muss sagen, das klappt ganz gut. Meine Gäste sind hochzufrieden. Weil Victor jeden Abend ein Vier-Gänge-Menü für sie kocht.

Er kümmert sich auch um mein leibliches Wohlbefinden, bringt mir Kaffee und Croissants an den Schreibtisch. Und frisch gepressten Orangensaft. Er sieht sich regelmäßig meine Fortschritte an. Er ist kritisch, aber konstruktiv. Und er spornt mich an.

Bei diesen Gelegenheiten überlege ich dann, warum es so einfach war, Eloise zu verzeihen. Aber so schwer, dasselbe bei Victor zu machen. Vielleicht weil mich Victors Verschwinden im tiefsten Innern getroffen hat, wie ich mir inzwischen eingestehen kann. Weil es ein Erdbeben ausgelöst und mir im wahrsten Sinn des Wortes den Boden unter den Füßen weggezogen hat.

Was im Umkehrschluss natürlich bedeutet, dass Victor wichtig gewesen ist. Das habe ich so nicht gewusst. Ich habe mich auf ihn verlassen, wie man sich eben auf den Boden verlässt – ohne groß darauf zu achten. Man ist froh um den Baum im Garten, der nett aussieht und Schatten spendet. Aber niemand kommt auf die Idee, sich bei einem Baum zu bedanken. Okay, es gibt Leute, die Bäume umarmen. Aber zu denen möchte ich lieber nicht gehören.

Mit Félix ist es eine andere Sache. Ich bereue inzwischen, dass ich ihn nicht von Anfang an in unser Projekt eingeweiht habe. Irgendwie ist es jetzt zu spät, das nachzuholen. Das bedeutet nun leider auch, ich kann Félix nicht erklären, was ich die ganze Zeit treibe. Ich kann ihm auch nicht sagen, wie ich mich fühle. Ausgelaugt und müde, aber gleichzeitig auch euphorisch. Weil ich inzwischen begonnen habe, selbst an den Erfolg der App zu glauben. Sofern wir rechtzeitig fertig werden.

Unglücklicherweise hängt es an mir, ob wir dieses Ziel erreichen. Ich kann ganz gut mit Druck umgehen, aber es ist mir doch nicht gelungen, den Stress, unter dem ich stehe, vollständig vor Félix zu verbergen. Bei unserem letzten Telefonat hat er mich eingeladen, ihn zu diesem Medizinerkongress zu begleiten. Der findet in Los Angeles statt.

»Ich weiß, es ist nicht die Karibik«, sagte er am Telefon. »Aber immerhin scheint dort die Sonne. Du könntest etwas später anreisen und dir ein paar Tage mit Shopping vertreiben. Und wenn ich fertig bin, mieten wir einen Wagen und fahren, wohin du willst. Nach Las Vegas. In den Grand Canyon. Oder wir bleiben an der Küste und gehen nach Santa Barbara zum Baden. Oder wir nehmen die Route 66 und fahren nach San Francisco.« Er war ganz begeistert von diesen Plänen. Ich sagte, ich würde es mir überlegen.

Danach war die Luft aus dem Gespräch ziemlich draußen. Es tat mir leid, ihn so zu enttäuschen. Aber der Zeitpunkt dieser Reise liegt für mich äußerst ungünstig. Ich würde die Messe in Paris verpassen. Und weil ich so früh abreisen müsste, hätte ich noch zwei Tage weniger, um die App zu beenden. Ich weiß nicht, ob ich das schaffe. So ein Urlaub sollte etwas Schönes sein. Aber in dieser Situation fühle ich mich durch Félix' Vorschlag noch mehr unter Druck gesetzt als ohnehin schon.

Vielleicht spielt bei meinem Zögern auch Victor eine Rolle. Weil er – in ganz anderer Weise als zuvor – plötzlich wieder ein Teil meines Lebens geworden ist. Und das verwirrt mich.

An dem Morgen, an dem ich von Rieke die Information über Graham erhalte, lege ich bei der Arbeit eine Pause ein. Es ist höchste Zeit, Dodo endlich die Wahrheit zu sagen. Ich nehme Fred an die Leine und mache mich auf den Weg in die Stadt.

Nachdem man uns im *Deux Garçons* nicht mehr will, ist die Kebab-Bude bei Dodos Wohnung zu unserem neuen Stammlokal geworden. Wir werden dort freundlich bedient. Das Essen ist gut und günstig. Inzwischen gibt es sogar Prosecco in Mineralwasserdosen. Das nenne ich mal Kundenorientierung. Sogar Fred ist immer willkommen.

Ich habe mit ihm einen Abstecher in den Park gemacht und treffe daher als Letzte ein. Dodo, Annie und Marcelle unterhalten sich bereits. Marcelle erzählt mit glänzenden Augen von einem neuen Projekt, das Stéphane und sie haben, und die beiden anderen grinsen verschmitzt angesichts ihrer Begeisterung.

Besonders Dodo, finde ich, hat noch nie so gut ausgesehen. Sie trägt ihr Haar etwas länger und hat ihre Garderobe aufgepeppt. Rein äußerlich hat es ihr gutgetan, ihre Rolle als brave Hausfrau loszuwerden. Ich bin mir nicht sicher, ob sie Maurice vermisst. Wir haben seit Ewigkeiten nicht mehr über ihn gesprochen. Das bedeutet vermutlich nicht, dass sie Eloise verziehen hat. Aber sie wird mir hoffentlich nicht gleich den Kopf abreißen, wenn ich das Thema aufbringe.

Der nette Kebab-Mann serviert mir ungefragt einen Prosecco, den ich in einem Zug austrinke, während die anderen weiterplaudern. Er schmeckt nicht besonders gut, wenn man ihn zu lange in der Dose stehen lässt. Und ja, ich trinke ihn auch, um mir ein wenig Mut zu machen. Eine elegante Überleitung finde ich dennoch nicht.

»Können wir über Eloise reden?«, frage ich die anderen.

Es ist ja erstaunlich, wie beredt Schweigen sein kann. Das Schweigen nach der Erwähnung von Eloises Namen ist überrascht, abwehrend, ärgerlich und ein ganz klein wenig neugierig. Marcelle, die natürlich weiß, was jetzt kommt, nimmt ihre Brille ab und putzt sie umständlich. Annie nestelt eine Zigarette aus der zerdrückten Packung. Dodo starrt die Tischplatte an.

»Was ist mit Eloise?«, fragt sie schließlich.

»Sie ist in ernsten Schwierigkeiten.« Ich merke erst jetzt, dass ich den Atem angehalten habe. »Es tut mir leid, aber wir müssen ihr helfen.«

Ich erzähle die ganze Geschichte. Marcelle wirft ab und an ein Detail ein. Annie raucht noch zwei weitere Zigaretten. Obwohl sie Eloise nicht kennt, wirkt sie besorgt und ärgerlich. In Dodos Miene hingegen kann ich keinerlei Gefühl erkennen. Bis ich zu dem Teil mit dem Urgroßneffen komme. Da hebt sie plötzlich den Kopf und fragt mit scharfer Stimme: »Der Kerl ist ein Betrüger, sagst du?«

»Hundertprozentig!«

»Und Eloise gibt ihm wirklich Geld?«

Ich kann ihr Erstaunen verstehen. Nicht, dass Eloise geizig wäre. So würde ich es nicht nennen. Aber die Eloise, die wir kennen, weiß genau, wie sie ihr Geld zusammenhalten muss.

»Ich glaube«, fasse ich meine Befürchtung zusammen, »Eloise gibt ihm alles, was sie hat.«

»Dann hat sie also völlig den Kopf verloren.« Ein beinahe träumerischer Ausdruck macht sich auf Dodos Gesicht breit. »Unsere schöne Eloise. Sie wird wie eine Weihnachtsgans ausgenommen.«

Ich lasse ihr einen Moment, um das Gefühl zu genießen. Ich schätze, diese Genugtuung hat sie verdient. Aber auch die schönen Dinge soll man nicht übertreiben. »Was ist?«, frage ich deshalb nach einer Weile. »Bist du dabei? Wir müssen Eloise die Wahrheit sagen!«

»Aber sicher.« Dodo lächelt grimmig. »Es wird mir ein Vergnügen sein, ihr die Wahrheit um die Ohren zu schlagen.«

Wir bleiben an diesem Abend lange sitzen und trinken reichlich »Wasser« in Büchsen. Am Ende ist so etwas wie ein Plan entstanden. Am nächsten Morgen bei Lichte betrachtet, überzeugt mich der Plan nicht mehr unbedingt. Aber ich kann jetzt nicht mehr kneifen, und deshalb rufe ich Hortense an.

Der nächste Punkt auf meiner Liste ist Monsieur Lambert. Er lädt mich umgehend zum Essen ein, als er hört, worum es geht. Und er besteht darauf, ins *Deux Garçons* zu gehen. Obwohl ich darauf hinweise, dass man in diesem Lokal vermutlich keinen gesteigerten Wert auf meine Anwesenheit legt.

Er ist schon da, als ich komme, und natürlich hat man ihm den besten Platz am Fenster gegeben. Die übrigen Tische sind ein wenig zusammengerückt, um Platz für den Rollstuhl zu schaffen. Kaum habe ich mich gesetzt, ist Armand, der Maître d'hôte, zur Stelle, um meine Wünsche für den Aperitif entgegenzunehmen.

Monsieur Lambert, der selbst einen Riccard vor sich stehen hat, bestellt für seine »gute Freundin« Madame Vivianne einen Prosecco. »Keinen Champagner, haben Sie verstanden? Prosecco! Ich hoffe sehr, dass Sie einen guten haben.«

»Aber natürlich«, versichert Armand kriecherisch.

Wahrscheinlich muss er gleich den Küchenjungen losschicken, um drüben beim Weinhändler eine anständige Flasche zu besorgen. Welch ein Unterschied zu meinem letzten Besuch! Jetzt, wo ich Monsieur Lamberts gute Freundin bin, überschlägt sich Armand fast vor Eifer. So ein Schleimer! Ich gebe mich freundlich distanziert – ganz die Grande Dame – und genieße jede Sekunde.

Ich erzähle Monsieur Lambert, was ich in Sachen Eloise inzwischen herausgefunden habe. Dabei werde ich das Gefühl nicht los, dass er das meiste schon wusste. Bis ich zu der Stelle mit dem echten Urgroßneffen komme. Damit beeindrucke ich ihn wirklich.

»Sie haben ihn tatsächlich gefunden? Respekt! Ich wusste, dass es ihn gibt. Aber mir ist es leider nicht gelungen, ihn zu lokalisieren.«

Versucht hat er es aber offensichtlich. Er mag Eloise wohl ziemlich gern, denke ich und lächle still in mich hinein. Natürlich gestehe ich ihm schließlich, dass mir der Zufall zu Hilfe gekommen ist. Ich will mich ja nicht mit fremden Federn schmücken. Lambert kann es kaum glauben, als ich von Hortenses Brieffreundschaft erzähle.

»So was gibt es noch?« Er schüttelt den Kopf. »Ich dachte immer, ich bin der Einzige, der noch Briefe auf Papier schreibt.«

Vermutlich benutzt er auch Siegellack, um die Briefe zu verschließen. Ich kann mir nicht helfen, aber bei Monsieur Lambert wirkt dieser kleine Anachronismus irgendwie staatsmännisch. Während Hortense vermutlich schlicht nicht weiß, wie man eine E-Mail schreibt. Ich verkneife es mir aber, in dieser Richtung eine Andeutung zu machen. Ich bin Hortense sehr dankbar. Schließlich ist es ihr Verdienst, dass wir über den Urgroßneffen Bescheid wissen. Und sie ist es auch, die Paul Cézanne den Vierten motiviert hat, ein Flugticket zu kaufen.

»Er kommt nach Frankreich?«, fragt Monsieur Lambert.

Unbedingt nötig wäre das nicht gewesen. Wir hätten telefonieren oder skypen können. Habe ich auch Hortense gesagt. Allerdings habe ich den Verdacht, sie hat diese Information nicht an Paul Cézanne weitergegeben. Ganz offensichtlich brennt sie darauf, ihn persönlich kennenzulernen.

»Er bringt seinen Pass mit«, sage ich. Und jeden weiteren Fetzen Papier, der seine Abstammung belegen kann. Ich habe keine Ahnung, ob wir es schaffen, Eloise damit zu überzeugen. Aber das ist der Plan.

32

Paul Cézanne der Vierte wird in einer Woche erwartet. Er wird Félix vermutlich in der Luft kreuzen, denn der reist einen Tag vor Pauls Ankunft nach Los Angeles ab. Und zwei Tage später findet dann auch die Messe in Paris statt.

Das ist wieder mal typisch. Alles geschieht gleichzeitig. Das restliche Jahr über wird dann gar nichts mehr passieren, und ich werde mich zu Tode langweilen. Aber im Moment versuche ich verzweifelt, alle drei Dinge gleichzeitig auf die Reihe zu bekommen, und rotiere wie ein verrückt gewordener Kreisel um meine eigene Achse.

Ich habe Félix versprochen, ihm nachzureisen, falls ich noch ein Ticket bekomme. Dann haben wir am Telefon Streit bekommen, weil ich mich um das Ticket nie gekümmert habe. Das liegt an meiner Arbeit an der App. Die muss um jeden Preis vor der Messe fertig werden. Ich arbeite wie eine Verrückte, um das hinzukriegen, und weil ich gleichzeitig auch noch Eloises Befreiung von Graham planen muss, kriegen jetzt auch meine Freundinnen mit, was ich da mache.

Dodo scheint es ganz in Ordnung zu finden, aber Annie ist ziemlich sauer deswegen. Weil ich mit Victor arbeite. Sie will nicht, dass Félix verletzt wird, sagt sie. Das will ich auch nicht, habe ich ihr versichert. Aber zum Teufel noch mal, warum sollte es Félix verletzen, wenn es mir gelingt, auf die Schnelle ein paar Millionen zu machen?

Ganz ehrlich war ich dabei nicht. Es geht für mich bei dem Projekt nicht mehr nur ums Geld. Inzwischen geht es auch um Bestätigung. Die App wird nämlich richtig gut. Zumindest, was das Äußere betrifft. Ich bin mächtig stolz darauf. Es ist ein schönes Gefühl zu wissen, dass ich es immer noch kann. Meinem Selbstbewusstsein hat das gutgetan. Meiner Beziehung zu Victor ebenfalls.

Mit Victor zu arbeiten gefällt mir nämlich. Ich habe Seiten an ihm entdeckt, die ich bisher gar nicht kannte. Die Art, wie sich seine Augen verengen, wenn er ganz intensiv über etwas nachdenkt. Die Leichtigkeit, mit der er aus seiner Konzentration ganz plötzlich auch wieder ausbrechen kann. Und wenn er dann einen Scherz macht, bilden sich in den Winkeln seiner Augen solche Fältchen.

Besonders verblüfft bin ich über den neuen Optimismus, den mein Mann an den Tag legt. Er glaubt unerschütterlich an unseren Erfolg. In den letzten zwanzig Jahren war Victor eher der vorsichtige Typ. Diese Vorsicht hat er über Bord geworfen. Zweifel lässt er nicht mehr gelten. Es hat keinen Sinn, sagt er jetzt, sich mit dem Scheitern zu beschäftigen. Lasst uns lieber was gegen dieses Scheitern machen. Er wirkt schon fast verwegen.

Das erinnert mich an früher. An den Mann, der Victor einmal war. An den Mann, in den ich mich damals verliebt habe. Ich kann nicht sicher sagen, was diese Veränderungen bewirkt hat. Vielleicht war es Kalifornien? In dem Fall könnte ich verstehen, warum alle Welt dorthin will. Ich könnte sogar selbst so eine Portion Kalifornien gebrauchen.

Am Ende werde ich früher fertig als gedacht. Nach fünf harten Tagen, die ich Stunde um Stunde am Computer verbracht habe, ist es so weit. Ich schreibe die allerletzte Codezeile. Dann schicke ich Victor eine SMS in den Gartenpavillon: FERTIG!

Drei Minuten später taucht er mit einem Prosecco bei mir im Arbeitszimmer auf. »Du hast es wirklich geschafft?«

»Klar«, sag ich bescheiden, während ich – innerlich stolz wie ein Pfau – mental ein großes Rad schlage.

Victor strahlt mich an. »Du bist fantastisch!«, ruft er und schließt mich spontan in die Arme. So nah waren wir uns nie mehr, seit seiner Rückkehr. Mein Kopf ruht an Victors Schulter. Ich spüre seinen Arm um meine Taille, den weichen Stoff seines Hemdes an meiner Wange und atme den Duft ein, den er verströmt. Victors Geruch mochte ich schon immer.

Danach trinken wir morgens um zehn erst mal den Prosecco leer und sehen uns auf dem großen Bildschirm meines Computers gemeinsam die App an. Wir sitzen nahe beieinander, wie öfter in den letzten Tagen. Unsere Knie berühren sich. Auch das geschieht nicht zum ersten Mal. Es kribbelt ein wenig, und ich denke für mich, wie seltsam das ist – dieses Kribbeln beim eigenen Ehemann –, als es an der Tür klingelt. Victor geht öffnen. Vermutlich der Postbote, denke ich.

Ich bin überrascht, wie sehr ich es bedaure, dass dieser Moment, den wir hatten, unterbrochen wurde. Ich frage mich, ob Victor ähnlich empfindet. Vielleicht sollten wir einmal in Ruhe über unsere Gefühle reden. Aber was genau würde ich ihm dann sagen? Mir gefällt der neue Victor. Wo hattest du ihn versteckt während all der Jahre? Den alten Victor hätten solche Sprüche beleidigt. Aber dem neuen Victor traue ich zu, dass er darüber lachen kann.

Um ehrlich zu sein, ich traue dem neuen Victor eine ganze Menge zu. Zum Beispiel auch, einfach seine Ehefrau zu küssen. Wir waren ja schon ziemlich nahe dran. Hätte es nicht an der Tür geklingelt, weiß der Himmel, wo Victor und ich heute Morgen noch hätten landen können. Aber will ich das wirklich?

Als Victor zurückkommt, ist er nicht allein. Das kann ich an den Schritten hören. Vielleicht braucht der Postbote eine Unterschrift von mir. Ich suche nach einem Kugelschreiber, aber als ich mich wieder zur Tür drehe, ist es nicht der Postbote, der dort steht. Es ist Félix.

Sofort habe ich ein schlechtes Gewissen. Das ärgert mich ganz fürchterlich. Was ein Vorteil ist. Denn mit Ärger kann ich besser umgehen als mit Gewissensbissen.

Und Félix' Miene legt durchaus nahe, dass ich Gewissensbisse haben sollte. Sein Blick registriert die beiden Gläser, die leere Proseccoflasche, die Stühle, die nahe beieinander vor dem Computer stehen. Er verschränkt die Arme.

»Dann stimmt es also wirklich? Du hast dich wieder mit deinem Mann zusammengetan?«

»Was heißt hier zusammengetan?«, schnappe ich zurück und verschränke ebenfalls meine Arme. »Wir arbeiten an einem Projekt.«

»Arbeit. Klar.« Félix lächelt überheblich.

Ich weiß, es wäre angebracht, die Lage zu beruhigen. Ich könnte mich entschuldigen. Ich könnte Félix in aller Ruhe von der App erzählen. Aber sein Lächeln bringt mich noch mehr auf die Palme. Anstatt friedlich nach einer Lösung zu suchen, gieße ich Öl ins Feuer. Ich erkläre Félix mit bestimmter Stimme, dass Victor und ich hier nur unseren Lebensunterhalt verdienen, und wenn er dagegen Einwände hat, muss er sich eben eine reiche Frau suchen.

Darauf entgegnet er genervt, ich solle ihn bitte nicht für blöd verkaufen. Er habe bestimmt kein Problem mit meiner Arbeit. »Im Gegenteil. Wie du ja weißt, schätze ich unabhängige Frauen. Aber ich habe ein Problem, wenn du ausgerechnet mit Victor arbeitest.«

»Victor und ich«, sage ich, »das ist rein beruflich.«

Ich erwarte jetzt eigentlich, dass Victor mich bestätigt. Aber das tut er nicht. Er lehnt an der Wand bei der Tür. Nur wenige Schritte neben Félix. Sie sind beide gleich groß, merke ich. Victor ist dunkler und kräftiger in den Schultern. Félix, der Blondschopf, ist schmaler und wendiger.

Ein blaues und ein grünes Augenpaar mustern sich herausfordernd. Ich sehe, wie ihre Schultern sich spannen, und für einen Moment befürchte ich schon, dass die beiden aufeinander losgehen werden. Dann beißt Victor die Zähne zusammen und schlägt stumm die Augen nieder.

»Sag du doch auch mal was«, fahre ich ihn an. Seine Brust hebt sich in einem tiefen Atemzug. Dann zuckt er leicht die Achseln.

»Es tut mir leid, Vivianne. Aber ich kann dazu nichts sagen. Das wäre nicht richtig. Es ist einzig und allein deine Entscheidung.«

Was soll das jetzt wieder heißen?

»Ich werde euch beide mal alleine lassen.« Victor geht

zur Tür hinaus. Mir kommt es vor, als ob sich seine Schultern leicht nach vorne krümmen. Und auch den Kopf lässt er hängen.

Félix hat das ebenfalls gesehen. »Rein beruflich, was? Da hat dein Mann aber eine andere Meinung.«

Hat er das wirklich? Und wenn ja, spielt es eine Rolle? Könnten Victor und ich tatsächlich wieder zueinanderfinden?

»Alte Liebe rostet nicht«, sagt Félix, als hätte er meine Gedanken gelesen. Wobei es vielleicht auch seine eigenen Gedanken sind. Ich frage ihn, ob er vielleicht von Annie und sich selber redet.

»Mach dich doch nicht lächerlich.«

»Ach«, sage ich ärgerlich. »Du kannst jederzeit bei deiner Ex übernachten, aber wenn ich mit Victor lediglich vor dem Computer sitze, ist das bereits ein Problem?«

»Wir streiten hier nicht wegen Annie, Vivianne.«

Nein? Wer hat ihm denn unter die Nase gerieben, frage ich Félix, dass ich mit Victor arbeite? Wer hat das Thema aufgebracht? Und warum zum Teufel müssen er und Annie sich ständig hinter meinem Rücken über mich unterhalten?

»Das tun wir nicht.« Félix schüttelt den Kopf. »Ich hatte keine Ahnung, was du hier treibst. Zumindest bis eben. Annie hat kein Wort darüber verloren. Mir ist nur aufgefallen, wie unkonzentriert du in den letzten Tagen warst. Du bist mir ausgewichen, Vivianne. Du hattest keine Zeit und keine Lust, mit mir zu reden oder dieses verdammte Ticket zu besorgen. Ich hätte schon vollkommen verblödet sein müssen, um nicht zu merken, dass da etwas im Busch ist.«

»Dann bist du wohl hergekommen, um mich zu kontrollieren? Brauchst du einen Vorwand, um dich zu trennen?«

Wo ist denn das jetzt hergekommen?

Félix fährt zurück. Und ich selbst erschrecke auch über meine eigenen Worte.

»Warum trennen?«, fragt Félix nach einer Pause. »Du bist doch ohnehin nicht mit mir zusammen. Nicht wirklich, Vivianne.« Seine Wut ist plötzlich verflogen. Er wirkt jetzt mutlos und ein wenig traurig. »Seit wir uns kennen, zweifelst du an mir. Du hast dich doch nie so ganz auf unsere Beziehung eingelassen.«

»Das stimmt nicht«, sage ich. »Wie kannst du das sagen?«

»Weil ich das selber nur zu gut kenne.« Ein bitteres Lächeln liegt auf Félix Lippen. »Weil ich mich auch so verhalten habe. In all den Beziehungen, die ich in den letzten Jahren hatte. Ironie des Schicksals, schätze ich.« Er reibt sich müde über das Gesicht. »Da bin ich endlich mal bereit, mein ganzes Herz zu riskieren, und verliebe mich in eine Frau, die mir dann einen Spiegel vorhält. Vielleicht habe ich das ja verdient.«

Ich weiß nicht, was ich sagen soll. Wir sind nur drei Schritte voneinander entfernt. Aber manchmal ist Distanz eine relative Größe, und dann sind drei Schritte unendlich weit. Ich will ihn nicht verlieren. Ich möchte ihn gerne trösten. Aber was kann ich ihm sagen? Lass mir noch etwas Zeit? Ich bin noch nicht so weit? Das klingt nach einer billigen Entschuldigung. Ich habe kein Recht, ihm etwas zu versprechen, das ich vielleicht nie halten kann.

Das liegt nicht nur an Victor. Ich weiß wirklich nicht,

ob ich mich noch einmal auf die Liebe einlassen soll. Weil es schieflaufen kann. Und ich nicht weiß, ob ich es schaffe, mich ein zweites Mal wieder aufzurappeln.

Félix sieht mich lange an. Dann greift er in seine Tasche.

»Das hier wollte ich dir eigentlich geben. Deswegen bin ich hergekommen.« Er hält mir ein Stück Papier entgegen. Automatisch greife ich danach.

»Das hier« ist ein Business-Class-Ticket nach Kalifornien. Paris – Los Angeles. Übermorgen.

»Behalte es«, sagt er. »Benutze es, wenn du möchtest.«

Als ich den Kopf schüttle, hebt er die Hand. »Moment«, sagt er. »Daran sind keine Bedingungen geknüpft. Du brauchst mich dort auch nicht zu treffen. Du kannst dir einfach eine schöne Zeit machen. Wenn du es dir allerdings anders überlegst ...« Ein Lächeln blitzt in seinem Gesicht auf. »... dann ruf mich an, Vivianne.«

33

Der nächste Tag verspricht, turbulent zu werden. Wir wollen Eloise aus den Klauen von Graham, dem Heiratsschwindler, befreien. Das kommt mir gerade recht. Ich bin ja nicht so der Typ für Grübeleien. Dennoch habe ich die halbe Nacht genau damit verbracht. Und ununterbrochen darüber nachgedacht, ob ich mich richtig verhalten habe. Was ich hätte anders machen können.

Eine Lösung habe ich nicht gefunden. Morgens um vier saß ich am Fenster und sah in den Garten, als bei Victor drüben im Pavillon plötzlich das Licht anging. Er konnte auch nicht schlafen. Ich zog den Morgenrock an – das alte Ding – und meine Pantoffeln und ging durch die Dunkelheit zu ihm hinüber. Er trug einen Pullover über den Schultern und saß am Schreibtisch vor dem Computer.

»Arbeit?«, fragte ich. »Mitten in der Nacht?«

Victor zuckte die Achseln. »Ich hatte noch eine Idee für die Messe. Sie ist mir im Traum gekommen. Verrückt, nicht wahr? Aber das sind die besten Ideen. Ich will sie mir rasch notieren.«

Er kritzelte ein paar Stichworte nieder. Er sah glücklich aus dabei. »Was ist mit dir?«, fragte er dann. »Kannst du nicht schlafen?«

Ich schüttelte matt den Kopf.

»Wegen Félix?«, fragte Victor. »Oder wegen mir?«

»Wegen euch beiden, zum Teufel.«

Er stand auf und kam zu mir herüber. Dann nahm er mich wortlos in die Arme. Wir standen lange einfach da, bis ich mich schließlich von ihm löste.

»Ich habe dich sehr verletzt«, sagte Victor. »Das lag nicht in meiner Absicht. Aber ich schätze, ich habe es einfach in Kauf genommen.« Ich widersprach ihm nicht.

Er legte beide Hände an mein Gesicht und sah mich eindringlich an. »Ich habe viele Fehler gemacht, Vivianne. Wenn du mir die Chance dazu gibst, werde ich versuchen, es wiedergutzumachen.«

»Ist das ein Antrag?«, fragte ich.

»Natürlich. Ich liebe dich.« Er lächelte. »Ich habe dich immer geliebt. Ich hatte es nur vergessen. Erst, nachdem ich weg war, habe ich mich daran erinnert.«

Er strich mir mit dem Finger über die Wange. Ich fühlte ein Zittern im Bauch. Die Knie waren mir weich geworden. Aber meine Kehle blieb wie zugeschnürt. Ich brachte kein Wort über die Lippen.

Nach einer Ewigkeit ließ Victor seine Hände sinken. »Du brauchst mir jetzt nicht zu antworten. Ich kann ohnehin keine Antwort von dir verlangen.« Er drehte sich um und ging zum Schreibtisch zurück. »Aber ich werde hier auf dich warten.«

Dreizehn Tassen Kaffee später und nach einer intensiven Stunde, die ich im Bad verbracht habe, stehe ich pünktlich um zehn unten in meiner Auffahrt und warte auf den Minibus. Das Gefährt samt Chauffeur hat Monsieur Lambert für uns besorgt. Auch sonst hat Eloises Chef bei der geplanten Befreiungsaktion in den letzten Tagen eine Schlüsselrolle übernommen.

Zunächst hat er herausgefunden, wo Eloise überhaupt steckt. Sie hat mit Graham im Hotel Negresco in Nizza Residenz bezogen. Ich habe mir die Zimmerpreise im Internet angeschaut. In einem gewissen Sinn hat mich das beruhigt. Sollten wir heute nicht erfolgreich sein, wird sich das Problem wohl von selbst erledigen. Weil Eloise bei diesen Preisen bald einmal das Geld ausgeht. Schöner wäre es allerdings, wir könnten sie zur Besinnung bringen, bevor ihr dieser Schwindler auch noch den letzten Cent abnimmt.

Auch dabei hat Monsieur Lambert eine wichtige Rolle. Er spielt nämlich den Köder. Er wird sich mit Graham in der Lobby treffen. Vorgeblich, weil er an einem Investment in Grahams erfundenem Museumsprojekt interessiert ist. In Wahrheit dient das Gespräch natürlich nur der Ablenkung. Denn wir anderen werden uns in der Zwischenzeit oben in der Suite Eloise vornehmen.

Wir anderen sind Dodo, Marcelle, Annie und ich. Paul der Vierte wird uns begleiten. Und Hortense ebenso. Sie hat sich seit seiner Ankunft in Marseille strikt geweigert, Paul den Vierten auch nur für eine Sekunde aus den Augen zu lassen. Für alle Fälle haben wir geplant, auch noch Fred mitzunehmen. Sechs Personen und ein großer Hund. Ich hoffe, das wird reichen.

Annie sieht mich scharf an, als ich mit Fred den Bus besteige. Aber den andern scheint nicht aufzufallen, dass ich ziemlich durcheinander bin. Sie sind alle ausgelassen. Vermutlich die Nerven.

Wir hatten überlegt, ob wir für diese Aktion nicht so was wie eine Uniform brauchen. Marcelle war dafür, dass wir alle in Schwarz kommen. Annie war es egal, sie wollte nur auf gar keinen Fall einen Rock tragen müssen. Hortense, die ein Faible für historische Bezüge hat, wollte uns das Kreuz von Lothringen schmackhaft machen, das schon der Résistance als Erkennungszeichen diente. Ich fand, wir sollten ein Tuch um den Kopf tragen, wie die Stadtguerilla aus den neunziger Jahren. Das Tuch habe ich schließlich Fred umgebunden. Wir anderen sind bei Jeans und T-Shirt geblieben.

Nicht zuletzt sind wir mit diesem Kompromiss auch Paul Cézanne dem Vierten entgegengekommen. Ich glaube nicht, dass er etwas anderes als Jeans besitzt. Der Mann mit dem großen Namen ist ein kleiner, rundlicher Mensch mit dicht gekrausten, kurzen Haaren und äußerst bescheidenem Auftreten. Der ganze Rummel um seine Person ist ihm zutiefst zuwider. Seit seiner Ankunft in Frankreich ist sein Blutdruck vermutlich nicht einmal unter hundertachtzig gesunken. Hortense betütelt ihn ununterbrochen. Nur deshalb hält er sich überhaupt noch auf den Beinen. Ich glaube, sie macht das ganz gern.

Als wir in Nizza direkt vor dem Hotel Negresco halten, nimmt Paul ihre Hand und hebt sie zu seinen Lippen. »Was immer jetzt geschieht«, sagt er und schaut ihr tief in die Augen, »Hortense, Sie müssen wissen, ich habe noch nie eine Frau wie Sie kennengelernt.«

Wir schweigen alle ergriffen, bis die Tür sich öffnet und Fred zu kläffen beginnt.

Monsieur Lambert wird vom Fahrer in die Lobby gerollt, wo sein Treffen mit Graham stattfindet. Wir anderen nehmen den Hintereingang. Wir fahren mit dem Aufzug für die Lieferanten bis in den vierten Stock. Dort suchen wir Eloises Suite und klopfen. Ich stehe an vorderster Stelle. Weil diese ganze Befreiungsaktion schließlich auf meinem Mist gewachsen ist. Und natürlich habe ich mich ausgezeichnet auf diesen Moment vorbereitet. Ich habe eine wunderbare Rede, die ich vor Eloise halten möchte. Ein Appell an ihre Vernunft. An ihren ausgeprägten Überlebensdrang. An ihren Selbsterhaltungstrieb. Auch an ihren Geiz, könnte man sagen. Ich werde ganz ruhig bleiben und Eloise die Beweise vorlegen, die wir gegen Graham haben. Es tut mir leid, werde ich sagen. Aber du hast aufs falsche Pferd gesetzt. Warum lässt du den Kerl nicht einfach fallen und kommst mit uns nach Hause?

Ich bin diesen Text in Gedanken tausendmal durchgegangen. Ich beherrsche ihn perfekt. Deshalb kann ich mir auch nicht erklären, weshalb ich zu heulen anfange, als die Tür sich öffnet und ich Eloise erblicke. Alle die Gefühle, die ich in meinem Innern fest verschlossen glaubte, brechen sich plötzlich Bahn. Ich werfe mich Eloise an den Hals.

»Es tut mir so leid«, schluchze ich. »Du warst so mutig. Viel mutiger als ich. Du hättest es wirklich verdient, mit Graham dein Glück zu finden.«

Einen Moment bleibt Eloise wie erstarrt stehen. »Vivianne«, sagt sie dann. »Was zum Teufel hast du getrunken?«

Danach bricht Chaos aus. Die anderen drängen ins Zimmer – allen voran Fred –, während Eloise meine Arme um ihren Hals mit Gewalt löst. Irgendwie gelingt es ihr dann, das Telefon zu erreichen und Graham in der Lobby anzurufen. »Komm sofort wieder hoch«, bellt sie in den Hörer. Dann steht sie da und wartet.

Mein Blick schweift durch das Zimmer, während sich

die anderen ohne meine Führung etwas hilflos anschauen. Die Suite ist wunderschön. Eine breite Fenstertür gibt den Blick frei auf das Meer und die Promenade des Anglais. Die geschnitzten Möbel sind in Weiß und Gold gehalten. In der Ecke eine Chaiselonge, an der Decke ein riesiger Kronleuchter. Darunter ein Himmelbett mit zerwühlten Laken. Das treibt mir erneut die Tränen in die Augen.

Ich kann mir mein Verhalten selber nicht erklären. Eloises Schicksal berührt mich zutiefst. Weil es das Gegenteil von meinem ist. Sie hat sich mit Haut und Haaren in diesen Graham verliebt. Ein einziges Mal in ihrem Leben hat sie alles gewagt. Und jetzt wird sie alles verlieren. Weil wir gekommen sind, um ihr die Wahrheit zu sagen.

Diese Rolle hat inzwischen Marcelle übernommen. Sie hält in etwa die gleiche Rede, die ich auch vorbereitet habe. Graham ist ein Betrüger. Paul der Vierte ist Cézannes wirklicher Urgroßneffe.

»Dieser Wicht?« Eloise schnaubt angewidert, während ihr Paul der Vierte mit zitternden Fingern seinen Pass überreicht. Ich kann den kleinen Mann sehr gut verstehen. Es ist nicht jedermanns Sache, einer wütenden Eloise furchtlos entgegenzutreten. Sogar Graham zuckt zusammen, als er bei uns oben eintrifft. Vermutlich hat er bisher nur ihre Schokoladenseite mitbekommen. Aber jetzt ist die Tigerin herausgekommen. Mit Zähnen und Krallen verteidigt sie ihren Traum. Wir sind Lügner, kreischt sie uns an, die ihr das Glück nicht gönnen.

Graham greift nach ihrer Hand. »Honey«, fragt er mit samtweicher Stimme, »wer sind diese furchtbaren Leute überhaupt?«

»Niemand«, zischt Eloise mit Lippen, die vor Zorn ganz weiß geworden sind.

In diesem Moment löst sich, ganz unerwartet, Dodo aus der Gruppe. Sie baut sich vor Eloise auf. »Niemand?«, sagt sie laut. »Wir sind extra hergekommen, um dich vor diesem Kerl zu warnen. Wir sind nicht niemand, Eloise. Wir sind die Menschen, denen so viel an dir liegt, dass sie auch über ihren Schatten springen. Wenn es hart auf hart kommt.«

Eloise starrt Dodo an. An ihrem Hals kann ich sehen, wie sie mehrmals trocken schluckt. Sie bewegt tonlos ihre Lippen.

»Du dumme Kuh«, sagt Dodo. »Glaubst du etwa, ich stünde hier, wenn das nicht wirklich ein Notfall wäre? Dieser Kerl nimmt dich aus. Also wehr dich gefälligst.«

Dodo hat die richtigen Worte gefunden. Danach bricht Eloises Widerstand einfach in sich zusammen. Jetzt kann Marcelle ihre Rede zu Ende bringen und die Beweise vorlegen, die wir gegen Graham haben. Paul Cézanne zum einen. Und zum anderen die Aussagen der Frauen, die wir mit Riekes Hilfe gefunden haben. Ich sehe Tränen in Eloises Augen glitzern. Glücklicherweise sehe ich auch, wie Graham versucht, sich aus dem Staub zu machen. Schritt um Schritt schiebt er sich durch das Zimmer in Richtung Tür. »Fass, Fred«, rufe ich laut.

Was soll ich sagen: Einen Streuner aus Marseille kann man nicht erziehen. Aber diesmal hat Fred beschlossen, doch auf seinen Bauch zu hören. Lange bevor Graham den Fahrstuhl erreicht, springt ihm der Hund in den Rücken.

Es dauert Stunden, die Formalitäten mit der Polizei zu erledigen. Monsieur Lambert hat sie gerufen, als Graham so schlagartig aus der Lobby verschwand. Er hat vermutlich Kontakte, die bis in die oberen Etagen des Polizeipräsidiums reichen. Jedenfalls sperren sie Graham in eine Zelle, wohingegen wir sehr anständig behandelt werden. Wir kriegen mit Schinken belegte Baguettes serviert, während wir unsere Aussagen machen. Nachmittags um vier sind wir endlich draußen. Wir steigen in den Minibus, der wunderbarerweise vor dem Präsidium auf uns wartet.

Als der Bus Nizza verlässt, beginnt Eloise leise zu weinen. Sobald ich ihre Tränen sehe, kann auch ich mich nicht mehr halten. Eine halbe Stunde lang heulen wir zusammen. Die nächste halbe Stunde heule ich allein. Ich kann einfach nicht aufhören. Die Tränen fließen, als ob in meinem Innern ein Damm gebrochen wäre. Nach zehn Minuten gehe ich bereits allen auf die Nerven.

»Jetzt hör schon auf!«, fährt Eloise mich an. Zwischen den Schluchzern, die mich schütteln, versuche ich mich für das Heulen zu entschuldigen. Eloise verdreht genervt die Augen. Ich sage ihr, wie leid es mir tut, was ihr widerfahren ist.

»Ja, ja. Schon gut«, entgegnet sie ungeduldig.

Nichts ist gut, gar nichts, heule ich weiter. Sie ist verkauft und verraten worden, und dieser Mann hat sie in ihrem Innersten getroffen.

Eloise beißt die Zähne zusammen. »Wenn du nicht aufhörst, Vivianne, ich schwör dir, dann werde ich dir eine kleben.«

Sie ist genau wie ich. Sie kann sich ihren Schmerz nicht

eingestehen. Das finde ich nun umso trauriger. Ich wisse nicht, schluchze ich, wie sie so weiterleben könne. »Irgendwie wird es schon gehen«, zischt Eloise mich daraufhin an.

Ich stutze. »Im Ernst?«, frage ich.

»Aber sicher«, sagt sie bestimmt. »So ist das Leben. Man stirbt nicht an einem gebrochenen Herzen.«

Ich finde ihre Zuversicht ganz erstaunlich. Etwas aus dem Konzept gebracht, höre ich mit dem Heulen auf und suche nach einem Taschentuch. Dabei gerät mir das Flugticket in die Finger.

Ich ziehe es aus meiner Tasche. Der Flug geht am nächsten Morgen. Ich könnte ihn noch erreichen. Ich könnte es wie Victor machen, nach Kalifornien fliegen und alles hinter mir lassen. Die Welt entdecken, mir das Herz brechen lassen, mich verändern, wieder aufstehen. Ich könnte Félix anrufen oder auch nicht. Ich könnte in vier Monaten wieder zu Victor zurückkehren. Oder in vier Jahren. Ich könnte mein ganzes weiteres Leben einfach mal auf mich zukommen lassen.

Ich schließe die Augen und stelle mir vor, in Los Angeles aus dem Flieger zu steigen. Ich habe ziemlich viel Fantasie. Ich sehe die Lichter, ich fühle den warmen Wind auf meinen Wangen. So also, denke ich, fühlt sich die Freiheit an.

Dann frage ich die anderen, ob sie bereit sind, einen kleinen Umweg zu machen. Ich müsste in Paris einen Flieger erreichen.

Dank

Dieses Buch ist sehr schnell entstanden, es ist mir regelrecht aus den Fingern geflossen. Ich hatte beim Schreiben jede Menge Spaß. Aber das ist nur die halbe Wahrheit. Vor Madame Vivianne gab es zahlreiche Versuche mit anderen Figuren und anderen Stoffen, die inzwischen allesamt in der Kiste »Lehrstücke« liegen. Ich habe jahrelang Rezensionen und Artikel für die Tagespresse geschrieben, aber ich musste erfahren – ein Buch zu schreiben ist noch mal eine ganz andere Sache. Ich habe das große Glück, in diesem Prozess von meiner Familie begleitet zu werden. Meine Eltern, meine Schwester und ganz besonders mein Mann haben Madame Vivianne (und alle ihre Vorgängerinnen) mit Liebe, Freude und Begeisterung, mit Ermunterungen, Empathie, endloser Geduld und zahlreichen Ratschlägen begleitet. Sie haben über alle meine Unzulänglichkeiten hinweggesehen, die das Schreiben so mit sich bringt, und jeden erreichten Zwischenschritt haben wir zusammen gefeiert – mit Prosecco natürlich. Ich danke euch für alles von ganzem Herzen. Ohne euch hätte es nie im Leben eine Madame Vivianne gegeben.

Carolin Klemenz, meiner Lektorin im Diana Verlag, und Dorothee Schmidt, meiner Agentin von Hille & Jung, danke ich herzlich für die professionelle Begleitung. Ohne Dorothee Schmidt hätte die erste Version nicht so rasch einen Verlag gefunden, und ohne die zahlreichen Kommentare und Anregungen von Carolin Klemenz wäre aus der ersten Version nicht dieses Buch geworden.

Von Herzen danke ich meinen Freundinnen Barbara und Claudia, die schon in den neunziger Jahren meine Manuskripte kommentiert haben. In den vielen Jahren, die dazwischen liegen, gaben sie zahllose Ermunterungen und gelegentlich einen – sanften – Tritt in den Hintern. Andrea danke ich dafür, dass sie meine Perspektive über den Frauenroman im Allgemeinen und Vivianne im Speziellen zurechtgerückt hat. Nicht mal Vivianne selber könnte sich bessere Freundinnen wünschen.

Vorversionen dieses Buches und frühere Versuche wurden von vielen Freunden gelesen. Von ihren Kommentaren habe ich enorm profitiert. Tea, Bettina, Isabel, Elke, Ute, Claudia, Ernie, Markus, Stephan, Daniel, Franz und Lukas, vielen Dank fürs Lesen und die Diskussionen.

Michèle Minelli und Peter Höner haben mir beigebracht, wie man aus einem Buch ein Exposé macht. Ihre Schreibwerkstatt Ost ist nicht nur unschätzbar wertvoll, wenn man das Handwerk lernen will, sie war für mich auch immer ein Ort der Kreativität und Inspiration.

Last but not least danke ich Françoise für die schöne Zeit in Aix-en-Provence. Ich hoffe, schon sehr bald wiederzukommen.